O CAVALEIRO E A MARIPOSA

RACHEL GILLIG

O CAVALEIRO E A MARIPOSA

O REINO DE STONEWATER: LIVRO I

Tradução
Sofia Soter

Copyright 2025 by Rachel Gillig
Copyright da tradução © 2025 by Editora Globo S.A.

Publicado mediante acordo com a autora, c/o BAROR INTERNATIONAL, INC., Armonk, New York, U.S.A.

Todos os direitos reservados. Nenhuma parte desta edição pode ser utilizada ou reproduzida — em qualquer meio ou forma, seja mecânico ou eletrônico, fotocópia, gravação etc. — nem apropriada ou estocada em sistema de banco de dados sem a expressa autorização da editora.

Título original: *The Knight and the Moth*

Editora responsável **Paula Drummond**
Editora de produção **Agatha Machado**
Assistentes editoriais **Giselle Brito e Mariana Gonçalves**
Preparação de texto **Fernanda Lizardo**
Revisão de texto **Paula Prata e Camila Sant'Anna**
Diagramação **Ilustrarte Design**
Projeto gráfico original **Laboratório Secreto**
Design de capa original **Lisa Marie Pompilio**
Fotos de capa original **Blake Morrow**
Capa © **2025 by Hachette Book Group, Inc.**
Ilustração de mapa **Tim Paul**

**Texto fixado conforme as regras do Acordo Ortográfico
da Língua Portuguesa (Decreto Legislativo nº 54, de 1995)**

**CIP-BRASIL. CATALOGAÇÃO NA PUBLICAÇÃO
SINDICATO NACIONAL DOS EDITORES DE LIVROS, RJ**

G397c

    Gillig, Rachel
        O cavaleiro e a mariposa / Rachel Gillig ; tradução Sofia Soter.
- 1. ed. - Rio de Janeiro : Globo Alt, 2025. (O reino de Stonewater : livro I)

        Tradução de: The knight and the moth
        ISBN 978-65-5226-065-9

        1. Ficção americana. I. Soter, Sofia. II. Título. III. Série.

                        CDD: 813
25-97842.0   CDU: 82-3(73)

Gabriela Faray Ferreira Lopes - Bibliotecária - CRB-7/6643

1ª edição, 2025

Direitos de edição em língua portuguesa para o Brasil
adquiridos por Editora Globo S.A.
R. Marquês de Pombal, 25
20.230-240 – Rio de Janeiro – RJ – Brasil
www.globolivros.com.br

*Para a criança dentro de todos nós, que anseia
por ser especial. Pegue minha mão, criaturinha
estranha, e sigamos juntas até o outro lado do muro.*

CATEDRAL AISLING

Você conhece esta história, Bartholomew, embora não se recorde dela. Contarei como puder, e prometo franqueza na narrativa. Se a honestidade falhar, a culpa não é minha. Contar uma história é, de certa maneira, mentir, não é?

Certa vez, você subiu ao outeiro mais alto de Traum, onde o vento sussurrava uma melodia em tom menor. Lá, as margaridas eram brancas e as pedras, cinza, e ambas roubaram o calor de seus pés descalços.

Uma catedral lá foi construída, e você seguiu pé ante pé, pequenino como um inseto, pelo nártex, pela nave, até o altar. Sangue manchava sua boca, e você caiu na nascente que brotava da rocha antiga do presbitério. Quando ergueu o olhar para a rosácea, a luz beijava o vitral. Sua arte era a obediência. Você pronunciou os nomes dos deuses, e disse como ler seus sinais. Aprendeu a sonhar...

E a se afogar.

Perdão. Também não me agrada voltar a esta parte da história, Bartholomew. Contudo, tantas vezes penso...

Sem isso, existiria o resto?

CAPÍTULO UM
SEIS MOÇAS EM CIMA DO MURO

A gárgula peculiar, que se comunicava principalmente em parábolas incompletas, se arrastou até o canto escuro da charola. Ali, pendurada em meio aos castiçais de ferro, a teia de uma aranha mantinha cativa uma mosca.

— Zumbido incessante.

A gárgula abanou o dedo de calcário para a mosca, a voz rouquenha ecoando pela catedral.

— Quem mandou? Já disse e repito: olhe por onde voa. Agora — continuou, se esticando para olhar melhor a teia — fique quieta. Vou soltá-la desta armadilha.

Ele não soltou a mosca. Continuou o sermão ao pobre inseto sobre os perigos do voo. Se a mosca fosse capaz de razão, talvez concluísse que era melhor morrer nas presas da aranha do que se sujeitar à atenção daquela gárgula em específico. Porém, a mosca não sabia falar, então não expressou protesto. Continuou apenas a zumbir, e a gárgula, a tagarelar…

E foi assim que consegui escapulir do banco que espanava, para ver o rei subir a colina.

Corri pela nave, os pés descalços batendo na pedra, e saí da catedral, assaltada pelo pôr do sol, cuja luz era filtrada pelo véu diáfano que cobria meus olhos.

O adro de cascalho estava vazio, pois o horário de visita acabara. As únicas silhuetas presentes eram cinco esculturas de calcário. Cinco silhuetas encapuzadas, sem rosto. Assomavam-se na altura de quase dez palmos, os braços antigos abertos em acolhimento. Eram as cinco idênticas, exceto pelas mãos esquerdas

o CAVALEIRO e a MARIPOSA **11**

— cada uma segurava um objeto de pedra distinto. Uma estátua segurava uma moeda, e outra, um tinteiro. Uma empunhava um remo, outra, um sino, e a última, um peso de tear.

Dei a volta nas estátuas, devagar, acometida pelo medo profundo de enfurecê-las caso fizesse muito barulho. Porém, elas eram meramente pedra, e não nutriam ira, nem amor. Ainda assim, me observavam da sombra dos capuzes, em sua paralisia predatória. Eu as sentia, assim como sentia o olhar da Catedral Aisling — com seus olhos de vitral —, sepulcral, antigo e crítico, às minhas costas.

Apertei o passo.

O adro dava em um gramado, e a pedra, em um pomar de árvores frutíferas retorcidas. Era o fim do verão, e maçãs vermelho-sangue pendiam aos montes. Estiquei o braço e catei uma do galho sem desacelerar o passo. Quando saí do outro lado do pomar, um muro comprido de pedra se erguia à minha frente. Em cima dele...

Cinco moças aguardavam.

Elas usavam o mesmo tecido pálido que eu, os olhos cobertos por véus idênticos. Empoleiradas na pedra antiga, banhadas pela luz do poente, seus vestidos esvoaçavam ao vento. Pareciam cinco bandeiras de rendição erguidas no muro.

Como se pressentissem sua parte faltante, as mulheres se viraram quando me aproximei. A mais alta, que acenara para mim da porta da catedral e cochichara *É o rei!*, botou as mãos em concha ao redor da boca e gritou:

— Depressa!

Encaixei a maçã entre os dentes e os dedos calejados nas pedras velhas. Com doze palmos de altura e coberto de líquen, o muro era difícil de se escalar. Porém, quase dez anos podem transformar qualquer um em mestre — aquelas pedras eram adversárias conhecidas.

E assim subi. As mulheres abriram espaço para mim, e passei a perna para o outro lado, montando no muro.

— Têm certeza de que é ele?

Dois — eu não sabia o nome dela, apenas o número —, alta e solene, apontou a paisagem.

— Eu vi estandartes roxos para além daquela encosta. Juro pela minha mãe.

— Você nem tem mãe — resmungou Três.

— Espere um momentinho — disse Dois, a coluna ereta. — Verá que estou certa.

Ao meu lado, Cinco afastou o cabelo alaranjado do rosto. O vento jogou o cabelo de volta.

— Não vai dividir? — perguntou, apontando para minha maçã.

Ofereci a fruta.

— Não está muito doce.

— Eca — exclamou ela, com uma careta, e jogou a maçã no chão. A fruta caiu com um baque do outro lado da estrada, um pontinho vermelho no verdume. — Como você dá conta de comer uma coisa dessas?

— Acho que jamais saberemos.

Do meu outro lado, Quatro fez um coque com um punhado de cachos pretos rebeldes. Ela apoiou o braço no meu ombro, e nós nos entreolhamos. Pelo menos, assim supus. Com os véus que cobriam o rosto delas, da testa até o nariz, era impossível saber para onde qualquer daquelas mulheres olhava. Eu não sabia o nome delas, nem a cor de seus olhos.

Eu não sabia a cor dos *meus* olhos.

— Quem diria — comentou Quatro, com um sorriso emergente. — Lá vem ele.

Nós nos viramos. Ali, do leste, espreitando de trás das colinas verdes…

Estandartes roxos.

Forcei a vista. Enxergar através do véu era como olhar através do vapor da chaleira. Porém, o outeiro onde se erguia a catedral era tão alto, as colinas de Traum, tão vastas, e o ar, tão límpido,

o CAVALEIRO e a MARIPOSA   13

que era fácil distinguir os detalhes da procissão do rei Cástor tão logo a estrada a cuspia à nossa vista.

Eram quase duas dezenas — porta-bandeiras, escudeiros e cavaleiros. Que espetáculo. A luz do dia dançava em suas armaduras, e o tilintar deles era levado pelo vento, soando em ecos no outeiro, distorcendo as palavras em uma falsa tradução. Mesmo de longe, era possível distinguir qual deles era o rei Benedict Cástor. A armadura dele não era do mesmo ferro prateado dos cavaleiros, e, sim, dourada, como se ele fosse o sol e os outros, uma constelação de estrelas menores.

Era a primeira vez que eu via o menino-rei.

A procissão desceu por um vale do outeiro. Dali a dez minutos, passaria diretamente por baixo do muro onde estávamos empoleiradas como pardais à espera.

A moça Um tamborilou no próprio queixo.

— São muitos cavaleiros apenas para uma Divinação.

A Quatro abriu um sorriso largo.

— Sorte a nossa.

— Soube que esse rei é mero menino — disse Três a seu modo seco de costume, como se estivesse lendo as palavras em vez de falá-las. — Que foge até da própria sombra. Talvez queira proteção na velha e sinistra Aisling.

— Aqui, espadas e escudos não têm valor — sussurrei ao vento.

As outras concordaram.

— Falando nisso... — Um meteu a mão nas camadas disformes do vestido e tirou dali seis caules de palha. — Venham, megeras.

Soltamos um resmungo coletivo e nos ajeitamos em cima do muro. Quando interrompemos o movimento, Dois estava em pé, bem de frente para Um, já com o punhado de palha na mão. O jogo era simples.

Quem pegasse o caule mais curto, perderia.

Dois examinou a palha, e puxou um caule comprido do centro. Um puxou da beirada — outro caule comprido. Elas continuaram puxando, até restarem só dois. Depois de hesitar, foi a vez de Um. Ela puxou sua palha...

E sorriu.

— O caule menor é seu, Dois.

Dois empinou o queixo e olhou para o restante da fileira de moças.

— Venha cá, Três.

As rodadas do jogo continuaram. Dois derrotou Três e, orgulhosa, foi se juntar a Um enquanto o restante de nós roía as unhas, à espera de nossa vez. Três derrotou Quatro, e Cinco também.

Quando Quatro veio me enfrentar, sendo eu sua última oponente, estava rígida tal qual um soldadinho de chumbo.

No ritmo de uma dança familiar a somente nós duas, seguimos a rotação em cima do muro conforme o som da procissão do rei ficava mais ruidosa. Quatro estendeu a palha apertada na mão e fez sinal para mim.

— Pode começar.

Estudei as pontas quebradiças e amareladas da palha e escolhi um caule comprido.

Quatro também. Cavalos relinchavam e cavaleiros riam a uma distância cada vez mais curta. Escolhi de novo, outro caule comprido. Quatro também pegou outro longo.

— Chegamos nas últimas — disse Três, com um assobio baixo. — Está com medo de estar muito fracote para o flerte, Quatro?

— Cala a boca — respondeu Quatro, e fez sinal com o queixo para mim, desafiadora. — Vamos lá.

Eu sabia no que ela estava pensando. Estávamos todas pensando na mesma coisa. O motivo para termos jogado aquilo centenas de vezes.

Não quero ser eu a sonhar.

o CAVALEIRO e a MARIPOSA **15**

O vento balançou meu cabelo loiro-platinado curto, mas meu olhar não desviou da palha. Do desenho distinto das pontas amarelas e esfarrapadas.

— Esta aqui.

As mulheres todas se esticaram para ver a revelação dos caules. Dois gargalhou.

— Você é uma lazarenta sortuda, Quatro.

Eu acabei escolhendo o caule mais curto.

A risada de Quatro transbordava de alívio.

— Melhor assim, Seis. Você é a *predileta*. Nunca se debate na água.

Apertei o caule na palma calejada, o fiozinho tão feio e frágil, e me larguei sentada no muro bem quando os primeiros cavaleiros da procissão surgiram à vista.

Na dianteira, montado em um cavalo de batalha de pelagem clara, com pouquíssimas manchas de grama no lombo, vinha o rei.

Benedict Cástor não cavalgava com a coluna ereta como eu vira fazer seu antecessor, rei Augur — de olhos e cabelos cinza, frio e desinteressado. O rei Cástor parecia levemente curvado sobre a sela, a armadura rangendo como se ele estivesse desabituado ao movimento, como um escudeiro brincando de se fantasiar. O rosto dele era redondo, o queixo, imberbe. Eu me perguntei se ele sequer precisava se barbear.

— Imagine só — disse Cinco —, dezessete anos, e escolhido pelos cavaleiros para proteger a fé. Dezessete anos, e já rei.

— Com tudo a provar — murmurou Um, olhando para ele de cima.

O rei Cástor passou abaixo de nós sem erguer o rosto, sem saber que estava sendo observado. Quando Quatro suspirou, porém, o porta-bandeira do rei levantou a vista. Ao nos ver em cima do muro, arregalou os olhos. *Divinadoras*, tentou falar, mas não saiu som algum. Até que, mais corajoso, gritou para os cavaleiros que vinham atrás:

— Seis moças em cima do muro. Divinadoras!

Houve um ruído estrepitante, o relincho dos cavalos.

Os cavaleiros surgiram a galope. O grupo incluía mulheres e homens, todos de aparência variada. Alguns tinham o cabelo claro e distinto das Falésias de Bellidine, e outros, as feições finas e angulosas dos habitantes dos Cimos Ferventes. Uma cavaleira, de machado pendurado no ombro, tinha os olhos pintados com carvão, típicos do Bosque Retinido.

— Divinadora — exclamou um cavaleiro, erguendo o visor do elmo e olhando para Quatro. — Bela mística. Eu derrotei entidades, defendi os Agouros e a fé. Pelo prazer de minha devoção, rogo por um beijo.

Mais cavaleiros esticaram o pescoço e tiraram seus elmos para nos ver melhor. Alguns nos cumprimentaram com o credo da ordem, e outros jogaram margaridas e imploraram — ah, como imploraram — por nossa atenção, nossas palavras, nossos beijos, embora o muro fosse alto demais, e nos desse mais satisfação vê-los suplicar do que oferecer nossos lábios.

Eu me estiquei, tentando enxergar os olhos deles. A abadessa e as cinco mulheres ao meu lado no muro usavam véus. Além das visitas à catedral, os únicos olhos que eu via com alguma regularidade eram das gárgulas. E, sendo feitas de pedra, era como olhar para a catedral propriamente dita: uma visão espantosa, e inteiramente sem vida.

Os sinos começaram a toar.

A procissão do rei ficou mais esparsa, os últimos cavaleiros passando abaixo de nós. As outras Divinadoras começaram a caminhar sobre o muro, com o equilíbrio já treinado, acompanhando o movimento, mas eu permaneci sentada.

Abri a mão e deixei os fiapos da palha esvoaçarem, carregados pelo vento caprichoso do norte. Os sinos da catedral continuaram sua toada, em dobres insistentes. Eu me levantei para obedecê-los, preparada para o que viria a seguir…

Um cavalo relinchou lá embaixo.

Empacado na estrada, restava um único cavaleiro. Sua montaria cessara por completo, mastigando ruidosamente algo que encontrara na grama próxima à estrada.

Minha maçã.

O cavaleiro tentava impulsionar o animal, mas o cavalo, grunhindo de satisfação, vivia um caso de amor com a maçã. O bicho não avançava nem um palmo que fosse.

Uma série de praguejares abafados soaram sob o elmo da armadura. O cavaleiro se ajeitou na sela ao escutar o som dos sinos da catedral, e aí levantou a cabeça — permitindo-me ver a fenda escura de seu visor, através da qual ele observava o mundo.

Não dava para ver seus olhos. E nem ele distinguia os meus sob o véu. Ainda assim, eu senti, entre a barriga e a garganta, o instante em que ele me notou sobre o muro.

Ele aprumou os ombros. Devagar, pegou o elmo. Retirou. Vi emergir a cabeleira preta. Ele afastou as mechas do rosto, e eu inspirei fundo.

Feições angulosas. Sobrancelhas escuras. Nariz protuberante. A pele era bronzeada pelo sol, mas seu rosto não continha calor. A luz fazia brilhar três argolas de ouro na orelha direita furada. Severos e delineados por carvão, seus olhos eram tão castanhos que quase chegavam ao preto.

E também eram desprovidos de calor.

Ele me observou, arregalando os olhos — e a seguir semicerrando-os de pronto. Devagar, torceu a boca em desdém, um gesto inconfundível.

O que raios você tanto olha?

Todos os outros cavaleiros tinham sorrido para mim, reverentes, fascinados, submissos. Pelo visto este não sentia a mesma compulsão.

— Cavaleiro — chamei. — Seu bando é um espetáculo e tanto. O rei está tão ansioso assim, a ponto de exigir a companhia de tantos cavaleiros para uma Divinação?

O olhar do cavaleiro manteve-se tenso. Ele não disse nada.

— Eu perguntei se o rei...

— Se compararmos nossos dois bandos, dificilmente o meu pode ser considerado o espetáculo.

Pestanejei.

— Perdão?

Ele não esclareceu, continuando a fitar-me com os olhos antipáticos, e sua armadura rangeu.

Eu me empertiguei, assomando-me como um dos pináculos da catedral.

— Um cavaleiro de respeito preferiria perder a língua a se dirigir desse modo a uma filha de Aisling.

Ele comprimiu a boca, como se eu tivesse feito uma piada autodepreciativa.

Uma voz rouca gritou atrás de mim:

— Bartholomew!

Eu me virei. No pomar, sob a sombra comprida da catedral, estava a mesma gárgula peculiar que eu deixara na charola. Ele me chamou outra vez:

— Desça logo daí, Bartholomew. Precisamos entrar.

Olhei de volta para a estrada. Agora o cavaleiro tinha conseguido impulsionar sua montaria e acelerava o trote para se juntar aos demais.

Franzi a testa para a silhueta em movimento.

— Bartholomew, não me escutou? — insistiu a gárgula, abanando um dedo em repreensão. — Desça daí neste instante...

— Escutei, escutei.

Eu me firmei na beira do muro e desci até pisar na grama.

Eram 23 as gárgulas da Catedral Aisling, todas diferentes entre si. Compostas de calcário, elas formavam uma combinação perturbadora de características humanas e animais, a maioria dotada de asas e da capacidade de voar. Esta tinha a testa volumosa, presas, garras, e asas de morcego esculpidas nas costas, embora eu nunca a tivesse visto voar porque, aparentemente, *os céus são inconstantes, e eu não me recuperaria do insulto de ser confundido com uma ave.*

Entretanto, as gárgulas eram tão parecidas quanto eram diferentes. Todas nutriam uma lealdade estranha à Catedral Aisling, dedicadas ao outeiro e sempre obedientes à abadessa, como se *pertencentes* à catedral. Grunhiam, mas era raro falarem.

Exceto por esta.

Eu me aproximei, as mãos estendidas em súplica. No caso desta gárgula especificamente, que chamava a tudo e a todos de *Bartholomew* sem motivo aparente, era melhor demonstrar contrição, pois quando se dispunha à rabugice, o mau humor durava dias.

— Peço perdão — falei, me aproximando da criatura de calcário, cuja testa batia no meu ombro. — Eu estava castigando um idiota.

— Um passatempo prazeroso, como você já me provou em tantas ocasiões. Porém, o rei chegou a nós sem nos oferecer o menor aviso. Que atrevimento o dos homens — disse, revirando os olhos de pedra. — Já escolheram entre si quem sonhará na nascente?

— Serei eu.

— Muito bem — disse, estendendo a mão com garras afiadas. — Venha.

Fui conduzida pelo pomar de macieiras contorcidas. Apertamos o passo no adro, passando pelas estátuas e voltando à catedral, como se fisgadas por um anzol.

O dia sucumbia à noite quando chegamos às portas altas de carvalho. A abadessa aguardava ali. Não dava para ver seu rosto, nem nada da pele. O véu dela, uma cortina pálida que descia até o queixo, cobria o rosto por inteiro, e as mãos estavam protegidas por luvas de seda branca. Os únicos indicativos de sua insatisfação eram a tensão nos punhos cerrados e a nota gélida na voz.

— Pelo visto o *rei* veio para uma Divinação inesperada. Benedict Cástor Terceiro.

Ela pronunciou o nome dele rápido, como se quisesse cuspir o sabor amargo. Aparentemente, a abadessa não tinha muita estima pelo novo menino-rei. O vento agitou seu véu.

— Será você a sonhar, Seis?

— Sim.

Um murmúrio baixo de aprovação soou da garganta dela, e senti meu peito inflar. A abadessa tocou meu rosto, abriu espaço para a gárgula e eu passarmos para o nártex, e fechou a porta da catedral.

A Catedral Aisling estava escura. Fria. O ar estagnado cheirava a calcário e mogno — mas não bastava para mascarar o odor enjoativo e adocicado das flores podres que reinava lá dentro.

— Lavei as vestes de Divinação hoje cedo — disse a gárgula, me conduzindo pela nave até o último banco, onde seis vestes de seda me aguardavam. — Foi uma tarefa abundante. Estou dentro de mim de exaustão.

— *Fora* — murmurei, tirando a roupa. — "Fora de mim" é a expressão correta.

A gárgula franziu a testa de pedra.

— Se eu estivesse *fora* de mim, existiriam duas de mim, e assim a tarefa levaria metade do tempo.

Ela me deu as costas antes de eu responder, e me deixou desabotoar a roupa em privacidade. Primeiro foi o vestido de gaze esvoaçante. Em seguida, a camisa fina de linho. Eu não usava joias, meias, nem sapatos. Soltei as bragas e deixei escorregarem pelas pernas. Quando terminei, o único tecido ainda no meu corpo era o véu.

Nua, eu estremeci.

As vestes de Divinação ainda estavam quentes do varal. Peguei aquela com o *VI* bordado no punho. Branca, sedosa e imaculada, muito mais refinada do que as roupas que eu tinha acabado de tirar, a veste era luxuosa, mas não confortável.

o CAVALEIRO e a MARIPOSA **21**

— Estou pronta.

Estou pronta, zombou meu eco, ricocheteando nas paredes de pedra da catedral.

A gárgula se virou. Daí me encarou com seus olhos de pedra e voltou a me oferecer a mão, para me conduzir ao transepto. Ali, situada no centro da catedral, como um coração...

Estava a nascente.

Há tempos uma rocha de calcário enorme se fissurara ali, e Aisling fora construída ao seu redor. Da fissura larga na rocha, brotava uma nascente antiga, como uma banheira comprida e estreita. A água era oleosa, escura e cheirava a flores podres.

Os sinos da catedral dobraram novamente. Senti um aperto no peito. Um aperto na garganta. Andei devagar até a nascente, levantei a barra da veste.

A gárgula me mergulhou.

A água viscosa batia logo acima do meu umbigo. Como tudo na catedral, era fria. Eu tremia enquanto a nascente me acolhia em seu ventre frígido e lambia a seda da veste, tornando-a translúcida.

Mirei o rosto para o alto. Acima de mim, próximos ao pico do claustro da catedral, cinco vitrais se erguiam, cada um representando um objeto de pedra — os mesmos que apareciam nas mãos das estátuas do adro.

Uma moeda, um tinteiro, um remo, um sino e um peso de tear.

A sexta e última janela ficava centralizada, na janela leste — uma rosácea enorme, composta por milhares de cacos de vidro colorido. A imagem era diferente das demais e, em vez de representar um objeto de pedra, montava uma flor com cinco pétalas peculiares que, sob olhar mais apurado, lembravam perfeitamente as asas delicadas de uma mariposa.

Os últimos raios do dia acendiam o brilho das janelas, mas a luz era alta — além do meu alcance. A nascente onde eu me encontrava era o local mais sagrado de Traum, mas eu estava no escuro.

Em silêncio, elas vieram das sombras do transepto: mais seis gárgulas. Marcharam até se posicionarem ao redor da nascente, como as horas de um relógio de sol.

A porta dupla da catedral foi escancarada.

Os cavaleiros do rei adentraram o nártex. Estavam quietos, como se a Catedral Aisling tivesse arrancado as palavras de suas bocas. Sem os elmos, erguiam a cabeça ao admirar a arte da catedral — o piso fino de mármore, os relevos esculpidos, o teto abobadado, as janelas de vitral.

Os sinos cessaram.

Atrás dos cavaleiros veio o rei Cástor, caminhando ao lado da abadessa. Com a armadura cintilante dele e as vestes pálidas dela, mais o véu que a cobria, poderiam muito bem ser um par de noivos, atravessando a nave comprida para jurar seus votos no altar. A diferença era que...

Noivas não empunham facas.

Os cavaleiros sentaram-se nos bancos. Quando a abadessa e o rei chegaram à pedra no coração da catedral, pararam um diante do outro — bem na minha frente.

A abadessa falou como falava sempre durante a Divinação. Sem sentimento.

— É a primeira vez que é Divinado, Benedict Cástor. Trouxe sua oferenda?

O rei, na minha frente, estava com os olhos azuis arregalados e marejados.

— Vinte moedas de ouro.

— E o que deseja aprender com o sonho desta Divinadora?

— Nada — disse o rei, e um ligeiro rubor brotou em seu rosto, a voz vacilando. — Isto é, quero, suponho, saber se estão a meu favor, agora que me tornei o novo rei de Traum.

Ele tremia, e eu me mantinha perfeitamente imóvel. O pobre coitado estava assustado, e a emoção o fazia parecer ainda mais jovem, apesar da armadura distinta. Naquele momento, cogitei estar vendo Benedict Cástor com mais clareza do que qualquer outra pessoa jamais o vira. Era por isso que eu amava ser Divinadora. Eu me sentia muito mais sábia, mais forte, na nascente de Aisling. Era grotesco, mas me excitava.

Embora eu odiasse o que viria a seguir.

A abadessa fez um longo momento de silêncio. Enfim, devagar, entregou a faca ao rei de Traum.

— Então comece.

CAPÍTULO DOIS
AGOUROS

A lâmina não emitiu som algum quando o rei Cástor se cortou. O corte correu pela linha do coração na palma, então ele fechou os dedos, segurando o fluxo de sangue na mão como um cálice de vinho. Era um ato sagrado — ceder um pouco de si para a arte da Divinação.

A abadessa pegou o braço do rei Cástor e levou sua mão ensanguentada à minha boca. O rei empalideceu e virou o rosto para a parede, como se não suportasse olhar para o sangue — nem para mim.

— Beba — ordenou a abadessa.

Abri a boca, e o sangue do rei escorreu pela minha língua, quente e viscoso. O sabor era vil. Era sempre assim.

Engoli, fazendo esforço para não vomitar.

A abadessa iniciou a oração.

— Traum é o nome antigo de uma terra ainda mais anciã. Sua história é lúrida e surreal, como um sonho. Porém, de muitos modos, a história verdadeira teve início neste outeiro aqui...

Ela parou e se virou para o rei.

— Talvez, contudo, um *Cástor* prefira não escutar a história que conto antes da Divinação. Devemos prosseguir para o sonho, simplesmente?

O rei Cástor remexeu os pés, desconfortável.

— Prefiro fazer o processo como dita a tradição. Por favor, continue.

A abadessa tocou meu rosto, um gesto familiar de carinho silencioso, e prosseguiu:

— Conhecemos Traum e seus vilarejos como nossos cinco dedos. Feira Coulson, o vilarejo dos comerciantes. O centro acadêmico da cidade, Seacht, o vilarejo dos escribas. Os Cimos Ferventes, na desembocadura do rio, o vilarejo dos pescadores. A floresta protegida de bétulas, o Bosque Retinido, onde vivem os silvícolas. As abundantes Falésias de Bellidine, ocupada por tecelões.

A abadessa suspirou.

— As histórias antigas variam, é claro, mas em um aspecto são todas iguais. Traum era uma terra repleta de criaturas monstruosas. Entidades que vagavam pelos vilarejos. O povo tentou combatê-las, mas os vilarejos não eram unificados, patinhando sem os deuses, sem princípios divinos, sem governante. Quando nada disso existe...

A tragédia é inevitável, recitei em pensamento.

— A tragédia é inevitável — ecoou a voz da abadessa. — Comida, dinheiro e crianças eram roubados dos vilarejos por entidades. Assassinatos aconteciam. Plantações morriam, barcos naufragavam, a lã era infestada por besouros. Rapidamente, o povo de Traum se tornou como as entidades: criaturas perdidas, estranhas, famintas e inteiramente desprovidas de virtude.

— Devia ser a maior farra — murmurou um cavaleiro.

O rei Cástor conseguiu abrir um sorriso trêmulo. Fitei-o com irritação de trás do véu.

A abadessa continuou:

— As mortes se espalharam, assim como a discórdia entre os vilarejos.

Até uma certa noite.

— Até uma certa noite. Em uma noite sombria e solitária, quando o ar, de tão frio, pintava o céu de um tom de púrpura incomparável, seis deuses visitaram Traum.

Um bufar ecoou pela catedral.

Um burburinho e um estrépito de armadura, e um dos cavaleiros se levantou do banco, os passos ruidosos no piso de pedra. Ele empurrou a porta da catedral, e a luz do anoitecer delineou seu cabelo escuro e as três argolas de ouro na orelha direita.

O cavaleiro da estrada. Ele lançou um olhar sinistro para trás…

E fechou a porta de madeira antiga com um chute.

A abadessa esperou os ecos da partida se aquietarem, e prosseguiu, imperturbável.

— Em uma noite sombria e solitária, uma criança órfã deixou o vilarejo e escalou um outeiro elevado, em busca de comida. O outeiro não oferecia muita vida, além da grama sussurrante, das margaridas e das mariposas pálidas. Até que viu: uma nascente! Uma estranha nascente no topo do outeiro, brotando de um rochedo enorme. A criança chegou à beira da água, bebeu a goles ávidos. — Ela inspirou fundo, com afetação. — E um sonho a carregou.

Eu já tinha ouvido essa história tantas vezes que a visualizava na memória. Uma criança, como um dia fui ao chegar à Catedral Aisling, deitada na água escura diante de curiosos perplexos. Eu me orgulhava porque uma órfã — assim como eu — era a figura mais importante da história mais sagrada de Traum.

Mesmo que a criança não tivesse nome.

A abadessa continuou:

— Quando a criança despertou, doente e fraca, passou a relatar a quem passasse uma narrativa vívida de seis figuras místicas que visitaram sua mente adormecida, figuras de sombra que portavam objetos de pedra, cada um com seu poder único. A história da criança se espalhou, e o povo de todos os vilarejos veio ver a nascente no outeiro. De novo e de novo, a criança bebia da água e sonhava. Com o tempo, aprendeu que os movimentos dos objetos de pedra eram presságios. Assim, os deuses que os empunhavam ganharam seu nome.

— Agouros — sussurrei.

— Agouros — repetiu a abadessa.

Ela levantou o dedo, apontando as janelas altas, e todos da catedral ergueram o olhar para os vitrais.

— O Agouro que empunhava uma moeda de pedra, a criança chamou de Bandido Ardiloso. O Agouro do tinteiro foi batizado de Escriba Atormentado. O Agouro que erguia um remo de pedra foi chamado de Barqueiro Ardente. Lenhadora Leal é quem carrega o sino — disse ela, e apontou a última janela arqueada. — E a Triste Tecelã emprega o peso do tear sagrado.

A abadessa dirigiu o dedo à janela final, a enorme rosácea.

— O sexto Agouro, contudo, não trazia nenhum objeto. Não revelava nada de si, e aparecia apenas na forma de uma mariposa pálida de asas ligeiras. Há quem diga que ele se revela no momento do nascimento, e outros, logo antes de morrermos. A verdade — declarou, abrindo as mãos como se fossem dois pratos de uma balança —, não sabemos. Podemos ler seus sinais, mas não é nosso lugar questionar os deuses. A mariposa é volúvel, distante, e nunca conhecida, sequer por Divinadoras.

Ela levou a mão enluvada ao peito.

— É claro que há aqueles entre nós que há tempos acreditam que os Agouros são mais vastos do que os sonhos que ocupam. Que a mariposa e os outros existem de fato, escondidos nos vilarejos, derrotando entidades horríveis e guiando o destino de Traum com seus objetos mágicos de pedra. Sempre presentes, em atenção eterna.

A saliva empoçou na minha boca, densa e com gosto de ferro. Estava quase na hora.

— Assim — disse a abadessa —, chegamos ao centro da maior história de Traum. Uma catedral grandiosa foi erguida no outeiro da nascente, e mais crianças órfãs foram trazidas aqui para sonhar, virando as filhas de Aisling, Divinadoras adoradas. Um rei foi coroado, e os cinco vilarejos de Traum, unificados pela fé, receberam, enfim, o nome de reino de Stonewater, pedra-água. Os cavaleiros do rei foram incumbidos da tarefa de defender a fé assim como defendem os vilarejos das entidades.

Ela parou, empertigando-se acima do jovem Benedict Cástor, que olhava para os próprios pés.

— E o rei jurou ser mais suplicante do que soberano, nunca vestir o manto da fé para benefício próprio, nunca buscar os Agouros e seus objetos de pedra em nome do poder ou da vaidade. Pois, no final — disse a abadessa —, somos suplicantes, todos. Artesãos ou reis, cavaleiros, órfãos ou Divinadoras, a fé é a mesma. Ela, assim como a Catedral Aisling, sustenta os vilarejos. E, embora cada um tenha seu próprio credo, não devemos nunca nos esquecer: são os *Agouros* que governam Traum. Os *Agouros* que traçam sinais. Estamos aqui apenas como testemunhas de suas maravilhas. Pupilos de seus presságios.

Ela ergueu as mãos em sinal de convocação.

— Eternos visitantes de seu domínio.

— Eternos visitantes — repeti.

— Eternos visitantes — murmurou o rei.

— Eternos visitantes — ecoaram os cavaleiros.

As gárgulas fecharam o círculo ao redor da nascente.

Exalei um sopro trêmulo.

— Que nome, com sangue, dá aos Agouros? — perguntei ao rei.

Ele se sobressaltou, como se tivesse se esquecido de mim.

— Benedict Cástor Terceiro.

A abadessa pousou as mãos nos meus ombros.

— Deite-se — instruiu.

O cheiro de flores podres, o gosto de sangue, o óleo da água me envolveram. Deitei de costas na nascente, olhando para o claustro alto de Aisling e suas janelas, elas na luz, e eu, na escuridão.

A abadessa se debruçou em mim.

— Sonhe — veio seu último comando, decidido.

Ela empurrou minha clavícula, com força, a ponto de machucar.

Afundei na água fria e terrível.

Fechei os olhos, abri a boca. Engoli água e engasguei. Meu corpo se debateu em um espasmo, dois — uma onda na nascente. Então, fiz o que fazia desde meu primeiro dia na Catedral Aisling.

Eu me afoguei.

Senti dor, dor, e enfim...

Nada. Um nada pálido e brilhante.

Eu estava deitada no piso limpo de pedra, olhando para as mesmas janelas de antes. Desta vez, porém, pareciam muito mais altas, o teto abobadado da catedral imerso em nuvens, como se alcançasse o céu.

Gárgulas, Divinadoras, a abadessa, o rei e os cavaleiros, todos tinham sumido. Não restavam nem os bancos de mogno. Eu estava sozinha em uma versão descorada e limítrofe de Aisling, que não existia comigo desperta.

Eu me levantei. Minha veste desaparecera. O único tecido no meu corpo era o véu. Olhei para minha nudez, pelo e pele, gordura, músculos e ossos. Uma risada estranha brotou na minha garganta. Eu sempre me sentia imensa após engolir sangue e água e me afogar na nascente. Como se fosse infinita, contendo de bom grado o desconforto no meu corpo. Ficava enjoada de nojo, e corada de orgulho.

De soslaio, captei uma sombra se mexendo. Eu me virei, mas a sombra piscou e sumiu.

Eu era pequena no espaço tão vasto.

— Agouros — chamei. — Sou sua emissária, sua sonhadora, eterna visitante. Venho Divinar.

Silêncio. E então...

A catedral começou a ondular. A luz embaçou os detalhes, pilastras, janelas e esteios capturados por um brilho estranho e vacilante. Pus-me a caminhar pelo vazio pálido, o mundo arrastado, mas meu coração acelerado como o de um beija-flor.

A catedral ondulou mais vigorosamente. Pontos escuros, como manchas no tecido, danaram a salpicar o espaço branco e amplo.

— Provei o sangue de Benedict Cástor Terceiro. — Outra vez, declarei: — Venho Divinar.

A catedral ondulou, ondulou...

E se apagou por completo.

O chão se abriu aos meus pés, e desabei pelas fendas de luz até a escuridão. Senti um frio na barriga, as mãos e os pés desamparados enquanto meu corpo se entregava à queda.

Um lampejo prateado no escuro. E enfim...

Meus joelhos pousaram primeiro, e depois minhas mãos, na substância fria, dura e instável. Engoli um gemido e tentei me levantar. Tropecei, caí e fui rolando tal qual um abridor de massa. Soou um coro tilintado e, quando parei de rolar, contorcida, nua e já machucada, consegui me segurar e sentar-me.

Moedas. Eu tinha caído em um leito de moedas. Centenas, milhares de moedas, empilhadas em um cômodo escuro.

Observei o ambiente. Olhei para cima. A sala tinha estandartes roxos, janelas compridas, e um céu azul e iluminado. Ainda assim, eu enxergava o espectro das pilastras de Aisling, do teto abobadado — das entranhas de pedra fria.

Àquela altura eles já estariam me retirando da nascente. Após perder a consciência no afogamento, a Divinadora era sempre tirada da água, e deitada para sonhar no altar, de barriga para cima e braços abertos, como uma oferenda.

Eu ainda escutava o que acontecia fora do sonho, mas em sons indistintos.

— Então? — chamou a voz distante da abadessa.

Abri a boca para responder...

Então eu vi. Uma moeda, diferente das outras, suspensa. Um lado era de pedra lisa, e o outro, escuro, áspero e roto.

— A moeda do Bandido Ardiloso — declarei. — Estou vendo. O lado áspero está para cima — falei, e exalei. — Um presságio de azar.

Se a abadessa respondeu, não ouvi. O chão se foi sob meus pés, as moedas chovendo na escuridão e me levando junto.

Caí, dando um suspiro grosseiro ao baquear no tapete de lã. As moedas não estavam mais lá. Eu estava em um espaço novo — um corredor escuro com paredes altas cobertas por pinturas que, por mais que eu forçasse a vista, continuavam indistintas. Pareciam corpos, nus como o meu, contorcidos em formas variadas.

Lá no alto, quase transparente, assomava o teto de Aisling.

Meus passos eram silenciosos no carpete, mas meu coração batia em frenesi. O afogamento na nascente mágica da Catedral Aisling, os sonhos com os Agouros eram sempre daquele jeito. Doloridos. Assombrosos. Não importava quantas vezes eu sonhasse, era sempre impossível escapar da sensação aguda de captura que me invadia, como se alguém que eu não enxergava, uma figura encapuzada, talvez, estivesse à espreita, escurecendo minha visão periférica.

Minha lombar, minhas axilas e as solas dos meus pés estavam encharcadas de suor.

Até não ser apenas suor. Havia outra umidade se espalhando pelos meus pés, molhando, fria ao se assentar no espaço entre os dedos.

Foi então que vi. Um tinteiro na beira do corredor, tinta preta derramada no carpete como sangue de uma ferida.

— O tinteiro do Escriba Atormentado — falei, com a voz mais alta que pude. — Está derramado. Espalhando tinta preta. Um sinal terrível.

Sussurros soaram cima de mim. E então a tinta, o carpete e o corredor desabaram todos, e eu, com eles. Tombei pela escuridão, pelo vazio, até adentrar uma luz cinzenta e fraca. Um sopro me atingiu como um tapa no rosto. Desta vez, não havia moedas, nem tapete para me acolher. Apenas xisto áspero e implacável e rocha montanhosa. Estiquei as mãos para me segurar...

E caí em uma pedra, arrebentando a clavícula.

— Onde você está, Seis?

Rangi os dentes, me contorci e engoli a vontade insuportável de vomitar, a agonia quente arranhando meu corpo inteiro.

— Seis?

A voz da abadessa era um eco, mas ainda assim, um comando.

Uma vez, eu assistira à Quatro sonhar. Eu era jovem, curiosa para saber como eu devia ficar quando Divinava, mas ver Quatro se afogar me causara uma angústia tão intensa que eu quase fugira. Então a abadessa, tão mais forte do que eu imaginava, tirara Quatro da nascente como se ela não pesasse mais do que uma vassoura, e a deitara no altar. Eu sempre imaginara que a arte da Divinação envolvia sacolejos, talvez até convulsões. Sonhar com os Agouros era cair em pesadelos, e a dor que eu sentia quando desacordada me era tão verdadeira quanto a dor na vida desperta.

Porém, Quatro somente... ficara ali, deitada, aparentemente em paz. Apenas a voz que escapava da boca entreaberta dava vazão à ansiedade. Ela gemia, gritava. Depois, ela me contou que caíra de costas na pilha de moedas do Bandido Ardiloso, perdendo o fôlego. Contudo, a única coisa que ouvi foi um suspiro, e tudo o que vi, uma menina imóvel de vestes de seda molhadas e braços abertos convidativos, deitada no altar.

Por algum motivo perverso, eu gostei daquilo. Saber que eu era capaz de conter tanta dor sem ninguém se dar conta fazia eu me sentir...

Forte.

Mesmo que a clavícula quebrada doesse para cacete.

Com o braço ileso, eu me apoiei para me ajoelhar. Meus seios e barriga estavam totalmente arranhados pelas pedras. Quando ergui o olhar, vi uma bacia de água, cercada por sete

o CAVALEIRO e a MARIPOSA 33

cumes montanhosos, todos tão delgados, tão afiados, que pareciam as garras de um antigo gigante rochoso de uma história infantil.

Porém, o que eu fitava não eram as montanhas. Era a água. A água azul-cristalina da bacia, e o grande remo de pedra suspenso acima dela.

— Estou nas montanhas — falei, rangendo os dentes. — O remo do Barqueiro Ardente não está tocando a água, e não há correnteza. Outro sinal ruim para o rei.

Veio o frio na barriga — *lá vamos nós* —, e eu não estava mais nas rochas, olhando para a água, e, sim, sozinha no bosque. A clavícula quebrada e os cortes na pele tinham sarado. Eu estava em um arvoredo de bétulas pálidas, onde não via vivalma.

No entanto, não estava sozinha.

Uma luz cálida atravessava a copa de folhas amareladas. As bétulas não tinham galhos, e oscilavam na brisa como braços emaciados, buscando a face fina do teto de Aisling.

Eu escutei.

Pronto. Um sino, pendurado na árvore à minha frente. Um sino de pedra que entoou uma série de notas agudas e trôpegas.

— O sino da Lenhadora Leal dobra em dissonância — falei. — Um mau presságio.

Eu não escutei a voz da abadessa. Imaginei que estivesse orgulhosa atrás do véu, diante do rei Cástor. Quatro objetos de pedra, quatro sinais ruins.

Faltava apenas um.

O sino se calou.

Fez-se silêncio no bosque. E as bétulas... as bétulas se acirraram, mais fechadas do que antes, como uma matilha de lobos cercando um cervo perdido. Assim de perto, eu via que a casca pálida não era translúcida, nem fina, como a de uma bétula normal. Não. A casca era manchada. Pesada. Lembrava pele velha. E os nós nos troncos, rasgos escuros naquela casca pálida desmazelada...

Eram olhos. Centenas de olhos pretos, sem pálpebras, que me observavam.

O bosque desapareceu. Quando o mundo se firmou, eu estava deitada na terra rija, fria e gosmenta. O ar estava úmido e abafado, e eu mal enxergava minha própria nudez — estava tudo pintado de preto.

— Estou no escuro — declarei.

Estou no escuro, recitou meu eco distante.

Eu sabia o que viria a seguir. Eu já havia sonhado centenas de vezes com todos os lugares que tinha acabado de visitar — a sala das moedas, o corredor acarpetado, as montanhas, a floresta de bétulas, e a escuridão úmida. E eu sabia quais objetos de pedra me aguardavam, e como interpretá-los. Eu era *boa* na leitura dos sinais. Por isso me envergonhava que, após tanto tempo, eu ainda detestasse fazê-lo.

Que eu ainda temesse tanto sonhar.

Levantei-me e avancei, arrastando os pés, de mãos esticadas. Por algum tempo, não encontrei nada, apenas trevas e o som do meu coração pulsando. E por fim: luz prateada. Lá no alto, o luar penetrava frestas estreitas, como se eu estivesse olhando para o céu noturno de dentro de um ovo imenso e escuro.

Não era muita luz. Apenas o suficiente para eu não topar as canelas no banco de pedra encostado na parede. Nele estava uma tapeçaria, desbotada e puída. Pendurado nos fios, puxando o pano para baixo…

Um peso de tear.

— O peso de tear da Triste Tecelã — proclamei, contendo a vontade de cochichar. — Está pendurado em um fio esfarrapado. É o quinto sinal ruim.

Balancei a cabeça.

— É a resposta à pergunta do rei Cástor. Os Agouros *não* estão a seu favor.

Vozes ecoaram ao longe.

O sonho servira seu propósito. A abadessa ia me despertar agora...

Então veio um ruído. Passos no escuro. Não era o *tum-tum* de um sapato de couro, de uma bota, nem de um pé descalço, mas um som mais duro. Como de pedra acertando pedra. *Claque, claque*, ribombava. *Claque, claque*, bem atrás de mim.

Virei-me.

Não vi ninguém.

Senti um arrepio, a sensação sufocante de estar sendo observada aguçando meus sentidos.

Claque, claque, perto e longe.

O luar de prata foi apagado, mergulhando-me no escuro profundo. Engoli um grito e fiz o que sempre fazia nesta parte do sonho.

Eu corri.

Fugi pelas entranhas sombrias do sonho até cair, desabar pelo pretume sem fim, pelo vazio. Eu caí e caí...

— Seis — veio a voz da abadessa.

Então despertei, arfando.

CAPÍTULO TRÊS
O CAVALEIRO MAIS REPUGNANTE DE TRAUM

Por sinal, me chamo Sybil Delling. Eu me *chamava* Sybil Del-ling. Não me lembro de quem me deu o nome, mas me lembro do dia em que o perdi.

Eu era uma menina órfã, acolhida em um colo forte, en-gasgada na água com cheiro de flores podres. Não me lembro de como fui parar na nascente de Aisling, nem nada da minha vida anterior a esse momento. Lembro, porém, que chorei, e que os soluços ecoavam perto e longe, como o lamento de cem meninas.

A mulher que me segurava usava um véu, e tinha a voz que passei a reconhecer como da abadessa. Enquanto me assomava, ela me dizia que a menininha doente que eu fora, a pequena Sybil Delling, não existia mais. Ela perguntou se eu desejava exercer um toque divino sobre Traum. Se eu daria a ela dez anos do meu tempo em troca de seu amor e cuidado. Que resposta eu poderia dar, além de sim?

E então ela me afogou.

Depois, passei mal. A abadessa me abraçou e me disse que a nascente era sagrada e mágica e que, ao me afogar nela, eu também me tornara sagrada e mágica, eternamente transforma-da. Que a memória fora lavada da minha alma assim que a água tocara minha boca, como se eu tivesse renascido. Ela disse que eu era estranha, especial, nova. Mais importante, disse que eu era *dela*, com tanto orgulho que eu passava os dias em busca de sua aprovação, só para ouvir aquilo de novo. Ela afastou meu cabelo fino e prateado do rosto, e cobriu meus olhos com uma tira de véu de gaze, dizendo que eu correria perigo fora da catedral, pois o povo de Traum queria para si o que era sagrado. Ela rogou que eu resguardasse meu rosto e meu nome até findarem meus dez anos na Catedral Aisling.

Eu virei um número. Seis. Prometi para mim, entretanto, que não esqueceria que um dia eu fora uma pessoa com nome — Sybil Delling —, e que eu voltaria a usar esse nome quando meu mandato na catedral chegasse ao fim.

Havia cinco outras meninas ali, todas como eu: apenas números. A abadessa trazia homens e mulheres para nos visitar na catedral. Lordes e camponeses, nobres e cavaleiros. Eles faziam perguntas e, na nascente, com o sangue dos desconhecidos na língua, os Agouros nos mostravam respostas — positivas, ou negativas.

Éramos Divinadoras. Filhas sacras da Catedral Aisling. Emissárias dos deuses.

Os anos se passaram. De novo e de novo, fui mergulhada na água fria e oleosa. Mirando a rosácea de vitral, pétalas e asas mescladas em uma face bizarra. De novo e de novo, eu me afogava e sonhava. E, em meio a tantos sonhos, a tantas sagrações que deles nasciam, descumpri minha promessa.

Eu me esqueci de Sybil Delling.

— Calma, Bartholomew. Seu sonho acabou.

Na sacristia, deitada em um banco atrás da cortina de veludo, eu tossi. Estava de volta a Aisling, na veste molhada de Divinação. A catedral estava escura, as janelas da cor da tinta. Era noite, e eu estava sozinha. Sozinha, exceto por...

— Cinco maus sinais — disse a gárgula com aparência de morcego. — É surpreendente que o jovem rei não tenha borrado as calças. Normalmente, sinto um alegre prazer na humilhação abjeta, mas ver o jovem Cástor... ai, ai. Você está vomitando.

Sim, eu estava vomitando. Com os punhos cerrados, rolei para o lado e deixei jorrar o conteúdo do meu estômago no piso da sacristia.

A gárgula soltou um ruído estridente.

— Eu esfreguei esse piso hoje mesmo.

— Fui *eu* — disse, fechando os olhos com força e arfando — que esfreguei o piso.

— Minha supervisão exigiu esforço.

Depois de a abadessa me acordar, o sonho se apagou feito uma vela. Porém, após toda Divinação, eu ficava zonza. Às vezes, durava horas. Uma gárgula me carregava até a sacristia, escondida da atenção alheia, e lá eu me deitava, em meu estado nebuloso e sedado. Quando minha mente desanuviava, eu *sempre* passava mal.

Eu me curvei sobre os joelhos.

— Que horas são?

— Noite — disse a gárgula.

— Isso estou vendo. As outras estão dormindo?

— Estão — disse ela, com uma careta. — Os cavaleiros também.

Eu tossi.

— O rei ainda está aqui?

— A abadessa ofereceu o dormitório para ele. Talvez por pena. E que inútil é a pena, pois hóspedes são sempre uma espécie de invasores. Ora, enquanto você estava aqui, enrolando na sacristia, cheguei a flagrar alguns cavalheiros errantes espreitando a nascente. Não se preocupe, dei um jeito neles.

Ela fez um muxoxo de censura, pegou um pano e secou a bile da minha boca com gestos rudes.

— Está melhor?

Tudo doía. Os músculos da testa, a mandíbula, o estômago — eu me sentia enjoada pela ingestão da água da nascente. Eu não trazia nenhuma marca das lesões sofridas no sonho.

No entanto, a dor da clavícula quebrada, dos músculos tensos, perdurava no meu corpo como um fantasma.

— Estou com sede — soltei, rouca.

A gárgula olhou para o chão, profanado pelo vômito.

— Eu a acompanharia à sua morada, mas pelo visto preciso *esfregar* as coisas por aqui.

Eu me levantei, bambeando.

— Perdão pela sujeira.

Ela empinou nariz e não me desejou boa noite.

Lá fora, o ar estava frio. Não adocicado e pútrido como flores apodrecidas, e sim fresco, com efeito purificante. O outeiro não tinha árvores, apenas cascalho, pedra e grama salpicada de margaridas. No alto, a lua era uma unha pálida no céu, sem interesse em iluminar o caminho. Não fazia diferença. Até com o véu úmido nos olhos e sem lanterna, consegui encontrar a trilha que levava às construções de pedra instaladas na sombra perene da Catedral Aisling.

No outeiro ficavam seis construções, além da catedral. A maior era um dormitório de dois andares, com estábulos anexos que viviam vazios, mas, no momento, cheiravam a esterco dos cavalos da comitiva do rei. A segunda em tamanho era uma casa coberta de hera, onde morava a abadessa. Diretamente atrás dela ficava o refeitório e, na sequência, mais duas moradas. Uma para as gárgulas, que não comiam, nem bebiam, mas gostavam de dormir, e outra, para as Divinadoras.

A última construção era uma casinha de pedra distante, no lado sul do outeiro, onde o vento era mais ruidoso. Ninguém nunca ia lá. A casa não tinha janelas, apenas uma porta de ferro antiga. Uma arquitetura de quinta categoria, fazendo jus ao seu abandono.

Fiz o percurso em silêncio. Passei pelos estábulos, pelo dormitório. As janelas estavam todas apagadas. Ou os cavaleiros estavam em luto pelos maus presságios do rei, ou já adormecidos. Quando contornei a casa da abadessa, contudo, e vi o refeitório...

Pestanejei. As janelas do refeitório estavam iluminadas. E uma cavaleira, armada até os dentes, estava postada à porta, olhando bem para mim quando saí das sombras.

— Ei!

Parei, derrapando.

A cavaleira, que tinha uma espada no cinto e um machado de aparência letal na mão esquerda, veio marchando, forçando a vista à luz da tocha.

— Quem vem aí?

Minha voz saiu fraca:

— Seis.

— Quem?

— *Seis.*

A cavaleira não parou, iluminada pela tocha amarela. Ela usava anéis elaborados de bronze, ouro e prata no cabelo escuro e curto. Tinha o nariz pontudo. Rugas entre as sobrancelhas e ao redor dos olhos apertados, que me davam a certeza de que ela era mais velha do que eu. Seus olhos verdes eram delineados de carvão; ela os arregalou ao me fitar.

— Maldição, Divinadora — disse ela, abaixando a tocha. — Está parecendo um fantasma com esta... esta...

Segui o olhar dela, fixo nas minhas vestes de Divinação. A seda branca, ainda molhada, não escondia nada do meu corpo.

— Estou a caminho do meu quarto — falei, seca.

— A uma hora dessas?

— Eu estava sonhando. Ou já se esqueceu da Divinação?

A cavaleira me encarou. Não do modo fascinado que era comum entre os que vinham a Aisling, e, sim, com mais minúcia.

— Não me esqueci. Mas todo mundo já foi dormir. Inclusive suas Divinadoras e a abadessa.

— A gárgula me deixou repousar na catedral.

Ela levantou a sobrancelha.

— Você precisa de repouso depois de sonhar?

— Duvido que uma simples soldada compreenda a complexidade da Divinação.

A cavaleira levantou a sobrancelha. Por uma fração de segundo, senti vergonha por falar daquele jeito com ela. Até que recobrei o bom senso. Ela era, afinal, uma cavaleira, a serviço de um rei que os Agouros nitidamente não favoreciam. Eu não lhe devia remorso.

— Estou com sede — falei.

— Bem — disse ela, batendo a bota na terra. — Seria uma honra para esta *simples soldada* acompanhá-la de volta a sua morada.

Apontei para a construção atrás dela.

— A cozinha fica ali. Vou buscar água.

— Eu trago para você.

— Generosidade sua — falei, contornando-a. — Mas não é necessário.

— Espere, Divinadora — disse ela, tentando segurar meu braço. — Espere...

Escancarei a porta do refeitório.

Curvado, de botas desamarradas, outro cavaleiro estava sentado em cima de uma mesa comprida de madeira. Não usava armadura. Nem cota de malha. Nem túnica. Não vestia nada acima dos nós descuidados que sustentavam a calça no lugar.

Ele se virou ao ouvir a porta, e deteve o olhar sombrio em mim. A luz do fogo refletiu as três argolas de ouro na orelha direita.

O cavaleiro da estrada.

Ele estava fumando alguma coisa, um graveto pequeno em brasa com um cheiro ácido que lembrava urtiga. Assim como quando nos entreolhamos antes, eu, sobre o muro, e ele, a cavalo...

Não havia calor em seus olhos.

E então falou. Não em gritos secos, como na estrada, mas mais grave. E supus que ali estivesse a morada de todo o seu calor. Nas profundezas ferventes e abrasadas da voz.

— O que está acontecendo, Maude?

A cavaleira atrás de mim — Maude, aparentemente — se ajeitou. Parei na metade de um passo, fazendo com que ela ficasse meio entalada na porta.

— Encontrei esta tropeçando por aí.

Ela pronunciou as palavras seguintes muito vagarosamente. Com intenção.

— Ela veio beber água.

— Ei — exclamou outra voz.

Dei um pulo. Não tinha reparado na segunda pessoa no cômodo, perto do fogo, que me encarou, as bochechas rotundas.

— É minha Divinadora.

O rei Benedict Cástor.

Ele me cumprimentou com um aceno e um sorriso juvenil e iluminado. O tremor do rei se fora — apesar de tantos presságios abismais vistos em sonho, ele parecia inteiramente à vontade.

— Que experiência, a Divinação — disse ele.

Ele segurava um jarro grande, que não conseguiu esconder atrás das costas.

— Obrigado — acrescentou.

— Às suas... ordens.

Talvez ele estivesse bêbado. Ninguém sorriria daquele jeito tão estúpido nas circunstâncias dele estando sóbrio. Voltei minha atenção para Maude.

— Eu não estava tropeçando por aí. Estava andando pelo terreno. Porque moro aqui. Os hóspedes são *vocês*.

O cavaleiro seminu desceu da mesa. Por teimosia, mantive o olhar fixado no rosto dele, sem me permitir abaixá-lo. Sem vislumbrar os músculos esguios desenhados no abdômen, o V nítido que se formava no quadril, a fileira de pelos escuros que ia descendo do ventre até o cós da calça...

— Deve ser especial — disse ele, fumaça brotando da boca entreaberta. — Ser Divinadora.

o CAVALEIRO e a MARIPOSA **43**

Pelo tom, ele não parecia achar especial.

— É um privilégio Divinar. Ser Divinado também. Você teria sabido, se tivesse assistido à cerimônia.

— Notou quando fui embora, é?

— Difícil não notar, com todo aquele seu escândalo.

Maude pigarreou. O cavaleiro se virou, e eles se entreolharam com uma expressão que eu não soube interpretar. Foi então que vi. O que não tinha notado quando ele estava de lado para mim, na mesa. O motivo para estar sem camisa.

Um aglomerado de hematomas escuros e horrendos decorando o lado direito do tronco. A pele lesionada e manchada cobrindo o que certamente era, no mínimo, uma costela quebrada.

— O que aconteceu? — soltei.

Ele olhou para o próprio tronco. Voltou a me fitar através de outra nuvem de fumaça.

— Não é da sua conta.

O rei Cástor forçou uma gargalhada.

— Posso oferecer alguma coisa, Divinadora? A água que queria, talvez?

Ele andou pelo refeitório, e deixou o jarro que tentava esconder em cima da mesa, ao lado de um caderno esfarrapado. Escutei o borbulhar característico do líquido na jarra.

Um cheiro familiar tomou o ar.

Eu farejei que nem um cão. Eu conhecia aquele cheiro maldito. O odor invadiu a sala, e vinha do jarro. Não era vinho, como eu presumia, e nem tinha aquele toque ácido, como a fumaça do cavaleiro, e, sim, mais doce. Mais pútrido. O cheiro de flores podres.

Da água da nascente de Aisling.

O cavaleiro sem camisa fechou a cara.

— Divinadora?

Uma onda de náusea subiu. Voltou a bile que pensei ter gastado por inteiro no piso da catedral e, antes de conseguir retribuir o atrevimento dele, levei a mão à barriga. Me curvei para a frente.

E vomitei nas botas dele.

Eu saí correndo.

Maude, que estava no meio de um "Puta que pariu!" emitido no susto, recuou, tropeçando. Trombei na ombreira dela, e então disparei noite afora. Atravessando a escuridão, a grama e a trilha de pedras irregulares, me dirigi à casa de pedra onde moravam as Divinadoras.

Eu estava quase chegando quando o escutei atrás de mim.

— Divinadora.

Eu não olhei para trás.

— *Divinadora.*

Um portãozinho de madeira me separava dos últimos vinte passos até a porta. Eu me segurei na cerca, tateando o ferrolho. A dobradiça rangeu, se abriu...

Senti a mão que veio de trás de mim, segurando o portão. Quando olhei para baixo, entendi por que ele tinha demorado tanto para me alcançar.

Ele tinha tirado as botas. Nas quais eu vomitara bile, sem a menor cerimônia.

Havia um motivo para as Divinadoras ficarem escondidas após o sonho. Não era digno de nossa imagem, de nossa posição, sermos vistas assim, frágeis. Não era nem um pouco digno demonstrar que sonhar com deuses era debilitante. Não era de conhecimento público que a água da nascente de Aisling nos fazia adoecer.

Meu corpo inteiro ardeu de vergonha por eu ter ficado vulnerável na frente daquele filho da mãe.

Eu me virei. O cavaleiro estava bem atrás de mim.

— Se afaste — soltei, seca.

Ele estava olhando para meu véu, para mim, como se eu fosse uma serpente peçonhenta. Hipnotizado, e enojado. De perto, vi que a cigarrilha dele na verdade parecia mais um galho, fino e retorcido, menor do que meu dedo do meio. Ele a colocou na boca, soltou o portão, e recuou três passos largos.

Ainda estava perto demais. A nudez...

— Não podia ter vestido uma camisa?

Seu olhar percorreu meu corpo, daí desviou-se. Ele jogou a cabeça para trás, e baforou fumaça.

— Eu poderia dizer o mesmo de você.

Olhei para minhas vestes molhadas de Divinadora, diáfanas e grudadas no corpo.

Tarado.

— Por que o rei encheu um jarro de água da nascente?

— Não sei do que você está falando.

— Eu senti o cheiro.

— Tem certeza de que o cheiro não era seu? Você está *fedendo* a Aisling.

O cavaleiro era alto, mas não fazia disso uma vantagem. De joelhos dobrados, mantinha o peso inclinado para a frente, em uma postura preguiçosa, como se empertigar-se fosse trabalhoso demais.

— Você passou esse tempo todo na catedral? — perguntou.

— Por quê?

— Benji quer saber.

— Quem?

— Benedict Cástor — disse, semicerrando os olhos de irritação. — O rei.

Que atrevimento desse cavaleiro. O título de rei podia não ter a mesma influência que o de abadessa, ou até de Divinadora, mas ele ainda era *majestade*, ou *senhor*. Nada bobo e superficial como *Benji.*

Meu estômago soltou um ronco constrangedor.

— Sim. Eu estava na catedral.

O olhar do cavaleiro, o rosto dele, eram difíceis de se traduzir. Seus olhos eram de uma escuridão insondável, e capturavam o luar, devolvendo seu reflexo enquanto ele me observava. Tudo que eu conseguia interpretar era que ele não gostava do meu véu. Ele o olhava, franzia a testa, e desviava o olhar para o alto, como se preferisse falar com o vento do que com um rosto encoberto.

— É o sangue ou a água que faz você vomitar?

— Não é da sua conta.

Ele tragou mais uma vez o graveto que fumava, antes de estendê-lo para mim.

— Toma.

— O que é isso?

— Erva-d'ócio petrificada. Ajuda com a náusea. Com o desconforto.

Eu sorri, a hostilidade presente na minha boca enquanto dirigia o olhar aos hematomas na pele dele.

— Não sou eu quem está sofrendo com desconforto. Afora esta conversa, pelo menos.

Ele retribuiu o sorriso com igual hostilidade. Seus dentes eram brancos e alinhados, exceto pelos três da frente e de baixo, meio apinhados. Uma fileira pálida de soldados desordenados. Se ele me mordesse, a marca provavelmente seria tão distinta quanto a de uma impressão digital.

Que ideia *horrível*.

— Vai aplacar a náusea então — disse ele, oferecendo a erva-d'ócio outra vez e soltando fumaça pelo nariz. — Ou é mau presságio fumar sob a lua de prata?

— Nem tudo é um sinal.

— Achei que fosse. Não dá para ir a canto nenhum deste reino maldito sem ouvir falar de uma moeda que caiu, da tinta que derramou, da água que correu, do vento que tilintou, até de uma porra de um fio que arrebentou.

Ele balançou a cabeça. Riu sem calor.

— É esperto, o sistema de Aisling. Os objetos de pedra pelos quais os Agouros são conhecidos são comuns, e os presságios, vagos. A margem de erro e confusão é tão ampla que meu cavalo morreria de fome se tentasse atravessá-la. Mas esta catedral, esta terra *sacra*, é o único lugar em Traum onde as pessoas podem justificar que é válido desperdiçar a vida atrás de sinais. As pessoas pagam um dinheiro suado por esse tipo de coisa.

O choque da irreverência dele fustigou o ar. Senti o açoite do sentimento na pele. Esse tipo de blasfêmia era exatamente o que os cavaleiros deveriam estar dizimando nos vilarejos, e não cultivando entre seus membros. Nos meus dez anos em Aisling, nunca ninguém ousara falar daquele jeito comigo. Que homem vil, indigno de seu posto. Desde o instante em que o vi pela primeira vez, eu soube que ele era grosseiro. Indecente.

O cavaleiro mais repugnante de Traum.

Meu corpo inteiro se eriçou.

— Não é desperdício. A Divinação aplaca a angústia pelo desconhecido. Estar ciente de que você navega rumo a bons ou maus presságios é como olhar para o futuro. É *magia*, o que os Agouros fazem. O que *eu* faço — falei, e me recostei no portão, arrancando da mão dele a erva-d'ócio. — Demonstre um pouco de respeito, porra.

Ele me fitou com os olhos tão escuros que perdi as pupilas de vista. Quando falou, grave e baixo, foi como se duas vozes soassem ao mesmo tempo. Aquele tom quente, vivo — e uma rouquidão profunda, como roçar os nós dos dedos no cascalho.

— Como você se chama?

Levei a erva-d'ócio à boca e traguei, hesitante. A fumaça queimou minha garganta, ácida e quente.

— Como *você* se chama?

— Rodrick Myndacious — disse ele, com uma careta, como se tivesse tocado uma rabeca desafinada. — Rory.

Meus olhos marejaram. A fumaça começou a coçar nos pulmões. Uma tosse que se recusava a ser contida brotou na garganta. Cobri a boca com a manga e engasguei.

Rory sorriu muito sutilmente.

— Seis.

Ele levantou as sobrancelhas.

— Seis.

Ah. Uma sensação difusa se espalhou em mim. A náusea no estômago se acalmou. Mais um trago de erva-d'ócio, e a indisposição se foi de vez. Mais outro, e o cansaço dos músculos foi substituído por uma névoa quente, envolvente...

— Já é suficiente.

Rory tirou a erva da minha boca, quase terminada. Ele a levou ao lábio, tragou uma última vez, e a deixou cair no chão.

— Seis é um número, não um nome.

— Não nos dignamos a pronunciar nossos nomes de verdade.

— Do mesmo jeito que não mostram os olhos? — perguntou ele, olhando meu véu outra vez. — Por que isso, aliás? Pelo visto ninguém sabe o motivo.

Fiquei de boca fechada.

— Então é segredo — disse ele, meneando a cabeça. — E imagino que seja também segredo o motivo de ninguém poder beber a água da nascente de Aisling senão as boas e sagradas Divinadoras.

Pensei no jarro nas mãos do rei Cástor.

— Já tentaram. Há não muitos anos, um comerciante de Feira Coulson estava tão desesperado pelos sinais dos Agouros que correu pela nave e bebeu diretamente da nascente, igual a um porco na vala. As gárgulas bateram na cabeça dele e o arrastaram para o adro. Ele não sonhou, é claro, mas vomitou até chorar. Então pode dizer ao seu rei que ele pode beber a água que roubou da nascente. Só cuidado com suas botas.

Rory fechou a cara, e eu empertiguei os ombros.

— Só as Divinadoras sonham — declarei.

— Mas o que é uma Divinadora, afinal? Uma órfã? — questionou ele, me olhando de cima a baixo. — A abadessa arranca seu nome, seu rosto, sua roupa, sua distinção, enclausura você no terreno da catedral, onde é seu destino beber sangue,

o CAVALEIRO e a MARIPOSA **49**

se afogar e sonhar. Você sabe dos Agouros, dos sinais, e desdenha de todo mundo, mas não entende nada do que realmente acontece nos vilarejos. Nada da verdade de Traum que a aguarda assim que termina seu mandato... prazo que, pela sua idade, deve estar chegando.

Ele chupou os dentes e sorriu de um jeito nada amigável.

— Cuidado, número Seis. Alguém vai acabar acusando você de ter feito umas libertinagens aqui nesta colina horrenda.

O calor subiu pelo meu pescoço. Como ele *ousava*?

— Segure essa língua, ou eu vou arrancá-la. Eu sirvo a *deuses*. Você serve a um menino-rei que acabou de escutar cinco maus presságios. Apenas um de nós é digno de censura.

Tão abrupta que até chutei cascalho, dei meia-volta e abri com força o portão de casa.

— Não vai pedir desculpas pelas minhas botas? — disse ele de trás de mim.

Eu me virei para gritar — para jogar cascalho nele, quem sabe —, mas Rodrick Myndacious já tinha me dado as costas. A noite esculpia sombras em seus músculos volumosos enquanto ele se afastava.

— Foi um *privilégio*, Divinadora — acrescentou, sem se virar.

Eu passei a noite furiosa, e não descansei.

CAPÍTULO QUATRO
CHANTAGEM, POR EXEMPLO

Chegou a manhã, e o vento que adentrava·a janela da casa trazia uma nota de lamento. A brisa sempre crescia ao redor do outeiro — e Traum já era uma terra de vendavais. Eu me perguntava se todos os vilarejos soavam lamuriosos quando soprava o vento.

A porta da casa bateu. Vozes chegaram ao andar do quarto, e a escada começou o coro habitual de rangidos irritados.

— Ainda acho que devíamos castrar ele.

Eu sorri.

Um, Três e Quatro não estavam na cama quando eu viera me deitar. Tinham passado a noite fora, e finalmente voltavam ao quarto amplo que abrigava as seis Divinadoras, para largar suas capas — pareciam sacos de farinha murchos com aqueles vestidos brancos amarrotados. Quatro bufou, abanando as mãos.

— É o que ele merece.

Eu me sentei. Espreguicei-me.

— Quem vamos castrar?

— Melhor nem perguntar — resmungou Três, se jogando no colchão.

Quatro se virou para mim, inspirando fundo.

— Ele é *casado*. Wentworth é casado.

— E quem é Wentworth…?

— O cavaleiro que só faltou implorar pela minha atenção ontem. É óbvio que fui encontrá-lo…

— E nos arrastou junto.

Um bocejou, o cabelo castanho e curto se espalhando para todos os lados ao se largar no colchão ao meu lado.

— Ela está irada porque o *meu* cavaleiro me contou que o cavaleiro *dela* tinha esposa e dois filhotinhos de Wentworth em casa — acrescentou.

— Algo que o infeliz convenientemente se esqueceu de mencionar quando estava com a boca entre as minhas pernas — disse Quatro, trançando o cabelo com dedos furiosos.

Dois e Cinco sentaram-se, coçando os olhos de sono.

— O primeiro homem da história a mentir que é desimpedido — murmurou Dois, afastando a coberta para Três se esparramar a seu lado no colchão que compartilhavam.

— Mas ele é cavaleiro! — exclamou Quatro, as bochechas tomando um tom mais escuro de vermelho revoltado. — *Nem que deforme minha armadura, nem que quebre minha espada, eu jamais declinarei.* Não é esse o credo deles?

Ela foi pisoteando até o outro lado do quarto, onde ficava uma mesinha de madeira e o espelho rachado, e sentou-se na beira do móvel.

— É para eles cumprirem as regras — continuou. — Sabe, levarem a sério o amor, a fé, a guerra, essas coisas absurdas.

— É claro que cavaleiros cumprem regras — disse Um, coçando os olhos. — A principal é *nunca mencione sua esposa.* E a outra…

— *Não fale de boca cheia* — sugeri.

Cinco riu, deitou de novo, e começou a roncar imediatamente.

Quatro olhou o reflexo no espelho, dando um sorriso exagerado, porém desanimado.

— Odeio que tenhamos de nos esconder para nos divertir um pouco. Atrai sempre os mais idiotas — disse ela, e dirigiu-se ao reflexo de Um no espelho. — O seu era bom?

Um deu de ombros.

— Ele praticamente só tagarelou sem parar sobre a fábrica da família em Seacht. Tive que beijá-lo para ficar quieto. Depois disso, a noite melhorou um pouco.

Apenas as gárgulas viajavam por Traum a mando da abadessa. Nós, Divinadoras, não tínhamos o direito de receber visitas em nossa morada, e muito menos de sair do outeiro durante nossos dez anos de serviço.

Nem todas, porém, levávamos essas regras tão a sério.

Se quiséssemos companhia, era fácil arrumar. Não faltavam visitas à Catedral de Aisling, e o outeiro era vasto. Podíamos nos deitar com alguém na grama. As Divinadoras mais ousadas — eu, não; eram Quatro, Três, e, às vezes, Um — até saíam do outeiro ocasionalmente, descendo escondido pela estrada escavada que desse em um vale próximo ou indo a Feira Coulson para noites de folia. Porém, assim como escondíamos nossos olhos, nossos nomes e a náusea que nos acometia após sonhar, era importante que Divinadoras escondessem o coração dos desconhecidos que levassem para a cama. Que estimulassem o ar de misticismo distante exigido pela profissão — oráculos, vistas e adoradas, mas nunca expostas.

Divinas em público, humanas em particular.

O primeiro desconhecido com quem me deitei na grama do outeiro era jovem e inexperiente como eu, e suamos muito mais para tirar seu gibão do que no ato que se seguiu. Depois viera uma mulher, que me beijara tão bem por baixo do vestido que acreditei estar apaixonada — porém, ela tentara tirar meu véu, isso depois de eu dizer que não era permitido, e assim meu ardor arrefecera.

O terceiro surgira pouco mais de um ano atrás, um dos cavaleiros do rei Augur, que era tudo o que um cavaleiro deveria ser. Não me lembro do nome, mas ele era forte, respeitoso e soube precisamente como me tocar. Ele deitou-me na grama e eu me mantive imóvel, esperando sentir aquelas coisas sobre as quais Quatro tanto falava. A inibição entregue ao desejo. A ternura, e o desvario que se seguia.

Nunca aconteceu.

Depois, o cavaleiro se afastou, como se soubesse ter falhado em sua tarefa. Senti-me tão mal por ser somente uma tarefa para ele, ainda mais uma tão ruim, que nunca mais convidei desconhecidos à grama. Eu me dizia que era melhor aperfeiçoar as qualidades que me tornavam divina do que aquelas que me tornavam humana, embora, em algum recanto profundo e feio, eu temesse ter tomado tal decisão exatamente por não saber ser humana. Eu era a Divinadora que menos reclamava, sempre boa aos olhos da abadessa — a filha predileta da Catedral Aisling. No entanto, quando a questão era ser esperta, vulnerável, até mesmo *divertida*, eu era um fracasso espantoso.

Algo que Rodrick Myndacious comentara com tanta delicadeza na véspera.

— Falando de cavaleiros e comportamentos indiscretos — falei às Divinadoras —, vocês nem imaginam o brutamontes tremendo que conheci...

A porta da casa foi escancarada. Duas gárgulas, o falcão e o lobo, entraram a passos pesados, fazendo subir poeira.

A abadessa vinha logo atrás. Ela murmurou uma leve censura, como se já soubesse o mérito da conversa que interrompia e quisesse apagá-la do quarto.

— Certo — disse ela, cruzando os dedos enluvados. — Ontem foi um dia movimentado.

Soltamos um suspiro em uníssono.

— Cinco maus presságios — disse Um, abanando a cabeça. — Coitado do rei Cástor.

— Ele acabou de ser escolhido pelos cavaleiros. É certo que os nobres dos vilarejos desejam conhecê-lo — comentou Dois, de postura ereta, uma pupila desesperada para impressionar a preceptora. — Como respeitarão um rei que os Agouros desaprovam?

A abadessa avançou pelo quarto. Escolheu meu colchão e sentou-se ao meu lado, desembaraçando meu cabelo com os dedos.

— Não se preocupem com o mundo do outro lado de nosso muro. Reis vêm e vão. Benedict Cástor não é digno de respeito, sequer de menção. A política dos vilarejos e a coroa que a eles atende não afetam Aisling.

Ela declarou nosso credo:

— Espadas e armadura não se comparam a pedra.

Após isso, não havia nada a fazer senão concordar. Porém, eu não conseguia tirar da memória o maldito Rodrick Myndacious.

Você sabe dos Agouros, dos sinais, e desdenha de todo mundo, mas não entende nada do que realmente acontece nos vilarejos. Nada da verdade de Traum que a aguarda assim que termina seu mandato.

A abadessa terminou de me pentear.

— Os portões serão abertos daqui a uma hora para a Divinação. Um. Dois. Três. Ponham as vestes e me encontrem na catedral daqui a vinte minutos. Quatro, Cinco — continuou, e sua voz soou mais calorosa —, Seis. Iniciem as tarefas de costume. Venham nos encontrar na catedral após o badalar das doze.

Ela levou a mão ao meu rosto, e seguiu por cada uma das Divinadoras repetindo o gesto, distribuindo seu afeto.

Então se foi, levando também as gárgulas.

— É a última vez que deixo você me convencer a passar a noite em claro, Quatro — disse Um, se levantando com esforço. — Estou acabada...

Eu já estava de pé, enfiando a túnica e o vestido, praticamente derrubando Um na pressa de ser a primeira a chegar à porta.

— Eu tenho uma proposta.

— Vai se oferecer para sonhar no meu lugar? — resmungou Três. — Ótimo. Eu aceito.

Respirei fundo, de repente desperta.

— Quanto tempo ainda temos de serviço?

— Mais ou menos dois meses — respondeu Cinco.

— Quarenta e nove dias — corrigiu Dois.

Eu continuei:

— A abadessa diz para não nos preocuparmos com o que nos aguarda do outro lado do muro, mas nossos dez anos em Aisling estão chegando ao fim. E eu quero saber como é o mundo lá fora. Eu... — Era desconfortável propor um desrespeito às regras. Talvez a erva-d'ócio tivesse destruído todo o meu bom-senso. — Eu quero sair do outeiro — concluí.

Dava para sentir os olhares todos em mim, de trás dos véus.

— Sair escondida? — indagou Cinco, incrédula. — Todas juntas?

— Ora, ora, ora. A favorita da abadessa se rebelou — disse Quatro, batendo palmas. — Faz anos que tento convencer vocês a fazerem isso, megeras. Sugiro que a gente vá a Feira Coulson para uma noite de farra desmedida — falou, levantando de um pulo. — Estou pronta. Vamos já.

— Segure essa afobação — disse Um. — Não podemos perder a Divinação. A abadessa mandaria as gárgulas atrás de nós.

— Então vamos quando escurecer.

— Quer sair à noite? — perguntou Cinco, sacudindo o corpo de tanta agitação. — E as entidades? Ou ladrões, ou, não sei... o tempo ruim? Talvez chova.

— Pessoas vivem saindo de Aisling ao anoitecer e andando até Feira Coulson no escuro, e não são atacadas por entidades — disse Dois, pragmática como sempre. — Portanto, não deve ser problema fazermos o mesmo. Se encontrarmos ladrões, eles ficarão decepcionados por não termos nada digno de ser roubado. Se o tempo fechar, será bom estarmos de capa e capuz, já que protegeremos o rosto — terminou, e dirigiu a expressão decidida para Cinco. — Alguma outra dúvida?

Quatro assentiu vigorosamente, como se o argumento derradeiro fosse dela.

— É! *Portanto*.

Um ainda estava focada em mim.

— Não é do seu feitio ir contra as regras, Seis.

Mantive a expressão neutra.

— Eu sou capaz de me divertir.

— Quem disse que não seria?

Cinco ainda estava de cara fechada.

— Honestamente… Seis mulheres estranhas e encapuzadas não é o melhor disfarce. E se alguém nos encurralar, exigir que tiremos nossos véus? — perguntou ela, abraçando o próprio corpo. — É perigoso se não formos acompanhadas.

— Vamos com uma gárgula — retrucou Quatro.

— Porque isso, sim, será discreto — murmurou Três.

Olhei pela janela, para o telhado pontudo do dormitório.

— Esperem um segundo. Talvez eu conheça alguém que possa nos acompanhar.

Desci a escada correndo, saí da casa para o ar fresco da manhã…

E trombei com a gárgula-morcego.

—Aah, Bartholomew. Parou de botar os bodes para fora. Eu trouxe suas ferramentas.

Ele trazia um martelo e um cinzel, os quais empurrou para mim.

— Venha, venha — insistiu. — A abadessa pediu para consertarmos o muro sul.

—A expressão é "botar os bofes para fora" — falei, olhando para além dela. — O rei e os cavaleiros ainda estão por aqui?

— Infelizmente, sim. Estão compartilhando o desjejum.

— Que bom.

Larguei a gárgula na trilha e, segurando o martelo e o cinzel, corri para encontrar o cavaleiro mais repugnante de Traum.

Ainda era hora do café da manhã, e a porta do refeitório estava aberta. Espalhados em grupos, os cavaleiros comiam em pratos de latão. Muitos já estavam de armadura. Ou talvez nem as tivessem tirado.

Um cavaleiro se engasgou com o pão de centeio quando me aproximei. Então deu uma cotovelada no homem a seu lado, a palavra *Divinadora* um murmúrio ardente na brisa.

Cabeças viraram; conversas cessaram.

Observei a multidão, franzi a testa e entrei no refeitório.

Lá dentro havia mais cavaleiros, sentados às mesas ou de pé em uma fila torta para os balcões de comida. Alguns se aqueciam à lareira, mas não tinha ninguém perto da gárgula felina com mãos humanas que preparava a comida no fogo.

Cortei o espaço com o olhar. Uma das mesas de madeira fora empurrada para o fundo do salão. Ali, sentado entre Maude e o rei, com a boca contorcida em um sorriso arrogante que a cada segundo me era mais familiar, estava...

Rodrick Myndacious. O brutamontes.

Inspirei fundo e marchei.

O rei Cástor notou minha chegada, parando a colher de mingau a meio caminho da boca. Maude levantou as sobrancelhas.

— Alguém chamou uma Divinadora?

— Perdão por incomodá-los, rei Cástor — falei, criando coragem. — Preciso de um favor.

— Ah... é claro — disse o rei, secando a boca com a mão e abrindo um sorriso cheio de dentes, tal como um cão nervoso. — O que posso fazer por você, Divinadora?

— Não é de sua majestade o favor — falei, e apontei o cinzel para o peito de Rory. — É *dele*.

O infeliz nem desviou o olhar da comida.

— Está muito mandona hoje, Número Seis — disse Rory, e mordeu a bochecha ao reparar nas minhas ferramentas. — Vejo que veio armada.

Ele tinha reforçado o carvão nos olhos e prendido o cabelo preto com uma tira de couro. As roupas estavam limpas, e via-se até um leve rubor na face. A luz do dia, e um banho evidente, tinham renovado o homem.

Ocorreu a mim a empolgante ideia de esmagar a cabeça dele com o martelo.

— O que você inferiu depois de me dar erva-d'ócio — falei.

— Que eu não sabia nada de Traum. De diversão. Gostaria que você remediasse esse fato.

O rei tossiu, engasgado.

— Você deu erva-d'ócio para ela? Isso não é um... sei lá — falou, ainda tossindo. — *Sacrilégio?*

— Seu tonto — disse Maude, e passou o braço por trás de Rory para bater nas costas do rei Cástor até ele parar de tossir. — Divinadoras podem beber, fumar e trepar igual a todo mundo.

Um cavaleiro de outra mesa riu, mas fingiu também estar sofrendo de um acesso de tosse tão logo encontrou o olhar de Rory.

Eu encarei o trio. Maude, chamando-o de *tonto*, Rory, apelidando-o de *Benji*. Esses cavaleiros eram mais íntimos do rei do que meros soldados, apesar da disparidade de idade — Benji era juvenil, Rory, um jovem adulto, e Maude, pelo menos dez anos mais velha do que ele. Eram intrépidos, de certo modo. Conspiravam, todos enfileirados do mesmo lado da mesa, diante de mim, sozinha do lado oposto.

— *Diversão* — disse Rory, seco, batendo a colher na mesa. — No que você estava pensando?

Olhei de relance para trás. Abaixei a voz.

— Quero que você acompanhe as Divinadoras para sairmos do outeiro esta noite.

O rei arregalou os olhos, e Maude, também. Rory apenas continuou a bater a colher na mesa, gastando a pouca paciência que me restava.

— Que eu escolte vocês.

— Foi o que eu pedi.

Ele deu de ombros.

— Não.

— Como assim, não?

— Assim — disse ele, e sorriu. — Você pode ter feito outros cavaleiros *respeitosos* de gato e sapato, mas não sou capacho de ninguém. Além do mais, daqui a uma hora partiremos para Feira Coulson.

O rei ficou vermelho, e Maude coçou o rosto. Escutei um baque debaixo da mesa, e Rory fez uma careta.

— O que ele quer dizer, Divinadora — começou ela —, com todo o respeito, é que não poderemos fazer-lhe esse favor. Todo novo rei deve visitar os vilarejos no início de seu reinado. Há cerimônias marcadas. Temos compromisso no castelo Luricht ainda hoje à tarde.

Eu não sabia muito de Traum e dos vilarejos, mas, nesse caso, sabia o suficiente.

— O castelo Luricht fica dentro de Feira Coulson, não muito longe daqui. Seria fácil os cavaleiros voltarem a tempo do anoitecer.

Maude não negou.

— Eu achava que Divinadoras eram proibidas de sair da Catedral Aisling durante os anos de serviço.

— Também é proibido tocar a água da nascente de Aisling, a não ser que você seja a abadessa, uma gárgula, ou uma Divinadora. A água cujo cheiro senti aqui no refeitório ontem. Quando encontrei *vocês* três.

A acusação não foi nem um pouco sutil.

O rei, Maude e Rory tinham roubado água da nascente de Aisling e não queriam que ninguém soubesse. Embora o *motivo* me incomodasse, era irrelevante se comparado ao *uso* que eu poderia fazer da informação.

Chantagem, por exemplo.

Movimentei os dedos no cabo do cinzel e do martelo.

— Façam isso por mim, e eu me esquecerei de contar às gárgulas que, vale lembrar, são conhecidas por sua violência, que sequer vi aquele jarro de água da nascente.

O trio me observa do outro lado da mesa, com olhos de cores variadas — pretos, verdes, azuis —, mas com o mesmo desafio contido.

— Seis Divinadoras, apenas... passeando pela rua — disse Maude.

— Um espetáculo e tanto — resmungou Rory.

— Usaremos capas — retruquei. — É óbvio que nenhuma de nós quer ser notada.

O rei se esticou na cadeira.

— Peço perdão pela curiosidade, Divinadora. Se vocês são proibidas de sair de Aisling, certamente toda Traum lhes é estrangeira. O que acontece ao fim do seus serviços? Quando não forem mais obrigadas a...

— Afogarem-se? — sugeriu Rory, girando a colher entre os dedos.

— *Sonhar* — corrigiu Maude.

— Todas temos tarefas. Ofícios que aprendemos para nos sustentar quando sairmos daqui.

O rei Cástor apontou minhas ferramentas.

— Você pretende trabalhar com pedra?

— Talvez. Se o pagamento for bom.

— Pagamento? — questionou o rei, incrédulo. — A abadessa não as reembolsa pelo tempo passado aqui?

Rangi os dentes com tanta força que chegou a doer.

— Os Agouros se revelaram inicialmente para uma criança órfã e, desde então, é essa a condição de toda Divinadora. Por isso, o dinheiro que a abadessa recolhe pelas Divinações é dedicado à manutenção da catedral e aos orfanatos de onde nós, Divinadoras, viemos. Ela nos salvou da miséria. Nos deu um lar, um propósito, nos tornou especiais. É *esse* nosso pagamento. Eu não teria vivido metade do que vivi sem ela.

Tap, tap, tap soou a colher de Rory na mesa.

— E você acha que é *vida* perder tempo sonhando com sinais, Divinadora?

Arranquei a colher da mão dele com um tapa. O talher caiu com estrépito no chão, e eu me aprumei, apontando o cabo do cinzel para o nariz dele.

— O que um nobre insuportável como você entende do assunto?

Rory ficou imóvel. Ergueu o olhar para o meu véu. Estava procurando meus olhos. Um alvo.

Não encontrou.

Ele pegou o cabo do cinzel e baixou a voz, grave, áspera e empedrada.

— Se apontar este negócio para minha cara outra vez, vai perdê-lo para mim.

— Eu gostaria sinceramente de ver você tentar pegá-lo.

Senti os olhares de todos em cima da gente.

— O que quer que Aisling, as Divinadoras ou os Agouros tenham feito para merecer seu ódio, parabéns — falei, com a voz trêmula. — Fui devidamente ofendida. Agora... você roubou a água da nascente de Aisling. Não perguntarei o porquê, nem voltarei a tocar no assunto, mas quero algo em troca. Então seja um soldadinho bem obediente e acompanhe. Minhas. Divinadoras.

O rei Cástor, Maude e todos do refeitório estavam paralisados, alguns com comida na boca, hipnotizados pelo espetáculo da Divinadora e do cavaleiro. O único ruído a quebrar o silêncio foi um *clec, clec* alto, e então...

A gárgula felina apareceu, apoiou a garra de pedra no meu ombro e olhou feio para Rory. Ela abriu a boca. Arreganhou os dentes.

Rory soltou meu cinzel, então revirou os olhos, contraindo o rosto todo.

— Não vou machucar ninguém, seu bicho de pedra demente — disse ele, e se recostou na cadeira, apoiando na mesa as botas, inconfundivelmente polidas. — Perdão, Divinadora, eu estava falando com a gárgula. Entendo sua tentação de responder à mesma descrição.

A gárgula me conduziu até a porta, mas eu me virei antes de sair. Encarei a mesa uma última vez, ardendo de vergonha. Pelas Divinadoras, eu aguentaria.

— *Por favor.*

Aconteceu rápido. Uma tensão no músculo da testa de Rory, um brilho nos olhos. Um sinal genuíno de *alguma coisa* surgindo por trás de todo o desprezo.

E sumiu na mesma velocidade.

Passei o restante da manhã no muro sul. Quebrando coisas.

— Salafrário.

Crec, fazia meu cinzel no coração do granito.

— Canalha vil e desprezível. Ele recusou.

A gárgula-morcego, que deveria me ajudar e misturar argamassa enquanto eu quebrava a pedra do outeiro para consertar o muro, estava colhendo margaridas.

— Quem, Bartholomew?

Crec.

— Os cavaleiros disseram alguma coisa específica? Aqueles que você enxotou da nascente ontem?

A gárgula pestanejou, como se eu tivesse dito um enigma indecifrável.

— Para mim, todos os cavaleiros são iguais. É falta de educação dizer isso?

Crec.

— Talvez.

Crec. Crec.

— Mas, por mais horrível que seja admitir — continuei, e a pedra rachou ao meio —, este cavaleiro em particular é de um destaque revoltante.

Quando o sino de Aisling badalou as doze, guardei as ferramentas no depósito e fui até a catedral, passando pelo estábulo.

Estava vazio. O refeitório também.

o CAVALEIRO e a MARIPOSA

O rei e os cavaleiros tinham partido.

O adro de Aisling estava cheio de homens e mulheres que vinham orar para as estátuas dos Agouros. Outros tilintavam ao caminhar, de tantas moedas nos bolsos, em busca de uma das vagas limitadas de Divinação. Apenas os mais abastados seriam selecionados pela abadessa. O resto iria embora e, invariavelmente, voltaria outro dia com mais dinheiro.

Eu ainda estava suada de carregar pedras quando tirei o vestido na sacristia escura e pus a veste de Divinação.

Aguardei em silêncio. Escutei o sonho de Cinco. Quando chegou minha vez, o presbitério estava coberto de rastros de água das Divinadoras que as gárgulas tinham levado embora.

Adentrei na nascente. Um comerciante idoso se aproximou. Ele me deu o sangue, o nome. Olhei para a janela da catedral e a abadessa me afundou na água. Eu me afoguei...

E sonhei.

Moeda. Tinteiro. Remo. Sino. Peso de tear. Bom presságio, mau presságio.

Acordei com o véu da abadessa sobre o meu rosto.

— De novo, minha filha — disse, levando a mão ensanguentada de uma mulher à minha boca.

O sangue cobriu minha língua, e afundei na água outra vez.

Quando finalmente voltei à casa das Divinadoras, molhada e exausta, era quase hora do jantar. Os visitantes tinham sido expulsos da catedral — o eco da voz deles se fora, e o vento do outeiro entoava seu costumeiro refrão de lamúria.

No caminho, parei duas vezes para vomitar.

Uma silhueta pálida esperava perto do portão, sentada na grama e encostada na cerca.

— A tarde foi agradável? — perguntou Um.

Larguei-me sentada ao lado dela. Eu não diria aquilo para mais ninguém. Porém, Um nunca zombava de mim por eu ser a preferida da abadessa, por me esforçar tanto para ser a melhor Divinadora possível. Era só que... Era mais fácil dizer coisas vergonhosas para ela, então sussurrei:

— Mal posso esperar para nos livrarmos daquela nascente.

Um cobriu minha mão com a dela.

— Ainda está animada para sair escondida do outeiro?

— Não — falei, olhando para meus pés. — Foi uma ideia besta.

— Então me conte uma história.

Falar me deixava um pouco enjoada. Mesmo assim...

— Vamos às Falésias de Bellidine com vista para o Mar Murmurante, nós seis. Gritaremos tão alto, por tanto tempo, que os ecos ainda estarão soando às nossas costas ao sairmos. Deitaremos sob as estrelas em leitos de cravos-do-mar cor-de--rosa e mancharemos os dentes de vinho. Dormiremos, sem nunca sonhar.

Um inspirou fundo, como se inalasse a ideia.

— É uma boa história — disse ela, e se virou para mim. — Sinto muito por você ter sido obrigada a Divinar para o rei. Você quase sempre perde no sorteio, não é, Seis?

Ela relaxou a mão na minha, e eu ergui o rosto.

— Um?

Ela enrugou a testa, num sinal claro de confusão. Então, inclinou a cabeça para o lado, o olhar velado fixado em algo nas moitas perto do portão.

— O que é aquilo ali?

À primeira vista, parecia apenas uma pilha de gravetos. Porém, ao observar melhor, notei que a pilha estava perfeitamente equilibrada. Seis gravetos com cheiro forte de urtiga, amarrados por uma tira de couro.

Erva-d'ócio. Um bilhete a acompanhava.

Estejam prontas ao anoitecer.
—R

(A erva-d'ócio é para poupar ~~a porra das~~ minhas botas. Não fumem tudo.)

o CAVALEIRO e a MARIPOSA **65**

FEIRA COULSON

Moeda.
A única fortuna, a única prosperidade —
a única divindade dos homens — é a moeda.

CAPÍTULO CINCO
ENTIDADES NO VALE

Nós fumamos toda a erva-d'ócio.

Quatro dançava pelo quarto, o vestido branco e a fumaça esvoaçando atrás dela.

— De onde veio isso, Seis?

Encaixei o caule de erva-d'ócio na boca e aproximei a vela. Fogo, fumaça, tragada. Desta vez, não tossi.

— Vocês logo vão conhecer ele — murmurei, passando as velas para Dois e para Três, enquanto Um passava para Cinco.

Um minuto depois, o quarto inteiro estava enevoado e iluminado pelo pôr do sol cor de lavanda, em um efeito deliciosamente difuso.

— Eita — veio a voz maravilhada de Um. — Minha náusea passou. Vai me dar cansaço?

Eu tinha passado a noite anterior em claro sem problemas, furiosa com Rodrick Myndacious.

— Não deveria.

Três sorriu para Cinco, que deu um sorriso ferino e engoliu a fumaça que Três soprou. Dois deitou-se no colchão, esparramada, e ficou admirando o teto. De todas nós, era ela quem mais tinha probabilidade de dizer:

— Vamos fazer isso quando nosso serviço acabar. Deitar na cama. Fumar. Beber. Comer. Não fazer mais nada.

— Não fazer mais nada — concordou Três, levantando a erva-d'ócio em saudação.

Quatro dançou até o centro do quarto.

— E quando precisarmos de dinheiro, vamos trabalhar, e quando vier o tédio, vamos brincar com cavaleiros, ou com quem desejarmos, mas nunca dar nada a eles. Amaremos apenas umas às outras.

Ela olhou ao redor, para nós todas, e desejei poder ver seus olhos, pois sabia que estariam arregalados, febris, transbordando confiança.

— Porque lá fora, mesmo sem o véu — continuou, apontando a janela com vista para as colinas verdejantes de Traum —, seremos filhas de Aisling. Divinadoras, emissárias dos deuses, e não mulheres de verdade. As pessoas nos desejarão sem nunca quererem nos conhecer.

Ela deu a volta no quarto. Beijou na boca todas as Divinadoras.

— Mas, entre nós, seremos sempre muito mais.

Quando ela chegou a mim, tirei a erva-d'ócio da boca e senti os lábios de Quatro ocuparem seu lugar.

— Prometa que será assim — pediu ela.

Eu não tinha direito de prometer. Eu sabia, como todas as mulheres naquele quarto, que Divinar — ler os sinais dos Agouros — não me dava poder algum sobre sua execução. Era impossível saber que tapeçaria o futuro teceria para nós. Ainda assim, eu disse com toda a sinceridade:

— Eu prometo.

— Também prometo — responderam as Divinadoras, nossas vozes arrastadas de fumaça.

Uma batida soou à porta da casa.

Quatro se livrou da euforia com uma última tragada na erva-d'ócio, e foi beliscar as bochechas e empinar os seios diante do espelho rachado.

— Então, megeras. Vamos vestir as capas?

As capas eram para o inverno. De lã não tingida, tinham sido escambo de um tecelão das Falésias de Bellidine, em troca de uma Divinação. Embora fossem pesadas e quentes para o fim do verão, quando levantávamos o capuz, não éramos mais

Divinadoras, de vestido coberto, rosto e véu perfeitamente escondidos pela sombra.

Cinco riu.

— Parecemos as estátuas do adro.

— Lembrem-se — disse Um, à porta. — Nada de olhos, nada de nomes.

Descemos a escada em uma maré de fumaça e seguimos noite afora.

O gramado estava quieto, os portões todos fechados, as construções, escuras. As gárgulas estariam dormindo. A abadessa, também. O único movimento era do vento que soprava pela grama.

Os seis cavaleiros, recostados na casa, não fizeram nenhum ruído.

Dois levou um susto com eles, depois praguejou. Nós todas paramos à porta, exceto por Quatro, que correu desenfreada até o grupo.

— Quem é que vai pagar minha primeira bebida na Feira?

Os cavaleiros sorriram ao vê-la passar.

— Deuses, que inveja — murmurou Um. — Nunca sei o que dizer para esses cavaleiros animados, com caras de bobo.

— Não são todos bobos.

Mesmo no escuro, eu via o rosto dos cavaleiros. O grupo incluía homens e mulheres, todos de armadura e com a mesma expressão impressionada ao nos verem de capa.

Todos, exceto pelo alto com três brincos dourados, sorriram para nós.

Rory estava encostado no muro da casa, analisando a fileira de Divinadoras. Ele não teria como me diferenciar das outras, pois meu rosto estava escondido na sombra do capuz, mas seu olhar se deteve assim que passou por mim, semicerrado em um desafio silencioso.

Ostentei a sobra de erva-d'ócio. Soprei fumaça para o céu.

Rory coçou o nariz com o dedo do meio.

o CAVALEIRO e a MARIPOSA 71

Maude se meteu entre nós dois. Pela maneira como os outros cavaleiros abriam espaço para ela, dava para perceber que era a líder.

— Vamos lá, Divinadoras — disse ela, em voz baixa. — Temos regras para esse passeiozinho. Foi designado um cavaleiro para cada uma de vocês. Assim, se nós nos separarmos, nenhuma ficará perdida, nem desprotegida. Não tirem o capuz, pois o povo em Coulson é adepto da mão boba, na melhor das circunstâncias. Não contem para ninguém quem vocês são.

Ela fez uma pausa antes de acrescentar:

— Na verdade, não falem com ninguém, e ponto. A última coisa de que precisamos é de um rumor que a ordem dos cavaleiros está agindo contra a abadessa.

Ela se virou para os cavaleiros e prosseguiu:

— Não passem vergonha. Não exagerem na bebida, não apostem, não briguem... Essa foi para você, Tory. Se nos separarmos, nosso ponto de encontro será perto da pira do rei. Fiquem de olho em sua Divinadora designada, e tragam todas de volta antes do amanhecer.

Diferentemente de Rory, Maude tinha dificuldade para me localizar no grupo.

— É aceitável? — questionou ela, seca. — Conforme nosso acordo?

— Sim — falei, e pigarreei. — Estamos quites.

— Grande bosta — resmungou Rory atrás dela.

Maude suspirou, fazendo um gesto para o grupo avançar.

— Tentem se divertir.

Caminhamos em silêncio, mas nossa energia era ensurdecedora — estávamos vibrando por dentro. Seguimos Maude pelo outeiro, em direção ao muro oeste. Olhei apenas uma vez para a Catedral Aisling, que, fria, bela e decepcionada, nos observava sumir noite afora.

*

A estrada era escavada — uma trilha funda, como um túnel, que levava do outeiro de Aisling aos campos vastos de Feira Coulson. Grama e moitas, verdejantes e transbordando de vida, permeavam cada vez mais o caminho, e as copas volumosas das árvores deixavam entrar apenas o mais ligeiro luar. Era como estar em um corredor vivo. Um tronco oco e florescente.

Havia um canto secreto no muro oeste que as outras Divinadoras usavam para sair escondidas do outeiro. Dali, a queda para a estrada escavada não era tão alta.

Fiquei um pouco incomodada pelo fato de os cavaleiros terem sido capazes de encontrá-lo sem instruções. Eles saíram primeiro, apoiando as Divinadoras na descida. Fui a última, subindo e pulando o muro.

Eu não precisava que ninguém me segurasse. Ainda assim, antes de os meus pés acertarem a terra do outro lado do muro, mãos de armadura deram sustento ao meu quadril.

— Tudo certo? — disse a voz.

Pisei na estrada e me virei. O cavaleiro que me segurara tinha cabelo loiro e curto e um sorriso tão largo que me revelou todos os seus dentes brancos e alinhados.

— Tudo — respondi, me desvencilhando.

— Eu me chamo Hamelin Fischer, Divinadora. Se estiver de acordo, serei seu acompanhante esta noite, tudo bem?

Desde que não fosse Myndacious...

— Tudo — respondi de novo, e seguimos caminho.

Nem dez minutos depois, um ruído começou nas árvores.

Eu me sobressaltei. O som voltou: uma harmonia de vozes finas, gargalhadas. O clamor aumentou, ecoando pelas bétulas, pelas samambaias, pelas heras, pelos espinheiros e urtigas. Eu me virei para Um.

— O que foi isso?

No topo das árvores, algo voou. Ergui o rosto, deixando o capuz escorregar.

o CAVALEIRO e a MARIPOSA **73**

Havia criaturas acima de nós. Pequenas, ágeis. Pareciam colibris de plumagem colorida e iridescente, mas não tinham bicos, e sim narinas de fenda, lábios finos e roxos, e olhos redondos e curiosos. Os braços e as pernas articulados eram do roxo da flor de bardana. Quando abriam a boca, eu via fileiras de dentes pálidos e afiados.

Elas estavam sentadas nos galhos e folhas, nos observando.

— Entidades — cochichou Um, olhando para cima, como eu.

Algumas criaturinhas desceram da segurança das árvores, pairando e disparando por cima dos cavaleiros, chiando. Eu ouvia os corpinhos delas tilintando nas armaduras, roçando sem parar nos cavaleiros.

Uma espada apareceu. Em um golpe único, o pomo colidiu com uma das entidades, que foi derrubada como uma mosca. A entidade caiu no chão, onde tremeu até ficar imóvel na grama.

Arquejei.

— Por que ele fez isso? É só uma criaturinha!

— Entidades são criaturas terríveis — disse uma voz perto do meu ouvido.

Eu tinha me esquecido de Hamelin. Ele caminhava junto a outro cavaleiro atrás de mim e de Um, olhando para as entidades nas árvores, a mão no punho da espada.

— Criaturas da terra não são confiáveis. Não há margem para misericórdia, nem pelas menores. Grandes ou pequenas, bonitas ou monstruosas, todas as entidades são violentas e incontroláveis.

— Não é verdade — retrucou Um. — As gárgulas são entidades. Entidades *antigas*, treinadas pelas abadessas para servir à catedral. E são bem obedientes — falou, olhando para as árvores. — Essas pequenininhas parecem inofensivas. Não há necessidade de brutalidade.

Os cavaleiros nitidamente discordavam.

— Com todo o respeito, Divinadora, mas você nunca foi ao Bosque Retinido, nem aos Cimos Ferventes — disse o homem atrás de mim, olhando feio para as árvores. — Não há redenção possível para criaturas que devorariam você no café da manhã com prazer.

Passamos pela entidade caída, o corpinho inerte, como se adormecido. Senti o impulso de cobri-la com a mão.

— Ele não deveria ter matado a entidade. É tão linda. Até morta.

— Não tão linda quanto você, Divinadora — disse Hamelin. Um riu e olhou para trás.

— Eu não beijei você ontem?

O segundo cavaleiro riu.

— Fui eu — disse ele, com um sorriso que usava tão bem quanto Hamelin. — Sou Dedrick Lange, de Seacht. Lembra-se?

— Ah... lembro. Perdão — disse Um, abanando a mão na frente dele. — Vocês são todos parecidos.

Os cavaleiros se entreolharam como se achassem graça, e eu sabia que na verdade eles achava que nós, as Divinadoras, éramos as indistinguíveis.

A abadessa arranca seu nome, seu rosto, sua roupa, sua distinção... Cuidado, número Seis. Alguém vai acabar acusando você de ter feito umas libertinagens aqui nesta colina horrenda.

Abanei a cabeça, mas a voz de Rory persistia, uma melodia irritante que não cessava nunca.

Você sabe dos Agouros, dos sinais, e desdenha de todo mundo, mas não entende nada do que realmente acontece nos vilarejos.

(...) E você acha que é vida perder tempo sonhando com sinais, Divinadora?

— Você é casado? — perguntei abruptamente.

Hamelin riu, chamando atenção.

— Nem de longe...

— Fantástico — falei, e me virei para Um. — Vou dar um passeio no vale. Não me esperem.

Ela levantou as sobrancelhas atrás do véu.

— Tem certeza?

— Tenho.

Peguei Hamelin pela mão. Ele me seguiu sem questionar, sorrindo, e nós dois saímos da estrada e atravessamos a mata, nos esgueirando entre árvores como se fôssemos, também, entidades no vale.

As Divinadoras assobiaram e alguns cavaleiros aplaudiram ao nos verem partir.

Duvidei que Rory estivesse entre eles.

Pulei uma samambaia, perdi a estrada de vista e logo minhas costas estavam coladas contra uma bétula especialmente grande. Hamelin jogou o elmo na grama, e eu tirei a capa.

Quando eu o beijei na boca, ele pareceu atordoado. Maravilhado. Até que a razão voltou. Ele retribuiu o beijo, descendo pelo meu pescoço, a boca dele estrangeira na minha pele.

— Foi sincero — disse ele, subindo a boca pelo meu pescoço. — Você é linda. A Divinação de ontem... — falou, apertando meu seio por cima do vestido. — Você parecia mítica... chegava a ser aterradora. Não consegui parar de olhar. Nem eu, nem ninguém.

Era um elogio simpático que, assim como seu toque, não me empolgava em nada.

— Precisa de ajuda com a armadura?

Ele balançou a cabeça.

— Não seria muito digno da minha parte implorar por assistência.

— Não me incomoda.

Ele desceu a mão e pegou minha perna, puxando-a para enlaçar seu quadril ao mesmo tempo que pressionava meu corpo com mais força contra a árvore.

— Por que você perguntou se eu era casado?

— Eu não gostaria de me deitar com um homem casado.

— Divinadoras podem se casar?

Podíamos?

— Acho que sim, se assim quisermos, depois dos dez anos de serviço. Nunca pensei muito nisso...

Hamelin me interrompeu com um beijo. Nossas línguas se entrelaçaram. Foi quente, como o ar da noite.

— Imagine a influência — murmurou ele na minha boca — de ser casado com uma filha de Aisling.

— Melhor não falarmos tanto.

Ele riu, sem fôlego, subindo a mão pela minha perna.

— Perdão. Estou um pouco impressionado — disse, passando os dentes no meu lábio. — Ninguém lá nos Cimos vai acreditar que trepei com uma Divinadora.

O pouco desejo que eu sentia se esvaiu do meu corpo. De repente, a árvore pareceu áspera às minhas costas. As manoplas dele, frias na minha pele, a armadura, brutal entre minhas pernas.

Eu me afastei da árvore em um movimento tão brusco que Hamelin teve de se segurar para não cair.

— O que... — perguntou ele, inflando as narinas, as pupilas arregaladas na luz fraca. — Está tudo bem?

— Cometi o equívoco de acreditar que um pouco de diversão me faria bem — falei, espalmando as mãos no vestido amarrotado e pegando a capa no chão. — Mas vejo que essa variedade de entretenimento não me cai bem. Ademais — acrescentei, com a voz fria —, prefiro continuar a dar medo a ser alguém com quem você trepou na mata.

Hamelin tentou sorrir.

— Não vejo por que não ser as duas coisas.

— Você ainda conseguiria sentir prazer se soubesse que eu não estava gostando?

Isso o calou, a virtude abafando o desejo. Ele pareceu tão decepcionado que eu quase me desculpei, até que ele disse:

— Posso pelo menos ver seus olhos? Ou saber seu nome? Alguma prova de que estivemos juntos?

E assim o larguei lá, ofegante na mata, e voltei correndo para a estrada, vendo as barracas coloridas de Feira Coulson como um farol distante.

o CAVALEIRO e a MARIPOSA

CAPÍTULO SEIS
BATA COM TODA A FORÇA

Feira Coulson era incrível. Uma variedade de barracas comerciais no campo vasto. Do outro lado das barracas ficava o grande castelo que certamente não era nada menos do que o castelo Luricht. O palácio do rei.

Eu tinha me distanciado de Hamelin na estrada, e finalmente cheguei sob os estandartes coloridos. No tecido estava escrito o credo do vilarejo: *A única fortuna, a única prosperidade — a única divindade dos homens — é a moeda.* Abaixo do texto, a representação de uma moeda que eu conhecia muito bem. Lisa de um lado e áspera do outro.

Esqueci o risco de vagar sozinha por um lugar desconhecido, de tão hipnotizada pelas cores, pelos sons e pela vida de Coulson. De repente, comparada a este lugar, a Catedral Aisling me pareceu tão morta quanto um cemitério.

Ao longe, piras ardiam, e pessoas dançavam ao redor do fogo. Eu escutava as rabecas e os tambores, mas a cada barraca que passava, a música era suplantada pelo som de moedas tinindo nos balcões, moedas jogadas nas palmas das mãos, moedas tilintando nos bolsos.

Moedas, moedas, tantas moedas.

Se fosse verdade o que a abadessa acreditava — que os Agouros assumiam forma corpórea e visitavam seus vilarejos —, o Bandido Ardiloso devia sorrir para seu território. O castelo do rei ficava ali perto, mas o que dominava eram as moedas.

— Jogue. Opa... lado liso. Bom presságio. Encomende mais seda.

— Não, o valor é ímpar. Mau sinal. Abaixe o preço, senão vou negociar com outro fornecedor.

— Não vou pagar, não. A moeda caiu torta. Posso acabar mal.

Segui caminhando entre as barracas, ainda me sentindo próxima da Catedral Aisling, como nos sonhos em que eu caía no leito de moedas.

Mais adiante, vi algumas Divinadoras encapuzadas e os cavaleiros da escolta. Apertei o passo, mas derrapei ao parar diante de uma barraca.

O comerciante vendia lindos bustos de calcário esculpidos.

— Você mesmo fez isto? — perguntei, impressionada.

Era um homem mais velho, com dedos grossos e pouco cabelo, que nem me olhou ao responder.

— Por que eu venderia coisa que não fiz?

— Só curiosidade.

Eu me aproximei para ver melhor o busto de uma criança, tão detalhado que era possível distinguir as marcas finas de cinzel entre os dentes.

— Que trabalho extraordinário — continuei. — Queria saber... é uma ocupação difícil? O trabalho com a pedra?

O comerciante bufou.

— Vai comprar alguma coisa, ou não?

— Não tenho dinheiro.

— Então faça-me o favor de ir catar coquinho, sua intrometida...

Ele finalmente levantou o rosto e me viu, debruçada em seu trabalho. Com velocidade ímpar, ergueu o lampião.

— Pelas águas de Aisling — murmurou. — É uma Divinadora.

Ele pegou meu braço, se esticando na frente do meu rosto, tentando enxergar por baixo do véu.

— Não quis ofendê-la. Estou vivendo uma maré de azar, entende? Meu negócio está em crise — disse ele, lambendo os lábios. — Mas se uma Divinadora visitasse minha barraca, me oferecesse seu apoio, dissesse, talvez, que os Agouros me dão seu favor? Seria uma verdadeira bênção.

Ele abaixou a voz e acrescentou:

— Ou talvez me deixe dar uma espiadinha nos seus olhos. Dizem por aí que é assim que os Agouros entram em vocês. Pela água da nascente, pelos olhos…

— Não funciona assim — falei, com o coração a galope. — Me solte.

Ele não soltou. Em vez disso, esticou a outra mão para puxar meu véu.

— Por favor, Divinadora, preciso só de um sinal…

De repente, ele foi jogado para trás e caiu com um baque alto no chão da barraca.

Senti uma presença às minhas costas, vi um braço de armadura. Quando me virei, meu ombro esbarrou na couraça.

Dois olhos, de uma escuridão insondável, fitavam meu rosto.

Pelo amor dos deuses.

Rory sequer tocara em sua espada. Nem parecia irritado. Isso só fazia torná-lo mais assustador. Ele me concedeu mais um momento de atenção antes de se virar para o comerciante caído, dando a volta na barraca para olhá-lo de cima.

— Que tal, Maude? — perguntou ele. — Arranco as mãos, ou o pescoço?

Eu me virei. Maude estava atrás de nós, acompanhada de Três e Cinco, as duas segurando canecos de cerveja. Não dava para ver a expressão delas, mas, considerando que não paravam de bebericar dos canecos por baixo do capuz, e de tremelicar de tanto rir, imaginei que estivessem achando uma graça tremenda na comoção, e na minha vergonha.

Maude deu de ombros.

— Os dois, que tal?

— Por favor — choramingou o comerciante, unindo as mãos com os dedos volumosos. — Meu negócio. A Divinadora ofereceu…

— Nós dois sabemos que ela não ofereceu foi nada — disse Rory, levantando as sobrancelhas para Maude, então controlando a expressão e se virando para mim com toda a solenidade de um carrasco na forca. — E então, Divinadora? O que prefere? As mãos, o pescoço, ou os dois?

— *Bagos*, seu ignorante... nada! Foi um mal-entendido — falei, com a voz esganiçada. — Não há necessidade de violência.

— É claro que há. Ele pôs as mãos em uma Divinadora sagrada — disse Rory, puxando uma faca do cinto para empunhá-la acima do comerciante, que começara a chorar. — Últimas palavras?

Meu queixo caiu. Eu estava prestes a me jogar na frente do comerciante quando vi a curva severa da boca de Rory vacilar. Ele não estava solene — estava sorrindo.

— Você... — falei, boquiaberta. — Você está *brincando*?

Rory gargalhou baixinho.

— Claro que estou, sua tonta. Acha mesmo que eu massacraria o sujeito assim? Na frente de todos? Você não entende mesmo os cavaleiros, ou Traum, ou, pensando bem — disse, mordendo o lábio —, nada, não é, Divinadora?

Três e Cinco engasgaram com a cerveja.

— Pare de brincadeira, Rory — disse Maude, em voz de sermão.

De repente, a ideia de violência não me parecia tão absurda.

— Você é um tratante sem igual, Rodrick Myndacious. Um imbecil de marca maior.

Rory girou a faca em um floreio arrogante antes de guardá-la no cinto.

— Peço desculpas. Foi tudo em nome da *diversão* — disse, chutando de leve a bota do comerciante que tremia no chão. — Se mencionar que a viu, minha próxima visita à sua barraca será mais desagradável.

O comerciante soltou um soluço, e Rory saiu da barraca, derrubando um busto de pedra no caminho.

Eu bati os pés, pretendendo levar Três e Cinco embora, mas Maude já tinha botado uma moeda na mão de um ambulante e pegado um caneco de cerveja da bandeja. Quando a alcancei, ela empurrou a bebida para mim.

— Ignore ele. E beba.

A cerveja era grosseiramente quente e levemente ácida, mas o efeito era bem intenso. Bebi grandes goladas, e logo uma dormência se espalhou pela minha barriga, pelos meus dentes, pela boca toda. Era melhor do que beijar Hamelin.

— Você não deveria circular sozinha pela feira — disse Maude, perfeitamente calma. — Cadê o seu cavaleiro?

— Não sei.

Sequei a boca com a mão, olhei para o caneco já pela metade e tomei outro gole.

Maude insistiu:

— Qual cavaleiro era?

— Eita — comentou Cinco, dando uma cotovelada em Três. — Alguém vai levar uma bronca.

— Ela estava com Hamelin — disse Rory, seco, comprando uma cerveja. — Eles se demoraram no vale.

— Você reparou quando eu me afastei? — perguntei, bufando no caneco. — Que simpático.

— Foi difícil não reparar — retrucou Rory. — Considerando o espetáculo que fizeram.

Com a precisão de um espirro inconveniente, Hamelin nos alcançou, seguido de perto pelo restante das Divinadoras e seus respectivos cavaleiros.

— Aí está você — comentou Um ao me notar, e riu baixinho para Hamelin. — Foi rápido esse passeio na grama, hein?

Hamelin ficou violentamente vermelho e sumiu atrás das barracas.

Rory virou a cerveja de um gole, jogou o caneco na grama, e então foi atrás dele.

— Nananinanão — disse Maude, pegando-o pelo braço. — Espere por mim.

82 RACHEL GILLIG

Ela terminou sua bebida, e os dois saíram para irem atrás de Hamelin — mas não sem antes Rory cochichar ao pé do meu ouvido:

— Espero que ele tenha sido *respeitoso* na pressa dele.

Então os vi partir, um incêndio por baixo do meu capuz.

Um veio até mim, sem dar atenção à minha ira, e enlaçou o braço no meu.

— Quero dançar.

Os cavaleiros nos conduziram em direção a uma das piras na periferia das barracas, onde tocavam música.

— Sabe — comentei com Um. — Acho que o rei e os cavaleiros são menos decentes do que imaginei.

— É provável. Ninguém é tão decente quanto acha que é. Nem a gente. Nem mesmo a abadessa — disse ela, passando a mão pelos estandartes pintados pendurados na entrada das barracas. — Eu não me preocuparia. Cavaleiros são estrelas cadentes, Seis. Vêm e vão. Mas vocês e eu, nossa irmandade de Divinadoras... nós somos a lua — concluiu, com um sorriso.

— Somos eternas.

Meu desprezo por Rory e minha indignação com Hamelin se aquietaram. *Se eu for tão indistinta quanto diz Rodrick Myndacious*, pensei, olhando para as outras Divinadoras, de capas e pés descalços como os meus, *que felicidade ser indistinta delas.*

Havia mais cavaleiros perto da pira. Dançarinos também. A música preenchia o ar. Uma melodia acelerada, tocada por instrumentistas ao redor da fogueira intensa no coração da feira.

— Então — disse Um, apertando meu braço. — Vamos?

Hesitei, temendo dançar mal. Temendo fazer papel de boba ou, de alguma forma, parecer inferior como Divinadora. Porém, nenhum tapete era tão agradável quanto a grama nos pés descalços, e a música — jovial e dançante — me chamava, ávida por me envolver por inteiro, então engoli a timidez, deixei as outras Divinadoras me levarem até o fogo, e comecei a bailar.

o CAVALEIRO e a MARIPOSA **83**

Alguns cavaleiros dançavam, desconhecidos com olhos alegres, mas eu preferia dançar com as Divinadoras. Mãos, saias, pés descalços. O *tum, tum, tum* do coração no ritmo exato da música. Quando giramos piruetas arriscadas perto das labaredas, senti uma empolgação profunda. E me perguntei o *porquê*. Por que os Agouros não falavam comigo assim? Em uma melodia, um rodopio, no coração do tambor? Em vez da nascente, dos sonhos, onde eu sentia dor e medo, por que não era assim, solta e infinita, quando minha alma se escancarava e se abria aos céus de prazer?

As músicas se sucederam, e os foliões foram se afastando, até restarmos apenas nós, Divinadoras, dançando. Percebi que a pira estava cercada apenas por cavaleiros e músicos, como se fosse uma festa particular. Mais cerveja, misericórdia!, foi consumida. Nós, Divinadoras, nos entrelaçamos, de mãos dadas.

— É melhor do que qualquer sonho — me disse Um, rodopiando.

Apertei tanto a mão dela que parecemos nos fundir.

Foi só quando os instrumentistas pararam para descansar que percebi como já devia estar tarde — a lua tinha viajado longe pelo céu.

Agora havia mais armaduras no campo, o restante dos cavaleiros vindo nos acompanhar enquanto dançávamos. Eles bebiam e riam em grupos, sentados às mesinhas bambas de madeira armadas ao redor do fogo. Maude estava ali, e Hamelin, também, com um hematoma novo no queixo, que certamente não existia quando eu o beijei.

Rory também estava presente, conversando com os outros cavaleiros, sorrindo de um jeito que eu nunca vira — sem escárnio.

Meu coração deu um pulo.

Começou outra música. Fosse pela cerveja, pela dança, ou pela sensação de isolamento — apenas nós, com os cavaleiros, em um campo vasto e vazio —, uma a uma, as Divinadoras começaram a tirar as capas. Quando soltei a minha, senti que me livrava de um peso. De uma camada de pele, de uma casca. Gaze esvoaçava ao vento, e escutei mais de um cavaleiro soltar uma exclamação espantada quando nossos vestidos, brancos e ligeiros, se misturaram.

De repente, senti mãos nas minhas — um novo parceiro de dança. De face corada, olhos azuis-cobalto, uma linha torta de sorriso.

— Dança comigo, Divinadora? — perguntou o rei Cástor.

Os outros assobiaram e fizeram estalos de bitocas quando aceitei a mão do menino-rei.

O rei Cástor, *Benji*, era surpreendentemente ágil sob aquela armadura elegante, e seu toque na minha cintura era bem calculado. Ou ele estava se esforçando além da conta para não me apertar, ou não queria fazê-lo.

— Está aproveitando o interlúdio do outeiro? — perguntou enquanto rodopiávamos, meu vestido esvoaçando.

Mais do que eu gostaria de admitir.

— É a primeira vez que saio.

— Jura? Que maravilha — disse o rei, pegando minha mão para dançarmos cara a cara. — Sei que meu amigo Rory não facilitou sua vida. E você estava, é claro, certa em insistir para ele acompanhá-las em uma noite de festança na cidade. Ele estava em dívida... ou, bem, a dívida é minha.

Ele riu, as palavras parcialmente digeridas, saindo emboladas. Ele nitidamente tinha bebido.

— O que quero dizer é que agradeço por não ter dito nada sobre a água da nascente que encontrou em minha posse ontem — continuou ele, me rodopiando. — Eu gostaria de explicar meus motivos, mas temo que seja uma dessas coisas nas quais só se acredita vendo... — falou, e riu. — Como os Agouros.

Demos uma última pirueta.

— Eu gostaria de compensá-la a meu próprio modo por sua discrição — disse o rei. — Não quero que você me ache ingrato.

— Deveria estar mais preocupado com os cinco maus presságios que recebeu do que com a conquista da minha estima, rei Cástor.

Ele riu, juvenil e galhofeiro.

Já eu fechei a cara.

— Ah, não é de você que estou rindo... Seis, não é? — perguntou, sorridente. — Admiro sua convicção. Você é um tanto intimidadora. Gosto dessa qualidade nos meus amigos.

Ele não era meu amigo, coisa que eu teria dito se a música não tivesse acabado e o rei, soltado minhas mãos.

— Eu gostaria de compensá-la — insistiu. — Se não por sua estima, então, ao menos, pelo verdadeiro talento de Rory para a grosseria.

Com uma piscadela de conspiração, ele acrescentou:

— Que tal uma brincadeirinha?

O rei Cástor voltou desfilando para os cavaleiros, roubou um caneco de cerveja e se pronunciou em um volume que apenas os mais inebriados são capazes de alcançar.

— Escutem aqui, seus ingratos. Antes de devolvermos as Divinadoras a Aisling, é hora de um esporte tradicional, praticado pelos mais dignos dos antigos cavaleiros — declarou, e pigarreou teatralmente. — Rodrick Myndacious. Por favor, apresente-se.

Os cavaleiros assobiaram, zombaram, e Rory avançou, rindo. Era um som estimulante. Grave, rouco, cheio. Ele sorriu — uma beleza de dar nos nervos.

O desdém dele, aparentemente, era reservado apenas a mim.

De repente, o rei Cástor pareceu pura malícia.

— O que acha de um *desafio*, amigo meu?

Os ombros de Rory eram um atlas, cada movimento sutil um novo trajeto traçado — irritação, humor, resignação distinta. Enquanto isso, os cavaleiros, praticamente borbulhando de ânimo, começaram a bater os canecos de latão na mesa.

— *Desafie sua arte* — gritavam. — *Desafie sua arte.*

As Divinadoras se aglomeraram.

— Que besteira é essa? — perguntou Cinco, confusa.

— Vocês não sabem? — perguntou Maude, ao nosso lado, com a testa suada de tanto dançar. — É uma tradição de Traum. Todo mundo, em todo vilarejo, é letrado em uma arte. Seja o combate, a astúcia, ou a destreza, o desafio à arte é uma espécie de duelo, um teste de sua capacidade... e, mais importante, de sua honra. Apenas os covardes, desprovidos de honra ou mérito, negam um desafio.

Maude apoiou o braço no meu ombro, como se fôssemos melhores amigas.

— As virtudes dos cavaleiros são amor, fé e guerra. Rory deve aceitar um destes desafios. Senão os cavaleiros vão persegui-lo pelo campo. Pelado.

— Jura? — comentei, com o olhar mais atento. — E se ele aceitar?

— Se perder, terá de fazer o que Benji mandar. Se ganhar — disse ela, e balançou a cabeça, sorrindo para o rei —, será Benji quem terá de se despir e correr nu.

Três sorriu.

— Parece um ótimo esquema para todo mundo tirar a roupa.

— Deuses abençoem os cavaleiros — disse Quatro, então botou as mãos ao redor da boca e berrou: — Desafie sua arte!

Rory cruzou os braços e disse alguma coisa que não escutei. Os cavaleiros irromperam em aplausos.

— Ah-rá! O desafio está de pé — disse o rei Cástor, avançando pelo campo. — Muito bem, Rodrick Myndacious. Desafio sua arte de cavaleiro para a guerra. Digo que você não é capaz de se manter de pé diante de três ataques. Se for, concederei a derrota sem delongas, tirarei as roupas e uivarei para a lua. Porém, se perder o equilíbrio ou for jogado no chão — prosseguiu o rei, e seu olhar azul me encontrou na multidão —, você deve voltar para Aisling para ser Divinado.

Ao meu lado, Maude abriu um sorriso largo.

o CAVALEIRO e a MARIPOSA **87**

— Essa vai ser boa.

— Ele não vai aceitar — falei, seca. — O homem não escondeu a repulsa que sente por Aisling, pelos Agouros, pelas Divinadoras.

Por mim.

— Não sei, não — disse Maude. — Ele ainda pode surpreender.

— E então? — perguntou o rei Cástor, tomando um gole demorado do caneco. — Vai se despir, Myndacious?

— Três ataques para me derrubar? — questionou Rory, chegando mais perto, até derrubar o caneco do rei com um tapa. — Tudo bem, seu bobalhão, eu aceito — declarou, cruzando os braços e firmando os pés. — Desde que eu possa escolher de quem.

Outro arroubo irrompeu pelo campo.

O rei Cástor bateu palmas e esfregou as mãos.

— Estou trocando as pernas, mas ainda consigo derrubá-lo.

— Você, não.

Rory se virou para a pira. Quando olhou para nós, as Divinadoras, enfileiradas, franziu a testa.

— Elas — declarou.

Todos se viraram para nós. E então eu entendi por que Rory me declarara um espetáculo quando nos conhecemos. Os cavaleiros nos olhavam exatamente como na véspera, quando eu Divinara para o rei. Hipnotizados. Na expectativa de maravilhas.

Ansiosos por entretenimento.

— Excelente — disse o rei Cástor. — E, para aumentar a aposta... — Ele puxou a faixa de um cavaleiro e andou até as costas de Rory. — Ele estará de mãos atadas.

Maude riu, indo até o rei.

— Pena que você não trouxe aquele martelo e aquele cinzel — me disse ela. — Ele é uma muralha de pedra.

Quatro já estava em modo profissional.

— Venham, megeras.

Nós nos agrupamos, seis cabeças encostadas em círculo.

— Certo — disse Um. — Quem vai derrubar ele?

— Só para ter que Divinar para ele depois? Pfff — bufou Três, abanando a cabeça. — Não vale a pena.

Eu discordava. Profundamente.

— Sou a favor de acabar com a raça dele.

— De acordo. Ele foi muito malvado com a Seis. Vamos arrasar com ele — disse Cinco, e levou a mão ao peito com ar de recusa. — Mas não eu, é claro. Todas sabemos que minha maior beleza está nas mãos.

— Ele foi malvado com você, Seis? — perguntou Um, estalando as mãos. — Eu posso encará-lo. Estou aquecida de tanto dançar.

— A gente nem *conhece* ele — reclamou Dois. — Não é muita generosidade derrubá-lo.

— Ei — retrucou Quatro —, nada de moleza agora. Lembram-se do nosso pacto? Cavaleiros servem apenas para diversão. Não deem nada a eles, muito menos generosidade. Juramos pela fumaça sagrada da erva-d'ócio.

Fornecida exatamente por aquele cavaleiro, pensei.

— Está bem — resmungou Dois. — Podem acabar com ele. Três riu.

— Acho que nunca chegamos a um consenso tão rápido sem sortear. Um, Quatro, Seis, vocês são as voluntárias?

Nós nos entreolhamos. Assentimos.

— Vamos botar esse sujeitinho abaixo.

Abrimos o círculo e os cavaleiros urraram de aprovação quando eu, Um e Quatro avançamos. Eles voltaram a bater os canecos nas mesas, um *bum, bum, bum* ritmado, mais um tambor para nos incitar.

Rory nos olhou de cima a baixo, e se virou para o sorriso perverso do rei Cástor.

— Quem começa?

O rei levantou um dedo.

o CAVALEIRO e a MARIPOSA **89**

— A mais alta.

Um empertigou os ombros.

— Ele está machucado — cochichei no ouvido dela. — Na costela esquerda.

— Como é que você sabe disso?

— Confie em mim — murmurei. — Na esquerda. Pode bater. Com *força*.

Ela se afastou da pira, avançando pelo campo.

Os cavaleiros a receberam com um batuque mais animado. Rory se endireitou, semicerrando os olhos pretos.

— Não se machuque, Divinadora...

Um acertou um pontapé no lado esquerdo da armadura dele.

O barulho dos canecos dos cavaleiros não nos permitiu escutar se Rory gritou. Ele contorceu o rosto, fechou os olhos com força, retesou os músculos da mandíbula.

Porém, manteve os pés firmes no chão.

— Um ataque — declarou o rei, mais alto do que o escarcéu. — E que ataque! Aguenta mais dois, Rory?

Ele inspirou fundo. Expirou pelo nariz.

— Mal fez cócegas.

Um deu de ombros e voltou saltitando.

— Foi uma delícia, estou chocada.

O rei Cástor apontou de novo o dedo, um pouco trêmulo.

— A bonita.

Rory me olhou. O dedo do rei, contudo, assim como o olhar coletivo dos cavaleiros, indicava Quatro.

Ela sorriu.

— Vamos mudar de tática.

Quatro foi até Rory. Tomou o rosto dele entre as mãos.

E lhe tascou um beijo na boca.

Eu perdi o fôlego.

Os cavaleiros já estavam em algazarra. Depois disso, o estardalhaço foi cataclísmico. Quatro aprofundou o beijo, empurrando Rory, que se manteve tão imóvel que não dava nem para saber se ele respirava.

Ele não vacilou nem um passo.

Quatro demorou bastante para se afastar.

— Hum — soltou ela, dando-lhe um tapinha na boca. — Normalmente isso funciona. Você vai desejar muito que tivesse funcionado — declarou, e se virou com um sorrisinho. — Ela é a próxima.

Rory ergueu o olhar. Encontrou diretamente meu véu. O efeito foi similar ao da cerveja, ao da erva-d'ócio. Uma vibração grave, difusa, pelo meu corpo.

Bum, bum, bum batiam os canecos. Quatro recuou, e o rei Cástor mirou o dedo uma última vez, uma ordem dirigida precisamente a mim.

— Minha Divinadora — disse ele, arrastando a voz. — Sua vez.

As Divinadoras me empurraram. Quando adentrei o campo, os cavaleiros urraram de empolgação.

Rory me observava atentamente, o lábio ainda umedecido pela boca de Quatro.

— Está com uma cara nervosa, Número Seis.

Eu não disse nada, simplesmente o encarei. Os ombros dele pareciam ainda mais largos com as mãos atadas para trás. Porém, como na noite anterior, ele não empunhava sua largura, sua estatura. Na verdade, mantinha a postura um pouco curvada, relaxada e indiferente, exceto pelos olhos — semicerrados, ameaçadores, e focados em mim.

— Gentileza a sua, por sinal, dizer para ela onde me acertar — disse ele, chupando os dentes. — Minha adoração pelas Divinadoras só faz crescer.

— Acaba com ele! — gritou o rei Cástor da lateral, levando um tapa na cabeça de Maude em retaliação.

Rory se inclinou para a frente.

— Vamos lá — murmurou ele. — Acerte meu tronco. Bata no meu ponto fraco. Bata com toda a força.

o CAVALEIRO e a MARIPOSA **91**

— Se eu deixar você ganhar — falei, um pouco arfante —, você não irá a Aisling para a Divinação. Eu nunca mais terei de ver você. Isso já é uma vitória.

— Me... deixar... ganhar — disse ele, torcendo a boca. — Você *está* nervosa. Por que será, Divinadora? Também pensou em me beijar?

— Prefiro você na horizontal.

— É uma ameaça ou uma prome...

Avancei.

Ele era mesmo uma muralha. Uma muralha que tinha me humilhado. Zombado e feito pouco caso de mim. Porém, mesmo sem martelo, sem cinzel...

Eu sabia encarar uma parede de pedra.

Dobrei os joelhos e enlacei a cintura de Rory com os braços. Minhas coxas tremeram, e eu fechei os olhos. O miserável era *pesado*.

Rangendo os dentes, com os músculos tremendo, fiz força para cima. Levantei Rodrick Myndacious do chão. Dei um passo inteiro para a frente.

E fiz com que nós dois caíssemos juntos.

O escarcéu das Divinadoras e dos cavaleiros rasgou o ar, vivas, palmas e canecos nas mesas em um clamor estrondoso. Agora eu estava em cima de Rory, com as mãos apoiadas na grama, ao redor do quadril dele. Com os braços ainda atados às costas, ele não tinha opção senão continuar deitado debaixo de mim.

—Viu? — perguntei, nós dois ofegantes. — Eu sei me divertir.

A fissura em seu desdém ressurgiu, mais forte do que antes. Como se não acreditasse no que tinha acontecido — que ele tinha sido destruído tão completa e publicamente —, ele ergueu os olhos arregalados e pretos como tinta. Procurou meu véu.

Mas não me encontrou.

— Você é uma verdadeira praga — grunhiu ele, olhando para minha boca. — Não teria sido mais fácil me beijar?

— E me privar do prazer?

Ele sorriu, o que foi surpreendente para nós dois.

Um e Quatro me levantaram. Cavaleiros me cercaram — houve música, aplausos. Quando olhei para Rory pela última vez, me senti tal qual a própria Catedral Aisling. Fria, bela e decepcionada.

— Nos vemos na nascente.

CAPÍTULO SETE
A MARIPOSA

O amanhecer corava o céu enquanto eu marchava pelo cascalho em minhas vestes de Divinação. As outras Divinadoras estavam na cama. Fazia duas horas que tínhamos voltado de Feira Coulson, com os pés sujos e doloridos de tanto dançar, mas eu não tinha dormido.

Eu tinha um compromisso na catedral.

A leveza da véspera se fora. Naquele momento, a única melodia que zunia no meu corpo era o som dos meus passos.

— Ainda não compreendi por que me acordou tão cedo, Bartholomew — disse a gárgula-morcego ao meu lado. — Você sabe o valor que dou para o sono. Se eu passar o dia ranzinza de cansaço, não me responsabilizo.

Eu tinha entrado de fininho na morada dela, botado a mão em seu ombro e o acordado com um sacolejo. Ele dera um berro, a ponto de fazer as janelas tremerem, e as outras gárgulas resmungaram e se agitaram até eu enfim arrastá-lo para fora.

— Preciso da sua ajuda — pedi. — Com uma Divinação.

As portas da Catedral Aisling estavam cerradas — a bocarra escura, fechada. Quando eu as abri, o grito foi mais alto e mais longo do que o da gárgula.

Passamos pelos tapetes de lã no nártex apagado. Lá, esperamos por Rory.

— Por curiosidade — disse a gárgula —, onde está a abadessa? Ela não vive sempre à espreita durante as Divinações?

Retorci as mãos nas vestes.

— O método de acordo desta Divinação não foi exatamente ortodoxo. Não quero que a abadessa fique sabendo.

Esperei que ele me desse uma bronca. Talvez até que empinasse o nariz e fosse embora. Porém, a gárgula apenas bufou e se jogou em uma das cadeiras firmes de madeira.

— Por mim, tudo bem. Às vezes, Bartholomew, acho a abadessa uma bela de uma escrota.

— Gárgula!

— Estou simplesmente dizendo o que sinto. Quem me culparia por tal coisa?

— Ela, certamente.

Porém, quase sorri, o que pareceu aliviar o humor dele.

Ele ficou me observando andar em círculos pelo nártex.

— Quer que eu conte uma história?

Parei de repente.

— Como assim?

— Quando vocês Divinadoras estão doentes ou ansiosas antes da Divinação, vocês sempre contam histórias das coisas que farão quando forem embora da Catedral Aisling.

— Eu não sabia que as gárgulas prestavam atenção nisso.

— Eu presto atenção em muitas coisas, Bartholomew. Sou a criatura mais observadora que conheço.

— Não faz muito sentido você me contar uma história da vida fora de Aisling.

— Por que não?

— Porque você nunca morou fora daqui. Nem nunca vai morar.

Ele torceu o rosto, como se nunca tivesse pensado naquele fato até então.

— Nem você.

— Eu vou, *sim,* embora, gárgula. Vamos todas. Nosso mandato aqui chegará ao fim, e a abadessa trará novas órfãs para Divinar em nosso lugar. Você sabe disso.

— Entendo.

Ah... Ele estava chateado. Sua boca tremeu, e a ponta das asas também. Ele fechou os punhos, e então cobriu os olhos. Perguntei-me se ficava daquele jeito a cada dez anos, sempre que as velhas Divinadoras estivessem indo embora para as novas chegarem, pobrezinho. Se havia um acesso de choro torrencial na troca da guarda.

— Calma, calma — falei, sentando-me na cadeira ao seu lado. — Então me conte uma história.

Ele não contou, que teimosia.

— Contar uma história é, de certa maneira, mentir, não é? E, além do mais, eu só conheço uma história — disse, baixando a voz. — Aquela do começo trágico, e do meio desolado e interminável.

Ele parou de chorar, e ficamos ali em meio ao silêncio lamentoso. Lá fora, o céu se iluminava, e os pássaros anunciavam o dia.

— Mandei Myndacious me encontrar aqui ao amanhecer — reclamei, limpando a terra da unha. — Imaginei que ele quisesse pagar logo o castigo e se livrar deste lugar.

— Que tipo de castigo?

— Eu o derrubei numa disputa, e agora ele deve aguentar uma Divinação.

— Parece negócio fumado.

Eu torci o nariz.

— É "negócio furado", gárgula.

Ele ignorou a correção.

— Ele é pesado?

— Que nem um cavalo, o salafrário.

— Você nunca levantou um cavalo, Bartholomew.

— Não. Mas já carreguei muitas pedras. Tirei *você* daquele buraco perto do muro oeste, não tirei?

A gárgula reclamava de uma infestação de pragas, quando acabara com o pé preso em um buraco na terra e começara a chorar. Fiz força, a ponto de grunhir e gemer, para tirá-la dali e, quando finalmente consegui, ela só fizera se ofender.

— Não me lembro de nada disso — respondeu a gárgula, descendo da cadeira. — Bem, se ele estiver atrasado, vou iniciar meus trabalhos na catedral. Não que supervisionar você já não seja o maior deles.

Ele deu meia-volta, seguiu pela nave, daí parou no fim do tapete. Sua voz áspera ficou frágil, como a de uma criança.

— Um dia, contarei a história que sei, Bartholomew. Pena que não vivemos em uma de suas narrativas. Pena que as coisas para nós não são diferentes.

E então se foi, e me largou ali do jeito que sempre fazia — confusa em relação ao que ele estaria querendo dizer.

A luz do dia espreitava pela porta aberta da catedral. Olhei para os meus pés e retorci os dedos no colo até amarrotar a seda fina. Quando não aguentava mais ficar parada, eu me levantei e sacudi os pés, as mãos, tentando espremer minha ansiedade como a água ensaboada de um pano de chão.

— Está parecendo nervosa, Divinadora — disse uma voz atrás de mim. — Devo temer pelas minhas botas?

Senti um arrepio no pescoço. Mantive o olhar voltado à frente.

— Estou surpresa por você ter honrado sua palavra e vindo mesmo.

— É um prazer decepcioná-la.

— Se para você não fizer diferença, Myndacious, prefiro não conversar. Estou cansada.

Senti o calor do olhar dele nas minhas costas.

— Eu também estaria cansado — falou. — Se tivesse que suportar um lugar desses.

Eu me virei. De armadura, Rory estava parado atrás de mim, com as pernas afastadas e as mãos cruzadas às costas, na postura de um bom soldado. O carvão ao redor dos olhos estava borrado, como se ele tivesse esfregado, mas seu olhar era implacável. Pelo desenho das sobrancelhas — as rugas fundas e infelizes —, eu percebia que ele estava tão incomodado por estar ali quanto eu.

— Por que você virou cavaleiro, jurado em honra aos Agouros — perguntei —, se nem acredita neles?

— Eu acredito nos Agouros tanto quanto você — disse ele, tensionando os músculos da mandíbula. — Mas não tenho fé neles.

A gárgula berrou do presbitério:

— Se quiser Divinar antes da escrota, perdão, da *abadessa* chegar, é melhor começar logo.

Atravessei o corredor a passos firmes. A gárgula se postou no lugar costumeiro da abadessa no presbitério, de peito erguido, com ar bastante convencido, e me deu a mão para me ajudar a entrar na nascente.

A água estava fria, e a doçura pútrida, sufocante. Rory parou diante da gárgula, perdendo a postura de soldado e se curvando, os olhos perigosamente perto de revirar.

— O que deseja aprender com o sonho desta Divinadora? — perguntei, fazendo o possível para imitar o tom firme da abadessa.

Ele bufou.

— Não há nada o que aprender.

Babaca.

— Você é quem sabe. Só... — falei, e me sobressaltei. — Bagos. Esqueci a faca.

A gárgula estalou a língua.

— Um mau presságio por si só.

Rory olhou de mim para a gárgula.

— E é um problema?

— Preciso do seu sangue, palerma.

— Esse componente certamente é puro teatro.

— Se tem significado para mim, não é teatro.

Rory hesitou. Devagar, levou a mão à boca — e mordeu a almofada do polegar.

O escarlate brotou em sua pele. Rory olhou do dedo ensanguentado para minha boca.

— É suficiente?

— Razoável — disse a gárgula, gesticulando com desdém. — Continue.

Rory não continuou. Estava esperando. Quando entendi o motivo, a nascente esquentou.

Permissão. Ele esperava minha permissão.

Apontei para o dedo ensanguentado.

— Pode continuar.

Uma ruga se formou entre as sobrancelhas de Rory. Ele estendeu a mão, que peguei — a pele quente e áspera — e trouxe à boca.

— Que nome, com sangue, dá aos Agouros? — sussurrei.

— Meu nome é Rodrick Myndacious.

Com uma delicadeza espantosa, Rory encostou o dedo ensanguentado na minha boca. O som do suspiro dele vibrou pela catedral.

— E o seu? — perguntou.

Os sulcos de seu dedo rasparam meus dentes. Senti gosto de sal e cobre, mas o sangue era tão pouco que não foi sofrimento engoli-lo. A pele de Rory roçou a ponta da minha língua, agitando a resposta que ali esperava. *Sybil*, quase falei, a palavra uma pedra antiga no fundo de um poço escuro. *Um dia, meu nome foi Sybil Delling.*

Porém, eu não o disse. Em vez disso, afundei na água. Olhei para os vitrais altos.

— Estou pronta, gárgula.

Ela sorriu. Esperou.

— Pronta para o quê, meu bem?

— Para você me afogar.

O sorriso dela se desfez.

— Isso é função apenas da abadessa.

— Por isso pedi para você ocupar o lugar dela.

o CAVALEIRO e a MARIPOSA **99**

— Não. Não posso. Talvez o salafrário possa...

A voz de Rory foi um açoite, estalando na catedral.

— Não.

— Gárgula — falei, brusca. — Você já viu isso acontecer milhares de vezes. Uma vez na vida, seja obediente.

Ela começou a tremer, mas obedeceu. Devagar, a gárgula encostou a mão de pedra na minha clavícula. Se fosse a abadessa, poderia dizer as palavras certas. *Seja testemunha das maravilhas dos Agouros. Pupila de seus presságios. Eterna visitante de seu domínio.*

Contudo, tudo que ela disse, num lamento, foi:

— Pena que as coisas não são diferentes.

E então me afundou na nascente. Quando olhei através da água turva, o rosto de Rory era um borrão oscilante. A boca, uma linha tesa, os olhos escuros tomados por algo que se assemelhava estranhamente a preocupação.

Engasguei com a água. Me debati na nascente. A agonia me engoliu, e eu a engoli, até não restar nada, nada...

Além de um sonho.

Eu estava nua, à espera no espaço pálido e intermediário que parecia Aisling, mas não era. Olhei para minhas mãos, meus pés, meus seios, minha barriga, e me perguntei, como era tão frequente, como cabia tanta dor em mim.

Eu esperei.

Esperei.

— Estou aqui — falei.

A única resposta foi meu eco, pequeno e infantil no silêncio. Tentei de novo.

— Venho Divinar para Rodrick Myndacious.

Nada.

Dei um passo hesitante. O ar — as pedras aos meus pés — tinha a mesma temperatura da minha pele, como se eu estivesse explorando um útero vasto e esmaecido.

Caminhei a passos leves. Na direção do quê, eu não sabia. No fundo, eu reconhecia que deveria me preocupar por não estar caindo. Por não ver os objetos de pedra através dos quais os Agouros se revelavam. Entretanto, uma calma estranha me dominava, e assim continuei a andar, imperturbável, pela luz branca e enevoada.

Vozes soavam de lá do alto. A gárgula, Rory — porém, embolados demais para distinguir.

— Não estou escutando — falei, meu eco voltando, distorcido.

Não estou escutando, zombou. *Não estou escutando.*

Uma sombra se agitou na minha visão periférica. Eu me virei...

E não vi nada.

Prossegui, e o chão foi ficando mais frio. Mais cinza. Adiante, a luz brilhava menos. Quanto mais eu avançava, mais escuro era o espaço que me cercava, a iluminação se dissipando até eu não me encontrar mais em uma área de luz e, sim, de trevas.

O ar estava frio. Tão frio que, ao expirar, meu sopro saiu vaporoso. Eu estava prestes a chamar de novo quando de soslaio vi que algo se agitou. Eu me virei.

E fiquei paralisada.

Vinha da escuridão, tremulando as asas delicadas. Não emitia som — nem o sussurro mais suave — ao cortar as sombras em círculos vastos, se aproximando de mim.

Uma mariposa, pálida e delicada.

Ela veio voando, pairando. Enfim, sem emitir qualquer ruído, pousou no meu nariz, e subiu até parar sobre meu véu.

Fechei os olhos. Estremeci.

As patas da mariposa grudavam no tecido ao caminhar pelo meu véu. Era tão pequena, tão frágil, mas também paciente. A mariposa ia e vinha por cima dos meus olhos, cutucando, puxando, até...

Senti meu véu cair. Quando abri os olhos, eu não enxergava mais através da gaze, mas, sim, dos veios finos das asas da mariposa.

o CAVALEIRO e a MARIPOSA

A escuridão que me cercava mudou. O mundo através das asas da mariposa era tão colorido que perdi o fôlego. Vi partes de Traum que nunca vira, como se fosse uma ave revoando sobre os cinco vilarejos distintos. Passei pelos Cimos Ferventes montanhosos, pelas ruas movimentadas de Seacht, pelas bétulas amareladas do Bosque Retinido, pelo rosa floral das Falésias de Bellidine. Quanto brilho tinha Traum, imaculado, de uma beleza infinita. Que não morreria nunca. E enfim...

Aisling.

Cinza e solitária, assomando de trás do muro no outeiro, a catedral me observava com olhos de vitral. Porém, desta vez, as cinco estátuas do adro não eram de pedra.

Eram humanas, cada uma empunhando um objeto diferente.

Uma moeda.

Um tinteiro.

Um remo.

Um sino.

Um peso de tear.

Uma sexta figura na boca da catedral usava o mesmo capuz das outras. Não trazia nenhum objeto — estava de mãos vazias, braços abertos, como se me convocasse para a catedral. Como se a *própria catedral* fosse o objeto pessoal da figura.

A visão através das asas da mariposa ondulou. Desapareceu. Fui confrontada pelas entranhas de Aisling. O corredor, os bancos, os vitrais.

A nascente escura e fétida.

A mariposa bateu as asas, e comecei a enxergar rostos na água.

Vi a abadessa coberta pelo véu e suas gárgulas. Homens de armadura e coroa, que deviam ser reis de antigamente. Hordas do povo de Traum, fazendo fila no outeiro em busca de Divinação.

Vi Divinadoras. Meninas-moças, envoltas em gaze. Quando a mariposa bateu as asas de novo, o rosto das Divinadoras, os braços, as pernas e os troncos se distorceram. Fraturados, deformados em desenhos terríveis e grotescos. Elas gritaram de agonia, mas suas vozes lembravam o vento — uma lamúria extensa e contínua.

Levei a mão à boca.

— Pare, por favor.

Então elas se foram, e também o semblante da nascente. Eu estava sozinha na escuridão outra vez. A mariposa bateu as asas perto dos meus olhos, abanando meu rosto.

Enfim, uma dor inédita me rasgou por dentro. Era semelhante ao afogamento, mas ainda assim muito pior. Uma dor inescapável. Onipresente. Absoluta.

— Espadas e armadura não se comparam a pedra — veio uma voz.

Eu me levantei em um sacolejo, arfando.

Estava deitada em um banco, a luz na rosácea de vitral ainda fraca. Rory se fora. Apenas a gárgula permanecia ali, me observando.

— Muito curioso, Bartholomew — comentou. — Muito curioso mesmo.

— O que aconteceu? Eu... — falei, e levei a mão ao véu, molhado, mas ainda cobrindo meus olhos firmemente. — O que você ouviu?

— Nem um pio.

— Eu não disse *nada* no sonho?

Ela pestanejou.

— Talvez você tenha perdido o favor dos Agouros.

— Cadê Myndacious?

— O rei e os cavaleiros vieram buscá-lo. E, admito, fico aliviado — disse ela, com um calafrio. — Tem alguma coisa nos cavaleiros, nessa ânsia incontrolável por virtude, que acho um tanto nauseante...

Eu não escutei o resto. Saí tropeçando da catedral, vomitando no caminho. Saí pisoteando o tapete, o cascalho, a grama. Cheguei ao pomar e, enfim, ao muro.

As Divinadoras estavam ali, empoleiradas, faróis brancos no céu azul. Elas se viraram, pressentindo minha chegada, e Um e Quatro me ajudaram a subir.

Não perguntei por que não estavam na cama. Eu sabia que tinham ido assistir.

Os cavaleiros do rei já estavam na metade da encosta. Procurei a armadura reluzente, atenta, atenta.

Ali. Perto da dianteira, entre o rei Cástor e Maude. Cabelo escuro. Costas largas.

Rory.

Ele se virou, com uma carranca profunda, e olhou para a Catedral Aisling. Encontrou o muro, e as Divinadoras nele montadas. Quando parou em mim, seu olhar estagnou, e a careta se intensificou ainda mais. Eu poderia tê-lo chamado. Perguntado o que ele sabia do sexto Agouro, da mariposa, e de por que ela me visitara em sonho. Porém, ele logo se virou, atiçou o cavalo, galopou até a curva da estrada, engolido pelo verde da mata.

— Que dias encantadores eles nos ofereceram — disse Quatro, com o cabelo preto ao vento.

— Quase compensaram as noites insones — murmurou Três, bocejando. — Quase.

— E o seu cavaleiro? — perguntou Um, com a mão no meu ombro. — O sonho dele foi interessante?

A mariposa. A visão das estátuas do adro em vida. Das Divinadoras, retorcidas e aos prantos.

— Eu...

O sonho entalou na minha garganta.

— Não sei — acabei falando. — Não consegui interpretar os sinais.

Um levantou as sobrancelhas. Tentei rir, fazer pouco caso.

— Foi perda de tempo — falei.

Eu torcia para que fosse. Para que o sonho da mariposa não tivesse significado algum — para que a vida voltasse ao normal, como sempre acontecia após qualquer Divinação. Eu pegaria o martelo e o cinzel, cuidaria do muro, e sonharia com as outras até nosso mandato acabar. Aí nos despediríamos de Aisling e eu me esqueceria de Rodrick Myndacious, de sua irreverência, de sua erva-d'ócio, de seu sorriso de desdém. Tudo iria se resumir a uma história ruim.

A um pesadelo terrível.

Contudo, a vida não voltou ao normal. Eu soube, no segundo em que despertei no dia seguinte, que alguma coisa estava errada. A casa das Divinadoras estava mais fria, mais silenciosa. E Quatro, a vibrante e determinada Quatro...

Desaparecida.

CAPÍTULO OITO
DESAPARECIDA

A gárgula-morcego se abaixou, com o olhar em uma margarida. Colheu a flor e a ergueu contra o edifício imenso da Catedral Aisling.

— O que é mais complexo? — ponderou. — As invenções dos homens, que tentam alcançar os deuses, ou as dos deuses, que tentam alcançar os homens?

Meu martelo colidiu contra um bloco de granito.

— O que neles se compara à complexidade das mulheres, que alcança ambos?

Clanc, golpeou meu martelo outra vez. Na minha visão periférica, vestes de Divinação dançavam no varal. Eu tinha dado a volta completa no terreno de Aisling, acompanhando o muro, fingindo procurar pedras em mau estado, mas com o olhar atento à grama, em busca de qualquer sinal de por onde Quatro poderia ter caminhado. Andei pelo gramado e entre teias de aranha, passei por todas as estruturas de pedra do outeiro — até pela casa sem janelas —, o vento esganiçado ao meu redor.

E não encontrei nada, acabando o circuito onde tinha começado, perto do varal.

— Ela não fugiria — comentei pela milésima vez. — Não sem dizer nada.

— Talvez tenha dito — refletiu a gárgula. — "Nada" é uma palavra bastante comum, afinal.

Eu ia acabar estragando minha visão de tanto revirar os olhos. A gárgula tinha me acompanhado a manhã inteira. A abadessa dizia que era uma medida de segurança: uma gárgula para cada Divinadora, após o desaparecimento de Quatro. Ela chegara até a mandar a gárgula-felina sair da catedral para procurá-la. Afora isso, a abadessa estava estranhamente inativa. As Divinações prosseguiam como de costume.

Isso não me descia.

Meu martelo golpeou de novo, rachando a pedra.

— Você me contaria se soubesse aonde ela foi? A Quatro?

— Como eu saberia? E por que contaria? — A gárgula franziu o nariz. Abriu a boca de pedra e jogou a margarida lá dentro. — Do que estamos falando mesmo? — perguntou.

O martelo quase acertou meu dedo.

— Você não ajuda em nada.

Foi isso ou o gosto da margarida que deixou a gárgula em um humor azedo, o qual ela carregou pelo dia inteiro. Já eu fiquei trabalhando no muro, sonhei em Aisling, e só fiquei livre do olhar de pedra da gárgula quando ela me acompanhou para a morada das Divinadoras ao anoitecer.

Subi a escada às pressas e encontrei as outras Divinadoras reunidas no quarto.

Brigando.

— A safadinha foi atrás dos cavaleiros — disse Dois, com as mãos na cintura. — Ela podia pelo menos ter terminado o serviço, em vez de largar os turnos de hoje na nossa mão. Mas é a cara da Quatro, não é?

— Ela não iria embora sem nos avisar — gritou Cinco. — Ela não faria isso.

— Ou faria, se achasse que alguma de nós delataria tudo para a abadessa — retrucou Um, apontando o queixo para Dois.

Dois fechou a cara.

— Não é justo. Quatro é como se fosse uma irmã para mim.

— Ela é uma irmã — disse Três, a voz neutra com uma secura rara. — E não faria diferença contarmos para a abadessa,

o CAVALEIRO e a MARIPOSA **107**

porque ela nitidamente não está nem aí. Uma mera gárgula para procurá-la? Devíamos sair atrás dela pessoalmente. Ela não tem como ter ido muito longe.

Achei que Dois ou Cinco iriam se recusar a fazer a expedição. Contudo, as Divinadoras ficaram em silêncio solene, a determinação implícita pairando entre nós.

— Amanhã à noite — falei. — Se amanhã à noite ela não tiver voltado, nós saímos, procuramos nas estradas escavadas e em Feira Coulson, e voltamos ao amanhecer.

— Podemos até pedir ajuda no castelo Luricht — sugeriu Três.

— Combinado — disse Um, estendendo as mãos, as quais nós pegamos prontamente, formando um círculo que, sem Quatro, parecia pequeno demais. — Amanhã. Partiremos ao anoitecer.

Mas não chegamos a ir a Feira Coulson, nem ao castelo Luricht. Após um dia sonhando para os comerciantes, lordes e camponeses que vinham a Aisling, nós, Divinadoras, exaustas, porém decididas, jantamos no refeitório. Fingimos ir dormir tão logo o sol se pôs. Esperamos no quarto pela escuridão completa. Corremos até a porta.

E a encontramos trancada.

Na manhã seguinte, fazia ainda mais frio. Eu me sentei e olhei ao redor do quarto. Engoli o grito.

Dois estava desaparecida.

Eu estava sonhando.

Uma fazendeira pagara 24 moedas de prata à abadessa para Divinar seu futuro. Mal olhei para a cara dela. Quando pus a veste, entrei na nascente, bebi o sangue e me afoguei, caí pelo sonho. Li os sinais da moeda, do tinteiro, do remo, do sino, do peso de tear.

Porém, eu só pensava em Quatro e Dois, e no meu sonho horrível com a mariposa.

Com as Divinadoras aos berros.

Horas depois, bati à porta da abadessa. Não veio resposta.

Eu a procurei pelo outeiro. Procurei e procurei, até a busca me levar de volta à Catedral Aisling.

Ela estava no presbitério — um borrão pálido nas sombras. De quatro, encolhida, a abadessa se debruçava na nascente, envolvida pelo cheiro tão familiar. Podridão doce, fétida.

Escutei o som da água.

— Abadessa?

Ela parou o movimento e se levantou devagar. Virou-se para mim.

— Perdão por incomodá-la, abadessa. Há um assunto que eu gostaria de discutir.

— Você nunca me incomoda, Seis.

Ela desceu do presbitério para a nave, aproximando-se de mim com um de seus gestos de acolhimento silencioso, os braços bem abertos. Em seguida, me conduziu para fora da catedral.

— Venha — chamou.

Andamos em silêncio até a casa dela. Lá dentro, a sala pequena cheirava a rosas, e o fio comprido de fumaça do incenso queimando perto da janela aberta era um dos poucos adornos no ambiente, juntamente a duas cadeiras de madeira em frente à lareira.

Eu tinha estado ali apenas uma vez. Era menina ainda, e nesse dia a abadessa me entregou um martelo e um cinzel com toda a ternura de uma mãe presenteando a filha.

— Sempre dou estas ferramentas para minha melhor Divinadora — dissera ela, levando a mão ao meu rosto. — Veja o que faz com elas... ou o que fazem com você.

No momento, a voz da abadessa soava tão calorosa quanto naquele dia.

— Sente-se comigo, Seis.

As cadeiras rangeram quando nos sentamos. A abadessa pegou minha mão, a luva de seda muito mais fina do que minha pele calejada. Eu amava a maciez do toque dela.

o CAVALEIRO e a MARIPOSA **109**

— Você veio falar das meninas que fugiram.

— A questão é exatamente essa, abadessa. Não acredito que elas tenham fugido.

A luz do fogo a cobria de sombras compridas. Ela ajeitou a gola do vestido branco, como se mexesse em um colar.

— O que acha, então? Que foram sequestradas?

— Não sei. Eu só... — comecei, o desespero fervilhando em mim. — Temo que algo de terrível tenha acontecido.

— Shhh — murmurou ela, acariciando meu cabelo. — Medo não é uma bússola, minha menina. Você não deve deixá-lo orientar seu caminho. Os Agouros e seus sinais são a única referência verdadeira do que está para acontecer.

— Eu sei, abadessa. No dia anterior ao desaparecimento de Quatro, eu tive um sonho muito estranho. Não foi com os objetos de pedra habituais — falei, e respirei fundo. — Foi com a mariposa.

Ela fez uma longa pausa, o único som da sala era a madeira crepitando na lareira.

— A mariposa.

Descrevi o sonho. A vivacidade de Traum através das asas da mariposa. As estátuas ganhando vida no adro. Ela e as gárgulas nas águas da nascente.

As Divinadoras deformadas. Retorcidas. Chorando.

A abadessa ficou escutando, impassível.

— A mariposa, o sexto Agouro, pressagia a morte, não é? — perguntei, com o coração a mil e uma ânsia desesperada para que ela me abraçasse. — Estou preocupada, abadessa. Preocupada com a possibilidade de algo horrível estar acontecendo.

Ela virou o rosto, se voltou para o fogo. Devagar, soltou minha mão.

— Para quem você ofereceu esta Divinação?

— Para um cavaleiro — falei, engolindo em seco. — A gárgula-morcego auxiliou.

— Entendo. Este cavaleiro pagou a taxa?

— Não exatamente.

— Então você fez um acordo pessoal com ele. Sem mim. Divinou, sem mim — disse ela, baixando a voz. — Talvez você me considere desnecessária.

— De modo algum, abadessa.

Ela retrucou com uma risada baixa.

— Você acha mesmo que sou tão relapsa assim? Que não tenho conhecimento do seu passeiozinho em Feira Coulson? Ou que não reparei que você sonha duas vezes mais do que as outras Divinadoras? Você vive em guerra consigo, Seis, sempre acreditando ser mais forte do que elas, melhor do que elas... sempre se martirizando por elas — falou, e abanou a cabeça, fazendo o véu tremular. — Mas eu conheço você, minha menina especial. E sei que, por baixo disso tudo, você nutre ressentimento por elas, que você deseja ter a mesma ousadia.

Ela suspirou e se esticou para mais perto de mim. Pegou meu queixo com os dedos.

— Entendo o significado disso. Se as Divinadoras fugiram sem se despedir, todo seu amor, ressentimento e martírio foram em vão. Vejo por que você resiste, por que supõe que a ausência delas seja parte de um complô mais elaborado — continuou, e soltou meu queixo, em sinal de dispensa. — Mas não é. Elas foram embora, e serão substituídas quando chegarem novas órfãs. Agora vá. Descanse. Você parece estar precisando.

Foi uma repreensão discreta, a voz da abadessa pouco mais que um sussurro. Teria sido menos doloroso se ela tivesse gritado — um chicote afiado para combinar com a ardência das palavras.

— Para cada Divinadora que desapareceu, aloquei uma de minhas gárgulas preciosas. Caso isso alivie sua preocupação — disse ela quando cheguei à porta —, pedirei que tranquem a casa outra vez, para o caso das outras se inspirarem a também abandonar o posto.

O trinco não impediu Dois de desaparecer.

Foi só ao chegar em casa que me dei conta de que a abadessa não comentara nada sobre o meu sonho com a mariposa, como se não fosse sequer digno de atenção.

A gárgula com aparência lupina estava de sentinela à porta da casa, concentrando os olhos de pedra no vazio. Ela destrancou a porta, e eu me perguntei como as coisas teriam chegado a esse nível de distorção. Eu tinha procurado a abadessa para desabafar — em busca de consolo, de *respostas* —, e voltara trazendo apenas vergonha.

Subi a escada. Entrei no quarto.

Um, Três e Cinco estavam lá, quietas e imóveis. Um pegou meu braço.

— Falou com a abadessa?

— Ela...

Eu não sabia o que dizer. Baixei os olhos para o chão.

— Ela falou que elas fugiram — contei.

— *Como é que é?* — exclamou Três, e saiu do quarto furiosamente, os passos ecoando pela escadaria. — Ora, ela mesma pode vir aqui constatar.

Seguiram-se batidas altas.

— Abra essa porta, seu pedregulho imbecil! — insistiu ela.

Ela ficou batendo e berrando. Dava para escutar do quarto. Quando Três enfim se calou, o silêncio foi ensurdecedor.

Deitamo-nos todas no mesmo colchão.

— Conte uma história — cochichou Cinco junto ao meu ombro.

Contei uma história dos Cimos Ferventes — das águas termais que diziam existir lá, e do céu, tão claro que parecia que a lua estava mais próxima. Um foi a primeira a adormecer, seguida de Três, e então Cinco — com a cabeça ainda apoiada no meu ombro. O céu foi de azul para preto para violeta. Fiquei observando enquanto elas dormiam, cada peito subindo e descendo em um ritmo incessante, as batidas suaves de uma canção de ninar. Fechei os olhos por um instante...

E acordei com um sobressalto.

O céu estava rosa-amarelado. E antes mesmo de olhar para a cama, eu soube.

Três tinha desaparecido.

Enganar uma gárgula era até fácil. O problema era mandá-la embora.

— Não entendo por que você precisa trabalhar neste horário — disse a gárgula-morcego no crepúsculo, girando no dedo o molho de chaves de ferro.

As chaves acertaram o nariz dela, causando um espirro tão violento que uma dúzia de rolas-carpideiras fugiram voando do arbusto mais próximo.

— Eu já expliquei — respondi, na esperança de que o ribombar do martelo na pedra atenuasse a tensão da mentira. — A Divinação me atrasou. Tenho que acabar de quebrar estas pedras.

Levei a mão à barriga e acrescentei:

— Mas, para ser sincera, estou um pouco enjoada. Tanto tempo na nascente… — Engasguei, cuspindo nas pedras. — Acho que vou… — falei. — Que vou…

A gárgula cobriu os olhos com as mãos e se afastou com velocidade notável.

— Misericórdia, Bartholomew. Não precisa dessa nojeira.

Ela se foi em segundos, resmungando de indignação.

Eu me endireitei. Quando ela desapareceu nas sombras devoradoras de Aisling, larguei as ferramentas na grama. Peguei a capa que eu tinha escondido debaixo da pedra.

Corri.

Quando cheguei à parte do muro que tínhamos pulado com os cavaleiros, eu estava ofegante. Trepei no muro e olhei para trás. A casa das Divinadoras era um quadrado humilde ao longe. Uma luz queimava lá dentro, desenhando duas silhuetas abrigadas perto da janela do segundo andar.

Um e Cinco.

Acenei. Um momento depois, a luz se apagou. Elas fechariam a janela e ficariam acordadas até eu voltar do castelo Luricht.

Olhei para baixo. Não tinha nenhum cavaleiro para aliviar minha descida. Porém, se eu me agarrasse bem ao muro e manobrasse corretamente, seria fácil...

Meu pé escorregou no musgo. O muro negou sustento às minhas mãos desesperadas, e um guincho agudo que eu só escutara dos porcos escapou da minha boca.

— Filho da pu...

Estatelei-me feito uma pedra.

A estrada não teve dó alguma de mim. Caí com um baque alto e tossi tão forte que meus olhos arderam. Quando finalmente consegui me sentar, conferi que nada estava fraturado, nem sangrando, e, ainda mais essencial, que o véu não saíra do lugar. Então levantei meu corpo dolorido. Tossi outra vez.

E corri estrada abaixo.

A noite estava silenciosa. As árvores que cercavam a estrada escavada não continham nada, nem ruídos, nem cavaleiros às gargalhadas, nem notas musicais ecoando ao vento. E a estrada, com suas laterais de terra e tampa de galhos oscilantes, estava *escura*. O tipo de silêncio, de escuridão, que me fazia temer até o volume de meus pensamentos.

Um galho estalou no alto. Olhei para cima.

Entidades. Dezenas, observando do teto de galhos retorcidos. O luar as banhava em auréolas de azul-escuro que piscavam com o tremular das asas.

Elas me seguiram pela estrada, nunca próximas a ponto de me tocar, disparando entre folhas e teias de aranha errantes para manter o ritmo.

Com um calafrio, continuei avançando.

Folhas estavam caindo na estrada, e as chuvas da tarde tinham deixado todas encharcadas. Quando cheguei a um ponto alto do trajeto, meus pés descalços estavam frios e úmidos.

Logo adiante estava a Feira — as barracas escuras, e o fervor abafado. Não ouvi música, nem vi fogueira, e os corredores de grama estavam vazios, exceto por uns poucos comerciantes.

Pensei: *Devo procurar as Divinadoras perdidas na Feira? Perguntar por elas?*

Até que me lembrei do comerciante que me agarrara da última vez em que eu vagara sozinha entre as barracas — da vulnerabilidade horrível que senti quando ele tentara tirar meu véu.

Nada de Feira Coulson, então.

Fui para o leste, seguindo os estandartes roxos.

Não tinha ninguém ali. O silêncio da noite abria lacunas nos meus sentidos, e minha mente se apressava para preencher cada espaço. *Como as Divinadoras perdidas estão aguentando, sozinhas em um lugar desconhecido? E se elas já tiverem sido acometidas por alguma violência? Será que Um e Cinco ainda estão acordadas no quarto?*

Será que algo já aconteceu a elas?

Espantei aquelas ideias.

— Não deixe os pensamentos correrem soltos.

— Em que ritmo eles devem ficar, então?

Dei um grito, e a gárgula-morcego atrás de mim fez o mesmo.

— Seu idiota! — exclamei, levando a mão ao peito. — Você me assustou.

— Não *grite* comigo, Bartholomew.

Ela estava chorando. Não era aquele choro fungado, igual ao que ela fazia quando cobria a cara com as mãos e de vez em quando espiava entre os dedos para ver se eu estava prestando atenção. Era um choro sincero, com soluço e tudo.

— Eu m... me preocupo, Bartholomew. Sem dúvida, é me... meu pi... pior defeito. Eu me preocupei que você ficasse tris... triste do... doente, só, no muro. Voltei e... e... — uivou ela, jogando a cabeça para trás. — Você tinha *desaparecido*.

Ela continuou a ganir, assustando algumas entidades nas árvores.

Soltei um suspiro e passei o braço ao redor do ombro da criatura, hesitante. A pele de calcário era fria, e totalmente dura.

— Não é para tanto. Eu ia voltar.

Ela fungou.

— A abadessa prometeu que você ficaria comigo.

Eu duvidava que ela tivesse dito qualquer coisa desse tipo, mas não comentei nada para não piorar as coisas. Em vez disso, ofereci minha mão. Ela não aceitou, sempre rancorosa. Porém, acabou vindo atrás de mim, pois não era petulante a ponto de me deixar sozinha na estrada, embora empinasse o nariz toda vez que eu arriscava olhar para trás. Em determinado ponto, ela começou a cantarolar. Eu poderia ter dito que a noite parecia menos sombria e assustadora na companhia dela, mas ela estava sendo uma pestinha mimada, então eu não disse nada.

Já estávamos circulando pelas últimas barracas de Feira Coulson, e agora dava para ver as torres do castelo Luricht perfurando o céu noturno. A gárgula e eu fomos caminhando pela noite silenciosa até que...

Vozes. Adiante, na estrada.

Escutei um estrondo grave, e de repente uma carroça puxada por dois cavalos de carga passou, espirrando lama da estrada na barra da minha capa.

— Ei — chamou alguém. — Olha só! Uma gárgula!

Quando me dei conta, a gárgula e eu já estávamos correndo. Viramos uma curva, e outra, e mais outra, passando por casas pintadas e encontrando sebes até chegarmos a um ponto reto da estrada, e então subitamente estávamos entre centenas de estandartes roxos, nas sombras do castelo.

A estrada conduzia a uma ponte levadiça alta, que cruzava um fosso. Não olhei para a água escura, preferi me concentrar no caminho à frente. Fiquei ensaiando o que eu ia falar para o rei ou para o cavaleiro que me atendesse quando fosse contar sobre as Divinadoras desaparecidas. Quando chegamos ao portão, eu tinha composto metade do discurso, minha postura estava ereta e meu sangue, fervilhando.

Porém, não falei com ninguém no castelo Luricht.

A gárgula e eu sequer tivemos permissão para atravessar o portão do castelo.

— Você tem que me deixar entrar — repeti para o guarda.

Uma tocha iluminava uma construção alta de pedra coberta com hera, refletindo na armadura do guarda. Ele se mantinha postado na frente do portão de ferro da guarita, impedindo a passagem.

— Peço perdão, milady. Como eu já disse, estou proibido de deixar qualquer pessoa entrar após a meia-noite — disse ele, a armadura rangendo. — Talvez a senhorita possa voltar quando amanhecer.

— Seria tarde demais — retruquei, irritada.

— E também cedo demais — acrescentou a gárgula, que cheirava os cipós, sem sequer reparar que estava assando a asa em uma tocha. — Que mal lhe pergunte, que tipo de planta é esta? É uma maravilha, tão robusta. Pataliana? Urspurte? Goanta, certamente?

— Sossegue o facho — chiei, batendo na asa dela para afastá-la do fogo.

Voltei-me para o guarda. Tirei o capuz. Perguntei:

— Sabe quem eu sou?

O guarda, cujo olhar era sonolento pois o tínhamos acordado de seu cochilo no posto, olhou para a gárgula, e então para mim.

— A senhorita vem de Aisling, é claro — disse ele, começando a gaguejar. — Peço perdão. É uma honra ter sua presença aqui.

— Certo. Então, por favor, entre e alerte um membro da ordem dos cavaleiros de que uma *Divinadora* exige assistência.

O guarda pareceu ainda mais desconfortável.

— Nem o rei, nem os cavaleiros estão aqui, Divinadora.

— Partiram todos?

— Que eu saiba.

— Para onde, exatamente?

— Seacht.

— Quando vão voltar?

Ele se encolheu.

— Não sei.

— Nos últimos dias, alguma outra Divinadora apareceu aqui, além de mim?

A armadura dele tilintou.

— Também não sei, infelizmente.

— Isso é comum no serviço do rei? — questionou a gárgula. — Essa falta de conhecimento espantosa?

Bufei.

— Deve ter alguém com quem eu possa falar.

— Vou verificar.

O guarda se foi em um instante, entrando no castelo e me deixando com a gárgula, ambas agarrando avidamente as barras da grade de ferro.

— Ele nem me convidou para entrar — reclamou a gárgula, mostrando a língua de pedra. — Que prodígio da idiotice.

Continuamos aguardando. A noite era um manto púrpura, leve e silencioso. Até que...

Risos ecoaram atrás de mim e, com eles, o ruído das rodas de uma carroça.

— Eu te disse — veio uma voz alta, arrastada. — Gárgula. Bem ali.

Houve gritos. Exclamações.

— E uma Divinadora!

Era a mesma carroça de antes, mas, desta vez, vinha na nossa direção, passando pela ponte. À luz das tochas do castelo Luricht, notei vários homens. Estavam de roupas amarrotadas, olhos vidrados, bocas repuxadas em sorrisos lânguidos. De longe senti o cheiro de cerveja.

— Quanto custa? — gritou um homem grisalho, tirando do cinto um porta-moedas. — Quanto pelo meu futuro, Divi… puta merda.

Ele deixou a bolsinha cair, e as moedas de prata se esparramaram pela ponte.

Levantei o capuz.

— Temos que ir — cochichei para a gárgula.

Dois homens pularam da carroça. O grisalho fazia papel de bobo tentando recolher as moedas, caindo e engasgando de tanto rir, enquanto o outro se aproximava de mim a passos determinados.

— Imagino as coisas que você deve saber, falando com os Agouros — disse ele, com a voz pastosa.

Ele tentou pegar meu ombro…

E deu um grito. Quando ele recuou, segurando o próprio braço, vi que o osso estava quebrado, dobrado em um ângulo grotesco, a pele já arroxeando.

A gárgula se erguia diante dele, olhando o braço com a mesma atenção curiosa que dirigira à hera do muro.

— O corpo humano é uma máquina tão fascinante, embora eu me esqueça sempre da fragilidade do projeto — disse, e se virou para mim, sorridente. — E então, Bartholomew? Voltemos para casa?

Saímos correndo, e os homens estavam bêbados demais para fazer qualquer coisa além de gritar para que retornássemos. Seguimos às pressas pela estrada escavada, sob as árvores repletas de entidades. Mesmo através do toldo espesso de copas, dava para ver a lua bem baixa. A noite se esvaía.

Uma noite totalmente desperdiçada.

— Você não ajudou em nada — falei, despejando minha fúria na gárgula. — Você não deveria ter sido tão violenta.

Ele colheu uma flor do acostamento e examinou as pétalas enquanto andava.

— Por que não?

o CAVALEIRO e a MARIPOSA **119**

— Porque... — falei, o estalo do osso ainda ecoando no meu ouvido. — Violência é ignóbil.

— É muita infantilidade sua, Bartholomew.

Eu me voltei para ele, furiosa.

— Entre mim e você, não sou eu quem fica se comportando feito criança.

Ele ficou arrancando as pétalas da flor, uma a uma, e me ignorou.

Quando voltamos para Aisling, a gárgula destrancou o portão, me levou à minha casa e abriu a porta. Passei correndo. Subi a escada. Gritei pelas Divinadoras.

— Um! Cinco!

Um estava sentada à penteadeira, dormindo, curvada.

Cinco tinha desaparecido.

A gárgula-urso instalou três barras de ferro em cada janela da casa das Divinadoras, o dia pontuado pelo som ameaçador do *clang, clang, clang.*

A porta agora ficava trancada, e não apenas à noite. Desta vez, Um e eu constatamos que estava trancada já ao amanhecer. Um jarro d'água e um prato de pão dormido foram trazidos pela gárgula-falcão, que trancou a porta ao sair, e ficamos vendo o dia passar através da grade da janela do primeiro andar.

Um deu uma batidinha nas barras de ferro.

— Está óbvio que a abadessa não quer que contemos sobre as Divinadoras desaparecidas para os visitantes do outeiro.

— Por que ela não veio falar conosco? — questionei. — Como ela deixou isso acontecer?

A abadessa me disse que o medo não era uma bússola. Talvez fosse verdade. Meu medo estava profundamente arraigado, tão acumulado que começava a apodrecer, emanando o próprio calor fétido. Apertei a grade até meus dedos empalidecerem.

— Como ela pode nos tratar assim? — insisti.

Um não respondeu. Simplesmente deu as costas para a janela e subiu a escada. Fui com ela e sentei-me ao seu lado no colchão, tentando não olhar para as camas vazias.

— Eu tenho orado — disse Um, que parecia tão, tão cansada. — Seria de se imaginar que, depois de tudo o que fizemos em nome deles, os Agouros nos ajudariam de algum modo.

Eu não sabia o que dizer, mas Um não esperou resposta. Ela logo estava de pé outra vez, andando devagar até o espelho rachado. Encarou o reflexo. Então, com a mão fantasmagórica, afundou os dedos no cabelo curto e embaraçado.

E começou a desatar o véu.

Eu me sobressaltei.

— O que você está fazendo?

— Faz uma eternidade que espero para tirar isto — disse ela, com a voz mais dura do que antes, como se estivesse recorrendo ao que restava de seu vigor. — Estou começando a achar que, se esperar por permissão, nada vai acontecer.

A coragem dela era um sopro, um vendaval. Embora me agitasse, não era suficiente para desmontar dez anos de obediência. Eu tinha desobedecido mais regras na última semana do que em toda a década, mas aquela especificamente me era insuportável. Cerrei bem os punhos e não ousei tocar meu véu. Quando o de Um caiu, atingindo o chão sem fazer nenhum barulho, eu me virei para a parede.

A exclamação dela preencheu o cômodo. Um pavor silencioso.

— O que fizeram conosco?

— O que foi? — perguntei, minha voz tremendo. — O que você está vendo?

Um não respondeu. Quando voltou ao colchão, estava de véu. Ela não disse o que vira no espelho, e eu fiquei com medo de insistir.

O dia deu lugar à noite e, a cada hora que passava, com nós duas fazendo um esforço enorme para não dormir, Um ia desanimando mais.

— Não me lembro da minha infância — disse ela, apoiando a cabeça no meu ombro. — Tudo antes de Aisling é muito... obscuro.

Ela afundou no colchão.

— Seis, se eu desaparecer, por favor, não me esqueça — pediu.

— Se você desaparecer — respondi, feroz —, eu irei atrás de você. E juntas encontraremos as outras, quaisquer que sejam os sinais, os presságios. Eu *prometo*.

Um abriu os braços, e eu me aninhei em seu colo. Ficamos ali juntinhas no colchão, olhando para o teto.

— Fale comigo — disse Um, respirando pesado. — Me conte uma história.

— Nós vamos visitar todos os vilarejos. Estudaremos seus hábitos, seus ofícios, até suas entidades. Ouvi boatos sobre entidades do tamanho de árvores... de montanhas.

Minhas pálpebras já estavam cansadas. Obriguei-me a abri-las e me belisquei até meu braço ficar roxo.

— O mundo lá fora é impressionante, Um. Estranho e magnífico, e nós enfim iremos conhecê-lo. Vai ser tudo tão... inteiramente... lindo...

Quando abri os olhos, era manhã.

E pelo silêncio, pelo frio — pelo afundamento do colchão —, percebi que Um tinha desaparecido. A casa estava vazia, oca. Lá fora, o vento uivava sua lamúria.

Minhas lágrimas não vieram. Estavam presas dentro de mim, infeccionadas sob uma superfície pesada que eu não conseguia deslocar.

Quando a gárgula-viperina veio trazer mais pão, corri para a porta. A gárgula largou o pão, me pegou pela cintura, e me arrastou de volta escadaria acima.

Esperneei, machuquei a canela na pedra. A gárgula me jogou no chão do quarto com tanta força que vi estrelas. Sombras dançaram na minha visão periférica, e de repente a casa ficou embaçada, até que se apagou por completo.

Acordei com o céu do crepúsculo.

Perto da minha cabeça havia uma pequena poça de sangue, fria, bem onde eu tinha batido a têmpora no chão. Quando me levantei, trêmula, e me olhei no espelho rachado, meu rosto — meu cabelo prateado — estava tingido de vermelho do lado esquerdo.

Meu semblante se fragmentava no espelho partido. Por um momento, tive a sensação de que as outras cinco mulheres ainda estavam no quarto comigo.

Porém, era só uma ilusão criada pelo reflexo.

Prendi a respiração. Levei a mão ao véu, pronta para fazer o que Um fizera. Para finalmente me ver.

E paralisei.

Não. A verdade sob o véu não fora capaz de salvar Um — nada fora capaz de salvá-la. Em vez disso, esmurrei o espelho, estilhaçando o vidro já fraturado. Os cacos choveram no chão. Então me larguei no colchão. Afundei o rosto no travesseiro que ainda tinha o cheiro de Um.

Veio a noite, a lua derramando sua luz prateada pelas grades da janela. Fiquei observando enquanto ela viajava pelo céu, meus olhos pesados, exausta demais para planejar, para chorar, sequer para dormir…

A luz da lua sumiu da janela, engolida por uma sombra. Uma sombra em *movimento*.

Devagar, eu me sentei.

A sombra pertencia a um objeto. Eu não conseguia distingui-lo, via apenas que era pequeno. Uma pedra, talvez. Até que — pelos deuses, eu só podia estar ficando louca — o objeto começou a cair e, um momento depois, como se a grade de ferro bloqueando a janela fosse mera sugestão…

Um homem entrou no quarto e pegou o objeto.

Ele estava de costas para mim. Aprumou os ombros quando as botas esmagaram os cacos do espelho quebrado. Ele parou junto ao sangue do piso, suspirou com impaciência.

o CAVALEIRO e a MARIPOSA

Eu me joguei nele, nos derrubando no chão. O vidro se espalhou, guinchando.

— *Quem é você?*

Tive a impressão de ter ouvido as notas sutis de uma risada. Ele recuou, brusco e súbito, e de repente eu estava sendo arremessada para trás, pelo ímpeto do corpo dele, batendo as costas no colchão.

Em um segundo, ele estava por cima de mim, travando meus braços acima da cabeça. Olhos escuros fitavam meu rosto, a boca retorcida num esgar de desdém distinto e muito familiar.

— Ora, ora, se não é a Divinadora da qual menos gosto.

Rory.

CAPÍTULO NOVE
CHEGOU A HORA, DIVINADORA

O ar entre nós dois se misturou por um... dois... segundos, antes de minha voz rasgá-lo.

— *Você.*

Rory não estava de armadura, só de túnica preta e calça de couro. Senti o tambor do coração dele, acelerado. O olhar dele endureceu diante do meu véu, e ainda mais ao se dar conta dos meus braços machucados, do lado ensanguentado do meu rosto.

Eu me desvencilhei dele.

— Onde elas estão?

— Quem?

— Não se faça de bobo. Você aparece aqui, do nada, e todas elas sumiram — falei, tremendo. — Me diga para onde você as levou.

— *Quem?*

— As Divinadoras, seu brutamontes.

Ele ainda estava em cima de mim, as mãos apoiadas ao redor da minha cabeça, os joelhos, ao redor do meu quadril. A presença dele ali era inconfundivelmente sugestiva a outras coisas que poderiam ocorrer em um colchão de um quarto escuro.

Ele pareceu pensar na mesma coisa, pois logo deu um sorriso maroto.

— Fique à vontade para me revistar.

Dei uma joelhada entre as pernas dele.

Um refrão de xingamentos ecoou pelo quarto. Rory rolou para o lado no colchão, grunhindo com a cara enfiada na dobra do braço.

Sentei-me e fiquei só olhando enquanto ele se contorcia.

— Isso aqui não é brincadeira, Myndacious.

— E eu lá estou rindo, por acaso? Só... — disse ele, cobrindo os olhos com a mão. — Bagos, vou vomitar. Fique quieta só um pouquinho.

Se fosse há uma semana, eu teria me refestelado naquela ceninha dele. Porém, ver Rodrick Myndacious sendo humilhado já não me causava mais tanto efeito. Ele tossiu, recuperou a compostura, e me olhou com um desgosto tão imundo que senti azedar a garganta.

— Então — disse ele. — Eu sequestrei cinco mulheres, é isso? Sendo que eu estava em Seacht, a quinze quilômetros daqui?

— Mas aqui está você, surgindo tal qual alma-penada no meu quarto... exatamente o lugar de onde elas desapareceram.

— E me arrependendo profundamente e ter vindo, não tenha dúvida — disse ele, abanando a cabeça. — Benji, aquele infeliz. Estou aqui porque o sensível do rei recebeu um recado do castelo Luricht. Aparentemente, uma Divinadora foi atrás dele, querendo uma audiência.

Ele levantou de leve a sobrancelha antes de acrescentar:

— E saiu no braço com uns bêbados na porta antes de sumir noite afora.

— Foi a gárgula quem bateu nele.

— Que seja. Você causou confusão, e agora estou aqui, como representante do rei.

— Então você *é* pau mandado.

O sorrisinho dele foi cáustico.

— E esse truquezinho do aparecimento? — insisti, apontando a janela fechada. — Como você entrou aqui?

— Não é da sua conta.

Era perceptível que aquele cavaleiro transbordava segredos. Mesmo que eu não o tivesse pego roubando água da nascente de Aisling, algo em seu desprezo pelos Agouros, em sua violação dos padrões da ordem, me dava a certeza de que ele — assim como o rei Cástor e Maude — não era digno de confiança. Isso ecoava no meu pensamento.

Porém, minha promessa para Um falava mais alto.

Se você desaparecer, eu irei atrás de você. E juntas encontraremos as outras, quaisquer que sejam os sinais, os presságios.

E eu iria até o fim do mundo se necessário para cumprir essa promessa. Mesmo que precisasse me associar ao cavaleiro mais repugnante de Traum. Pelas Divinadoras, eu toleraria.

Eu me aproximei.

— Talvez você seja sensível, Rodrick Myndacious. Talvez possa me ajudar a sair daqui.

Ele fez uma careta, parecendo nauseado por eu ter apelado para sua benevolência.

— Foi por isso que você foi ao castelo Luricht? Para avisar ao rei que as Divinadoras estavam desaparecendo?

Eu confirmei.

— O que a abadessa disse?

— Que elas fugiram.

— Elas desapareceram uma de cada vez, ou todas ao mesmo tempo?

— Você faz muitas perguntas.

— Sou insuportavelmente curioso.

Bufei pelo nariz.

— Uma de cada vez, e sempre quando estavam dormindo neste quarto.

— Mandaram alguém para procurá-las?

— Uma gárgula por Divinadora.

— Você viu alguma coisa? Alguém suspeito?

— Afora você? Não.

Ele franziu a testa.

— Quem quebrou o espelho?

— Eu.

— Por que seus braços estão machucados?

— Eu estava me beliscando. Para não dormir.

A voz de Rory ficou rouca.

— E o sangue?

Ele levantou a mão devagar, um toque fantasma no meu cabelo, afastando uma mecha da têmpora esquerda inchada.

— Isto aqui. — insistiu.

— Gárgula.

— Certo.

Ele suspirou e se levantou do colchão, remexendo em alguma coisa no bolso. Aí resmungou baixinho por trinta segundos antes de declarar, brusco e decidido:

— Pegue suas coisas.

— Eu não tenho nada.

Isto, de tudo o que eu dissera até então, foi o que mais pareceu chocá-lo. Rory arregalou os olhos e retorceu a boca, como se eu tivesse servido um prato de bosta quente e chamado de banquete.

— Você não tem *nada*?

Apontei meu vestido sujo.

— Só minhas roupas.

Ele voltou a resmungar.

— Me diga que pelo menos tem alguma coisa para os pés.

— Como assim?

— Como assim… *sapatos*, sua tonta. Botas. Chinelos. Tamancos esculpidos pelo seu cinzel ridículo. Qualquer coisa.

Meu martelo e meu cinzel.

Estalei os dedos.

— Na verdade, tenho coisas, sim. Elas ficam lá fora.

Avancei para descer da cama.

Rory investiu de repente e me segurou pelo quadril.

— O que você…

— Não *me* chute. Estou tentando ajudar — disse ele, apontando o chão, onde o luar beijava milhares de cacos de vidro. — A não ser que você prefira rasgar seus pés.

Consenti com um gesto seco de cabeça, e ele me apertou com mais força.

— Eu sou pesada — falei, antes de ele me erguer.

Não era um pedido de desculpas.

— Não tem ninguém mais forte do que você, Divinadora, é isso?

— Foi fácil te derrubar em Feira Coulson, não foi?

Meu comentário o fez sorrir. E em segundos eu estava pendurada no ombro dele igual a uma corça morta. Praguejei e ele riu, o vidro estalando sob suas botas enquanto ele andava.

— Também foi fácil te derrubar nessa cama — murmurou.

A porta da nossa casa não estava mais protegida por uma gárgula. Rory investiu contra ela com força, uma, duas, três vezes... sem sucesso.

Vesti minha capa, me vangloriando das sombras.

— Caralho de Aisling — disse ele, levando a mão ao lado machucado do tronco. — Está bem... novo plano. Feche os olhos.

De. Jeito. Nenhum.

— Para quê?

— Vou usar uma ferramenta que, como já falei, não é da sua conta.

— Que tipo de ferramenta? Sou *insuportavelmente* curiosa.

Ele mordeu a bochecha, olhou para a porta e enfiou a mão no bolso.

— Vamos desaparecer por aproximadamente três segundos e, nesse intervalo, vamos conseguir atravessar a porta. Basta para a sua curiosidade?

Nem de longe.

— Como...

Rory pegou minha mão. Jogou para cima o tal objeto que havia tirado do bolso.

— Vamos.

Escutei um som de vibração e algo pequeno e circular passou por cima da minha cabeça e *através* da porta. Rory e eu fomos atrás do objeto. Fiz uma careta, me preparando para colidir contra a madeira, mas meu corpo... meu corpo não era *nada*... e não senti coisa alguma ao atravessar a porta e sair da casa rumo à noite.

Rory pegou o que tinha jogado e guardou no bolso, e ambos voltamos à forma corpórea. Ele soltou minha mão como se minha pele queimasse.

— Isso foi... isso... — falei, e tossi. — O que foi isso?

— Não é da sua conta — repetiu ele.

Dois minutos depois, estávamos sob a sombra esquálida do depósito. Rory fez uma cara desconfiada.

— É aqui que você guarda os sapatos?

— Sapatos? — perguntei, medindo a porta do depósito e recuando para encará-la. — Viemos buscar meu martelo e meu cinzel.

— Seu... não. Viemos buscar seus *sapatos*, Divinadora. Você não pode andar pelo reino igual a porcaria de uma entidade, descalça e...

— Eu não tenho sapatos.

Não que o martelo e o cinzel fossem meus, também, mas isso não era da conta *dele*.

— Só se afaste — pedi.

Eu me lancei contra a porta do depósito. Soou um baque surdo, e uma dor cálida se espalhou pelo meu ombro.

A porta nem se mexeu.

Rory passou o dedo no lábio, traçando um sorriso.

— Nem uma palavra.

Peguei uma pedra do chão. Bati com força no trinco de ferro da porta. Nada.

— Afaste-se.

Rory tomou meu lugar na frente da porta, e bateu com o ombro. Um *bang* violento ecoou ladeira abaixo.

O depósito continuava fechado.

— Puta merda, do que essas portas são feitas?

— Imagine se tivéssemos uma ferramenta que pudesse nos ajudar a, hum, sei lá... atravessar paredes?

— Está bem.

Rory meteu a mão no bolso de novo...

— Honestamente, que escarcéu é esse?

A faca que eu não sabia que Rory trazia saiu voando. Acertou a gárgula-morcego bem entre os olhos de pedra, e caiu abruptamente na grama. A gárgula ficou vesga por um segundo, antes de se voltar para mim, devagar.

— Ele acabou de tentar me dizimar, Bartholomew?

Rory me olhou rapidamente.

— Bartholomew? É *este* o seu nome?

— Bagos, como você é lerdo... não. Ela chama todo mundo de Bartholomew.

— Que ideia é essa? — perguntou Rory, e se virou para a gárgula. — Que ideia é essa?

— Não grite com ela — ordenei.

— Quer que eu quebre o pescoço dele? — perguntou-me a gárgula. — Ou você acharia essa violência terrivelmente ignóbil?

— Acharia — falei, e olhei para Rory. — Mas sempre há exceções.

Ele me olhou com irritação.

— Ela está de brincadeira, né?

A gárgula inflou o peito.

— É meu dever proteger Bartholomew de todos que a machucariam — disse, espanando o ombro em um gesto delicado. — Tenho um talento notável para a violência.

— Todos que a... está falando sério? *Eu* estou ajudando ela a fugir — disse Rory, e apontou um dedo acusatório. — *Você* machuca o rosto dela, mantém ela prisioneira, e a afoga. Quem aqui é a ameaça, gárgula?

Isso pareceu perturbá-la. Ela me fitou com os olhos de pedra.

— O que aconteceu com seu rosto? — perguntou, e pestanejou. — Como assim, "ajudando ela a fugir"?

Rory olhou para mim.

— Depois o lerdo sou eu.

— Se *comporte* — falei para ele, e me abaixei para encarar os olhos da gárgula. — Preciso das minhas ferramentas. Onde estão suas chaves?

— Meu dever me acompanha sempre — respondeu ela, abrindo os dedos curtos para revelar o chaveiro de ferro. — Embora seja muito tarde para trabalhar com as pedras, Bartholomew.

— Não vou trabalhar — falei, guiando-a à porta do depósito. — Vou embora do outeiro.

Ela arregalou os olhos, congelada. Por um momento, pareceu uma gárgula de verdade, um monstro sem vida esculpido em pedra — o vigia de Aisling. Até que jogou a cabeça para trás e caiu no choro.

— Por quê, Bartholomew? Por que vai me *abandonar* assim?

Rory parecia querer se catapultar do próprio corpo.

— Por favor… faça essa criatura calar a boca. Ela vai acordar até os mortos.

A gárgula sacudia os ombros, em uivos dispersos, ecoando pela noite.

— Não terei nin… ninguém com quem conversar. Nin… ninguém com… com…

— Divinadora! — exclamou Rory.

— Estou resolvendo.

Eu teria coberto a boca da gárgula com a mão, mas a pobre criatura estava em tal estado que eu temia levar uma mordida. Em vez disso, dei tapinhas na cabeça dela, com um sorriso arreganhado demais para ser convincente.

— Eu tenho muito carinho por você — falei — e, talvez, quando encontrar as outras Divinadoras, eu venha visitar...

— *Divinadora.*

Desta vez, a voz de Rory veio num cochicho. Eu me virei e percebi que ele olhava para algo nas sombras.

Ali.

A vinte passos de nós, nos observando das trevas. Três outras gárgulas. A cobra, o urso, o falcão. Na frente delas, elegante e imóvel como se também esculpida em pedra...

A abadessa.

Eu me empertiguei.

— Perdão — falei, um tremor me percorrendo. — Não vou poder concluir meus serviços aqui, abadessa. Partirei de Aisling. Hoje.

A brisa respondeu, agitando o véu da abadessa.

— Não é seguro partir — disse ela, me convocando para seus braços abertos. — Volte comigo para a catedral, minha menina.

— Não posso — insisti. — Partirei em busca das Divinadoras.

— Não, Seis. — As palavras da abadessa vinham suaves, despidas do eco ali, para além do corpo cavernoso de Aisling. — Fique — continuou ela. — Eu cuidarei de você.

— Como cuidou das outras?

Uma frieza desolada tocou a voz da abadessa.

— Mas eu cuidei delas, sim. Eu as tornei especiais. Elas tentaram ser dignas do posto, mas permaneceram tão... humanas. Porém, você, nunca, Seis. Resoluta, resignada... você sempre foi a Divinadora perfeita — falou, e o véu esvoaçou. — Até muito recentemente.

Estremeci.

Ela prosseguiu:

— As histórias que contam, das coisas que você e as outras Divinadoras farão ao sair de Aisling, dos lugares lindos que visitarão, são apenas a imaginação lúrida de mentes ansiosas.

o CAVALEIRO e a MARIPOSA **133**

Você brinca de força com seus músculos e seu martírio, mas carrega um medo tão profundo, meu amor. Porque, no fundo, sabe que não é ninguém do outro lado desses muros. Você entende, mais do que as demais, que nunca será mais útil, mais poderosa, mais desejada do que é aqui, em meu outeiro. Fique comigo.

Era impossível ver seus olhos, mas tive certeza de que ela os voltara para Rory.

— Há coisas *terríveis* nas terras de Traum — declarou ela. — Com e sem armadura.

Rory falou como a abadessa: leve. Sua voz, porém, destilava veneno.

— É verdade. Há coisas terríveis em Traum. Talvez eu mesmo esteja entre elas. Porém, ela pediu para partir, e meu código me obriga a cumprir tal desejo. Deixe-nos ir embora. Se não deixar… — disse ele, tirando algo do bolso. — Bem. Isso vai ser divertido.

Ele endireitou a postura, o contorno dos ombros rígido. E então entendi, mesmo sem armadura, quem ele era naquele momento. Não o brutamontes, mas o soldado.

O cavaleiro.

Porém, o idiota não trazia arma alguma no cinto.

A abadessa fechou os braços acolhedores.

— Matem ele — ordenou às gárgulas, recuando até a catedral, uma mancha pálida nas sombras, sendo engolida pela noite. — E tragam *ela* para a nascente.

As gárgulas avançaram a passos lentos.

— Qual delas foi, Divinadora? — perguntou Rory, com calma mortífera na voz, e olhou para trás, para mim. — Qual delas machucou seu rosto?

Mordi o lábio.

— Me diga — insistiu.

— A gárgula-viperina.

As gárgulas atacaram.

Rory contorceu o rosto antes de desaparecer, o pequeno objeto misterioso voando. As gárgulas colidiram entre si, em um emaranhado confuso, e Rory ressurgiu a um metro e meio dali. Pegou o que tinha jogado no ar... e arremessou o objeto na cabeça da gárgula serpentiforme.

E a gárgula... explodiu.

Pedra se estilhaçou, pó e cacos de calcário disparados para todos os lados. Meu queixo caiu. Rory me olhou com insistência.

— Martelo e cinzel. Rápido.

Tentei pegar as chaves nas mãos da gárgula-morcego.

— Abra o depósito. Já.

Dedos de pedra se fecharam ao redor do anel de metal.

— Me leve junto, Bartholomew.

— Como é que é?

— Falei muito baixo? — Ela respirou fundo, e gritou na minha cara: — *Me leve junto, Bartholomew!* Não quero começar de novo e de novo, ver crianças sonharem, sem nunca ver o mundo fora daqui. Não quero continuar no meio da história. Por favor — pediu ela, escancarando a porta do depósito. — Me leve junto.

Não era nem preciso debater se *eu* era sensível.

— Tudo bem, pode ser. Só... pare de gritar.

— Viva! — exclamou ela, aplaudindo com as mãos de pedra. — Ah, que diversão. Uma aventura emocionante...

A gárgula-urso me derrubou no chão.

Caímos dentro do depósito, o galo na minha têmpora colidindo contra o piso forrado de palha. Eu tossi, gemi. O martelo e o cinzel estavam aninhados na palha, a meros centímetros do meu nariz. Tentei pegá-los, mas braços de pedra envolveram minha cintura, e aí travaram minhas mãos.

Eu me debati.

— Me solte!

A gárgula-urso não vacilou. Começou a me arrastar, enquanto eu esperneava, para fora do depósito, pela grama, em direção à catedral. Até que...

o CAVALEIRO e a MARIPOSA **135**

Um tinido. Uma nova explosão de calcário. Eu me abaixei. Quando levantei o rosto, a gárgula tinha perdido a cabeça de urso — restava apenas um pedaço de pedra afiado, e chovia pó ao redor.

Aos pés dela, um pequeno objeto caíra na grama.

Uma moeda.

— Está tudo bem, Bartholomew?

A gárgula-morcego me levantou, abrindo as asas para me abrigar.

Corri para o depósito. Peguei minhas ferramentas.

Rory estava a vários passos de mim, mas em vez de sumir e ressurgir, se esquivava de socos da gárgula que restava, a falcão. Ele rolou, se desvencilhando por pouco de um ataque amplo, e correu até mim. Pegou minha cintura.

— Chegou a hora, Divinadora — arfou, se abaixando para pegar a moeda.

Atrás dele, a gárgula-falcão ia chegando mais e mais perto...

— Cuidado!

Puxei Rory pelos cabelos, evitando por um triz que a asa pontuda do falcão acertasse o crânio dele. Não pensei, só ataquei. O *crec* retumbante ecoou como um trovão quando meu martelo acertou a cara do falcão com tanta violência que a cabeça dele inteira se fissurou.

Ele caiu na grama e não se mexeu mais.

Olhei para Rory. Ele estava ajoelhado na minha frente, ofegando. Libertei os cabelos dele imediatamente.

Ele deu um sorrisinho. Seus olhos insondáveis me encararam por um segundo, então ele ficou de pé e me ofereceu a mão.

Voltamos a correr, seguidos de perto pela gárgula-morcego.

Portas batiam ao longe, o ritmo baixo de passos ecoando no entorno. Mais gárgulas surgiam das sombras, guinchando ao sair de sua morada. Eu continuava a correr, com o martelo e o cinzel em uma das mãos, e a mão de Rory na outra. Eu nos conduzi para o oeste do muro, reunindo forças para escalar.

— Precisamos tomar cuidado na hora de descer...

— Não vamos nem subir.

Rory jogou a moeda *através* da parede, e assim desaparecemos, cruzando rocha, galhos e ar.

E logo estávamos caindo.

Rory pegou a moeda no ar e nossos corpos se materializaram — bem quando nossos pés bateram na estrada.

— *Ai* — soltei, quando a dor se espalhou pelas minhas pernas. — Coitados dos meus joelhos.

Rory engoliu uma gargalhada e me puxou pela mão, ao longo da estrada escavada, e nos escondemos entre duas bétulas. Paramos bem próximos, olhando para cima, vendo as sombras das gárgulas de Aisling sobrevoarem ali.

Elas enfim foram embora, e a noite se aquietou.

Rory voltou à estrada escura, franzindo a testa. Olhou para a esquerda, para a direita, e fez sinal com a cabeça para eu acompanhá-lo. Olhei para trás uma única vez, mas a inclinação era íngreme demais para ver Aisling dali. Não fazia diferença; eu sabia que a catedral me observava, fria, bela e decepcionada, como quem dissesse: *Logo, logo, você voltará com o rabo entre as pernas.*

Então, bem no alto do céu, uma sombra escura cobriu a lua. Escutei um zunido, uma melodia desafinada.

Abri um sorriso.

— Aí vem ela.

A gárgula-morcego cantava baixinho enquanto nos acompanhava dos céus, batendo as asas de pedra e disparando pelo ar.

Rory notou meu sorriso.

— É seu bicho de estimação?

— Acho que ela acha que eu sou o bichinho dela.

— Que engraçado. Ela não vem conosco.

— Pelo visto vem, sim.

Rory resmungou, remexendo a mão esquerda. Finalmente vi direito o objeto, antes de ele guardá-lo no bolso. A moeda.

A coisa que ele vinha jogando toda hora. Era maior do que uma moeda normal. Oblonga, feita de pedra. Um lado era liso, o outro, áspero.

Vacilei um passo. Eu já tinha visto exatamente aquela moeda. Muitas e muitas vezes.

Porém apenas em sonho.

— Sua abadessa está certa — disse Rory. — Há terrores em Traum. Entidades cruéis, e que nem se comparam aos nobres que você encontrará. Vamos nos juntar à ordem dos cavaleiros em Seacht. Ver o que podemos descobrir sobre suas Divinadoras perdidas.

Ele deve ter percebido que eu não estava mais tão perto, pois se virou para me olhar. Ele não tinha como saber, mas estava olhando diretamente nos meus olhos.

— Permita-me o *privilégio* de levá-la até o rei.

SEACHT

Tinta.
Apenas tinta e a persuasão da pena transmitem a verdade.

CAPÍTULO DEZ
JOVEM, E BEM VELHO

A égua de Rory se chamava Fig, e o maior defeito — ou qualidade — de Fig era que ela se recusava a ser apressada. Ela cheirou meu rosto por cinco minutos antes de me deixar montar atrás de Rory, e passou mais dez minutos comendo framboesas de um arbusto. Foi só após terminar sua refeição, quando as ameaças de Rory se multiplicaram, que ela começou a trotar tranquila pela estrada escavada.

Era minha primeira vez a cavalo.

Odiei a experiência.

— Você está rígida demais — disse Rory, olhando para trás. — Vai sufocar assim. Relaxe, Divinadora.

Relaxar. Claro. Talvez na próxima encarnação.

Eu só conseguia pensar na moeda de Rory. Na moeda do *Bandido Ardiloso.*

Quantas vezes eu sonhara com aquela moeda, girando de um lado para o outro. Lado liso, bom sinal. Lado áspero, mau presságio. Os Agouros eram minha vida — eu já tinha lido aqueles indícios *milhares* de vezes.

Ainda assim. Eu não ignorava que a história dos Agouros era velada, assim como os olhos das Divinadoras. Mesmo que eles se escondessem nos vilarejos, como dizia a abadessa, matando entidades e manipulando o futuro de Traum com seus objetos de pedra mágicos, ninguém nunca *encontrara* um Agouro. Era parte de seu apelo. Deuses que não podiam ser vistos, nem em sonho, eram mais eficazes. Você nunca sabia quando estava sendo observado.

Aquilo, contudo, não era sonho algum. Era uma moeda, inteiramente corpórea, com a capacidade de destruir — explodir gárgulas de pedra — ou de transportar os usuários através de portas, de paredes. Eu nunca ouvira falar de tamanha magia em Traum. Era até difícil de acreditar.

Porém, eu a vira. E se a moeda do Bandido Ardiloso existia do outro lado do véu dos sonhos, talvez ele também existisse. O que significava que Rory era...

Ai, meus deuses. O cavaleiro mais repugnante de Traum... era um Agouro.

Quase caí do cavalo.

— Bagos — soltou Rory, esticando o braço para trás para me puxar e tocando minha coxa, logo abaixo do quadril. — Passe os braços em volta do meu peito.

Quando não obedeci, ele puxou meu braço para eu me segurar em seu ombro. Seguimos caminho. Uma, duas, três vezes, abri a boca para perguntar da moeda — mas não me atrevi em nenhuma das tentativas. *Não*, pensei. *Deve haver explicação.* Uma moeda forjada para assemelhar-se à do Bandido Ardiloso, algum tipo de magia ou truque que eu, enclausurada em Aisling, desconhecia completamente. Rodrick Myndacious era muitas coisas, e duas destas eram vitais: ele era blasfemo, e ainda por cima mortal. De carne, sangue, e ossos.

Certamente *não* era deus nenhum.

Era melhor continuar a acompanhá-lo, quieta, e ver que respostas me aguardavam com o rei.

A gárgula pairava e girava no céu, desejando um "ademais" em vez de "até mais" para a noite que findava.

Quando o céu ficou rosado e os primeiros fiapos de luz se esgueiraram entre as árvores, escutei o som de água corrente.

— É... estamos...

— É o rio Tenor — disse Rory, bocejando.

A estrada escavada se inclinou, chegou a uma parte mais nivelada, e, quando a colina se abriu, perdi o fôlego.

Eu nunca tinha visto água daquele jeito. Tórrida, corrente; a antítese da nascente fétida e estagnada de Aisling. Esta água se lançava, cantava, dançava.

Atravessando o Tenor, esticada como um braço, havia uma ponte. E do outro lado...

Uma cidade. Seacht.

Telhados de barro brilhavam à luz incipiente do dia, pintando Seacht em um tom forte de laranja. Mesmo de longe, eu via o vapor das chaminés das fábricas, moinhos d'água girando no rio, estandartes cinza esvoaçando ao vento. Os mesmos estandartes que decoravam a ponte adiante.

Todos representavam a mesma coisa.

Um tinteiro de pedra, transbordando de tinta preta. Acima dele, vinha o credo do vilarejo:

Apenas tinta e a persuasão da pena transmitem a verdade.

Rory apeou na beira da ponte. Um homem esperava ali, sentado em uma barraca pintada. Ele usava vestes cinza e óculos tortos, e segurava um instrumento de escrita de grafite pousado em um rolo de pergaminho. De olhos fechados e cabeça apoiada no ombro, deixou escapar um ronco assobiado, que agitou as pontas grossas de sua barba.

— Incompetência — resmungou Rory.

Ele tirou o grafite da mão do homem. Examinou o objeto e o largou no bolso.

— Escriba — chamou.

O homem continuou a roncar.

— *Escriba.*

O homem deu um pulo tão violento que quase caiu.

— Estou acordado!

Ele se virou na barraca e pestanejou, olhando bem para o focinho de Fig.

— Que susto — resmungou, e se atrapalhou com o pergaminho enquanto ajeitava os óculos. — Quantos viajantes? Ah... parece que perdi meu grafite.

— Use o meu — disse Rory, devolvendo ao homem o próprio instrumento, e tamborilou os dedos na barraca. — Dois viajantes.

— Muito agradecido — disse o homem, arranhando letras no pergaminho. — Ocupações?

Rory olhou para mim, torcendo a boca.

— Um cavaleiro e sua donzela.

— Isso — soltei, brusca, descendo da sela — é a pior coisa que você já disse sobre mim.

— Que você saiba.

— Você é de Aisling — disse o escriba, ajeitando os óculos. — É... é uma Divinadora. Nunca vi uma Divinadora assim de perto.

Ele me analisou com os olhos marejados, então desenrolou o pergaminho, pegou um tinteiro e derramou a tinta.

Debruçou-se, praticamente encostando os óculos no pergaminho.

— A tinta corre rápido no pergaminho. Bom sinal, certo, Divinadora? E você aqui, na minha ponte... É sinal dos Agouros de que boas notícias estão a caminho, não é?

O apetite na voz dele me fez recuar. Ajeitei o capuz da minha capa.

— Talvez seja.

Ele suspirou profundamente.

— Graças. Graças aos Agouros.

Rory me olhou com irritação.

— Então você não... — falei, engolindo a decepção. — Não viu nenhuma outra Divinadora passar por aqui semana passada?

— Não durante meu turno, infelizmente.

Rory tirou do bolso três moedas de prata e uma de ouro.

— Também não viu esta donzela aqui.

O escriba sopesou as moedas. Guardou no bolso. Olhou de mim para Rory e, enfim, de volta para o pergaminho.

— Algum outro pertence além do cavalo? Para meu registro?

Rory olhou para cima. Soltou um grunhido de reclamação.

— *Aquilo ali.*

A gárgula tinha baixado um pouco no céu, dando voltas pelas colinas mais próximas. Quando voou por cima de nós, o escriba gritou e se escondeu na barraca.

— Que entidade aviculária é esta?

Houve um estrondo alto. A gárgula pousou na grama. Espirrou, e cambaleou.

— Esse homem acabou de me ofender, Bartholomew?

— Ele achou que você fosse um pássaro.

— A maior ofensa que há! — exclamou a gárgula, abanando um dedo de pedra para a barraca do escriba. — Destruirei sua casinha.

— Ah, pare com isso — falei, segurando-a pelos ombros e a conduzindo para a margem do rio Tenor enquanto Rory negociava com o escriba. — Venha olhar a água comigo, seu bicho feroz.

O rio capturava o céu e o transformava em algo novo, as ondas e redemoinhos metamorfoseando para formar a pintura mais imperfeita e estonteante. Eu me abaixei e passei a mão na água. Esperava um choque congelante, mas o Tenor era surpreendentemente morno, e eu deixei que lavasse minha pele, meus calos e ossos, a sensação tão pura — tão nova.

De repente, a mão azul saiu da água.

Eu recuei, me molhando.

— Tem alguma coisa ali dentro.

A gárgula se esticou de trás de mim e, prendendo o fôlego ao mesmo tempo, vimos escamas roxas subirem à superfície. Emergiu a mão, e então uma cabeça. O crânio era do tamanho do de um cão, careca e com olhos fundos, pálidos e opacos como uma tigela de leite. O focinho era comprido e, ao abrir os lábios arroxeados, vislumbrei uma dúzia de dentes grossos e arredondados.

o CAVALEIRO e a MARIPOSA

O ser me fitou com os olhos arregalados. Emitiu um som que lembrava o do rio — fluido e ondulante.

Uma entidade.

Eu sorri. Mergulhei a mão na água de novo.

— Cuidado, Bartholomew — disse a gárgula.

A entidade pegou minha mão, emergindo cada vez mais. Notei então como era delgada e comprida. Notei o contorno de seus ossos, dava para contar as costelas.

— Olá.

A criatura me olhou.

— Por acaso, você não viu passar por aqui nenhuma mulher usando isto — perguntei, tocando meu véu —, viu?

A entidade não respondeu. Enquanto isso, eu aproximava minhas mãos do rosto dela. As narinas finas na ponta do focinho se inflaram, e ela abriu a boca, botando minha mão entre seus dentes.

Ela me mordeu.

Eu me encolhi, com um gritinho.

O escriba veio correndo atrás de mim.

— Chispa daqui!

Ele trazia um tinteiro com tinta fresca e, ao chegar à beira do rio com o rosto contorcido de repulsa, derramou na água.

A tinta escura e viscosa molhou o rosto da entidade. Ela soltou um grito de dor e desapareceu na maré do Tenor.

Continuei a olhar para onde a entidade estivera.

— Você *machucou* ela.

— Perdão, Divinadora — disse o escriba, limpando a mão nas vestes. — As entidades aquáticas se alimentam de pel, uma planta que usamos para fabricar o pergaminho. Por sorte, nossa tinta é venenosa para elas. Ainda assim, elas são uma praga persistente.

A gárgula bateu o dedo no queixo de pedra.

— Se ela se alimenta de sua preciosa mata, por que então mordeu a mão de Bartholomew?

— Porque está passando fome — disse Rory, e esbarrou no ombro do escriba ao se aproximar de mim. — Me mostre.

Mantive a mão junto ao peito.

— Estou bem.

Rory franziu a testa, mas não insistiu. Em vez disso, foi até a barraca do escriba, arrancou da terra um punhado de grama florescente, e voltou a passos largos até o rio, onde jogou a grama nas profundezas da água.

O escriba reclamou.

— Calma aí. Pagarei o que vale. Afinal — declarou Rory, tirando do bolso uma moeda de ouro, a qual colocou na barraca do escriba —, a única divindade dos homens é a moeda.

O credo do Bandido Ardiloso.

Senti um calafrio.

O escriba voltou à barraca, resmungando sobre a inferioridade de Feira Coulson em comparação aos outros vilarejos. Avaliei a dentada deixada pela entidade.

Um arco de hematomas marcava o centro da palma da minha mão. Porém, os dentes da entidade não eram afiados — não tinham sequer cortado a pele —, quase como se a mordida fosse contra sua própria natureza.

O escriba estava de olho na gente, ajustando os óculos no nariz, enquanto eu e a gárgula subíamos na ponte, atrás de Rory e Fig. Ele declarou o credo de Aisling com uma reverência:

— Espadas e armadura não se comparam a pedra.

Então, para Rory:

— Não se esqueça do seu grafite.

— Foi decente da sua parte — falei enquanto andávamos, massageando minha mão mordida. — Alimentar a entidade.

Rory manteve o olhar no caminho.

— Cavaleiros devem ser decentes.

— Pois você engana muito bem.

— A violência é uma arte. A compaixão, também. Eu tendo à segunda opção. Pelo menos com entidades.

Tinha pouca gente na ponte, ainda tão cedo. Porém, eu e a gárgula recebíamos olhares arregalados de todos que passavam, homens, mulheres ou crianças. Alguns chegavam a parar de andar para apontar, e ecos de "Olhe, uma Divinadora!" foram me acompanhando por toda a ponte.

Puxei mais o capuz.

— Você vai precisar de um disfarce melhor — disse Rory, girando o grafite roubado entre os dedos. — Seacht é uma cidade densa. Movimentada. Não haverá uma fila organizada, como é do seu costume em Aisling. As pessoas vão perturbar você, igual àquele comerciante patético em Feira Coulson. Meu conselho? — perguntou, apontando a cabeça para mim. — Tire o véu. É distinto demais.

— Que engraçado. Uma vez, me disseram que este véu me tornava inteiramente *in*distinta.

— Duas coisas podem ser verdade ao mesmo tempo, Divinadora — disse Rory, olhando feio para uma carroça que passava, e então baixando a voz. — Tire.

— Não.

— Por que não?

— *Não* é resposta suficiente.

Ele coçou o rosto. À luz do dia, até sob o carvão borrado, as olheiras de Rory eram impressionantes. Perguntei-me quando fora sua última noite de sono.

— Você foi embora de Aisling — disse ele com o ar de quem invocava a última gota de paciência. — Quebrou algumas coisas na saída. Se tem esperança da abadessa aceitá-la de volta...

— Não é por isso que não tirarei o véu.

— Então por quê? — questionou ele, com um sorriso frio. — O que ele esconde?

O problema era esse. Eu não sabia. As gárgulas nos davam véus limpos quando os nossos ficavam sujos, e lavávamos o rosto com disciplina — sempre de olhos fechados, longe do espelho rachado da casa das Divinadoras.

Eu me lembrei de Um, observando o reflexo naquele mesmo espelho duas noites antes — sua exclamação horrorizada. *O que fizeram conosco?*

Virei o rosto e calei-me de vez.

Rory resmungou:

— Está bem. Então não tire. Mas saiba que vai ser perigoso.

— Não é para isso que tenho a escolta de um cavaleiro? Além do mais, tenho isto aqui para me proteger — falei, abanando o martelo e o cinzel na frente dele. — E a gárgula.

Nós dois olhamos para trás. A gárgula tinha assumido as rédeas de Fig, e agora passava um sermão nela, com o rosto perto de seu focinho.

— Nunca confie em nada escrito em rimas, Bartholomew. É um truque, uma mentira enfeitada. Pretendo contar isso para todos quando redigir meu livro de memórias. Primeiro, é claro, preciso aprender a ler e escrever.

Rory arqueou as sobrancelhas para mim.

— Que inteligência ímpar.

— Não diga isso. Ela não tem muita noção, muita memória, nem mesmo nome… Só uma compulsão estranha de servir a Aisling. É um pouco… peculiar.

— Vocês formam uma bela dupla.

Se eu dissesse "Não, eu não formo uma bela dupla — formo um belo sexteto, e por isso há cinco rachaduras no meu peito", ele riria de mim. Lembraria que a única coisa que me tornava distinta naquele instante era o fato de não haver outras Divinadoras por perto para me tornar *indistinta*.

Eu não precisava ser lembrada disso.

Quando o silêncio perdurou, Rory mudou de assunto.

— Falando em Aisling, tenho uma curiosidade. Tem a ver com você, comigo, com meu sangue na sua língua, e com a questão do seu sonho.

Senti um aperto na barriga.

— O que é?

— Você não falou nada na nascente. A gárgula tirou você da água logo depois de... — disse ele, bufando. — Sabe. *Se afogar.* Ele acomodou seu corpo no altar e disse que você estava sonhando, mas você não murmurou nenhuma palavra. Por quê?

Da última vez que menti, foi para a gárgula, e ainda por cima precisei fingir vomitar para ser convincente. Era melhor contar uma verdade vaga.

— Não sei por que eu não disse nada.

O olhar de Rory esquentou meu rosto, os olhos escuros mapeando cada recanto, como se ele quase escutasse meus pensamentos: *Eu vi o sexto Agouro, a mariposa, e, desde então, coisas terríveis têm acontecido.* Fiquei a um passo de dizer em voz alta...

Se não fosse por aquela moeda estranha no bolso dele.

Quando o silêncio se tornou insuportável, Rory recomeçou:

— Imagino que você seja Divinadora há muito tempo.

— Quase dez anos.

— Quantos anos você tem?

— Bartholomew é muito velha — respondeu a gárgula atrás de nós, passando a mão distraidamente pela crina de Fig. — Embora, em certo sentido, seja prodigiosamente jovem...

— Ninguém sabe — interrompi. — Não tenho memória anterior a Aisling. Porém, meus dentes estão saudáveis, e minha pele ainda não tem tantas rugas. — Olhei para Rory e perguntei: — Quantos anos você acha que eu tenho?

— Se eu responder errado, você vai pulverizar minha cabeça com este martelo?

Ele me olhava de sua altivez.

— Você parece ter... — começou.

As bochechas dele estavam coradas?

— Você parece uma moça. Não muito distante da minha idade. Porém, sua condescendência foi aperfeiçoada. Como a de alguém mais velho.

Fiz uma careta.

— Quantos anos você tem?

— Vinte e seis. Mas minha juventude me pareceu tão infinita que talvez eu tenha a sua idade — disse ele, mexendo um só ombro, como se o gesto completo não valesse o esforço. — Jovem, e também bem velho.

Fizemos o restante da travessia em silêncio. Rory não perguntou novamente do meu sonho, nem me pediu para tirar o véu. Eu ouvia apenas o som do Tenor e o ritmo dos nossos passos na ponte — cascos e botas, pedra e pé —, pensando nas histórias que eu contara para as Divinadoras sobre o que faríamos ao sair de Aisling, e em como eu me sentia vazia por estar vivendo aquela experiência sem elas.

Seacht era um instrumento estrondoso. Quando terminamos de atravessar o rio Tenor, a manhã já era plena, e as ruas labirínticas da cidade fervilhavam de gente. Espremida entre Fig e a gárgula, eu flexionava os dedos dos pés nos paralelepípedos e jogava a cabeça para trás para admirar a cidade.

Era muito diferente de Feira Coulson com suas barracas espalhadas e enfileiradas no campo vasto. Seacht, sua arquitetura, era uma maravilha meticulosa. Cada construção, fosse de madeira, pedra ou tijolo, tinha a estatura exata para permitir a luz dos vizinhos. Os bueiros impediam a água de permanecer nas ruas. Azenhas movimentavam as fábricas. Senti o cheiro de couro. Nas janelas abertas, vi homens e mulheres de vestes cinzentas, andando ao redor de tinas ou esticando um material amarelo e úmido em pedras grandes, e então pendurando-o para secar.

— Pergaminho — falei, arregalando os olhos. — Estão fabricando pergaminho.

— Ah, Bartholomew — disse a gárgula, pegando minha mão. — Para escrever histórias.

— Documentos históricos, principalmente — disse Rory.

— Descobertas médicas, mapas estelares, arquitetura e inven-

o CAVALEIRO e a MARIPOSA **151**

ção... tudo o que você imaginar já foi escrito em um panfleto em algum canto desta cidade. Os escribas adoram isso. Aprender e escrever.

Por uma janela aberta, vi uma fileira de mulheres costurarem e prensarem resmas de pergaminho.

— Você parece desaprovar, Myndacious.

— De modo algum. O conhecimento é uma fonte da qual bebo com prazer — disse ele, olhando com irritação para um estandarte com a representação de um tinteiro. — Simplesmente não consigo compreender como, com tanto estudo, o povo de Seacht ainda dá credibilidade a essas superstições antigas.

— Quais? Aquelas que você, como cavaleiro, deve defender? Aquelas que fazem parte do meu ofício? — questionei, meu fascínio maculado pela irritação. — Você acha que, por aceitar a inovação, é preciso desdenhar do que é antigo e etéreo?

Rory tirou do bolso o grafite roubado do escriba e o deixou no parapeito de uma janela.

— Nitidamente você discorda.

— Você mesmo disse: duas coisas podem ser verdade ao mesmo tempo. As pessoas podem acreditar em mais de uma coisa.

— Tipo algo bem jovem que também é muito velho — sugeriu a gárgula.

As ruas eram serpentes sinuosas, assim como os canais do rio que ziguezagueavam sob as pontes, sempre apontando para o coração de Seacht: um mercado central movimentado no meio da praça. Passamos por mais estandartes com as figuras de tinteiros, por lojas e curtumes, e depósitos de pergaminhos com vitrines altas. Quando chegamos à periferia do mercado, Rory apontou para trás de mim, dirigindo meu olhar a uma fachada de tijolos discreta.

— Imagino que suas Divinadoras tenham vindo de um lugar desses — murmurou.

Escutei o som doce e inconfundível da risada de crianças. A porta do prédio de tijolos estava aberta e, por ela, vi cabelo, braços balançando, pés correndo, faces rosadas. Crianças, brincando alegremente. Uma delas, que não parecia ter mais dos que uns oito anos, notou a porta aberta e a fechou — e então eu li a inscrição pintada na madeira.

Alunato III

Escola para órfãos

Ah. Era dali que selecionavam as Divinadoras. De onde Um, Dois, Três, Quatro, Cinco ou eu teríamos vindo, antes de Aisling. Dei um passo na direção da escola...

Alguém pisou no meu pé descalço. Soltei um grito, trombando com um homem baixo e parrudo que carregava vários tinteiros nos braços.

— Ei! Vê se olha por onde anda.

Conferi se meu véu seguia no lugar, e murmurei um pedido de desculpas. O homem arregalou os olhos ao reparar em mim. Torceu a boca.

— Sai da minha frente, sua vaca — acrescentou.

A gárgula soltou um ruído esganiçado de ofensa e empurrou o homem. Ele caiu de bunda, derrubando os tinteiros, que se quebraram na rua de paralelepípedos. O homem se levantou com dificuldade da poça de tinta, gritando pragas tão criativas que não entendi nem metade, apenas que ele me considerava uma bruxa dos Agouros e uma meretriz...

Rory se abaixou. Estalou um tapa no queixo dele.

— Retire o que disse.

O homem escorregou na tinta e caiu outra vez. Quando fitou Rory — o carvão nos olhos, os brincos na orelha —, nitidamente ficou na dúvida entre cuspir outro xingamento e fugir.

Seacht era, contudo, uma cidade de intelecto. O homem se levantou da tinta e saiu correndo.

— Agora você deve estar feliz — falei, com a boca tensa.

— É nítido que nem todos em Seacht são vítimas das velhas superstições.

Rory afastou o cabelo do rosto.

o CAVALEIRO e a MARIPOSA **153**

— Não fiquei nem um pouco feliz.

— Ah, vejam lá... uma Divinadora!

Bagos. Já se formava uma aglomeração.

— Alguém mostrou tinta para você? — perguntou uma mulher, arrastando um homem que parecia ter uns cem anos. — Por favor, Divinadora, leia a minha também?

— Ah. Perdão, mas não é assim...

Mais passantes foram se aproximando e, de repente, tinha dois, três, quatro tinteiros sendo colocados forçosamente na minha frente.

— Leia minha tinta! Por favor, Divinadora, que sinais vê? Bons ou ruins?

Fui empurrada, meu pé, pisoteado, até que um braço cálido cercou meu ombro e eu fui conduzida pela multidão, pelo mercado, com muito mais velocidade do que antes.

— E pensar — disse Rory ao pé do meu ouvido — que tudo poderia ser evitado se você tivesse sapatos.

As ruas de Seacht iam ficando mais estreitas ao leste. A multidão ali também era mais dispersa, menor. Notei o momento exato em que duas silhuetas saíram discretamente de um beco, logo à frente.

Elas caminhavam juntas, de mantos encapuzados como o meu.

Rory as observou, um sorriso torto nascendo.

— Ora, ora.

Ele soltou meu ombro e avançou. Em pouco tempo chegou ao encalço das silhuetas encapuzadas, a passos silenciosos, e meteu a mão em uma das capas, tal como um trombadinha comum.

Eu fiquei horrorizada.

— O que está *aprontando*, Myndacious?

Uma das silhuetas se virou. Vi um rosto fino com olhos verdes delineados em carvão.

Maude.

Ela agarrou o braço de Rory, protegendo o próprio bolso.

— Valeu a tentativa, ladrãozinho.

Rory olhou para mim como se eu fosse uma sujeira entre seus dentes.

— Estraga-prazeres.

A segunda silhueta, ao se virar, não era ninguém menos do que o próprio rei de Traum. Quando o rei Cástor viu Rory, abriu um sorriso tão largo que daria para contar seus dentes.

— Encontramos ele, Rory. Estava escondido à vista de todos. Seguimos ele e...

O rei se calou, os olhos finalmente alcançando a velocidade da boca.

— Ah... uma Divinadora — falou, ficando vermelho. — *Minha* Divinadora.

— Seis — lembrei a ele.

O respeitoso seria eu fazer uma reverência. Porém, o garoto estava de roupas comuns — calça de couro, uma capa sem tingimento. Parecia tão comum que me esqueci que sua importância pedia deferência.

— Eu também estou aqui, Bartholomew — disse a gárgula, pigarreando. — É melhor me cumprimentar.

Maude ficou imóvel.

— Bagos — murmurou. — Eu não sabia que gárgulas falavam.

— Quem é Bartholomew? — perguntou o rei.

— Não importa — disse Rory.

A postura dele tinha mudado. Não estava relaxado, preguiçoso, nem empertigado de forma presunçosa. Mantinha as costas eretas, os ombros inflexíveis.

— Vocês encontraram ele — continuou. — E iam atrás dele... *sem mim?*

— Quem? — questionei.

Eles se viraram, seis olhos me encarando. Lembravam as três folhas de um trevo, um trio exclusivo e conspirador. Após

o CAVALEIRO e a MARIPOSA **155**

uma pausa árdua, Rory olhou para Maude. Disse alguma coisa para ela, arqueando as sobrancelhas.

Maude abanou a cabeça.

— Não.

Cruzei os braços.

— Não *o quê?*

Rory coçou o queixo e me ignorou.

— É uma situação de dois coelhos, uma cajadada.

— É arriscado e negligente — retrucou Maude.

— Minhas especialidades.

Eu ia arrebentar alguma coisa com o martelo se aqueles idiotas não parassem de agir como se eu nem estivesse presente.

— *Oi?*

O rei Cástor olhou de mim para Rory, para Maude... e de volta para mim. Então deu de ombros com languidez.

— Podemos levá-la. Ela pode ser útil.

A gárgula encheu o peito de orgulho.

— Bartholomew é filha de Aisling, emissária dos deuses, e a sonhadora mais dedicada que conheço — declarou, com um tapinha na minha cabeça. — Porém, não, sinto dizer que ela não é especialmente útil. Eu, por outro lado...

Cobri a boca dela com a mão.

— Acompanharei o que quer que estejam fazendo. Contudo, imediatamente depois, exijo sua devida atenção, rei Cástor.

Tentei me portar como a abadessa quando irritada, como a catedral propriamente dita. Fria, bela e decepcionada.

— E eu a terei — concluí.

O rei sorriu.

— Ouvido, olho, mão... Eu lhe darei todos.

— Calma, Majestade — disse Rory, passando o braço ao redor do ombro do rei para afastá-lo de mim. — Não foi um pedido de casamento. Agora — acrescentou, apontando a rua —, vamos visitar um velho amigo.

*

Maude não estava nada satisfeita. Dava para ver, pelos olhares implacáveis de censura dirigidos a Rory conforme eles nos conduzia pelo labirinto de ruas, que ela não queria que eu acompanhasse a aventura perigosa que nos aguardava.

Problema dela. Eu não perderia o menino-rei de vista até ele prometer me ajudar a encontrar minhas Divinadoras.

Paramos abruptamente em um beco coberto de hera, tão estreito que Fig mal cabia ali. Maude olhou para trás. Assegurando que estávamos a sós, começou a afastar a hera, revelando uma porta pequena no muro.

— Certo — disse ela, e se virou para mim. — Precisamos tratar de algumas questões antes de você entrar conosco.

— Entrar...

Olhei para o muro coberto de hera. Não parecia um quartel, nem um lugar ocupado pela ordem dos cavaleiros.

— Onde, exatamente? — perguntei.

— Vamos nos reunir com alguém — disse Maude, seca. — Um vestígio de Seacht.

Cruzei os braços.

— Você está sendo enigmática. Isso é bem irritante.

— Ei — disse Rory, com um tapinha no meu braço. — Descruze os braços, e *escute*. É possível que este homem saiba alguma coisa das suas Divinadoras perdidas. A aparência dele pode causar certo choque, mas é importante que você o veja, entendido?

— Entendido, Bartholomew — disse a gárgula, se empertigando. — Serei um pilar de decoro...

— *Você* vai ficar aqui com Fig — disse Rory, e, quando o lábio da gárgula começou a tremer, acrescentou: — Para ela não se sentir sozinha.

A gárgula olhou para Fig, que mastigava a hera da parede tranquilamente, e fungou.

— Está bem. Se minha presença vai aliviar o sofrimento dela, suportarei minha própria solidão.

o CAVALEIRO e a MARIPOSA **157**

— Fantástico — disse Rory, e voltou os olhos escuros para mim. — A situação pode ficar... animada. Fique por perto.

Levantei as sobrancelhas.

— Como assim, animada?

— Vai ter beijos? — perguntou a gárgula.

— Que... não — disse Rory, com uma careta. — Nós vamos...

Ele se virou para Maude, em busca de auxílio, mas ela não disse nada e sorriu para a falta de jeito dele.

— Vamos vestir o manto e desafiar a arte deste homem — disse o rei Cástor, e pestanejou rápido, como se surpreso pela própria exatidão. Aí se virou para Maude, que deu um tapinha nas costas dele, e voltou a olhar para mim. — Sabe o que isso quer dizer, Seis? — perguntou.

Eu não sabia. Soava vagamente familiar — uma lembrança escondida em um recôndito da memória. Porém, meu orgulho era uma criatura formidável. Eu preferiria voltar a Aisling a dar àqueles idiotas mais um motivo para me considerar ignorante e ingênua.

— É claro que sei.

Pelo jeito que eles se entreolharam, vi que me achavam uma mentirosa prodigiosamente ruim.

Maude abriu a porta, revelando um corredor escuro.

— Então vamos.

O rei Cástor entrou logo em seguida, a passos rápidos, como se não quisesse se afastar muito de Maude.

Entreguei minhas ferramentas à gárgula, por proteção.

— Você ainda não me contou o nome do homem — falei para Rory, passando da soleira de madeira rachada, corredor adentro.

— Ah, ele vai adorar se apresentar por conta própria.

Rory fechou a porta ao passar, expulsando o eco de Seacht e a voz da gárgula que começava a dar a Fig uma aula sobre diversos tipos de hera. O único som era o ritmo abafado dos nossos passos em tapetes de lã. Olhei para as paredes que nos

158 RACHEL GILLIG

cercavam, de altura tão vasta que era preciso esticar o pescoço para enxergá-las até em cima. Escondidas pela penumbra, eram cobertas de pinturas elaboradas difíceis de distinguir. Pareciam retratos com os rostos borrados — corpos curvados, nus.

Não havia nenhuma lamparina acesa. O corredor se estendia, seu final coberto pelas sombras difusas. Eu seguia no encalço do rei, um passo à frente de Rory, e senti um medo repentino de estar sendo levada ao desconhecido imprudente.

À minha frente, Maude e o rei Cástor estavam de costas rígidas. Atrás, eu ouvia o farfalhar de Rory mexendo os dedos no bolso. Ele estava brincando com a *moeda*. Talvez fosse um hábito em momentos de ansiedade. Os passos dele não vacilavam, mas a respiração era chiada e irregular.

— Vocês estão tensos — murmurei. — Nervoso com alguma coisa, Myndacious?

O farfalhar dos dedos parou.

— Você tem alguma limitação moral contra me chamar pelo meu nome?

— Seu nome não é Myndacious?

— Quando nos conhecemos, eu disse para me chamar de Rory.

— E eu talvez tivesse chamado. Porém, logo conversamos e, de repente, nada em você incitou meu desejo de construir intimidade.

— Pois parabéns. Vomitar nas minhas botas prediletas é um jeito garantido de manter a formalidade.

Olhei feio para ele.

— É notavelmente difícil gostar de você.

— Você gostaria mais de mim se me chamasse de Rory.

— Eu gostaria mais de você embaixo de mim outra vez.

Ele sorriu.

Um calor inédito se espalhou pelo meu rosto.

— Depois de jogá-lo no chão devido à sua força inferior, é claro.

— Claro e evidente, Divinadora. Está claro e evidente.

Uma linha de luz se desenhou à nossa frente, saindo das frestas de uma porta de carvalho larga ao final do corredor. Maude encostou a mão na madeira e empurrou.

A porta se abriu para um cômodo sem janelas, iluminado pela luz do sol que se derramava do teto abobadado, feito inteiramente de vidro. Nas paredes, estantes repletas de livros se erguiam por uma altura equivalente a vários andares. Eram dezenas de milhares de livros.

No centro da sala, parado no tapete de lã elegante, estava um homem.

Um homem idoso, de vestes de seda volumosas e dedos compridos e retorcidos. Ele estava curvado, mas de olhos erguidos. Erguidos — e feitos inteiramente de pedra.

Na mão dele, o tinteiro dos meus sonhos.

Ele me encarou, a respiração funda e áspera.

— Uma filha de Aisling — falou, e ergueu a mão em convite. — Entre.

CAPÍTULO ONZE
O ESCRIBA ATORMENTADO

Negação. Tudo em mim estava travado na negação.

— Não pode…

Minha voz se difundiu, devolvida pelo teto de vidro. *Não pode*, zombou meu eco. *Não pode…*

O homem me encarou com os olhos de pedra. As mãos dele eram finas, com ossos protuberantes, e as unhas, manchadas de tinta. Ele não tinha cabelo, nem pelos na face. Nenhuma cor no rosto fundo.

Ele não disse nada, apenas passou o dedo devagar pelo tinteiro enquanto me fitava.

— Largue de grosseria — disse Maude, dando uma cotovelada no rei. — Conte para ela quem ele é.

O rei Cástor soltou uma risada trêmula.

— Eu diria que está bastante óbvio.

Quando olhei para Rory, atrás de mim, não identifiquei nem um traço do meu espanto no rosto dele.

— Que truque cruel é esse?

— Não é truque algum, Divinadora.

O homem nos observava.

— Entendo — disse ele, rouco. — Pretendem tirar a venda dos olhos dela. Por assim dizer.

Senti um impulso sufocante de gritar.

— *Quem é você?*

Sem parar, o homem desenhava círculos em sentido horário na tinta preta do tinteiro.

— O historiador de Traum. Seu conhecimento. Seu maior talento.

Ele veio até mim a passos retumbantes, como se portasse muito peso, os ecos indo longe.

— Pois apenas tinta e a persuasão da pena transmitem a verdade.

Fui tomada por um calafrio. Eu via seus poros, as rugas no rosto. Afora os olhos de pedra assombrosos, ele parecia tão... mortal.

— Essas são as palavras do Escriba Atormentado. Um Agouro. Um *deus* — falei, olhando para o tinteiro. — Mas você... é apenas um homem.

Ele pestanejou uma, duas vezes, e então, muito mais ágil do que qualquer homem de sua pretensa idade deveria ser, arremessou a tinta do tinteiro.

E desapareceu.

A tinta voou na minha direção em um jorro preto. Eu me encolhi, esperando que atingisse meu rosto. Não atingiu. Após um lampejo, a tinta também sumiu, e em seu lugar surgiu o homem que a jogara. Ele atravessara quase vinte passos na maré de tinta, invisível até chegar a um mero sopro do meu rosto.

— Seriam estes os olhos de um mortal... o tinteiro de um mero *homem*?

O hálito dele cheirava a calcário esfregado com força ou por tempo demais. Podre.

— Sou o Escriba de Traum. Percorro os paralelepípedos de Seacht há mais de duzentos anos, portando *magia*. Minha tinta nunca seca, é uma ferramenta, uma arma. Viajo sem ser visto, destruo entidades ferozes. Meus escritos inspiraram racionalidade, invenção. Meu tinteiro pressagia o bem e o mal, mas fui e sou eterno ídolo do conhecimento. Símbolo da *verdade*. Se não isto, o que é um deus?

Eu estava tremendo.

A mão de Rory encontrou meu cotovelo, um apoio para me sustentar...

— Não me toque.

Eu me desvencilhei e me dirigi até a torre de livros mais próxima, contendo a vontade desesperadora de vomitar.

— E vocês... — disse o homem, o *Escriba Atormentado*, voltando o olhar de pedra para os outros. — Faz muito tempo que ninguém encontra minha morada.

O rei Cástor pigarreou.

— Fui eu quem o descobri, Escriba. Ontem, no mercado da praça. Deixei em seu altar um presente bastante poderoso. Eu e minha cavaleira o seguimos quando você foi buscá-lo.

O Escriba bufou.

— E quem é você?

— Eu... pois bem, vejo por que não saberia, considerando que sou novato, e não estou de armadura... — disse o rei Cástor, engolindo em seco. — Eu sou o rei.

O Escriba soltou uma gargalhada.

— Verdade? Vocês ficam cada vez mais jovens — disse ele, e olhou com carinho para o tinteiro. — Por isso *nós* permanecemos no comando.

O rei Cástor ficou vermelho feito uma romã.

— Há vantagens na juventude — retrucou Rory, seco. — A ousadia de ir contra a tradição, por exemplo.

Aquilo pareceu encorajar ao rei. Ele respirou fundo, vacilante.

— Viemos desafiar sua arte e reivindicar seu tinteiro, Escriba Atormentado. Eu, Benedict Cástor Terceiro, visto o manto.

O ar que me escapou foi um fantasma que ficou pairando entre nós. *Reivindicar seu tinteiro.*

Olhei para o Escriba Atormentado, esperando ira. Porém, ele permanecia imóvel, parado no meio de seu amplo salão, travado sob a luz da abóbada, cercado pelos livros. Parecia tão intocável, tão solene e imperioso, que, por um momento, eu me perguntei se estaria equivocada. Talvez ele fosse mesmo mais do que apenas um homem de olhos estranhos e tinteiro mágico. Talvez fosse divino, um Agouro — um verdadeiro deus.

O que significaria que Rory, Maude e o rei Cástor estavam cometendo sacrilégio. Blasfêmia. Pura. Fria.

— Vestir o manto, é?

De olhar pétreo, rosto emaciado e rígido, o Escriba Atormentado não exibia emoções. Contudo, emanava um ar de ameaça ao fixar a atenção no rei.

— E quando fracassar no desafio à minha arte? — insistiu. Maude se aproximou do rei.

— Então estaremos à sua mercê.

O Escriba arreganhou os dentes. Queria não ter visto aquilo. Os dentes eram cinzentos e rachados, como se ele tivesse fechado a mandíbula com força excessivamente brutal.

— Então eu aceito.

Ele jogou a tinta. Desapareceu. Quando retomou à forma corpórea, estava diretamente à minha frente. As mãos duras pegaram minha cintura. Mais tinta voou, e uma leveza terrível perpassou meu corpo. Fiquei invisível e fui tirada do chão, levitando.

Pousei em uma das prateleiras do Escriba Atormentado, a quinze metros do chão.

Abaixo, os outros gritavam.

— Não tema, meu bem — disse o Escriba, afastando o cabelo do meu rosto enquanto eu procurava alguma coisa na qual me segurar. — Eu a protegerei destes infiéis.

Ele pegou um livro, começou a folheá-lo.

— Isso já aconteceu, é claro. Hereges me encontraram. Tentaram tomar o que é meu, *roubar* meu tinteiro, meu poder. Eles nunca conseguem, e acaba sempre do mesmo modo — continuou, e sorriu para mim, revelando aqueles dentes horrorosos. — Em sangue.

Ai, meus deuses. Olhar para baixo era um equívoco. Meu estômago subiu à boca.

— O que é vestir o manto?

— Roubo. Deslealdade.

Ele fechou o livro que estava lendo e o arremessou, e o baque no piso de pedra ecoou pela sala.

— A missão de um rei de reivindicar os cinco objetos de pedra e tomar para si o poder dos Agouros. Porém, para conseguir... — explicou ele, puxando mais um livro, que também arremessou. — Minha arte é conhecimento, e eles devem ganhar de mim neste campo. O que, é claro, não acontecerá.

Ele se esticou. Gritou para os outros:

— Serão três perguntas. Vocês devem responder corretamente pelo menos uma, e, depois, fazer uma pergunta para *mim*, uma que eu não saiba responder...

Os xingamentos experientes de Rory abafaram sua voz.

— Traga ela de volta, seu covarde de merda, senão...

Maude apertou o braço dele e disse algo que eu não escutei, mas que o calou.

A prateleira rangeu sob meu peso. O suor encharcava minhas mãos.

— Eu quero descer — falei para o Escriba.

— Shhh — murmurou ele, farejando antes de chegar ainda mais perto. — Não vou deixar você cair.

Ele levou um dedo frio ao meu queixo e o ergueu, expondo meu pescoço. Cheirou minha pele.

— Que estranho Aisling tê-la enviado para mim deste modo. Nunca antes senti o coração de uma Divinadora. Ainda mais estranho que você venha sob os cuidados de um herege.

Uma vez, na catedral, um comerciante tentara arrancar o véu de Um. Ele arranhou o rosto dela. Segundos depois, ele estava de cara no cascalho, inerte, sangrando. Uma gárgula batera na cabeça dele com tanta força que quebrara o crânio. Na época, eu ficava mais tranquila por saber que aquelas feras apavorantes e voláteis cuidavam das Divinadoras. Só depois comecei a me incomodar. Afinal de contas, feras apavorantes e voláteis eram difíceis de se interpretar — imprevisíveis.

o CAVALEIRO e a MARIPOSA **165**

Eu conhecia as maquinações do tinteiro do Escriba Atormentado, sabia ler seus presságios. Contudo, era diferente de estar sentada com ele em uma prateleira, tão distante do chão... Eu estava nas mãos de algo apavorante, volátil. Totalmente imprevisível.

— Eu não fui enviada — consegui dizer. — Vim por causa das minhas Divinadoras...

— Aguardamos suas perguntas, Escriba — exclamou Maude, lá de baixo.

O Escriba me ignorou, e soltou meu queixo para se virar para os outros.

— Visto que você é um rei e estes, imagino, seus cavaleiros, concentrarei minhas perguntas naquilo que vocês entendem. Amor, fé e guerra, as virtudes da ordem dos cavaleiros.

Rory revirou os olhos.

— Comecemos com uma pergunta sobre o amor.

O Agouro jogou a tinta e desapareceu, ressurgindo em uma prateleira mais baixa, de onde tirou um livro encadernado em couro.

— O que, de acordo com Ingle Taliesin, poeta laureado de Seacht, um rei dá à esposa em sua noite de núpcias?

Pela tensão na boca de Maude, Rory e do rei, percebi que ninguém sabia a resposta. Após um momento de deliberação, o rei Cástor declarou:

— Uma porção devida de terra e bens.

O Escriba Atormentado sorriu, pigarreou, e começou a ler.

> *O rei jovem anseia por esposar sua noiva,*
> *forte, decidido e nobre.*
> *Com vinho e brio, declara seus votos, e o amor*
> *o coração não encobre.*
> *Mas ora, pergunte, que belo presente*
> *pode à nova rainha comparar?*
> *Não há seda macia como o toque da pele,*

nem retrato ou joia que comprar.
Talvez uma canção, composta em seu nome,
ou quem sabe um altar na capela.
Ou até a própria lua, descendo dos céus —
Não. Seu pau já basta para ela.

O Escriba soltou uma gargalhada vigorosa. Eu olhei para ele, boquiaberta.

— Que pavoroso.

No chão, Maude coçava a testa.

— Poeta laureado é o cacete.

— Nunca confie em nada escrito em rimas — resmungou Rory.

— Vejo que não são muito cultos — disse o Escriba Atormentado ao se recompor. — Acho o amor cortês bastante banal. Boas gargalhadas, contudo, são sempre bem-vindas.

Ele fechou o livro, desapareceu, e ressurgiu na prateleira ao meu lado, que tremeu.

— Agora, a fé.

A pergunta seguinte não exigia livro. O Escriba Atormentado se curvou, empoleirado na prateleira como uma gárgula. A voz rouquenha transbordava de humor.

— Qual foi o nome da primeira pessoa a Divinar? Da criança órfã que foi ao outeiro e deu nome aos Agouros?

O trio abaixo de mim se espantou.

— A abadessa não o diz na história da Divinação — respondeu Maude. — Nunca foi dito.

O Escriba brincou com a manga da minha capa.

— Sua resposta é essa? Que a primeira pessoa a Divinar não tinha nome?

Outro momento tenso, até o rei Cástor responder:

— É.

— Que pena. Mais uma vez, se equivocaram.

o CAVALEIRO e a MARIPOSA **167**

O rei Cástor e Maude ficaram imóveis, e Rory, ao contrário, curvou os ombros, bateu o pé, remexendo no bolso sem parar.

Restava apenas uma pergunta.

— Qual era? — cochichei. — O nome da criança?

— A única coisa que importa é que eu sei, e eles, não — disse o Agouro, e alongou a mandíbula, os ombros, estalando as articulações para apontar as estantes. — É minha a posse do conhecimento, e deles, a súplica. Mesmo que acertem a pergunta seguinte — falou, abrindo a boca em um sorriso grotesco —, estão condenados.

Olhei para os outros e me senti em um sonho — trêmula, suada, assustada.

— Por favor. Você deve estar ciente de que as Divinadoras desapareceram do outeiro. Parti de Aisling à busca delas...

O Escriba jogou a tinta antes de eu terminar a frase e sumiu, reaparecendo em uma prateleira do outro lado da sala.

— Minha última pergunta — declarou para o rei, Rory e Maude — é um enigma de guerra.

— Outro lindo poema, espero — retrucou Rory, sarcástico.

— Os livros moram em Seacht, mas também as forjas, os armamentos e os arsenais. Esta composição é de minha própria autoria.

O Escriba estendeu um panfleto. Vislumbrei a capa por um mero instante.

Uma mariposa.

Outra vez, o Agouro pigarreou e leu.

Não tem peso pesado, nem braço comprido,
é fino como um caule no chão.
Afiado ou sem fio, como for preferido,
muitos usos e méritos são.
Também é bem grosso — a cabeça pesa, dura,
como madeira firme na mão.
A força do corpo balança e racha, quer

segure com dois punhos ou não.
Na batalha ou no campo, onde quer que vague,
amarre no laço do cinto.
Para quebrar ou bater, na paixão ou labor,
nunca houve golpe mais distinto.

O Escriba baixou os olhos de pedra.

— E então, rei? Que arma descreve o poeta?

O rei, Rory e Maude franziam a testa do mesmo modo, como se a contemplação pesasse. Já eu — eu estava de volta ao outeiro, às minhas tarefas, ao muro de pedra. Eu tinha passado meus dias me sentindo ignorante, ingênua e desamparada, vítima da minha ocupação e do pulso firme da catedral.

Que adequado que a resposta ao enigma do Escriba Atormentado fosse aquilo que eu mesma tinha tirado de Aisling.

Minha postura ficou rígida, e Rory ergueu o olhar de repente. Ele me fitou por um longo momento, como se tivesse decifrado meu enigma em vez de aquele proposto pelo Escriba Atormentado. Ele escancarou um sorriso e se curvou para cochichar ao pé do ouvido do rei Cástor.

O rei soltou um suspiro frágil de alívio antes de se empertigar.

— Não é uma arma única — disse ao Escriba. — São duas. Um martelo e um cinzel.

O Agouro ficou quieto, assim como o som daquela sala cavernosa. Então sumiu — e reapareceu na prateleira ao meu lado. Desta vez, ao mergulhar o dedo no tinteiro, girou a tinta no sentido anti-horário.

— O que me pergunta, então, rei de Traum? — desafiou. — Para me *derrotar* em minha arte?

O rei Cástor se aproximou de Rory e Maude.

— Permita-nos um momento de debate.

— Nunca digam que não sou um deus generoso — disse o Escriba Atormentado ao observá-los, e chegou mais perto de mim, fazendo carinho na minha cabeça como se eu fosse um

o CAVALEIRO e a MARIPOSA **169**

cão. — Não se preocupe — murmurou. — Eles não perguntarão nada cuja resposta eu ainda não tenha redigido. Apenas tinta e a persuasão da pena...

— Se de tudo sabe — falei, tentando de novo —, deve me dizer o que aconteceu com minhas Divinadoras perdidas.

O Escriba recuou. Senti uma ardência repentina: vários fios do meu cabelo claro agora repousavam nas rachaduras de sua mão antiga. Ele levou o cabelo ao nariz. Inspirou fundo.

— *Suas* Divinadoras?

Aí abriu a boca, um buraco negro e fundo, e jogou meu cabelo para dentro. Gemeu num êxtase repulsivo.

— Vocês pertencem a Aisling. Aos Agouros. É isso que sei, e o que sei é a eterna verdade.

Abaixo de nós, Rory, Maude e o rei estavam olhando para cima, revezando entre mim e o Escriba Atormentado.

— Falando em Divinadoras — disse Rory. Apesar do tom casual, seus ombros estavam tesos como a corda de um arco. — Diga, Escriba: você dá favor a elas? Às sonhadoras sagradas de Aisling? Às emissárias devotas dos Agouros?

O Escriba escarrou catarro escuro no rei.

— Dou mais favor às minhas Divinadoras do que você aos seus deuses, herege.

O escarro errou de mira e caiu nas botas de Rory. Ele baixou o olhar, com nojo.

— Puta que pariu, podem me fazer o favor de deixar minhas botas...

— Nossa pergunta é simples, Agouro — disse o rei Cástor, apressado. — Já que alega divindade, sendo o deus do conhecimento, nos diga: qual é o nome dela? — perguntou, apontando para mim.

Os dentes do Escriba Atormentado rangeram quando ele cerrou a boca. Ao se virar para mim, seus olhos estavam mais mortos do que as pedras do muro de Aisling, com seu musgo e seus defeitos causados pelas intempéries.

— Ela é filha de Aisling. Ela não tem nome.

Sybil veio o sussurro mais suave dentro de mim.

— Todos têm nome — murmurei —, até mesmo órfãos. — Enfim, com clareza repentina e astuta: — Se fosse mesmo um deus, saberia disso.

Ali eles souberam que tinham vencido. Rory, Maude e o rei estavam sorrindo, empertigados, mais imponentes e valentes do que eu jamais vira. Eles tinham desafiado a arte do Escriba Atormentado, o conhecimento dele, e *vencido*.

O Escriba também soube. Vi, até no vazio de seus olhos de pedra, o momento em que percebeu que perdera seu tinteiro mágico. O Agouro mergulhou o dedo retorcido na tinta, remexendo com súbita fúria no sentido anti-horário. Então, com a mesma repulsa que eu vira no escriba da ponte ao atacar a entidade, ele virou o tinteiro, derramando tinta em Rory, Maude e no rei.

Desta vez, a tinta não foi um transporte.

Foi uma arma.

O líquido atingiu o braço da capa de Maude. Ela soltou uma exclamação aguda e empurrou o rei Cástor e Rory para trás. A tinta na roupa ficou vermelha como fogo, queimando a lã como brasa. Maude arrancou a capa, mas o cheiro inconfundível de tecido queimado — e de pele queimada — perdurou no ar.

O Escriba Atormentado riu e desapareceu para ressurgir em uma prateleira do outro lado da sala, mais uma vez atirando tinta.

— O que você está fazendo? — gritei.

O Agouro não respondeu, apenas ordenou:

— Fique onde está, Divinadora.

Era assustador vê-lo sumir e ressurgir, invariável nos movimentos e no jorro da tinta. O cheiro de papel, lã e até cabelo queimado preencheu a sala; Rory, Maude e o rei eram ágeis — de olhos para cima e armas em punho —, mas o machado de Maude e a espada do rei não eram páreo para a tinta. Diversas vezes, eles foram atingidos, queimados.

o CAVALEIRO e a MARIPOSA **171**

Contudo, não fugiram.

A voz de Maude rasgou o ar.

— Você foi derrotado em sua arte! Onde está sua honra?

— Você está machucando eles! — gritei, vendo gotas de tinta queimarem a mão do rei Cástor.

O menino-rei se encolheu, esquivando-se do resto da tinta e tentando atacar o Escriba Atormentado com a espada, mas acertando apenas o ar.

O mesmo pavor que eu sentia em sonho, aquela impressão aguda de estar aprisionada, me dominou. Eu queria cair nas trevas e parar em outro lugar — acordar de repente. Entretanto, aquilo não era sonho. Se eu fraturasse meu corpo ao cair, não despertaria curada. Um passo em falso, e eu desabaria com um baque no chão, como os livros do Escriba.

Comecei a descer as prateleiras. Fui chegando mais e mais perto do chão, até estar a meros dez palmos do solo.

Um aperto frio pegou meu braço. Encarei os olhos de pedra.

O Escriba Atormentado arreganhou os dentes.

— Eu mandei ficar…

O que eu fiz a seguir não foi um esforço consciente. Foi instinto, memória muscular — vontade de sobreviver. Forte e preciso, meu tapa acertou o tinteiro do Agouro, arrancando o objeto de suas mãos. Ele soltou um berro agoniado, se agitando no ar, mas o tinteiro já estava caindo. Caiu até quicar no piso de pedra, esparramando tinta como uma ferida preta e extensa.

A mão do Escriba Atormentado, vazia, começou a tremer. Ele se virou para mim e bateu no meu rosto, um tapa tão violento que arrebentou meu lábio. Eu perdi o apoio na prateleira. E, assim como o tinteiro…

Eu caí.

Bati de costas no chão de pedra, o fôlego arrancado de meus pulmões. Tossi, o sangue da boca machucada melando o piso.

Um ruído grotesco, entre um urro e um gemido, soou acima de mim. O Escriba Atormentado soltou a prateleira, caindo até aterrissar com um estalido horrível ao meu lado. Eu me encolhi, na expectativa de outro golpe.

Em vez disso, ele se ajoelhou. O Escriba se prostrou no chão, jogado como um livro aberto, como um suplicante. Esticou a língua manchada.

E começou a lamber meu sangue do chão.

Tentei escapar, mas os olhos horríveis do Agouro agora encontravam minha boca ensanguentada. Ajoelhando-se em um pulo, ele engatinhou na minha direção como um bicho. Parecia possuído, tendo se esquecido dos arredores — o vasto depósito de conhecimento —, reduzido ao impulso primitivo de me caçar.

Ele fechou a mão fria ao redor do meu tornozelo. Me puxou para si.

— Sinto o cheiro — sibilou o Escriba Atormentado. — Está no seu sangue. A água de Aisling…

Rory tomou o colarinho do Escriba em seu punho de ferro. Puxou o Agouro para longe de mim e o arremessou no chão, no centro da sala imensa. Rory, o rei Cástor e Maude cercaram o Agouro, com expressões tomadas de nojo.

— O que vocês acham? — perguntou o rei, o rosto salpicado de queimaduras.

— As mãos? — ofereceu Maude, cuja manga estava esfarrapadas, a pele por baixo vermelha e ferida. — Ou o pescoço?

Rory não estava queimado. Ele pôs a mão no bolso. Tirou a moeda.

— Por que não os dois?

A sala foi atravessada por um *crec* retumbante.

Meus joelhos bambearam, e um pó vermelho se espalhou pelo ar. O Escriba Atormentado não estava mais inteiro, agora ele era centenas de pedacinhos — como os cacos do espelho do meu quarto. Os pedaços dele, entretanto, não cintilavam.

Eram cacos grossos e molhados, como se o Escriba fosse composto de apenas duas coisas: carne sangrenta e pedra.

Engoli a náusea e fugi.

Cheguei ao corredor escuro, disparando pelo tapete de lã, até Rory me alcançar. Ele segurou meu ombro, mas eu revidei: virei-me, peguei o braço dele, e o joguei contra a parede.

Ele não ofereceu resistência. Vi, pela inclinação de sua cabeça encostada no painel de madeira, que ele já esperava minha fúria.

O que não esperava era minha mão em seu bolso. O da frente, do lado esquerdo da cintura, onde ele não parava de remexer os dedos — era ali que ele guardava.

Rory arregalou os olhos. Ele puxou meu punho, me afastando.

— Vou me arrepender de dizer isso, mas tire a mão da minha calça.

— A moeda.

Eu estava tremendo. Espumando.

— Onde você a conseguiu? — insisti.

Ele não respondeu. Continuou apenas a olhar para meu véu como se quisesse arrancá-lo.

— O tinteiro é do Escriba Atormentado, e a moeda, do Bandido Ardiloso. Você é ele, não é? — Continuei recuando até bater as costas na parede oposta. — Você é um *Agouro*.

Ele resguardou o silêncio como a um refém. E enfim:

— A moeda *foi* do Bandido Ardiloso.

Ele tirou a moeda do bolso, virou devagar entre os dedos.

— Pertencia a ele até cinco dias atrás, quando fomos ao castelo Luricht, desafiamos sua arte, e a usamos para matá-lo. Quanto à acusação: eu não sou um de seus preciosos deuses, Divinadora — declarou, seu olhar brilhando no escuro. — Sou quem está matando eles.

CAPÍTULO DOZE
NOSSOS PÉS NOS LEVARÃO AONDE DEVEMOS IR

Ele não me impediu de ir embora.

Não que fosse conseguir. Havia uma insurgência no meu corpo. Se eu não a gastasse correndo, provavelmente lhe daria vazão pelos punhos e destruiria alguma parte vital de Rodrick Myndacious.

Quando saí às pressas do antro do Escriba Atormentado para a luz do dia no beco estreito, a gárgula estava bem onde eu a deixara — dormindo com Fig. Ela havia pegado a manta da montaria para cobrir a cabeça, e roncos abafados soavam lá de baixo.

Arranquei a manta.

— Temos que ir.

A criatura se sobressaltou e fez uma careta.

— Seria de se esperar que alguém tão acostumado a sonhar saberia que é *grosseria* despertar quem dorme.

— São circunstâncias excepcionais, gárgula.

Peguei meu martelo e meu cinzel, ouvindo vozes — do rei Cástor, de Rory e de Maude — no corredor atrás de mim.

— Me dê a mão — pedi.

Fui obedecida sem questionamentos, os passos de pedra ressoando em estrépito ao correr comigo beco afora. Fomos nos enfiando pela multidão espantada, por ruas sinuosas e pontes, fábricas e jardins, perdidas como dentes de leite caídos na bocarra de Seacht.

Quando nos faltou fôlego para seguir, paramos em uma ponte vazia que cruzava um canal estreito.

— Esqueci-me, Bartholomew — disse a gárgula. — Por que estamos fugindo?

o CAVALEIRO e a MARIPOSA **175**

Eu me larguei no parapeito de pedra, como um vestido sujo e molhado, e arfei.

— Não confio no rei, nos cavaleiros... Agouro. Preciso... pensar.

— Melhor assim. Discutir com aquele equino mostrou-se um tédio tremendo — disse a gárgula, com um suspiro de lamento repentino. — Confesso que cavalos não são o animal inteligente que imaginei que fossem. Embora não acredite que por isso devam poder ser rejeitados por causa de seus dentes.

Demorei um tempo para entender.

— "Cavalo dado não se olha os dentes" nem significa isso, gárgula. É só uma expressão sobre ser grato e não questionar o valor de um presente.

— Jura? Que desagradável.

Ele começou a cantarolar baixinho. E eu... eu mal conseguia respirar. As peças da minha vida tinham sido manchadas pela tinta do Escriba, pelo seu rosto, suas palavras, sua *morte*.

— O que você sabe dos Agouros, gárgula? — consegui indagar. — Nunca pensei em perguntar.

— Porque você acredita ser melhor do que eu?

— Eu não... — falei, mas então olhei para ela. — Talvez. Talvez eu acreditasse haver algum tipo de hierarquia em Aisling, e também em toda a cidade de Traum. Que gárgulas eram melhores do que outras entidades, assim como cavaleiros e reis eram melhores do que operários... E que eu era melhor do que todos.

Mordi o lábio e acrescentei:

— Soa horrível quando dito em voz alta.

— A verdade muitas vezes é assim.

— Eu não acredito que sou melhor do que você. — Apoiei a testa na amurada de pedra da ponte e acrescentei: — Não sei mais no que acreditar.

A gárgula se manteve imóvel exceto pelo focinho, o qual torceu de concentração.

— A abadessa não diz que Agouros são deuses, e que você é especial por Divinar em nome deles?

— É possível que a abadessa não saiba de tudo o que há para se saber sobre os Agouros — falei, enjoada. — Ou que ela também não seja muito chegada em dizer verdades.

— Imagino que esta seja uma possibilidade permanente. Pode ser que seus sonhos não mostrem a verdade, Bartholomew. Não me lembro de já ter sido provado que deuses são mais honestos do que quem quer que seja.

— Os credos dos Agouros tratam da verdade. Sempre supus que fossem virtuosos. Eternos, imortais — falei, olhando para o canal. — Mas parece que eles não são nada disso.

Barcos passavam por baixo de nossa ponte, compridos, estreitos, repletos de mercadoria. Produtores transportando estoque. Uma canoa cheia de pão passou, e minha barriga roncou.

— Quando foi a última vez que você se revigorou com comida e água? — perguntou a gárgula.

— Não sei. Faz tempo.

— E que dormiu?

— Mais tempo ainda.

— Se necessita pensar, não pode fazê-lo assim — disse, e bufou. — Que sina a minha, de cuidar sempre de você.

Não tínhamos dinheiro para uma estalagem, mas logo encontramos uma forja vazia, com o teto desabado. Cheirava a terra, a carvão e a fogo apagado havia tempos. Apoiei a cabeça nos braços, fechei os olhos.

E em segundos me perdi no sono.

Despertei do esquecimento sem sonhos com o coração a mil, e não reconheci onde estava. As paredes, os cheiros — não era o meu quarto. A lua crescente flutuava do outro lado do teto quebrado, e enfim consegui distinguir que estava em uma forja, deitada em um leito humilde de terra.

o CAVALEIRO e a MARIPOSA 177

Estou em Seacht. Minha memória foi voltando devagar, e então rápido até demais. *Estou com a gárgula em Seacht. As Divinadoras desapareceram.*

E os Agouros são uma mentira.

Fazia silêncio. Um silêncio terrível sem as Divinadoras respirando no sono ao meu lado.

Sentei-me. A gárgula estava de pé ali perto, cantarolando baixinho enquanto olhava pela janela quebrada. Ao seu lado estavam um jarro de metal e um prato com pão, queijo e maçã.

Meu estômago se contraiu.

— De onde você tirou isso?

Ela deu um berro.

— Espelhos e entidades... que susto você me deu, Bartholomew.

— Você *roubou*, gárgula?

— Sim — respondeu, satisfeita. — Até que sou bom nisso. Fui pego duas vezes, apenas. Mas você... você parece severa. Eu me comportei de modo ignóbil novamente, de acordo com seus padrões infantis?

Sim, sem dúvida. Porém, não seria exagero suspeitar que ela jogaria toda a comida roubada pela janela caso eu respondesse isso.

— De modo algum. Além disso, estou faminta.

O jarro estava cheio de água. Bebi de um gole só, e devorei a comida do prato.

— Obrigada.

A gárgula ficou me olhando comer, e então pegou meu martelo e meu cinzel.

— Vamos embora, Bartholomew?

Peguei as ferramentas. Mesmo com aqueles pesos conhecidos nas mãos, eu me sentia desequilibrada.

— Acho que... Talvez...

— Você parece transtornada — disse a gárgula, voltando para mim seus olhos arregalados de preocupação. — Quer que eu conte uma história?

— Ninguém conseguiria tecer uma história bela o bastante para eu me sentir melhor agora, gárgula.

Ela assentiu, como se eu tivesse dito algo muito profundo.

— Então exploremos este estranho mecanismo que chamam de Seacht. Nossos pés nos levarão aonde devemos ir.

O céu noturno anunciava cada curva que eu e a gárgula virávamos, jogando a sombra da lua, nossas silhuetas retorcidas no chão. Eu não me incomodava. A vigilância da lua não era crítica como a de Aisling — eu não sentia a necessidade de me preocupar.

Mantive o capuz na cabeça, e a gárgula, sem querer ficar de fora, roubou uma toalha de mesa de um varal para cobrir a cabeça também, escondendo o rosto na sombra. Ainda assim, era muito cedo, ou muito tarde, para o movimento na rua — quase ninguém nos olhava.

Não que as ruas estivessem vazias. Apesar do horário, havia pessoas acordadas e circulando, mas eram bem diferentes daquelas que eu vira por Seacht à luz do dia. Crianças vestindo farrapos, homens e mulheres revirando lixo e lavando as roupas no canal.

Senti vergonha ao reparar que estava encarando demais. Eu nunca tinha visto pobreza.

Seguimos andando, sem rumo, e em certo momento passei tanto o martelo quanto o cinzel para a mão esquerda, para poder segurar a gárgula com a direita. Eu não parava de pensar no Escriba Atormentado, nos olhos de pedra, na avidez com que ele comera meu cabelo, lambera meu sangue. Pensei também no rei Cástor. No que significaria o tal gesto de vestir o manto, desafiar os Agouros para reivindicar seus objetos mágicos de pedra. Pensei nas Divinadoras, que eu não estava nem perto de encontrar.

Refleti à exaustão, franzindo a testa até formar um cânion entre as sobrancelhas.

o CAVALEIRO e a MARIPOSA **179**

Enquanto isso, a gárgula praticamente saltitava rua afora, apontando e comentando tudo que via.

— Você parece contente — falei, olhando para trás. — Por ter saído de Aisling.

— Talvez esteja — respondeu ela, pensativa. — Qual é a sensação do contentamento, Bartholomew?

Como se eu soubesse. A única felicidade que eu já sentira fora com as Divinadoras, nas histórias do que faríamos ao deixar o outeiro. Minha alegria se escondia no futuro, eternamente inalcançável.

— Acho que o contentamento — falei, amarga — é apenas uma história que contamos.

A gárgula aquiesceu.

— Então é tudo semelhante. Contentamento. Verdade, honestidade e virtude. Agouros. São todos histórias, e nós — falou, com um gesto para os muros altos de Seacht — percorremos suas páginas.

Nossos passos realmente nos levaram aonde devíamos ir. Quando o céu estava arroxeado, as nuvens coradas por um amanhecer que ainda não víamos, eu e a gárgula chegamos a uma rua de casas simples de tijolo. A maior delas tinha uma placa na porta.

Alunato III

Escola para órfãos

— Que simpático — disse a gárgula. — Confesso que sempre me considerei uma espécie de tutor, e você, minha pupila, Bartholomew, embora você nunca tenha dado o devido respeito à posição... Ora. O *que* está fazendo?

— Espere aqui — falei, correndo até a casa, abrindo o portão e tropeçando nos sapatinhos à porta. — Eles vão se assustar se um morcego de pedra ameaçador bater na porta assim.

— Não precisa ofender — exclamou ele.

Bati três vezes. Esperei. Bati de novo, mais alto.

Escutei um rangido. Passos arrastados. Então a porta se abriu, puxada por uma mulher idosa de camisola, cabelo grisalho embaraçado e rugas fundas ao redor dos olhos e da boca.

Ela botou uma vela perto do meu rosto.

— Quem é você?

— Peço perdão pela intrusão, minha cara senhora. Sei que é cedo.

— *Minha cara senhora?* Que frescura é essa? Sou a governanta. Se veio deixar um órfão, já aviso que estamos lotados...

— Não vim para isso — falei, tirando o capuz. — Vim fazer uma pergunta.

Ela levantou as sobrancelhas de espanto.

— O que uma moça de Aisling veio fazer na minha porta? Conferir o investimento?

— Que investimento?

— Sua abadessa nos patrocina.

Eu quase tinha esquecido.

— As garotas que a abadessa seleciona chegam a voltar?

— Para cá? Não sei por que voltariam.

— Então a senhora não viu nenhuma Divinadora recentemente?

— Só você, minha pombinha.

Senti um aperto no peito. A mulher cruzou os braços, olhando minha boca machucada.

— Você parece ter passado por poucas e boas — disse, e suspirou, abrindo mais a porta. — Quer beber alguma coisa?

— Não... obrigada — falei, olhando o sol da aurora. — Quantos Alunatos existem por aqui?

— Três. Os outros vilarejos mandam os órfãos para cá, especialmente as meninas... ainda mais as pobres e doentes. Dá boas chances de acabarem virando Divinadoras em Aisling. A maioria dos meninos foge e se vira por aí.

— A senhora pode me informar onde eu encontraria outro Alunato?

— Logo na praça. Mas também não vai encontrar nenhuma Divinadora por lá.

— Logo na praça. Maravilha. Onde fica a praça?

As janelas do Alunato II estavam escuras. A governanta da vez abriu a porta, com uma vassoura na mão, e quase caiu de susto ao ver meu véu.

Ela também não tinha visto nenhuma Divinadora.

Um padeiro abrindo a loja, que deixou cair a farinha ao ver a gárgula, apontou o caminho do último Alunato. Lá, a governanta não acordou com as batidas, e quem apareceu foi seu cão de guarda. O vira-lata nos perseguiu por três quarteirões. Durante todo o tempo, a gárgula gritava, a voz ecoando pelas ruas:

— Não tema, Bartholomew! Cão de ladras não morde.

Seacht ia despertando, os cidadãos mais pobres se escondendo nas sombras. Quando amanheceu por fim, eu e a gárgula também nos recolhemos a um beco vazio, onde nos largamos no chão, derrotados.

Fingi que Um estava ali, sentada do meu lado.

— Eu era tão importante em Aisling. Subindo no muro, admirando aquela vista, achei que seria igual quando acabasse meu serviço. Que, por todos os sonhos que suportei, eu também seria importante nos vilarejos. Que Traum, seu povo, seus *Agouros*, me amariam — falei, passando o dedo no corte que o Escriba Atormentado abrira na minha boca. — Mas Quatro estava certa. Seremos sempre apenas Divinadoras. Emissárias dos deuses, e não mulheres de verdade. As pessoas nos desejarão sem jamais querer nos conhecer. Filhas de Aisling não são filhas de verdade, assim como a abadessa… — disse, engolindo em seco. —Assim como a abadessa não é mãe de verdade. Divinadoras são meras ferramentas do ofício da Divinação. Sacras, e não humanas.

— A catedral, os Agouros, as Divinadoras se mantêm no topo — disse a gárgula, simplesmente. — Se olhamos para algo apenas de baixo, é possível chegar a vê-lo com clareza?

— Imagino que não — respondi, apertando os olhos com as palmas. — Mas honestamente… eu tentei ser boa. Ser uma Divinadora perfeita, fazer tudo o que a abadessa mandava. Nunca reclamei, nunca lhe neguei nada. Meu valor era calculado pelas regras que eu seguia. Até que a abadessa me chamou de ressentida, de mártir. E talvez seja verdade. Mas não fiquei assim por pagar o custo do amor dela?

A gárgula pegou minha mão.

— Que história triste, Bartholomew. Gostaria de saber… como termina?

— Não sei. Não sei o que fazer, em quem acreditar, nem como encontrar minhas amigas — respondi, e uma pressão aguda surgiu nos meus olhos. — Eu não sei quem sou sem Aisling.

Ficamos em um silêncio que a gárgula, sem dúvida, achou contemplativo; e eu, opressor.

Uma hora depois, quando as ruas estavam realmente movimentadas, duas meninas entraram no beco, vindo na nossa direção. Elas usavam roupas simples, e não pareciam ter mais do que uns doze anos.

Pensei nas Divinadoras.

— Como a abadessa seleciona as órfãs que leva para Aisling? — perguntei à gárgula ao ver as garotas se aproximando.

Ela encostou a garra na boca de pedra, pensativa.

— Sei apenas que são sempre meninas. E frequentemente doentes.

— Por quê?

— Ela me contou um dia. Não recordo-me quando, nem por quê.

O melodrama que lhe era tão característico neste momento não era visível no rosto da gárgula. Dessa vez, ela parecia sinceramente tomada pela tristeza.

— Ela disse que as meninas suportam melhor a dor do afogamento — continuou —, e que as doentes sempre despertam estranhas, especiais. E renovadas.

Senti um aperto na garganta.

Enquanto isso, as meninas que passavam pelo beco nos ignoraram. Elas apertaram o passo. Mal tive tempo de recuar os pés para que não tropeçassem.

— Bom dia — cumprimentou a gárgula com animação, esquecendo a melancolia.

As meninas não responderam. Estavam olhando para trás, assustadas e atentas…

Ali. Atrás delas. Três homens, avançando a passos largos. Eles fingiam tranquilidade, de mãos nos bolsos, mas identifiquei exatamente o que eram por seus passos decididos — pelo olhar faminto e cheio de propósito.

Lobos, à caça de filhotes de corça.

Eles passaram por mim e pela gárgula. Com minha capa — e a toalha de mesa dela —, certamente parecíamos uma dupla de vagabundos. Os homens sequer nos olharam, atentos apenas às meninas em fuga.

Eu estiquei a perna.

O primeiro homem desabou pesadamente, caindo apoiado nos braços perto dos pés da gárgula, e bloqueando a passagem.

O outro que vinha logo atrás dele praguejou, chutou minha perna para eu me afastar.

— Vagabunda desastrada.

Eu me levantei.

— Estão fazendo o quê, perseguindo garotinhas desse jeito?

— Sai da minha frente.

Ele me deu um tapa no rosto e me empurrou contra a parede do beco. O outro lado do meu rosto arranhou no tijolo, cortando a pele e repuxando o véu.

Eu não pensei. Eu simplesmente...

Ataquei.

E instaurou-se o caos.

Meu martelo não fez barulho, salvo aquele *crec* nauseante no osso. A reação a seguir foi um urro de arrepiar, e o beco virou um emaranhado de corpos, gritos e sangue.

A gárgula se levantou, pisoteando o primeiro homem que eu derrubara, tentando me alcançar. Enquanto isso, o terceiro homem empurrou o amigo — cujo cotovelo eu *com certeza* tinha estilhaçado — e levantou o punho. Ele acertou um soco fraco na minha barriga, e não continuou, porque a gárgula o pegou pela nuca, afundando as garras na pele para puxá-lo para trás.

Meu capuz caiu, e a toalha da gárgula, também. Quando o homem viu exatamente quem tinha chutado e socado, ficou imóvel.

— Divinadora. Por favor. Não queríamos nada com as moças. Apenas um momento amigável...

— Eu também sou amigável, e Bartholomew também é — disse a gárgula, olhando para meu martelo, mais uma vez a postos, e deu uma piscadela. — Não é?

Ele empurrou o homem para mim.

Eu o derrubei com um baque horrível do martelo, bem na costela.

— Guardas! — berrou um dos homens.

Era o primeiro — o que eu tinha feito tropeçar, e que tivera a esperteza de não se levantar. Ele gritava para a extremidade do beco. Ali, duas guardas armadas usando cinturões cinza tinham parado para nos encarar, forçando a vista.

O homem não parava de gritar.

— Guardas! *Socorro!*

As guardas baixaram as mãos para o punho das espadas.

Cuspi sangue no paralelepípedo.

— Me dê a mão, gárgula.

Saímos correndo. *De novo.*

Pulamos por cima dos homens, um emaranhado de corpos gemendo.

— Não foi uma delícia ignóbil? — A gárgula dava risada com um sorriso desvairado enquanto corríamos pelo beco feito ratos.

Passamos por tijolo, madeira e pedra, dando tantas voltas que eu me sentia zonza. Achei que tivéssemos escapado, mas um erro foi levando a outro, até que eu e a gárgula nos deparamos com um edifício alto de madeira — um beco sem saída.

— Rápido! Tire a gente daqui voando.

Ela me olhou como se eu tivesse cuspido em seu olho.

— Quer que me confundam com um pássaro outra vez?

As guardas nos alcançaram. Quando nos encurralaram na parede, diminuíram o passo. Continuavam de mãos firmes no punho das espadas.

— Aqueles homens iam machucar duas meninas — falei, o impulso da confissão como o vômito da água da nascente. — Estávamos defendendo-as.

— Foram um pouco além disso — respondeu uma das guardas. — Eles precisarão de um médico. Vocês são de Aisling?

Empinei o peito.

— Sou uma Divinadora.

— Número Seis?

— Quem quer saber?

As guardas se entreolharam.

— Um mandado de prisão foi emitido para vocês.

A gárgula bufou.

— Por quê? Por roubar café da manhã, uma toalha de mesa e...

Tapei sua boca rapidamente.

— Vocês certamente têm mais o que fazer do que nos capturar por crimes tão insignificantes.

— Licença, eu sou um ladino, além de agressor — disse a gárgula, se desvencilhando de mim para empinar o nariz. — Não há nada de insignificante nisso.

— Infelizmente, o mandado vem do alto escalão.

As guardas se viraram para uma discussão aos cochichos.

— Do que será que elas estão falando? — ponderou a gárgula.

Levei a mão à boca, que tinha voltado a sangrar por causa do *porco* que me empurrara contra a parede. Eu estava resmungando impropriedades quando a guarda mais alta se afastou, voltando ao beco. A outra se virou para mim e para a gárgula. Pela tensão nos ombros, ela não parecia feliz. Se fosse uma Divinadora, eu diria que tinha perdido o sorteio.

Ela não tirou a mão da espada.

— Sigam-me.

Fomos levados a um quartel, onde um estalar estranho ressoava atrás de uma porta larga de madeira. O sentinela esbugalhou os olhos ao me ver chegar com a gárgula e, à primeira palavra de nossa escolta, abriu a porta.

Entramos em um pátio de cascalho, dividido por duas cordas cruzadas, onde uma dupla de cavaleiros se postava em cada quadrante. Todos portavam chicotes — origem do barulho que eu escutara — e treinavam o uso das armas compridas e sinuosas. Aqueles que não estavam treinando observavam da lateral, incentivando ou criticando os colegas.

Até que pararam de observar tudo para focar em mim.

Reconheci alguns deles. Hamelin, o que eu levara para o gramado, estava estalando o chicote no quadrante mais próximo. Ao me ver, ele tossiu, engasgando de surpresa.

Enfim, como se respondessem a uma ordem silenciosa, todos desviaram o rosto, voltando o foco ao trabalho e decidida-

o CAVALEIRO e a MARIPOSA **187**

mente dando as costas para mim e meu companheiro de pedra. Quanto à provável razão da mudança...

Ele estava nas sombras, num canto. Vestido de couro, com os olhos recém-pintados de carvão, me observava em meio a uma rara rachadura em sua arrogância, como se tivesse sido surpreendido pela aparição de algo que fugia às suas crenças.

Rodrick Myndacious.

A guarda me levou até ele, junto com a gárgula.

— Eram estas que estava procurando?

Olhei feio para ele de trás do véu.

— *Alto escalão* foi um certo exagero, né?

Um sorriso fugaz enfeitou brevemente a boca de Rory.

— Onde elas estavam? — perguntou ele à guarda.

— Comprando briga na zona leste.

O sorriso de Rory desapareceu, e ele deteve o olhar escuro no meu rosto. No meu lábio inferior, que tinha voltado a sangrar. Aí me fitou mais um pouco, e mais um pouco. Vagarosamente, ergueu o olhar para a guarda ao meu lado.

— Que infeliz miserável de Seacht agrediu ela?

Ela jogou as mãos para o alto.

— Ela estava assim quando chegamos. Ela e a gárgula espancaram uns...

— Homens vis — interrompi.

— Quem quer sejam — disse a guarda —, Jordy foi buscar um médico para eles.

Rory não respondeu. Tinha voltado a olhar para minha boca.

— Mais algum lugar?

De repente, eu não sabia. Os olhos dele eram muito escuros.

— Estou bem.

— Eu também estou incólume — disse a gárgula, batendo no peito de pedra. — Saúde de ferrão.

Quase.

Rory não desviou o olhar do meu rosto. Ele sacou três moedas de ouro do bolso e entregou à guarda.

— Muito agradecido.

Ela aceitou o dinheiro, se afastou de mim e saiu do quartel.

— Bem — disse a gárgula, bocejando ao vê-la ir embora. — Estou precisando de um bom cochilo. Onde posso me instalar de modo a não escutar a folia destes — disse, gesticulando para os guardas com chicotes — broncos arruaceiros?

Rory parecia dividido entre rir e questionar a própria sanidade.

— Não sei se você vai chorar se eu disser para dormir no estábulo.

— Por que choraria?

— Eu... não sei, honestamente.

— Este não é dos mais astutos — resmungou a gárgula, e cruzou os braços. — Não me oferecerá um cobertor?

— Você sente frio?

— Gosto de cobrir os olhos para dormir.

— É como cobrir uma gaiola — expliquei, e acrescentei, às pressas: — Não que você tenha qualquer semelhança com uma ave.

— Deve ter mantas nos estábulos.

— Está bem.

A gárgula se afastou, mas parou para me dirigir uma olhadela.

— Em todas as suas histórias do que poderia fazer ao sair de Aisling, Bartholomew, um dia contou alguma que se assemelhasse a hoje?

Eu consegui soltar uma risada baixa.

— Nem de longe.

A gárgula sorriu. Quando por fim se foi, adentrando o estábulo, senti o olhar de Rory no meu rosto.

Suspirei e me virei para ele.

— Tenho perguntas. Preciso *desafiar sua arte* para que você responda?

— Não.

Um cavaleiro se enroscou no próprio chicote, e o pátio todo reverberou com as gargalhadas. Rory manteve o foco em mim.

— Mas, por curiosidade — acrescentou —, qual seria a minha arte, Divinadora?

— Orgulho. Heresia. Desdém, quem sabe.

— E você me derrotaria... como? Me derrubando na frente de todos os cavaleiros? Me atiçando com sua língua ferina, me chamando de estúpido e milhares de outras ofensas? Eu diria que, a esta altura, meu orgulho já se perdeu por inteiro.

— Você vive falando coisas horríveis de mim.

— Eu sei — concordou ele, e passou a mão nos cabelos. — Talvez por isso eu temesse que você já estivesse a quilômetros daqui. Que eu não... — disse, com uma careta. — Que você não voltaria.

— Eu não voltei. Eu fui presa.

— Você e a gárgula contra duas guardas? Por favor. Você já poderia estar chegando em algum outro vilarejo, mas não está — retrucou ele, e fez uma pausa. — Quanto à acusação de heresia...

Rory retesou as costas, os ombros quase na altura das orelhas.

— Eu. Você. Maude. Benji. O Escriba Atormentado — falou. — Percebo que não foi exatamente o método mais delicado de se mostrar a... *complexidade* dos Agouros.

Uma complexidade que eu ainda não estava nem perto de entender.

— Nada em você é delicado, Myndacious. Seu desdém por Aisling, pelos Agouros, por mim, é evidente em seu rosto desde que pousei os olhos em você.

Suspirei. O dia mal tinha começado, e eu já me sentia derrotada.

— É culpa minha não ter visto os sinais — concluí.

— Eu nutro desdém, sim — respondeu Rory, e franziu as sobrancelhas, com a boca suficientemente entreaberta para eu escutar seu suspiro trêmulo. — Mas nenhum por você.

Nós nos entreolhamos. E então ficamos nos encarando um tempão, com efeito mais cortante do que o açoite dos chicotes...

— Seis!

Eu me virei, encontrando um par de lindos olhos verdes.

— Maude.

Ela veio até mim. Segurou meu braço.

— Que bom que você voltou para nós. Ontem, eu queria perguntar... — falou, olhando para meus pés sujos. — Cadê seus sapatos?

Rory riu.

— Estamos resolvendo isso.

Maude pegou minha mão, deu uma piscadela para Rory, e me levou para dentro do quartel.

— Devo ter alguma coisa do seu tamanho.

—Ah, não há necessidade...

— Estou sendo gentil. Você vai querer a atenção do rei — disse ela, passando o braço ao redor do meu ombro. — Mas, primeiro, precisa de um banho.

CAPÍTULO TREZE
VESTIR O MANTO

Uma hora depois, quando a água do banho esfriou, Maude trouxe roupas limpas para mim. Roupas de baixo, duas túnicas, calças justas, meias de lã, gibão. Um cinto para o martelo e o cinzel.

Botas de couro.

Que criaturas estranhas eram sapatos. Alinhei um com a sola do meu pé. Era quase do tamanho exato. Alguém medira corretamente.

Joguei as botas para o canto do lavatório. Vesti as roupas de baixo e ignorei o restante, preferindo meu vestido de Divinadora. Eu me sentia profana ao pôr roupas sujas em pele recém-lavada. Contudo, ainda não estava pronta para me despir daquela camada.

Mesmo assim, pus o cinto e encaixei minhas ferramentas.

Maude fez um som de reprovação diante da minha aparência, mas não comentou nada. Ela me conduziu pela escadaria ladeada de livros até chegarmos ao andar mais alto do alojamento, frente a uma porta alta.

Um cavaleiro estava ali, tremendo no posto. Ao lado dele estava a gárgula.

Ela empinou o nariz de pedra.

— Qual é o motivo disso, Bartholomew? Despertaram-me de uma soneca perfeitamente agradável.

Maude suspirou.

— Imaginei que você fosse querer a companhia da sua pedra de estimação…

— Não fale assim dela — alertei. — Ela vai gritar horrores.

— O que vocês tanto cochicham? Por que seu cabelo está molhado e estranho assim? — perguntou a gárgula, subindo a voz. — Por que me trouxeram para cá de modo tão descuidado?

Maude fez sinal para o cavaleiro, que estava tremendo.

— Pode ir, Dedrick.

Ele fugiu, e Maude abriu um sorriso débil antes de falar com a gárgula, devagar, como se fosse uma criança.

— Você e Seis têm um convite para falar com o rei.

Entramos no cômodo, que era um quarto de móveis elegantes. Assim como o antro do Escriba Atormentado, tinha o teto abobadado, feito todo de vidro. Tinha mais estantes, mais livros, tapetes luxuosos e uma cama tão grande que caberiam cinco reis.

A gárgula foi se dirigindo à cama como se estivesse nos próprios aposentos.

— Nananinanão — disse Maude.

Ela apontou a mesa ampla de madeira no centro do cômodo. Havia três cadeiras junto à mesa, e três copos — além de um jarro — sobre o tampo.

— Ele espera encontrar vocês aqui — explicou.

A gárgula fez uma careta. Puxou da cama uma colcha de retalhos, se embrulhou, e se largou na cadeira. Abri um sorrisinho de desculpas para Maude.

Ela olhou de mim para a gárgula, como se não conseguisse concluir quem era mais estranho.

— Ele já vem. Comportem-se.

Ela saiu e fechou a porta.

Eu fui até a mesa, a passos rápidos. Puxei a cadeira para mais perto da gárgula e cochichei no seu ouvido:

— Preciso que você se reprima.

— Não faço ideia do que isso quer dizer — disse, cheirando a colcha que envolvia os ombros. — Parece algo que se faz em um penico.

— É *isso*. Bem por aí. Não é um comentário normal. Esses absurdos vão desviar a conversa, e eu preciso de clareza do

o CAVALEIRO e a MARIPOSA **193**

menino-rei. Nos próximos quinze minutos, sempre que sentir a compulsão de dizer algo peculiar, engula as palavras.

A criatura se afundou na cadeira, fechando a cara.

— Você pede demais de mim.

Uma porta se abriu na parede mais ao sul, bem no meio de uma estante. O rei Cástor entrou no quarto usando uma túnica branca elegante, com o rosto salpicado de feridas, onde ele fora queimado pela tinta do Escriba Atormentado. A luz do meio-dia derramou-se sobre sua cabeça e, embora não estivesse de coroa, o cabelo dourado resplandecia.

Ele trazia duas coisas. O caderno de capa de couro puída que eu vira na primeira noite dele na Catedral Aisling, e o tinteiro de pedra do Escriba Atormentado.

Eu me levantei.

— Majestade.

— Seis.

— *Reverência* — murmurei para a gárgula.

A gárgula soltou um ruído grosseiro de flatulência, e não se levantou.

Apertei meu nariz.

— Perdão, rei Cástor. A gárgula foi despertada prematuramente de um cochilo.

— Não precisa dizer nada.

O rei deixou o caderno e o tinteiro na mesa e sentou-se na cadeira que restava, e eu voltei à minha.

O silêncio dominou o ambiente.

— Ah — disse o rei. — Vocês estão esperando que eu fale.

Eu e a gárgula nos entreolhamos.

— Perdão. É que… — disse Benedict Cástor, com o rosto corado. — Foi ideia de Maude que eu conversasse a sós com vocês. Ela acha que preciso treinar falar sem ela e Rory para preencherem minhas pausas nervosas.

— Qual é o motivo de tanto nervosismo?

Isso o fez rir.

— Quase tudo. Mas já basta de mim. Você deve ter mil perguntas. Antes de começarmos, contudo, precisamos corrigir um equívoco gritante — disse ele, sorrindo. — Você devia mesmo me chamar de Benji.

— Não seria falta de respeito?

— Rory me chama assim. Rory para Rodrick, Benji para Benedict — disse ele, e deu de ombros. — É só um apelido.

— Um apelido atroz — resmungou a gárgula.

O rei Cástor — Benji —, para seu crédito, não se deixou provocar.

— É provável. Porém, combina comigo.

Ele pegou o jarro e serviu uma dose saudável de cerveja para si e para mim.

— Você bebe? — perguntou à gárgula.

— Não bebe — interrompi, afastando o terceiro copo.

A gárgula fez biquinho. Puxou a manta até o queixo. Em cinco segundos, estava roncando.

Olhei para o rei, do outro lado da mesa.

— Tudo isso me parece muito estranho.

— Traum é um lugar estranho.

— Não a ponto de cinco mulheres desaparecerem da noite para o dia.

— Justo.

Benji apontou o caderno e o tinteiro do Escriba Atormentado, e perguntou:

— Prefere que eu comece por onde? Pela história dos Agouros, ou dos objetos mágicos?

Era insuportável que eu, Divinadora da Catedral Aisling, precisasse de lições sobre qualquer um desses temas.

— Objetos mágicos.

— Meu favorito.

O rei levou o copo à boca, suspirando de prazer ao beber a cerveja. A manhã mal tinha acabado, ainda era cedo para beber.

Porém, a cerveja pareceu tranquilizá-lo. Ele pegou o tinteiro do Escriba Atormentado e mergulhou o dedo na tinta.

— Como você sabe, cada Agouro possui um objeto de pedra, de mecânica bastante simples. Este, como disse o Escriba, nunca fica sem tinta. Se girar no sentido horário — falou, começando a mexer a tinta — e jogar, a tinta serve de transporte.

O rei Cástor fez um floreio, e como um artista no palco, jogou a tinta preta e desapareceu.

Ele ressurgiu a dez passos dali, então fez uma reverência.

Se estava esperando por aplausos, podia esperar sentado.

— Como a moeda de Myndacious.

— Precisamente. Todos os objetos de pedra têm duas propriedades. Transporte. — Ele voltou à mesa, metendo o dedo na tinta. Desta vez, girou no sentido anti-horário. — E destruição — concluiu.

Ele derramou a tinta na borda da mesa, e fumaça começou a subir. A tinta ficou vermelha, escaldando a superfície, e deixou um buraco chamuscado e cheiro de madeira queimada.

A gárgula fungou, espirrou, mas não acordou.

— A moeda do Bandido Ardiloso tem mais impacto... eu gosto de explosões — disse Benji, espanando a madeira queimada para longe da cerveja, e voltou a sentar-se. — Não sei exatamente como funcionam os outros objetos, o remo, o sino e o peso de tear, mas espero descobrir em breve.

Ele sorriu para mim, e acrescentou:

— São as únicas fontes de magia em Traum. É meu desejo possuí-los todos.

Que moleque arrogante.

— Os objetos de pedra não são a única magia em Traum. Está se esquecendo da nascente de Aisling.

— Ah... sim. Ser transportado ao sonho certamente é mágico — disse Benji, e se calou por um momento. — Foi nessa nascente que tudo começou — prosseguiu, pegando o caderno. — O que, suponho, nos traz diretamente à história.

O caderno era antigo. Quando Benji o abriu e folheou as páginas, fui atingida pelos cheiros de couro velho e pergaminho.

As páginas estavam todas preenchidas. Vi tinta desbotada, listas, registros, mapas e arte, retratos e paisagens. Havia pouquíssima arte em Aisling, mas ainda assim pude perceber que quem desenhara aquilo tinha talento para o ofício.

— É seu?

— Foi do meu avô. Benedict Cástor Primeiro. Ele foi o rei de Traum antes do rei Augur — disse Benji, tomando um gole demorado do copo. — Já ouviu falar dele?

Não, eu nunca tinha ouvido.

— A abadessa diz que reis vêm e vão.

— Ela está certa.

Percebi que Benji se incomodava ao falar do avô. Seu sorriso murchara, mas ele mantinha o tom leve.

— Meu avô era do vilarejo de Feira Coulson, mas era um erudito, um artesão multifacetado, um homem de vanguarda. Foi eleito pelos anciões nobres dos vilarejos devido à sua familiaridade com a economia de…

Ele sorriu.

— Talvez seja desinteressante para você — acrescentou.

Eu estava no meio de um bocejo.

— Perdão.

— Não se preocupe, eu estava chegando na melhor parte. Meu avô foi um rei adorado… até não ser mais. Quando eu tinha cinco anos, ele foi morto apedrejado pelo crime de heresia.

Fiquei paralisada.

— Ah.

— Veja bem, Seis, há duas histórias sobre a grande origem de Traum. A que sua abadessa proclama antes de toda Divinação, e a que levou à morte de meu avô. Ele a escreveu aqui, neste caderno — disse Benji, passando um dedo nas páginas.

— Eu não devo ser tão eloquente quanto ele foi, mas tentarei contar da melhor forma.

o CAVALEIRO e a MARIPOSA **197**

Observei os olhos arregalados dele e me perguntei se, por trás do véu, era assim que eu olhava para a abadessa: ávida para agradar. Senti uma súbita onda de dó. Benedict Cástor era, afinal, um mero garoto de dezessete anos, com tudo no mundo a provar.

— Não tenha pressa.

Ele respirou fundo.

— Aproximadamente duzentos e trinta anos atrás, antes de Aisling ser construída, cinco artesãos foram a um outeiro. Um comerciante ladrão, chamado de bandido, um escriba, um barqueiro, uma lenhadora, e uma tecelã. Traum estava em discórdia. *Esta parte* da história do meu avô é alinhada com a da abadessa. Os vilarejos não tinham deuses, nem governante, e eram devastados pelas entidades. Os artesãos foram ao outeiro com a intenção de unificar. De decidir, entre eles, quem deveria governar.

Fui tomada pela sensação sufocante de que o que restava de minha devoção aos Agouros estava prestes a desmoronar.

— Eles brigaram, é claro. Selecionar um governante nunca é tarefa fácil. O bandido era astuto, o escriba, esperto, o barqueiro, forte, a lenhadora, intuitiva, e a tecelã, compreensiva. Todos se consideravam os mais dignos do comando. Porém, bem quando a esperança do acordo parecia perdida...

Ele fez uma pausa para dar efeito.

— Chegou mais alguém no outeiro. Uma sexta figura, acompanhada de uma criança órfã. Levaram os artesãos ao topo do outeiro, onde repousava uma grande pedra de calcário. De uma fissura no calcário, brotava água, densa, lenta e cheirando a podridão adocicada. Um a um, os artesãos beberam a água. Um a um, foram capturados por um sonho estranho e enigmático.

Eu esperei ele continuar.

— Depois disso, a sexta figura deu a eles estes presentes, fabricados do mesmo calcário da nascente.

Ele folheou o caderno do avô e o virou para mim, mostrando uma ilustração de cinco objetos distintos.

Uma moeda. Um tinteiro. Um remo. Um sino. Um peso de tear.

— Cada objeto continha magia suficiente para os artesãos não precisarem mais selecionar um líder entre si... *todos* tinham poder. Encorajados, todos voltaram aos seus respectivos vilarejos e usaram os novos objetos para dizimar as entidades. E também recitaram coisas. Histórias de magia, de sonhos, de presságios e da nascente no outeiro, eram abundantes — disse Benji, abrindo as mãos. — E assim foram criados os Agouros.

Fui vendo as peças se juntarem, como um vitral.

— E a sexta figura. A que veio com a criança órfã, que fabricou os objetos de pedra. É o sexto Agouro. Que não tem nome — falei, sentindo um aperto na garganta. — O que chamamos de mariposa.

— Precisamente. Contudo, se alguém saberia o nome dela, certamente seria você — disse ele, parando um momento. — Afinal de contas, ela é sua abadessa.

O ar no meu corpo, a saliva na minha boca, viraram ácido.

— Você viu o Escriba Atormentado. Os olhos de pedra — disse o rei, me fitando por um longo momento. — Ninguém em Aisling mostra os olhos. E os objetos mágicos de pedra... o sexto Agouro precisaria de ferramentas para esculpi-los em calcário.

Ele baixou o olhar para minhas mãos — para meu martelo e meu cinzel.

— Estas ferramentas parecem muito antigas. Foram presente de sua abadessa?

Veja o que faz com elas... ou o que fazem com você.

Não respondi, o que por si só já foi uma resposta.

— É a nascente, Seis. A nascente mágica e estranha, e a pedra da qual ela brota. Foi *assim* que surgiram os Agouros. Não foram deuses que vieram em sonho. Eram seis artesãos mortais...

Eu levantei a mão.

— E a história que a abadessa conta? É... o quê? Invenção?

o CAVALEIRO e a MARIPOSA **199**

— Não totalmente — respondeu Benji, procurando uma página no caderno do avô para ler em voz alta. — "As histórias de Traum são forjadas por quem delas se beneficia, e raramente por aqueles que as vivem."

Ele me olhou e prosseguiu:

— A abadessa conta de uma criança órfã que sonhou na nascente porque a criança foi realmente posta em sua água. A criança se afogou, sonhou... e a Divinação tornou-se uma empreitada muito lucrativa. Mais Divinadoras foram levadas ao outeiro. Na verdade, as Divinadoras e os Agouros sempre tiveram uma relação harmônica.

Ele se recostou na cadeira e leu outra página:

— "Fé nos Agouros é como um sonho. Astuto, mas velado. Os sinais dos cinco objetos de pedra são simples, mas os Agouros em si nunca são vistos, apenas fumaça, espelhos e rumores, aparentemente comandando os sinais de todos os lados em simultâneo. É sua escassez que os torna sagrados, sua distância que os mantêm divinos, pois apenas os privilegiados têm acesso a eles por meio da Divinação, tornando, assim, a mestre de Aisling a comandante mais poderosa, e a catedral em si, o mercado mais próspero. Não há ninguém acima dela, nenhum rei, nobre ou Divinadora, nem sequer os Agouros. Em conclusão: Comandar o outeiro é comandar Traum."

— Espadas e armadura não se comparam a pedra — murmurei, o credo de Aisling ardendo na língua. — Entendo como a opinião de seu avô seria considerada... pouco ortodoxa.

Na verdade, me dava calafrios.

— Como, precisamente, ele encontrou essa história *revisada*? — perguntei.

— Por acidente. Como eu disse, ele era um homem culto. Ficou obcecado pela história de Aisling, o que, com o tempo, o levou a uma peregrinação particular para verificar se os Agouros viviam mesmo entre nós.

— Deixe-me adivinhar: ele encontrou um deles.

— De início, não — disse Benji, sorrindo. — Ele encontrou Rory.

Levantei as sobrancelhas.

— Myndacious?

— O próprio.

Benji se serviu de mais cerveja e completou meu copo, embora eu só tivesse conseguido tomar pouco mais de um gole.

— Ele ainda era menino — contou —, e meu avô o flagrou roubando na sarjeta do castelo Luricht…

— Perdão. Como assim, *sarjeta*?

Benji respondeu tranquilamente:

— Ele é um órfão.

Levei cinco minutos para responder.

— Mas ele é cavaleiro!

— Que começou como um ladrãozinho de quinta… bem do tipo com quem meu avô gostava de conversar — disse o rei, bebendo a cerveja, e tossiu, tentando disfarçar um arroto. — Ele vivia dizendo: "São o povo do campo e da cozinha, os pedintes da rua, que sabem ler os sinais da vida… não aqueles ricaços metidos que vão a Aisling para pedir Divinação". Sem querer ofender.

Olhei feio para ele por trás do véu.

— Meu avô deu três argolas de ouro para Rory e perguntou se ele sabia alguma coisa dos Agouros aqui em Traum. E imagine só? O próprio patrão de Rory, que vivia nos aposentos trancados do andar mais alto do castelo Luricht, era um homem excepcionalmente singular. Ele tinha temíveis olhos de pedra, e roubava todo tipo de dinheiro e mercadorias de Feira Coulson, mas nunca era capturado devido à ferramenta que utilizava. Um objeto que o fazia atravessar paredes… ou derrubá-las.

— O Bandido Ardiloso — murmurei. — E a *moeda*.

Benji bebeu um gole.

— Um Agouro genuíno.

— O que Rory fazia para ele?

o CAVALEIRO e a MARIPOSA **201**

— Uma variedade de coisas. Usava a dita moeda em nome do Bandido Ardiloso, por exemplo. Roubava água da nascente da Catedral de Aisling, também.

Meu queixo caiu, e o rei deu um sorriso.

— Pelo que eu soube, ele era um patrão cruel. Porém, a característica mais marcante do Bandido Ardiloso era gostar de se gabar. Ele contou abertamente para Rory que, embora Traum se beneficiasse, sim, da fé, eram os Agouros que recolhiam as verdadeiras recompensas. Que, enquanto tivessem água de Aisling para beber, viveriam para sempre, fazendo o que bem entendessem. Que a abadessa *pagava* para eles andarem pelas sombras dos vilarejos, encapuzados e misteriosos, como fariam deuses caprichosos.

Eu estava enjoada.

—A abadessa paga os Agouros.

— Foi assim que meu avô os encontrou. Primeiro, tirou Rory do castelo Luricht sem ninguém perceber, e então iniciou a investigação. Ele acompanhou um carregamento de ouro que saía de Aisling em direção a um local isolado no Bosque Retinido. Adivinha quem era o destinatário?

Essa brincadeira de adivinhação era infantil demais.

—A Lenhadora Leal — respondi, seca.

Ele notou meu tom, arregalando os olhos feito um cão nervoso.

— Era uma figura grotesca. Mulher, mas também perversa, desumana. Tinha olhos esculpidos em pedra. Meu avô exigiu respostas dela, mas ela não cedeu até ele derrotá-la em um desafio à sua arte. O que foi… um problema para ele.

— Por quê?

— Veja bem. Terei sorte se um dia tiver metade da esperteza do meu avô. De um modo, porém, puxei inteiramente a ele: sou inútil em qualquer briga. Por isso é importante ter amigos úteis. E meu avô tinha. Uma nova cavaleira, de uma antiga família nobre. Uma caçadora talentosa, com jeito para o machado — falou, sorridente. — Maude.

Levantei as sobrancelhas.

— Maude matou a Lenhadora Leal?

— Meu avô contou tudo para ela — disse Benji, e passou o dedo pelo pescoço, simulando um corte seco. — E lá se foi a cabeça do Agouro. Contudo, eles nunca encontraram o sino mágico. Até hoje está desaparecido, escondido em algum lugar do Bosque Retinido.

O copo de Benji estava vazio, e sua hesitação em discursar sem os amigos foi curada pela cerveja. Ele serviu-se de mais.

— Depois disso, meu avô estava determinado a revelar a conspiração da Catedral Aisling. A matar todos os Agouros, começando pelo Bandido Ardiloso. Naturalmente, os nobres dos vilarejos não gostaram de saber que seu rei vinha profanando os Agouros. Era uma indicação de que suas crenças, seus credos, seu dinheiro, tudo fora desperdiçado em mentiras. E como são os filhos dos nobres que compõem a ordem dos cavaleiros, os próprios cavaleiros do meu avô se voltaram contra ele. Ele foi acusado de heresia, de vestir o manto.

De repente, me lembrei de onde conhecia aquela expressão.

A abadessa a pronunciava antes de toda Divinação.

E o rei jurou ser mais suplicante do que soberano, e nunca vestir o manto *da fé para benefício próprio, nunca buscar os Agouros e seus objetos de pedra em nome do poder ou da vaidade.*

O rei soltou um suspiro pesado.

— Meu avô foi levado a Aisling. Obrigado a suportar uma Divinação. Cinco maus presságios foram Divinados. Depois — disse, com frieza nos olhos azuis —, ele foi apedrejado no pátio pelos cavaleiros e pelas gárgulas.

Mordi o lábio. Olhei para a gárgula que roncava ao meu lado.

— Sinto muito.

Ele meneou a cabeça.

— Ele foi o mentor de Maude. O salvador de Rory — disse, e seus olhos azuis brilharam. — E meu homônimo. Então, entenda, Seis, nosso ódio pelos Agouros é histórico. Profissional. Pessoal.

Tamborilei na mesa.

— Suponhamos que seu avô esteja certo em relação a isso tudo, que os Agouros sejam artesãos mortais que foram ao outeiro há duzentos anos e agora se fingem de deuses — falei devagar, dando a devida importância à pergunta. — Como é que eu sonho com eles na nascente?

Benji folheou o caderno e achou uma página perto do fim, com anotações desbotadas pelo tempo. Ele empurrou para que eu lesse.

> *Não sei como as Divinadoras veem os Agouros em sonho. É uma espécie muito estranha de magia transportadora. Na realidade, entendo muito pouco sobre a nascente fétida da Catedral Aisling. Porém, o Bandido Ardiloso, o monstro, contou ao jovem Rodrick Myndacious um fato essencial:*
> *Há magia eterna na água do outeiro, e aqueles que a bebem são exatamente isto: eternos.*

— É a nascente, Seis. Aquela água horrível, podre. Os Agouros *querem* aquela água — disse ele, com um movimento de cabeça, como se quisesse me conduzir. — Por isso fui a Aisling há uma semana. Não foi pela Divinação. Precisávamos ter acesso à nascente. Rory roubou a água, do jeito que costumava fazer para o Bandido Ardiloso, e nós a usamos para tirá-lo do castelo Luricht, e agora para encontrar o Escriba Atormentado aqui em Seacht. A água…

Ele hesitou, a voz baixa de tamanho assombro:

— Causa alguma coisa aos Agouros, afeta o corpo deles, talvez até a mente.

O que fizeram conosco?

Empurrei o caderno de volta para o rei.

— Eu bebo dessa água desde menina. *Todas* as Divinadoras bebem.

O rei se atrapalhou com seu copo.

— S... sim.

— O que vai acontecer conosco?

Ruborizado, Benji desviou o olhar. Parecia querer mergulhar na cerveja.

— Não tenho certeza. Porém, o Bandido Ardiloso, a Lenhadora Leal e o Escriba Atormentado eram, em parte, feitos de pedra...

— Quer dizer que eu vou virar *pedra*?

Ele sacudiu a cabeça com tanta veemência que a mesa balançou.

— Não foi o que eu disse.

— O que o caderno do seu avô diz que acontece com as Divinadoras após o término do mandato?

— Ele não diz muita coisa — explicou Benji, e bebeu mais, cobrindo o caderno com a mão. — Infelizmente, a obsessão dele era para com os Agouros. Eu esperava que... — Ele ergueu o olhar. — Eu esperava que pudéssemos descobrir juntos. Que você me ajudasse a conseguir o que meu avô não cumpriu — continuou ele, tentando sorrir. — Quero sua ajuda para vestir o manto.

Eu o encarei.

— Está pedindo para eu trair tudo em que já acreditei.

— Estou — disse Benji, olhando de relance para a gárgula roncando, e de volta para mim. — Você acreditou em uma história, e essa história é uma mentira. Os Agouros não são divinos. São mortais, pagos como reis para viver como deuses. Imagine para onde iria todo o dinheiro da Divinação se ele não estivesse enchendo os cofres de Aisling, ou nos bolsos dos Agouros nos vilarejos.

Pensei nas pessoas pobres que eu vira vagando pelas ruas de Seacht à noite.

— Mas parte do dinheiro de Aisling não vai para...

— Para os orfanatos. Vai, sim — disse ele, com o olhar gentil. — Já cogitou, porém, que talvez isso não seja exatamente fruto de generosidade? Órfãos são apenas mais uma fonte de renda para sua abadessa... para perpetuar o fingimento.

Eu não tinha pensado nisso.

Benji se debruçou na mesa. Ele era jovem, e um pouco inseguro, mas a cada segundo eu percebia mais que não era burro. Ele pressentia que eu estava prestes a ceder.

— A Lenhadora Leal, o Bandido Ardiloso e o Escriba Atormentado foram mortos, e sua riqueza, distribuída de modo a me garantir favor quando chegar a hora. Posso mudar os vilarejos com esse dinheiro, e também minha reputação como um Cástor. Porém, se sua abadessa for mesmo o sexto Agouro, precisarei de mais do que dinheiro, mais do que Rory e Maude, mais do que uma moeda e um tinteiro mágicos para voltar a Aisling e confrontá-la. Ela tem as gárgulas e séculos de confiança sob seu comando. Se eu não tomar *muito* cuidado, enfrentarei o mesmo fim precoce de meu avô — disse, e sorriu. — Porém, ele não tinha a ajuda de uma Divinadora, não é?

O rei leu um último trecho do caderno do avô:

— "Fé exige demonstração. Quanto maior o espetáculo, maior a ilusão."

Ele fechou o caderno. Fixou em mim o olhar azul.

— Venha comigo aos outros vilarejos — pediu. — Use seu véu. Dará um ar de importância. Pronuncie suas palavras de devoção: *eternos visitantes*. Ninguém desconfiará de nada indevido se eu estiver viajando com uma Divinadora de Aisling. O povo dos vilarejos pode até me ver com um respeito que não costumo receber.

— Por causa da sua idade.

Ele corou.

— Porque o sobrenome Cástor é de um rei deposto. E eu provavelmente só fui escolhido pelos cavaleiros, e, por extensão, por suas famílias nobres, para substituir Augur quando este envelheceu porque imaginavam que eu me esforçaria para redimir as blasfêmias de meu avô.

— Mas sua determinação é fazer o oposto.

— Eu quero substituir falsos deuses. Governar livre de Aisling. Maude é minha mão direita, uma cavaleira de berço nobre com grande influência sobre os outros cavaleiros e nobres dos vilarejos. Rory é meu agente disruptivo, meu herege, minha espada destemida. E você...

Ao falar, ele pareceu menos juvenil. Mais aguçado.

— Você ainda pode ser uma emissária — continuou. — Um sinete sagrado dos presságios, da verdade.

— Mas em seu nome, em vez dos Agouros — respondi, muito, muito imóvel. — Para que você possa *matá-los*.

— O que os Agouros fazem não é viver — disse o rei, olhando para o jarro de cerveja, mas não serviu-se de outro copo. — Vou reivindicar seus objetos e despi-los de poder. Com o tempo, espero recuperar a fé do reino também, desviando-a dos Agouros.

Era uma história intrigante. Porém, era difícil enxergar meu lugar nela.

— Eu quero apenas encontrar minhas amigas.

— Então venha conosco. Onde buscarmos os Agouros, buscaremos também suas Divinadoras. Nos Cimos Ferventes. No Bosque Retinido. Nas Falésias de Bellidine. Enquanto isso — disse Benji, unindo as mãos —, eu posso enviar dez cavaleiros ainda hoje. Eles partirão com o objetivo exclusivo de localizar suas Divinadoras. O que acha?

Eu já tinha comido cordeiros mais fáceis de digerir.

— E se não encontrarmos ninguém? Nem Agouros, nem Divinadoras?

— Tenha fé, Seis.

Como se ele não tivesse acabado de aniquilar minha fé, lá no antro do Escriba Atormentado e, de novo, ali naquela mesa,

o CAVALEIRO e a MARIPOSA **207**

com cerveja e uma narrativa prolixa sobre falsos deuses. O rei, contudo, parecia não ter malícia — era jovem, e bebia um pouco demais, mas também estava determinado. O nervosismo que ele trouxera ao adentrar no cômodo se fora por completo, como se, ao provar para mim a história do avô, tivesse também provado algo para si.

Eu me levantei.

— Tenho muito no que pensar. Quando precisa de minha resposta?

— Partimos para os Cimos Ferventes amanhã.

Eu assenti, mas me detive.

— Se você conseguir se apossar da Catedral Aisling, o que pretende fazer com ela?

— Fechá-la — disse o rei, severo pela primeira vez. — Não haverá mais Divinadoras. Nem sonhos, nem sinais.

Franzi a testa. Cutuquei o ombro da gárgula, que se remexeu, ainda sonolenta, mas aceitou minha mão sem reclamar. Eu a conduzi à porta e parei uma última vez.

— Há uma questão que ainda não entendo, rei Cástor.

— Benji. Por favor.

— Benji — falei, e parei um momento. — Por que o Escriba Atormentado lambeu meu sangue do chão?

Uma nuvem passou sobre o teto de vidro, maculando a luz e a ilusão da coroa dourada na cabeça de Benji.

— Ninguém deveria viver por séculos a fio. Os Agouros podem ser mortais, mas não lhes resta humanidade alguma. Eles desejam a água da nascente de Aisling, e a água beberão — disse, baixando a voz. — A qualquer custo.

O quarto era amplo, mas as paredes pareceram me esmagar.

— Então, onde quer que estejam, as Divinadoras correm um perigo terrível.

O rei concordou.

— Espero que as encontremos, assim como espero que você me ajude a derrotar os Agouros — respondeu ele, e sorriu, novamente juvenil e tranquilo. — E espero que, na vastidão dos vilarejos, você pare de pensar nos sinais e comece a vislumbrar seu futuro, agora que finalmente está livre de Aisling.

Benedict Cástor era cortês demais para ser desprezado. Porém, eu me ressentia por ele ser mais jovem do que eu e deter tanto conhecimento do mundo, enquanto eu, com o véu e aquele vestido branco ridículo, dava apenas a aparência de sabedoria.

Enfim saí do cômodo com a gárgula.

Maude esperava do outro lado da porta.

— E então? Como foi?

— Vou procurar as Divinadoras nos vilarejos — respondi, minha voz soando distante. — Ao vestir o manto.

Ela contraiu as feições.

— Você não me parece muito decidida.

Levei a ela a garra de pedra da gárgula.

— Pode encontrar um quarto tranquilo para a gárgula e cobrir a cabeça dela com uma manta? Ela vai acabar destruindo alguma coisa se não dormir por pelo menos oito horas.

— E você, vai fazer o quê?

Limpei a unha com a ponta do cinzel.

— Passear.

Era começo de tarde quando voltei ao pátio, o ruído das espadas me atraindo como os sinos de convocação de Aisling.

Os cavaleiros ainda estavam treinando. Dois deles. O quadrante diminuíra, formando uma área aberta. A terra sujou meus pés recém-lavados quando cheguei ao pátio e parei na beira do espaço para assistir ao espetáculo junto a outros espectadores.

Os cavaleiros em batalha tinham estrutura física e armas equivalentes — ambos empunhando espadas. Não era possível ver os rostos por trás dos elmos, mas o cavaleiro mais alto tinha certa distinção. No jeito de dobrar os joelhos, como se tivesse preguiça de se esticar por completo. E nos ombros, nas costas largas e compridas...

Até de armadura, eu estava aprendendo a reconhecer o desenho das costas de Rory.

Eles continuaram a lutar, o outro combatente no ataque, com a espada avançando, sempre revidada e esquivada. Eles rodavam pelo pátio, em um coro de força e estrondo.

Até que Rory o atacou.

Ele era implacável. Fosse em velocidade, em veemência, ele era de outro mundo. Como se quisesse, precisasse, se deslanchar. Eu sentia os golpes da espada na minha pele e nos meus ossos, uma reverberação chocante, como quando meu cinzel batia na pedra.

Não eram apenas as espadas — a armadura em si era, a seu modo, uma arma. O oponente de Rory o atingiu no ombro, no queixo, com a manopla. Na tentativa seguinte, Rory o segurou pelos antebraços, negando a vantagem — mas levou uma pancada no queixo, vinda do elmo do oponente.

Rory tropeçou, e meu coração deu um pulo. Ele balançou a cabeça, se endireitou e, com outra curva lenta do corpo comprido...

Saltou.

Colidiu de ombro com o peito do oponente, e abriu os braços para agarrar o homem por trás das coxas. Eles arrastaram os pés pelo pátio, o oponente acertando um golpe atrás do outro nos ombros e nas costas de Rory. Vi as pernas dele tremerem, escutei o som quente da respiração, os arquejos tórridos, enquanto ele se agarrava às pernas do adversário. Rory empurrava, fazia força...

Até derrubá-lo consigo na terra.

Vivas irromperam ao meu redor. Eu mal escutei. Estava hipnotizada.

Abandonando as espadas, os dois rolaram, se atacando a socos e cotoveladas, a armadura guinchando em reclamação. Eu nunca vira cavaleiros lutarem. Nunca vira sua armadura, suas armas, como algo senão ornamento. Eu não sabia que boa parte do combate acontecia daquele jeito: no chão, na terra.

Rory saiu por cima, prendendo o oponente com o abdômen, as pernas, a pelve esmagadora. Mais uma vez, ele se esticou para a frente, apoiando o peso no braço, que por sua vez prensou o pescoço do outro como uma barra de ferro. Ele levou mais golpes, suportou mais ataques nas costas, nos ombros, nas costelas. Contudo, não retirou o braço. Um momento depois, o cavaleiro caído bateu três vezes no chão.

O pátio inteiro rugiu em aclamação.

Rory relaxou o corpo. Então, se ajoelhou e, enfim, se levantou, arfando e ofegando. Ofereceu a mão ao outro combatente, que ajudou a se levantar, e os dois esbarraram os ombros em uma brincadeira. Escutei uma risada, e Rory tirou o elmo, o cabelo preto refletindo a luz, grudado no suor da testa. Ele parecia à vontade, como se a inquietação em guerra dentro dele fosse gasta no combate...

Até que ele me viu.

Ficou imóvel, boquiaberto. Tinha sangue no lábio. Um pouco perto da sobrancelha esquerda também. O carvão ao redor dos olhos estava borrado, o suor manchado de preto. Eu nunca vira cavaleiro tão imundo — tão fisicamente degradado pelo trabalho. Era inteiramente ignóbil.

Eu não conseguia parar de olhar.

— Divinadora.

Eu me sobressaltei. Tinha um cavaleiro à minha esquerda, com o elmo embaixo do braço. Levei um momento para desviar os olhos de Rory e reconhecê-lo.

— Ah. Hamelin, não é?

Ele abriu um meio sorriso.

— E você... bom, você é Seis. É óbvio que não sei seu nome de verdade.

— Não por falta de tentativa.

Ele riu.

— Perdão por isso. Fiquei um pouco culpado por perguntar. Ainda mais depois de, sabe... — disse, coçando o pescoço. — Estragar o momento com minha conversa.

Eu dei de ombros.

— Já não tem importância.

Minha falta de ofensa, ou interesse, pareceu estimulá-lo. Ele jogou charme, se aproveitando de seus dentes perfeitamente alinhados num sorriso ofuscante.

— Eu faria diferente, sabe. Se você quisesse tentar outra vez, eu...

— Hamelin.

Nós dois nos viramos. Rory, curvado e preguiçoso, de braços cruzados, observava o cavaleiro com olhos tão sombrios que pareciam covas abertas.

— Você e Rothspar são os próximos.

— Estou conversando.

— Não está mais. Pode ir enfiando esse elmo.

O sorriso de Hamelin murchou. Ele recuou um passo.

— Certo. É melhor eu...

Eu não vi quando ele se afastou. Estava ocupada olhando apenas para Rory. Para sua boca ensanguentada. Ele também manteve o olhar fixo em mim, e levantou a mão. Curvou um único dedo, me convocando.

Eu fui até ele, no centro do pátio.

— Um espetáculo e tanto.

Ele ainda estava ofegante por causa do combate.

— Falou com Benji?

— Uhum.

— Ele respondeu às suas perguntas?

— Dentro do possível.

Ele franziu as sobrancelhas.

— E?

— E... — falei, baixando os olhos para meus pés descalços. — O que quer que eu diga? Não tenho para onde ir, a não ser adiante.

— Então aceitou nos acompanhar.

— Acompanharei. Para encontrar as Divinadoras, acompanharei.

Vi o movimento no pescoço dele, como se tivesse engolido minhas palavras. Então ele balançou a cabeça.

— Venha comigo.

— Aonde?

Ele puxou as tiras da armadura, a qual já foi retirando do corpo ao sair do pátio. Soltei um palavrão e corri atrás dele.

— *Myndacious*.

— Os cavaleiros viajam amanhã. Traum é cheia de perigos. Há todo tipo de entidade — disse, e olhou para trás, para confirmar que não havia ninguém à escuta. — Isso sem falar nos *Agouros*. Você precisa de roupas melhores. De reforço. De... tudo melhor.

Provavelmente era sangue. Ou talvez, só talvez, eu tivesse visto um toque de rubor na face dele.

— Vou preparar sua armadura.

CAPÍTULO CATORZE
CERA

A forja estava instalada nos fundos da construção, atrás do quartel. O fogo estava aceso, mas baixo — não havia vapor, nem calor sufocante, nenhum ferreiro ou armeiro à vista.

Uma tragédia. Eu queria ver como usavam seus martelos para moldar, construir. Havia algo de intrigante em bater e bater em um objeto sem quebrá-lo.

Rory largou no chão a couraça, as manoplas e o restante da armadura do tronco, cujo nome eu desconhecia. Ele não usava cota de malha, apenas uma blusa clara e acolchoada.

— Então — falei, batendo o pé. — Você vai matar os Agouros.

— Com prazer — disse Rory, e puxou um banquinho baixo para o centro do espaço amplo. — Seu pedestal.

Ele foi até a parede, se perdendo em uma série de estantes — fuçando, remexendo e jogando coisas.

— Começamos a armadura hoje, e depois eu mando o pedido para o ferreiro em Solar Petula. Enquanto isso, encontraremos uma cota de malha que você possa usar.

— Onde fica Solar Petula?

— No Bosque Retinido. É a casa de Maude.

— E sua casa, onde é, Myndacious?

— Não tenho.

Ele remexeu e jogou mais coisas. Tirou vários potes de um armário. Eles continham pedaços grossos de um material amarelado e fosco.

— Vejo que continua a fixação com *Myndacious* — comentou.

— É gostoso de falar.

— Aposto que é.

A última coisa que ele tirou do armário foi uma panela de ferro do tamanho da minha cabeça. Aí levou tudo até o fogo, em um malabarismo impressionante, virou os potes na panela, e pôs na grelha.

— O que Hamelin queria com você? — perguntou.

— Relembrar os velhos tempos. Nada emocionante.

O vidro tilintou.

— Não é a resenha mais elogiosa.

— Eu não me deitei com ele, sabia?

Os músculos das costas de Rory ficaram rígidos.

— O que você disse. Quando nos conhecemos. Que eu era ingênua e indistinta, que não sabia me *divertir* — falei, mordendo a bochecha. — Aquilo me abalou. Portanto, organizei a excursão a Feira Coulson com a plena intenção de ficar nua na grama com Hamelin, viver uma aventura. Para provar que você estava enganado.

O calor subiu pelo meu rosto, e acrescentei:

— Eu queria mostrar que não me achava melhor do que os cavaleiros… apenas melhor do que você.

Ele parou o movimento das mãos. Quando falou, foi com a voz baixa. Tensa.

— O que a impediu?

— Foder alguém unicamente por despeito deixa muito a desejar.

Rory espalmou as mãos na bancada, apoiando os braços.

— Eu queria mexer com você — falou, em voz baixa. — Vi você no muro naquele primeiro dia em Aisling, toda de branco, empinando o nariz para mim, tão devota e desdenhosa. Eu queria… — Ele olhou para trás, para mim. — Sei lá. Arruinar você, talvez. Arrancar o véu dos seus olhos, para você saber o que eu sabia: que nada é sagrado. Que os Agouros são mentira. Que você não era melhor do que eu.

Ele desviou o olhar.

— Mas eu me arrependi. Você não deveria ter de suportar, nem enfrentar, meu desdém. Eu fui cruel. E o que você fez por despeito a mim depois de... bem. Eu mereci o ódio que senti ao ver você desaparecer com Hamelin entre as árvores.

Mais uma vez, ele deu uma olhadela para trás.

— Perdão por ter sido tão imbecil.

Eu não sabia o que dizer, então não disse nada.

A forja era puro silêncio, exceto pelos ruídos de Rory junto ao fogo. Aos poucos, um cheiro adocicado preencheu o espaço. Não era enjoativo, nem fétido, e sim... convidativo.

— O que está esquentando?

— Cera de abelha.

— Está fazendo uma armadura. De cera.

— É só para servir de molde, sua tonta. Vou derramar na sua roupa.

Olhei para meu vestido largo de Divinadora.

— Odeio ser eu a dar essa notícia, mas este aqui não é o formato do meu corpo.

— Estou extremamente ciente disso, muito obrigado — disse ele, se debruçando na panela para resmungar com a cera derretida. — Uma coisa de cada vez.

Ele mergulhou o dedo na cera, avançou e parou bem na minha frente. Mesmo que eu estivesse em cima do banco, ele ainda ficava mais alto.

— Preciso limpar a sua boca.

— Só porque eu falei de *foder*?

Ele mordeu o sorriso e apontou meu lábio, machucado pelo Escriba Atormentado e, ainda por cima, pela briga no beco.

— Por causa da *ferida*. Do corte no seu lábio.

—Ah. Está bem.

Ele esperou.

— Preciso ser mais explícita? Dou minha permissão.

Rory revirou os olhos. Levou o dedo com cera à minha boca.

— Você não gosta quando sou um mau cavaleiro — murmurou —, e também não gosta quando sou bom.

Estiquei a mão. Removi o sangue que ele mesmo vertia da boca por causa do treino, e limpei no meu vestido.

— Já cogitou que é porque não gosto de você?

Ali estava outra vez. O rubor manchando as faces.

— Já. Cogitei, sim.

Doeu um pouco — o toque do dedo dele no meu lábio. Rory mantinha o olhar colado na minha boca, espalhando cera na pele inchada e ferida.

— O que eles estavam fazendo? — perguntou ele. — Os homens com quem você brigou?

— Perseguindo meninas.

— E você ficou com raiva?

— Não deveria?

— Claro que sim — disse ele, cada palavra uma pontada. —Acho que crianças são especialmente vulneráveis em Traum.

Cogitei morder o dedo dele.

— Você está falando de Aisling de novo. Das Divinadoras.

— Apenas lembrando que a abadessa sempre pega órfãs — respondeu ele, afastando o dedo da minha boca. — Sempre meninas, para obedecê-la.

— Talvez órfãs tenham menos tendência a questionar aquilo que lhes é ensinado com bondade — murmurei. — E a abadessa *foi* bondosa comigo. Ela cuidou de mim. Disse que eu era especial. Que sonhar era divino. Quanto à escolha de meninas… Aprendi que é por causa da dor. Porque as meninas suportam melhor. O que contradiz o que acabei de dizer sobre ela ser bondosa, não é?

Uma fissura horrível tinha se aberto em mim, perturbando tudo em que eu acreditava.

— Ela me deixava faminta por afeto, por elogios, e me dava apenas o bastante para eu sentir o gostinho. Eu teria feito qualquer coisa que ela me pedisse. Porém, se ela for o sexto Agouro,

o CAVALEIRO e a MARIPOSA **217**

a *mariposa*, então ela nunca se importou realmente comigo, não é? Eu fui só um pedaço de pergaminho para ela escrever sua história falsa. Uma engrenagem em seu maquinário. — Mordi a bochecha e me virei para a parede. — Eu me sinto tão idiota pelo meu papel nisso.

A voz de Rory me capturou como o anzol de um pescador.

— Você não é idiota.

De testa franzida, ele examinou meu véu. Não com a irritação costumeira, mas como se finalmente tivesse vislumbrado através do pano.

— O carinho dela era condicionado. Você fez das tripas coração para cumprir sua parte, e agora… Agora você se enxerga como um fardo terrível. Como se ficasse reduzida a nada caso não seja a melhor versão de si, a mais útil.

Eu não gostava disso. De ser tão integralmente mapeada.

— Por aí.

Ele deve ter percebido que minha vontade era de arrancar minha própria pele e esfregá-la na água, porque cessou o escrutínio. Voltou para as estantes e armários.

— Não é verdade, sabia? — disse. — Você não precisa ser boa, nem útil, para merecer o carinho de alguém.

Observei as costas dele, passando a língua na cera que cobria o corte no meu lábio, a textura granulada e doce — e salgada, onde o dedo dele estivera.

Quando Rory se voltou para mim, trazia uma agulha e um carretel de linha cinza.

— Vou ajustar o vestido no seu corpo — falou. — Tirar o excesso de tecido. Cobrir de cera. Quando endurecer, deverá formar um exoesqueleto delicado, com medidas suficientemente precisas para o ferreiro de Maude fabricar uma armadura para você.

O sorriso dele não chegava aos olhos.

— Vou estragar seu vestido de Divinadora. É aceitável?

— Tente não se divertir demais.

Ele deu a volta no meu corpo e puxou o tecido como se fosse a pele de um animal, amarfanhando a gaze até o vestido apertar meu pescoço, meu peito, meu diafragma.

Prendi a respiração.

— Tudo bem?

— Tudo.

Rory costurou meu vestido velho e esfarrapado. Quando acabou nas costas, se dirigiu ao meu lado esquerdo.

— Levante o braço.

Aquiesci, e ele segurou meu braço. Por maior que fosse sua mão, não dava a volta no meu bíceps. Ele murmurou suavemente de satisfação, e começou a costurar a manga até virar uma segunda pele, repetindo o processo do lado direito.

— Você costura bem.

— Costuro?

A agulha entrava e saía, a linha sussurrando ao passar. Rory franzia a testa de concentração, e eu aproveitei o momento para observá-lo. Os cílios escuros. As maçãs do rosto. O carvão borrado nos olhos.

— Vi cavaleiros do Bosque Retinido usarem o carvão assim. Maude também — falei, e meneei a cabeça para as três argolas douradas na orelha direita dele. — E estes brincos fazem você parecer de Feira Coulson.

Ele continuou a costurar, passando a ponta da língua no lábio, concentrado.

— Eu não sou de lugar nenhum.

— Onde morou por mais tempo? No castelo Luricht?

Ele olhou abruptamente para meu rosto.

— Benji fala demais.

— A história do avô dele precisava de credibilidade. Veio de você.

— Que honra a minha — respondeu ele, com um suspiro. — É verdade. Por um tempo, morei no castelo Luricht com o Bandido Ardiloso. Também morei com Maude em Solar Petula. Porém, é provável que o máximo de tempo que eu tenha passado em algum lugar seja aqui, em Seacht. No Alunato II, mais precisamente.

— Porque você é órfão — falei, olhando para ele. — Você poderia ter me contado.

— Não tenho culpa se você foi iludida a ponto de me confundir com um nobre.

— Como você virou cavaleiro, então? Eu achei que...

— Que cavaleiros precisavam nascer em alguma família nobre dos vilarejos? Achou corretamente — respondeu Rory, voltando às prateleiras para pegar uma tesoura grande. — Contudo, há exceções.

Minhas mangas, antes soltas, estavam apertadas nos braços. Rory passou a mão por baixo do meu braço esquerdo, pela nova costura, e cortou as sobras de tecido.

— Fique parada.

Eu temia que a destruição do meu vestido de Divinadora fosse se assemelhar a uma mutilação. Entretanto, o som — a tesoura cortando tecido — era estranhamente satisfatório. Fechei os olhos e escutei, imaginando que eu era um inseto, me libertando da primeira camada do casulo.

O ambiente tinha um cheiro aromático, pois a cera derretera por completo no fogo. Quando terminou de aparar o vestido, Rory pegou um pano para levar a panela de cera derretida do fogo à bancada.

— Preciso ser rápido, antes que endureça — disse ele, derramando a cera em um jarro, e mergulhando o dedo para testar. — De início, estará quente.

— Tudo bem.

— Se incomodar demais...

— Tudo bem.

Nunca era fácil ler os olhos de Rory, escuros, resguardados e arrogantes. A dificuldade permanecia. Entretanto, quando ele ergueu o rosto, e seu olhar penetrante, tive a certeza súbita de que seus olhos estavam profundamente insatisfeitos comigo.

— Como quiser.

Ele se aproximou. Ergueu o jarro. Derramou um fio de cera do meu ombro até o punho. Não queimou, mas o calor causou um tiquinho de dor.

Eu não disse nada.

Rory apertava tanto o jarro que seus dedos estavam pálidos.

— Não estamos em Aisling — falou, recuando um passo. — Porra, deixe de ser mártir.

Rangi os dentes. *Mártir.*

— Bagos, Myndacious. Eu disse que *tudo bem*.

Ele não se mexeu.

— A cera vai endurecer — insisti, seca.

Não endureceu. Depois de alguns minutos de olhares fulminantes, ele voltou a se aproximar. O próximo fio de cera no meu braço não foi tão insuportavelmente quente. Rory foi moldando a cera nas mangas até se tornar, realmente, uma espécie de exoesqueleto, imobilizando minhas juntas.

Ele dizia o nome das peças da armadura conforme trabalhava, como se para se ater à tarefa.

— Ombreira — murmurou, manipulando a cera no meu ombro. — Brafoneira — continuou, apertando meu bíceps, e depois meu antebraço. — Avambraço.

Ele era eficiente. Quando a cera endureceu, não restava um centímetro dos meus braços sem o trabalho dele. Ele repetiu o processo na parte de trás dos meus ombros, nas minhas costas, e parou na linha da cintura. Quando terminou, deu a volta no meu corpo, me dirigiu um olhar carregado…

E se ajoelhou.

Eu me enrijeci inteira.

— Posso? — perguntou Rory, cutucando minha coxa. — A parte da frente das pernas?

Assenti.

Ele pintou minhas pernas a toques largos por cima do vestido. Quando arrisquei olhar para baixo, ele estava afastando tecido para segurar as canelas, e o pano parecia tão tênue, e ele, em contraste, tão corpóreo, como se lutasse contra um fantasma.

— Fique parada.

— Estou parada.

— Está batendo pé — disse Rory, e apertou minha panturrilha. — *Agora* parou.

Ele terminou a perna esquerda e seguiu para a direita.

— Greva — disse, espalhando a cera pela canela e então subindo para o meu joelho. — Joelheira. — Percebi um tremor na respiração dele. A cera foi espalhada pela minha coxa, seguida imediatamente pelo movimento da mão espalmada de Rory. — Coxote.

— Tenho direito a um elmo?

— Se quiser. Porém, deve ser difícil enxergar de trás do visor e do véu ao mesmo tempo, e apenas um dos dois vai proteger de lesões.

O sentido da frase era óbvio. *Tire o véu.* Contudo, ele não o disse — parecia determinado a não dizê-lo. Rory simplesmente se levantou e analisou o trabalho. A parte do meu corpo ainda descoberta era o abdômen. O esterno. Os seios. As costelas. A barriga. Tudo de vital que residia atrás da couraça.

O rubor voltou às faces dele.

— Você está tenso — falei, sorrindo. — Por que será?

— Não se ache isso tudo.

— Mas você está corado. Morrendo de vontade de mexer naquela moeda roubada no seu bolso, talvez. Tocar em uma Divinadora deve abalar profundamente seu coração herege…

Rory avançou até encostar o nariz no meu, e falar a milímetros da minha boca.

— Quer saber o que eu acho? — murmurou. — Acho que você gosta que eu seja um mau cavaleiro. Por isso sente-se tão virtuosa, ao me açoitar com sua língua ferina… por isso gosta de me derrubar, de pisotear meu orgulho. Isso mexe com você.

Ele lambeu o lábio inferior.

— Eu apostaria meu próprio juramento que seu corpo inteiro está desperto, doendo de avidez só de pensar em me botar em meu devido lugar — falou.

Eu não conseguia pensar. Ele estava respirando bem na minha boca, e eu, na dele, e o som era diferente de qualquer fome que eu já sentira. Tórrido, depravado e desesperado...

— Você quer me jogar no chão — disse Rory, baixando as pálpebras ao sussurrar na minha boca entreaberta. — E eu, orgulhoso, desdenhoso, *herege*, quero arrastar você pela lama comigo.

Ele recuou, os olhos escuros como o tinteiro do Escriba Atormentado.

— Vou pedir para Maude terminar.

Ele contornou o banco. Foi embora. Fechou a porta da forja. Fiquei lá sozinha, parada na casca de cera, encarando a parede, obrigando minha respiração a desacelerar.

OS CIMOS FERVENTES

Remo.
Tórrido e implacável, o rio sempre abre caminho.
Apenas o remo, apenas o vigor, pode Divinar.

CAPÍTULO QUINZE
ENTIDADES DAS MONTANHAS

Encostei a cabeça na borda de madeira da carroça, o sol salpicando e dançando no meu rosto. Tínhamos saído de Seacht, das ruas de paralelepípedo e pontes compridas, e voltado à estrada escavada. Eu me recusara a olhar para trás. Também recusara um cavalo. A gárgula, estimulada pelo clima de recusa, insistira que não voaria, então nos forneceram acomodações: éramos levados como carga, sacolejando em uma carroça puxada por cavalos.

Eu usava as roupas que Maude separara para mim, a túnica, a capa e a calça. As botas, contudo... as botas estavam no canto da carroça, intocadas.

Maude, sentada ao lado dos sapatos, me catequizava para o que nos aguardava.

— Os Cimos Ferventes são um terreno desagradável: úmido, frio, com muito vento. Há uma única estrada, que é íngreme. O vilarejo é disperso, mas a maior parte das moradias se acumula em um planalto amplo, onde o rio Tenor forma um lago. O povo pesca ali, mas raramente sobe mais as montanhas, que são quase impossíveis de se escalar.

— Que cenário horrível você pinta — disse a gárgula, sorrindo e meneando a cabeça, como se fosse um grande elogio.

— Quando sonho com o Barqueiro Ardente — murmurei para o céu —, eu caio nas rochas. Há uma bacia de água por perto, cercada por sete montanhas escarpadas. É lá que vejo o remo de pedra.

Maude passava o fio do machado no amolador. Por mais que a carroça balançasse, seus movimentos permaneciam controlados.

o CAVALEIRO e a MARIPOSA **227**

— Essa bacia de água. Há casas ao redor?

— Acho que não.

— O que *há* ao redor da água?

— Rochas.

Ela ergueu o rosto.

— Muito útil.

Desviei o olhar para a paisagem — a charneca vasta coberta de bromo e pedras escarpadas —, tentando não ficar emburrada.

— Temo não ser de grande ajuda. Não faço ideia de onde esteja o Barqueiro Ardente. Não faço ideia do paradeiro de ninguém.

— Deixe disso — retrucou Maude, firme. — Sua presença já é suficiente.

— Fico surpresa pelo avô do rei Cástor não ter documentado a localização precisa dos Agouros em seu precioso caderno.

— Acredite, não foi por falta de tentativa. Os Agouros fazem isso há séculos. Eles se escondem sob o capuz, usam os objetos de pedra para sumir de repente. Eles sabem se disfarçar à vista de todos.

— Pense bem, Bartholomew — disse a gárgula, debruçada na borda da carroça. — Uma via teria deixado de ser via se ninguém a via?

— O substantivo *via* não tem relação com o verbo ver, gárgula.

— Jura? — questionou, fustigada por um galho perdido. — Que espanto.

Maude não desviava os olhos da gárgula.

— Você logo se acostuma — murmurei.

Ela pigarreou.

— Está bem.

— Por que não encontrar o Barqueiro Ardente do mesmo jeito que fizeram para atrair o Escriba Atormentado? Deixar um pouco de água roubada da nascente por aí. Observar quem vem buscar.

Maude fez que sim, olhando para o machado.

— É exatamente o que faremos. Mas primeiro… a cerimônia.

228 RACHEL GILLIG

— Que cerimônia?

— As famílias nobres fazem uma cerimônia sempre que chega um novo rei. Como é a primeira vez de Benji no cargo, os vilarejos vão fazer toda uma cena. Fé exige demonstração. Quanto maior o espetáculo, maior a ilusão.

— Assim me disseram — respondi, e hesitei. — Talvez possamos usar isso a nosso favor.

Uma égua castanha chegou à altura da carroça. Fig.

Rory não estava de elmo — o cabelo preto estava desgrenhado. Ele afastou o cabelo do rosto.

— Algo digno de nota?

Eu forcei um sorriso.

— Benji e Maude estarão na cerimônia, o que nos dará tempo para sairmos de fininho com a água da nascente e esperarmos o Barqueiro Ardente, como bons soldadinhos.

Maude ergueu o rosto.

— Não é má ideia.

Rory olhou para mim. Não nos falávamos desde que ele medira minha armadura.

Você quer me jogar no chão. E eu, orgulhoso, desdenhoso, herege, quero arrastar você pela lama comigo.

— Se queria ficar a sós comigo, Divinadora, bastava pedir.

Maude fez uma cara de exasperação. Rory apenas sorriu, pois suas palavras bobas tinham vencido duas batalhas: Maude, irritada; eu, esbaforida. Ele logo acelerou com Fig, seguindo a caravana até encontrar Benji na dianteira.

Eu bufei.

— Idiota.

— Ele mexe com você — disse Maude, sorrindo para o machado. — E você, com ele.

— Transformamos a provocação em arte. — Eu me endireitei. Então analisei. — Quantos anos você tem, Maude?

— Quarenta e um.

— Como ficou tão próxima do brutamontes e do menino-rei?

Ela não era apenas mais velha do que Rory e Benji. Era mais equilibrada. Sem desdém, sem bebida — não parecia viver em constante batalha consigo.

— Talvez eu só esteja acostumada com mulheres — continuei —, mas você parece de melhor índole do que os dois juntos.

— Não precisa de maldade — disse Maude, passando o dedo no sentido contrário ao corte do machado. — A índole de Benji é ótima.

Eu ri baixinho.

— O avô de Benji e minha mãe foram cavaleiros ao mesmo tempo, e nossas famílias eram próximas — disse ela, com o olhar mais suave. — Eu já estava de armadura quando o pestinha nasceu. Os pais dele faleceram, e o avô estava ocupado demais na caça pelos Agouros para cuidar dele, então os Bauer... é este meu sobrenome, por sinal. Maude Bauer. Nós pegamos Benji para criar.

Maude olhou para a fileira de cavaleiros e prosseguiu:

— Foi difícil para ele, sendo Cástor. Especialmente após o assassinato do avô. E Benji é um pouco tímido. Demorou para pegar o jeito da espada. Os outros cavaleiros destratavam ele. Eu dei um basta nisso.

— Então é como se você fosse a mãe dele?

Ela riu.

— Não entendo nada dessa coisa de ser maternal. Mas acho que tem uma pitadinha de carinho debaixo dessa armadura toda. Eu tenho um fraco pelos perdidos.

— Daí, Rory.

— Rory.

Naquele momento, achei Maude profundamente bela, os olhos verdes, pintados de carvão, refletindo a luz do sol, as rugas ao redor da boca e no canto dos olhos ficando mais marcadas ao falar.

— O rei Cástor apareceu em Solar Petula com Rory, um menino magrela de onze anos, quando eu tinha exatamente a idade que ele tem hoje. Vinte e seis anos — disse ela, e fitou meu véu, meus olhos, me fazendo jurar segredo com um simples olhar. — Ele tinha perdido toda a fé nos deuses e nos homens. Precisava de um guia. Então eu o nomeei meu escudeiro.

Era difícil imaginar Rory quando menino, magro, pequeno ou vulnerável. Ele não era mais nada disso, quase como se tivesse se esforçado para arrancar tudo aquilo de si.

— Por quê? — perguntei. — Por que ajudá-lo especificamente?

— Pelo mesmo motivo de você querer ajudar suas Divinadoras — respondeu Maude. — Porque você se importa, e porque pode fazer algo a respeito.

Eu ponderei.

— Ele foi um bom escudeiro?

— O pior que já vi.

Eu sorri.

— Ele era cru, impaciente e desconfiado, e os outros cavaleiros abusavam do trabalho dele, porque ele não era de família nobre, não tinha o direito de estar ali.

— Deixe-me adivinhar: você deu um basta nisso.

— Com o maior prazer. Mas Rory acabou se acostumando. Ficou mais forte. Mais esperto. Mais inclemente, também. Ou talvez só tenha parado de acreditar que merecia os maus-tratos.

— Parece que nenhum dos dois estaria onde está agora sem você.

— Eles teriam se virado bem. Esses dois são um bom equilíbrio. Benji quer ser resiliente como Rory, e Rory quer sentir que vale a pena mudar o reino, como Benji.

— Ou talvez os dois queiram ser exatamente iguais a você.

De repente, Maude pareceu exausta.

— As mulheres Bauer têm uma reputação obstinada, um legado de caça. Antigamente, o Bosque Retinido era tomado por entidades ameaçadoras, sabe? Minha família as dizimou. Quando fui nomeada cavaleira, havia uma expectativa imensa a se cumprir. Até que Benedict Cástor Primeiro se tornou meu mentor. Ele direcionou meu olhar para os problemas maiores do reino, a corrupção dos Agouros e a mão opressora de Aisling — disse ela, batendo de leve no machado. — Nunca entendi que tipo de cavaleira queria ser, até derrotar a Lenhadora Leal e descobrir o que era uma morte justa. De repente, eu tinha um propósito, e era *bom*. Logo, contudo, Benedict vestiu o manto, a abadessa o tratou como herege, e os nobres dos vilarejos a ecoaram.

Maude balançou a cabeça.

— Como cavaleiros, fazemos juramentos. De lealdade ao reino, mas também a nosso soberano. Eu teria feito qualquer coisa por Benedict Cástor, e ele estava muito ciente. Por isso… — Ela inspirou fundo. — Por isso, ele pediu que eu o negasse. Porque eu não poderia continuar o trabalho, localizar os Agouros e os objetos de pedra, se alguém desconfiasse de minha cumplicidade em sua heresia. Portanto, quando nós, cavaleiros, conduzimos o rei até a abadessa, e uma Divinadora pronunciou cinco maus presságios dos Agouros, fui eu quem o puxei pelo braço e o arrastei até o adro. Fui eu a primeira cavaleira a proclamar que me retirava de sua ordem.

Ela dirigiu o olhar verde ao meu rosto.

— Fui eu a atirar a primeira pedra.

Tanto eu quanto a gárgula ficamos inteiramente imóveis.

— Deve ter sido horrível — murmurei.

Maude confirmou com um gesto seco.

— Nesse dia, eu fiz meu próprio juramento. Que não desperdiçaria nada do que Benedict Cástor aprendera e me ensinara. Que eu aproveitaria o tempo, meu sobrenome, minha força, para tornar rei outro Cástor. Um rei que vestiria o manto e, desta vez, teria sucesso. Que eu causaria mais mortes justas e pintaria minha arma com sangue de Agouro. Afinal — disse, e a luz do dia dançou no fio do machado —, não tem por que desperdiçar meu legado de caçadora, tem?

*

Dormi na carroça e sonhei com Aisling. Com meu martelo e meu cinzel trabalhando no calcário. Com sinos que toavam até eu não saber mais quem gritava — se a catedral, ou as pedras que eu rachava.

A carroça sacolejou e eu despertei. Procurei Um — Dois, Três, Quatro, Cinco —, mas elas não estavam ao meu lado. A luz estava mais fraca do que antes, a estrada, menos funda, as árvores, mais esparsas — a paisagem, rochosa e vasta. Eu me sentei. Admirei a vista. A caravana do rei seguia a margem do Tenor, rio acima. Em direção a...

— Ah.

Bem ao longe, sob nuvens cinza-claro que escureciam a cada instante, assomava-se uma cordilheira recortada. Severa e íngreme, os cumes subiam juntos, como garras em sete dedos colossais da mesma mão.

Os Cimos Ferventes.

Estiquei a mão e encontrei a palma de pedra da gárgula.

— Suas amigas podem estar naquele lugar alto e escarpado, Bartholomew? — perguntou.

Um ruído terrível me causou um sobressalto. Um lamento alto e longo, que começava em um ronco ressonante e terminava nas notas agudas de um grito esganiçado. Vinha do norte, e eu olhei para a paisagem extensa. Uma colina próxima, de grama, urze e rocha...

Estava em movimento.

O ruído soou novamente, tão alto que cobri as orelhas. Os cavalos urraram, e a colina se levantou em quatro patas com cascos.

Não. Não era uma colina. Era uma criatura cuja aparência era de colina, com o dorso decorado em pedra e bromo. Foi apenas quando se ergueu nas patas que percebi se tratar de um enorme javali. Tinha presas de granito e olhos largos e alaranjados. A boca estava cheia de lama escura, uma boca maior do que a carroça que me transportava.

Não era mesmo uma colina. Era...

— Entidade das montanhas!

Os cavaleiros começaram a gritar. Maude já estava saindo da carroça, pulando da beira, ordenando "Fiquem aí" para mim e para a gárgula enquanto corria pela caravana.

— Espalhem-se — gritou ela. — Chicotes a postos.

A fileira de cavaleiros se dispersou, e o chão começou a tremer.

— Diga, Bartholomew — falou a gárgula, piscando os olhos de pedra. — O que exatamente eles estão fazendo?

Boa pergunta. Chicotes pareciam uma arma absurda diante de um adversário tão descomunal. Os cavaleiros se reagruparam, formando uma fileira implacável a galope veloz em direção à entidade da montanha, estalando os chicotes.

O som lembrava uma tempestade. Intenso, volátil.

— Estão pastoreando a entidade — murmurei.

A criatura não gostava do som dos chicotes. Ia urrando cada vez mais alto, firmando a posição. Vi um brilho nos olhos arregalados e desesperados pouco antes de a entidade se agachar nas patas grossas.

E investir.

Quatro cavaleiros caíram dos cavalos, derrubados quando a entidade partiu a fileira. Apesar dos chicotes, a criatura seguia o ataque, rugindo, abrindo e fechando a bocarra lamacenta.

— Está tentando comê-los — falei, levando a mão ao pescoço.

— E veja — disse a gárgula, em tom tranquilo. — Está vindo para cá.

Estava mesmo. A criatura não era tão ágil quanto os cavaleiros, que cavalgavam em círculos fluidos, evitando as tentativas de serem devorados. Contudo, eu e a gárgula estávamos parados, e a entidade nos localizou com seu olhar laranja. Ela se aproximou, fazendo o chão inteiro vibrar.

Peguei meu martelo. Senti um vazio nas mãos e nas solas dos pés.

— Talvez devamos...

O urro monstruoso da criatura roubou minhas palavras, tão alto que meus ouvidos retiniram. O cavalo que puxava a carroça levou um susto, disparando, e eu e a gárgula fomos arremessadas, caindo da carroça para a estrada.

Desabamos emboladas, meu pé na orelha da gárgula, a asa esquerda embaixo da minha costela.

— Que falta de dignidade — choramingou ela. — Alguém viu meu tombo?

— Temos problemas maiores — consegui dizer.

A entidade da montanha estava ainda mais próxima, os olhos arregalados mirando na carroça, que rangia atrás do cavalo a galope. Ela começou a perseguir o veículo, afundando o focinho imenso na terra, como se desenterrasse uma presa. Em quatro passadas largas, alcançou o cavalo e a carroça. Abriu a boca gigantesca.

E comeu o cavalo e a carroça em uma mordida só.

Escutei o rangido da madeira, o estalar dos ossos — o último relinchar do cavalo.

Eu e a gárgula nos entreolhamos, sob puro horror.

A terra tremeu de novo — desta vez, por causa dos cavaleiros. Eles tinham refeito a fileira, e novamente cavalgavam em direção à entidade, estalando os chicotes. Peguei o braço da gárgula para que se levantasse rapidamente. Fugimos da estrada e nos escondemos atrás de um rochedo acidentado de granito.

Os cavaleiros passaram por nós. Vi Maude no centro da fileira, comandando a investida.

A entidade se virou, arregalando os olhos enormes ao encarar o ataque. Quando abriu a boca, gritando tão alto que rasgaria até o céu, senti sua fúria, seu medo.

Os cavalos relincharam, empinaram, mas os cavaleiros se mantiveram firmes. Exceto por um, que escorregou da sela,

o CAVALEIRO e a MARIPOSA **235**

sem ser notado pelos outros, que seguiam galopando. Ele caiu entre as pedras, a armadura dourada, o cabelo dourado, reluzindo em meio ao cinza do granito.

Benji.

Eu e a gárgula corremos até ele. Quando chegamos ao rei caído, os cavaleiros já estavam distantes. Tinham alcançado a entidade da montanha, com chicotes *e* espadas em punho, e mais gritos horrendos vieram.

— Está tudo bem, Benji? — perguntei, avaliando o estado dele, meu coração batendo forte. — Sua perna... Você...

— Caí e fiquei preso entre as pedras tal como uma tartaruga patética? — sugeriu o rei, com um sorriso desconfortável. — Se a pergunta for essa, então, sim, infelizmente.

A gárgula soltou um murmúrio de repreensão.

— Que vergonha. Eu nunca cairia com tamanha deselegância.

— Me ajude a tirar ele daqui — ordenei, pegando o rei por baixo do braço.

A gárgula o pegou pelo outro lado, e puxamos até Benji soltar um grito.

Ele balançou a cabeça.

— São as grevas. A da esquerda está presa.

Estava mesmo. A armadura que protegia a perna de Benji amassara com a queda, se encaixando nas reentrâncias profundas da pedra e empacando ali.

— Temos que tirar — falei.

Benji apontou para o horizonte.

— Eles logo devem terminar.

Quando olhei, a entidade da montanha estava fugindo, a fera imensa mancando e sangrando — gritando ao escapar dos cavaleiros pelas ladeiras e encostas, aos tropeços.

— Entidades das montanhas são incômodas e famintas, porém fáceis de assustar — disse Benji, e olhou para o chicote que caíra a vinte passos dali. — Infelizmente, meu talento com o chicote é equivalente ao meu talento na montaria...

A terra sacudiu com tanta força que senti até os ossos. A paisagem voltava a mudar, outra colina, outra *entidade*, erguendo-se da terra vinte passos à nossa frente. Postou-se nas quatro patas, pisoteando o chão, girando os olhos alaranjados até encontrar Benji.

A entidade da montanha soltou um ronco dissonante, esmagou o chicote de Benji com o casco e começou a avançar a passos largos.

— Merda.

Firmei o rei outra vez. Puxei o braço dele com toda a força.

A armadura ainda estava emperrada.

— Faça alguma coisa, Bartholomew! — exclamou a gárgula, que torcia as mãos e quicava na ponta dos pés de tanto nervoso. — Arranque a perna dele a dentadas, se necessário!

— Ah, meus deuses — soltei, meus dedos suados escorregando no aço. — Como tiro sua armadura, Benji?

O rosto do rei tinha perdido a cor. Ele encarava a entidade da montanha, sem pestanejar.

— Tem um fecho... eu não alcanço.

Arranquei uma unha, o sangue se misturando ao suor enquanto eu puxava os fechos ao redor da perna de Benji. Contudo, eles também tinham sido danificados na queda. Era impossível soltá-lo. Enquanto isso, a entidade, de focinho comprido, olhos assustadores e bocarra lamacenta, se aproximava.

Os cavaleiros se reagruparam, dirigindo a atenção e a urgência para nossa localização. Agora galopavam à toda em direção ao rei. Ah, como cavalgavam.

Porém, não alcançariam a entidade antes de *ela* alcançar *Benji*.

O rei tremia, e as pedras também, a entidade da montanha chegando ainda mais perto. Por mais imenso que fosse seu corpo — o focinho largo, a pele grossa e coberta de bromo —, percebi que a entidade era menor do que poderia ser. Dava para contar as costelas. Ver as pontas finas dos ossos dos ombros, do quadril. Ela estava com fome. *Desesperada.*

Benji olhou para mim, puxando a perna, sem sucesso.

— Fuja, Seis — disse, fatalmente pálido. — Fuja.

Eu me agachei, me postando diretamente entre o rei e a entidade. Chicotes estalavam ao longe, mas a criatura continuava avançando, o hálito quente soprando o cabelo no meu rosto.

Levei a mão ao cinto. Puxei o martelo e o cinzel.

A entidade bufou. Devia saber, sendo uma criatura de Traum, que ferramentas podiam ser armas, e que armas eram instrumentos de dor. Ainda assim, não arrefeceu.

— *Corra* — gritou Benji, puxando a perna sem cessar.

Eu não corri.

A entidade se aproximou. Mais e mais. Então guinchou, e o vento carregou o berro horrível, e eu me mantive firme. Ergui o martelo. Convoquei toda a força que possuía.

E ataquei.

Uma fissura extensa, como uma veia arrebentada, explodiu sob a ponta do cinzel, e um *crec* retumbante rasgou o ar — mais barulhento do que cem chicotes. O granito que aprisionava Benji se partiu ao meio, liberando a perna. Eu o agarrei pelas axilas. Puxei até soltá-lo.

Benji arquejou de alívio, mas a entidade ainda vinha…

Braços de pedra me envolveram.

— Segure bem o menino, Bartholomew — veio a voz áspera da gárgula.

Ela abriu as asas largas de pedra. Deu impulso.

E logo estávamos no ar.

Vento fustigava meu rosto enquanto eu fazia força para travar Benji em meu abraço. Ele também me segurava, e a gárgula segurava a nós dois, rindo baixinho enquanto voava.

— Que divertido! Que demonstração de valentia maravilhosa de minha parte.

Ela voou diretamente por cima dos cavaleiros que galopavam em direção à entidade da montanha. O bicho gritou, tentou fugir. Não era páreo para as espadas. Eles derrubaram a criatura lendária que, ao cair, fez a terra tremer uma última vez.

Tudo se aquietou.

A gárgula pairou sobre a grama, e por fim aterrissou. Benji e eu caímos embolados, gemendo. Eu tossi.

— Tudo bem com você?

— Acho que sim.

O cabelo dourado do rei estava escuro de suor, o rosto pálido, em vez de corado. Os olhos azuis, contudo, se mantinham decididos. Ele pegou minha mão.

— Obrigado por não fugir. Você é muito corajosa, Seis.

Percebi então que Benedict Cástor, por um momento apenas, entregara-se à crença de que estava prestes a morrer. Um menino de dezessete anos, com tanto a provar ainda no mundo.

— Não tenho nem metade da sua coragem, Benji.

O vento cantava pela grama, as colinas e a estrada quietas, como se tudo tivesse sido um mero pesadelo terrível. Olhei para os cavaleiros, que vinham em nossa direção. Atrás deles, o corpo da entidade da montanha derrotada voltava a lembrar os contornos de uma colina.

Uma ardência incomodou meus olhos.

— O que elas comem? As entidades das montanhas?

— Xisto dos Cimos.

Eu me virei para o rei.

— Então certamente o melhor a fazer seria alimentá-las com xisto, em vez de *matá-las*.

Benji ajeitava as grevas quebradas.

— É provável. Mas a terra que estamos prestes a adentrar pertence às famílias nobres dos Cimos Ferventes. E elas são decididamente contrárias a dividir com as entidades.

Quando o fecho finalmente se soltou, ele suspirou de alívio.

o CAVALEIRO e a MARIPOSA **239**

— Afinal, entidades são uma praga em Traum há séculos — acrescentou. — Todos sabem disso.

— Talvez — murmurei. — Por outro lado, certa vez uma pessoa sábia disse que "As histórias de Traum são forjadas por quem delas se beneficia, e raramente por aqueles que as vivem".

Benji interrompeu o movimento. Olhou para mim. Porém, antes de conseguir formular uma resposta, os cavaleiros nos cercaram, apeando para ver como estava o rei. Declaravam pedidos de desculpas hiperbólicos, os cavaleiros todos lamentando por não terem notado a queda do soberano. Também houve algumas risadas, poucos suspiros pesados, e uma quantidade saudável de xingamentos, a ordem inteiramente satisfeita por ter matado a entidade...

— *Saiam daí.*

Alguém ia abrindo o grupo a empurrões, avançando a passos urgentes.

Rory.

A expressão dele estava tensa, desprovida de ternura. Quando viu que eu, Benji e a gárgula estávamos sentados juntos na grama, inteiros e ilesos, levou a mão à boca para abafar um som grave — e foi embora a gestos tão bruscos quanto chegara.

Maude levantou Benji do chão. Olhou para ele de cima a baixo.

— Está inteiro? — perguntou.

Benji soltou uma risada trêmula.

— Inteiro.

Maude apertou o ombro dele, virou o olhar para mim e sorriu. Como se eu tivesse feito algo mais além de salvar seu rei. Como se ela não estivesse apenas aliviada, mas também orgulhosa.

— Você está de parabéns — falou, e se virou para a gárgula.

— Você também.

Voltamos para a estrada, obstruída por uns poucos pedaços remanescentes da nossa carroça perdida.

— Veja, Bartholomew — disse a gárgula, tirando minhas botas de uma moita. — Suas luvas de pé estão inteiramente ilesas.

— Bom, que sorte — disse Maude, puxando uma caixa de vime grande de um arbusto de tojo. — Isto aqui também.

— O que é isso?

— Sua linda pele de cera — disse ela, abrindo a caixa para me mostrar o vestido de Divinadora coberto de cera.

O mesmo que ela recortara do meu corpo, com as medidas precisas da armadura.

Maude apontou o molde.

— Dormirei mais tranquila sabendo que, da próxima vez que enfrentar uma entidade da montanha, você estará com roupas adequadas. Enviarei isto para Solar Petula no próximo posto. Quanto mais tempo meu ferreiro tiver, melhor. Você tem medidas impressionantes.

Virei a cabeça para ela, brusca.

— Para uma Divinadora?

Ela me dirigiu um olhar de censura.

— Não há espectros nas minhas palavras, Seis. Nada de podre disfarçado pelo perfume das flores. Quando eu insultá-la, você saberá — disse ela, e apontou a caixa. — Você tem um corpo forte, que combina com seu espírito valente. Foi isso o que eu disse.

A honestidade dela, livre de crueldade, me causou vergonha.

— Não tenho como pagar pela armadura.

— Não esquente com isso... daremos um jeito. A não ser que você encontre suas Divinadoras antes de terminarmos.

— Se eu não usar, certamente outro cavaleiro pode aproveitar a armadura.

Havia algo em seus olhos que eu não sabia interpretar. Não era desprezo, fome, nem pena...

— É diferente do seu vestido de gaze, tão disforme que caberia em qualquer um. Ninguém usará esta armadura tão bem quanto você.

Quando ela foi embora, percebi o que era. Gentileza.

Havia gentileza em seus olhos.

o CAVALEIRO e a MARIPOSA **241**

CAPÍTULO DEZESSEIS
SANTIFICADO SEJA O SUPLÍCIO

Quando chegamos ao vilarejo no alto do Cimos Ferventes, já era noite avançada. Chovia, e o céu estava manchado por nuvens pretas. Eu e a gárgula estávamos em uma outra carroça, enfiados entre cestos fedendo a carne seca e barris cheirando a cerveja. Fazia muito tempo que viajávamos por um trajeto íngreme — subindo ladeiras, passando por águas termais e adentrando os Cimos Ferventes, tudo sem nunca perder de vista o caudaloso rio Tenor.

Não havia ruas de paralelepípedos, nem casas de tijolo. Os Cimos Ferventes eram uma região de pescadores, muito diferentes daqueles que chamavam de lar a modernidade agitada de Seacht. Nos cimos, a estrada era de terra batida e pedra, e as casas, frágeis, de madeira. Redes de pesca pendiam das paredes, a luz de tochas se derramava das janelas e portas abertas ganhavam a silhueta dos observadores às sombras. Não havia som de recepção. Tudo, exceto pelo rio Tenor e pelo vento, era quieto.

Alguns dos cavaleiros acenavam em cumprimento, e recebiam igual resposta de homens e mulheres usando roupas práticas de couro e lã. O único adorno no vilarejo — fora os instrumentos de pesca — era um remo esculpido na madeira escura das portas.

Murmurei o credo do Barqueiro Ardente:

— Apenas o remo, apenas o vigor, pode Divinar.

O ar ali era mais rarefeito. Mais frio. Camadas de chuva fustigavam meu rosto, e eu abracei meu corpo, olhando para o céu noturno e me perguntando se as outras Divinadoras também estariam vendo aquele mesmo céu de algum outro lugar. Nossa caravana subiu, subiu e subiu...

A carroça chegou ao limite do trajeto, parando de repente. A estrada terminava em um planalto amplo e elevado, onde o vento afiava os dentes. Maude dissera que ali morava a maioria da população dos Cimos, e vi um aglomerado substancial de construções — casas, estábulos, um salão. Eram rústicas, como as da beira da estrada, e se espalhavam em um círculo. No centro, balançando como um imenso coração molhado...

Estava uma lagoa.

Eu soube, de imediato, que não era a água do meu sonho. Era grande demais, barulhenta demais. Uma cachoeira ruidosa descia do rochedo reluzente, agitando a água, que nunca ficava imóvel o suficiente para se mostrar cristalina. Ainda assim, era linda — a lua ondulava na superfície, o Tenor embocava e retirava água dali em igual medida.

Engoli um bocejo.

— Que horas são?

— Tarde — respondeu Maude, descendo da carroça. — Os fanáticos ainda estão acordados, sem dúvida.

— Que fanáticos? — perguntou a gárgula.

A resposta chegou vestida de pescador.

Cinco silhuetas, de capuzes de couro revestido de cera, com redes penduradas nos ombros, saíram da construção maior. A luz das tochas destacava as reentrâncias dos rostos envelhecidos e carrancudos.

— Rei Cástor — disseram, aproximando-se da dianteira da caravana. — O falcão trouxe um recado dizendo que vossa comitiva chegaria ontem.

— Peço perdão — respondeu Benji, e desceu do cavalo, a luz da tocha dançando em sua armadura impecável. — Nossos assuntos em Seacht demoraram mais do que o previsto.

o CAVALEIRO e a MARIPOSA **243**

O grupo se apresentou, dizendo seus nomes de tal modo que entendi de imediato que deviam ser das famílias nobres dos Cimos. Já conheciam Benji — talvez de sua época de cavaleiro —, mas ele agora era rei. Era preciso seguir a formalidade.

Alguns dos cavaleiros se adiantaram e cumprimentaram o grupo. Dentre eles, Hamelin. Ele foi até uma mulher que se apresentara como Avice Fischer. Tinha cabelo loiro e dentes brancos e alinhados como os dele, e o abraçou. Devia ser a mãe dele.

A mulher desviou o olhar do filho, detendo-se em mim. Depois, olhou para a gárgula. E depois, para mim de novo.

— Há uma Divinadora entre vocês.

— Sim — disse Hamelin, recuando para me olhar como a mãe fizera. — Esta é Seis. É uma amiga.

A três cavalos do dele, Rory bufou.

Hamelin mordeu a bochecha.

— Amiga do *rei* — se corrigiu.

Maude cutucou o ombro de Benji, que pigarreou e se dirigiu aos nobres em um tom tão polido que o discurso pareceu ensaiado.

— As circunstâncias nos aproximaram. A Divinadora acompanhará minha viagem pelos vilarejos. Um bom sinal dos Agouros.

— Por que acha isso? — perguntou outro nobre, um homem alto e idoso, de rosto magro. — Na realidade, os rumores dizem que os Agouros lhe mostraram cinco maus presságios na Catedral Aisling não faz tanto tempo, rei Cástor. — O homem olhou com desprezo para Benji e acrescentou: — Talvez tenha puxado demais ao avô.

Os cavaleiros ficaram quietos. Maude e Rory reagiram em sincronia, os dois irritados, se inclinando para a frente, de mandíbula tensa...

— Não gostei do seu tom.

Era a gárgula se pronunciando. Todos se viraram para a criatura de pedra. Embora mantivesse o rosto de morcego distante, estava abanando os dedos de animação atrás das costas. Estava se divertindo.

— Espadas e armadura não se comparam a pedra. Uma Divinadora escolheu caminhar junto ao rei, e questionar seus métodos é questionar Aisling, e, por conseguinte, os próprios Agouros. É isso que está fazendo, ou é a altitude que lhe dá parafusos a mais?

Parafusos a menos, murmurei.

O homem ficou pálido.

— Não pretendia ofender a Divinadora — disse, com uma reverência.

E então, rangendo os dentes:

— Nem o rei.

Rory se apoiou em Fig.

— Ela é a única Divinadora que vocês viram ultimamente?

Os nobres se entreolharam.

— É — respondeu a mãe de Hamelin. — Devemos esperar outras?

Senti um nó nas entranhas.

— Pouco provável — disse Rory, olhando de relance para mim. — Ela é convidada do rei. Se a ofenderem de qualquer modo, a ordem dos cavaleiros revidará de acordo. Se tentarem olhar sob o véu da Divinadora, ela e a gárgula reagirão como lhes convier. Com imunidade absoluta para qualquer carnificina que disso resultar.

A gárgula bateu as pestanas.

— Ah, Bartholomew. Ele é um charme.

Os cavaleiros formaram uma fileira para avançar pelo vilarejo, comigo e com a gárgula na retaguarda. Passamos entre rochedos e debaixo de tochas. Eu via a diferença das pedras novas e antigas em sua textura, pois o tempo, as intempéries e a agressão constante da chuva as alisavam com a eficiência de um amolador.

As chamas das tochas bruxulearam e um estandarte de lona imenso com a imagem de um remo balançou ao vento, nos cha-

o CAVALEIRO e a MARIPOSA **245**

mando com seu ruído fustigado de flagelação. Benji e os cavaleiros se deslocaram em um ritmo treinado, uma dança cujos passos eu desconhecia. Formaram um meio círculo, com Benji no centro, e os cinco nobres à sua frente.

— Tórrido e implacável — declarou um dos nobres, passando a mão na rede em seu ombro —, o rio sempre abre caminho. Apenas o remo, apenas o vigor, pode Divinar.

Avice Fischer se pronunciou, estendendo a rede.

— Dizem que somos o vilarejo mais rudimentar, que nossos Cimos são desprovidos de suavidade, e nós, também. Talvez seja verdade. Contudo, endurecer sob o peso de nossa paisagem, viver o desconforto e superá-lo com vigor é se aproximar do Barqueiro Ardente.

Ela se virou para mim e meneou a cabeça, como se minha presença lhe desse confiança.

— Santificado seja o suplício, não é, Divinadora de Aisling? — perguntou ela.

Todos se viraram para mim.

— Eu...

Benji levantou as sobrancelhas.

— Quer dizer... — tentei, e pigarreei. — Exatamente. Santificado seja o suplício. — Engrossei a voz, fazendo minha melhor imitação da abadessa, e acrescentei: — Que vocês, aqui nos Cimos Ferventes, sejam testemunhas das maravilhas dos Agouros. Pupilos de seus presságios. Eternos visitantes de seu domínio.

Os nobres aquiesceram. Avice Fischer ergueu as mãos para o céu estrelado.

— Eternos visitantes.

— Eternos visitantes — repetiu Benji.

— Eternos visitantes — ecoaram os cavaleiros.

Todos retomaram a marcha. Descemos escadas rudemente esculpidas na pedra, tão úmidas e precárias que precisei me segurar no braço da gárgula para não cair. Escutei um rugido grave e regular.

A cachoeira. A lagoa.

Não havia tochas perto da água — o caminho era iluminado apenas pelo luar. Mais de um cavaleiro tropeçou nas pedras quando chegamos à margem. Quando paramos, os cavaleiros se espalharam em uma fileira. Um a um, os cinco pescadores jogaram as redes na água.

Benji começou a tirar a armadura.

Primeiro, o elmo. Depois, as manoplas. Os avambraços, as ombreiras, a couraça. Ele dispôs as peças da armadura no chão e, uma a uma, os cavaleiros as recolhiam, como se guardassem partes do rei.

Quando estava apenas de camisa acolchoada e calça, Benji parecia um garoto que saíra escondido de casa para encontrar seu primeiro amor sob o céu noturno. Contudo, seu rosto estava pálido, perdendo o rubor habitual das faces. Ele não mostrava a malícia, nem o ardor de um amante — eu via apenas pavor em seus olhos.

Ele tirou a camisa e, por fim, a calça, tremendo.

— O que ele está fazendo?

— Prostrando-se. — A voz de Maude foi dura, como seu olhar.

O rei se expôs a seus cavaleiros e aos nobres dos Cimos Ferventes, inteiramente nu. Eu queria virar o rosto. Desviar o olhar daquela pele fria e vulnerável. E me ocorreu...

Era assim que ele se sentira ao me ver em minhas vestes encharcadas, na nascente de Aisling?

Benji entrou na água. As redes dos pescadores estavam lá. Sem dizer nada, ele nadou até elas. Com elas, se embrulhou.

— A água deve estar congelante — disse a gárgula.

— É isso que é o rei — murmurou Maude. — Subserviente, desprovido de credo, apenas testemunha, pupilo, visitante dos Agouros. Um símbolo de fé.

Balancei a cabeça.

— Os nobres fazem dele um espetáculo.

o CAVALEIRO e a MARIPOSA **247**

— Os vilarejos dão importância aos espetáculos. Aos deuses, às cerimônias. E Benji quer agradá-los. Por enquanto, isso significa fazer questão de seguir o que eles querem.

Ela não parava de olhar o rei. Eu não tinha notado até então, mas os fechos da armadura dela estavam frouxos. Como se ela precisasse poder arrancá-la a qualquer momento.

— Ele não vai congelar — disse ela. — Ele é mais forte do que parece.

— Quanto tempo dura a cerimônia?

— Ele deve passar uma hora na água.

Eu me abracei, com frio até os ossos. Até que... Uma presença calorosa chegou atrás de mim, com um toque na minha lombar. Sem olhar, eu soube quem era.

Rory trazia um cantil de prata. Mesmo tampado, senti o cheiro do conteúdo. Doce e podre, a água de Aisling.

Rory cochichou ao meu ouvido:

— Hora de ser uma boa soldadinha.

Estremeci. Falei para a gárgula:

— Já volto.

Rory me pegou pelo braço. Um sopro surreal invadiu meu corpo, e eu e Rory ficamos inteiramente invisíveis. Quando ressurgimos, estávamos longe da água. Rory apoiou o cantil em um amontoado de xisto, abriu a tampa e pegou meu braço outra vez, fazendo a moeda voar.

Pousamos no alto de uma crista entre rochas. Tinha uma vista impressionante, mas nos mantinha nas sombras, diretamente acima do xisto onde estava o cantil.

— Nossa isca — disse Rory, e me soltou, se recostando na pedra. — Agora é só esperar.

Nosso posto de vigília era enevoado. Eu me embrulhei até o queixo na capa de lã que Maude me dera, e vi minha respiração escapar em vapor.

— Então. — Rory tirou de dentro da capa um ramo de erva-d'ócio, procurou uma pederneira que não tinha e, a contragosto, guardou a erva. — O que está achando dos Cimos?

Fiz um shhh para ele se calar.

— Estamos tentando ser discretos.

Ele riu.

— Claro. Perdão.

Eu olhei para a vista.

Depois de um longo momento, Rory baixou a voz.

— Obrigado pelo que você fez. Por salvar Benji daquele jeito — disse, e suspirou. — Você é melhor cavaleira do que muitos.

— Não zombe de mim.

— Não estou zombando.

Fiquei quieta. Até que:

— Lá em Seacht. Quando a entidade da água mordeu minha mão. Você disse que compaixão é uma arte. Que tenta exercitá-la em relação às entidades — falei, e franzi a testa. — Não é uma virtude de cavaleiro, é? É uma virtude sua.

— Quem disse que eu tenho virtudes?

Franzi a testa em meio à escuridão.

Rory suspirou.

— Nenhuma entidade se aproveitou de mim quando eu era um menino órfão. Nenhuma entidade me espancou. Abusou de mim. — Eu não enxergava seus olhos, mas de pronto eu soube que estavam voltados para mim. — Nenhuma entidade disse que eu era especial, só para depois me fazer mal — concluiu.

Eu entendi exatamente o que ele queria dizer, mas preferia não ter entendido.

Começou a cair uma chuva fraca, e eu me embrulhei melhor na capa.

— Vejo que ainda não está usando as botas que dei — disse Rory. — Tem medo de eu tomar como *sinal* de encorajamento?

Olhei para a silhueta escura.

— Foi Maude quem me deu.

— Foi?

Eu não disse nada, e ele riu.

— Não se preocupe, Divinadora… Sei muito bem que lhe causo repulsa. Não precisa congelar seus pés só para provar. São botas, apenas.

Eu fiquei quieta.

— Não vai falar comigo mesmo?

— Não quero dar nenhuma ideia errada.

— Tudo que eu tenho são ideias erradas — disse Rory, e hesitou. — É por causa do que aconteceu na forja?

— Não aconteceu nada na forja.

O silêncio se desenrolou entre nós, tensionado pelo som da respiração. Só tive coragem de fazer a pergunta porque estava muito escuro e era impossível ver a expressão dele, ou a minha:

— Você é casado?

Rory tossiu.

— Como é que é?

— Quatro se engraçou com um cavaleiro casado. Não foi de propósito… Ele não contou que era comprometido. E eu pensei… que talvez alguns de vocês fossem casados, mas preferissem esconder a informação ao ir para Aisling, por acreditarem que estavam lá para nos divertir, ou nós, para diverti-los.

Escutei o som de sua expiração lenta.

— E se eu fosse casado? Você ficaria o quê? *Incomodada?*

Um monstro nas minhas entranhas subia à garganta, com garras e dentes.

— Você é?

Ele demorou para responder, como se adivinhasse meu sofrimento e quisesse saboreá-lo.

— Não, Divinadora. Não sou casado.

O monstro recuou, rasgando minha dignidade antes de se acomodar novamente na boca do estômago.

— Tem alguém de quem você goste? Entre os cavaleiros, talvez?

— Isso não se faz — murmurou Rory. — Não há esse tipo de relação na ordem dos cavaleiros.

— Você disse que regras têm exceções. Que sua nomeação é prova viva disso.

— Bem, é, mas há alguns preceitos que nem eu mesmo descumpri. Eu não gosto de outro cavaleiro — disse ele, e eu escutei o sorriso em sua voz. — Agora, silêncio. Estamos tentando ser discretos.

Eu me recostei na pedra e voltei a olhar o cantil de água da nascente lá embaixo. Ao longe, uma coruja piou. Escutei a cachoeira rumorejar mais além, um ronronar constante no silêncio da noite...

— *Você* já gostou de alguém? — perguntou Rory. — Alguém que foi ao outeiro e chamou sua atenção?

Eu sorri na escuridão.

— Por quê? Você ficaria *incomodado*?

Ele não respondeu.

— Tive alguns flertes. Nada duradouro.

— Por que não?

— É como entre os cavaleiros. Aisling proíbe esse tipo de conexão. Qualquer caso que eu tivesse já terminava antes de começar. E, sabendo que não podia durar, eu nunca...

Eu me calei, engolindo a vergonha.

— Nunca o quê?

— Nada.

Ele não desistiu.

— Nunca...?

— Nunca fiquei confortável. Nunca senti o que se deve sentir. Sabe... Essa coisa de se perder na outra pessoa. De se desmanchar — falei, com o rosto doendo de tão quente. — A pequena morte.

O silêncio dele durou uma batida do meu coração. Depois duas. Três.

— Você nunca chegou ao clímax.

— Não com outra pessoa.

Achei que ele fosse rir de mim. Ou ficar incrédulo, como quando eu dissera que não tinha sapatos. E a culpa seria minha mesmo, por imaginar que o tinha mapeado — que sabia prever seu desdém, seu humor ou sua humanidade. Toda vez, ele abria uma outra porta em si.

— Bagos, você acha que tem alguma coisa errada comigo...

— Não acho — interrompeu Rory, com a voz de cascalho.

— Eu estava pensando em como seria. Ver você se desmanchar.

A noite estava fria, o ar, rarefeito, e eu estava resfolegada, a cabeça livre de pensamentos. Desviei o rosto de sua silhueta, com a pulsação clamando...

E vi uma sombra se mexer.

Primeiro, pareciam pedras. Pele cinza e áspera que seria facilmente confundida com pedaços compridos de xisto, como se caíssem das montanhas e ganhassem vida. Entretanto, seguiram se movimentando, três delas, se arrastando nas rochas mais próximas, com mãos estranhas e afiadas.

Então fungaram, arreganhando os lábios cinzentos ao redor dos dentes pontiagudos, um som que lembrava pedra rachada escapando da garganta.

Engoli um grito.

Rory já estava ao meu lado.

— Mais entidades.

— O que estão fazendo?

Ele virava a moeda na mão.

— Não sei.

As criaturas se esgueiravam pelas pedras como imensos répteis de xisto, farejando. Como cães de guarda, circularam o cantil até, aparentemente satisfeitas, recuarem para as sombras. Eu e Rory permanecemos inteiramente imóveis, à espera, à espreita. E bem quando a noite pareceu voltar à calmaria...

Uma figura surgiu das trevas.

Alta, curvada, de capuz, andava a passos rígidos, as mangas compridas e pretas cobrindo uma espécie de bengala. A figura recolheu o cantil de água da nascente, jogou a cabeça para trás.

E virou o conteúdo na boca.

Rory arfou no meu ouvido, e um vazio imenso tomou meu peito. Eu sabia, sem ver o rosto, que estava olhando para um mortal, e não um deus.

Para um Agouro, atraído pelo cheiro da água de Aisling.

O Barqueiro Ardente.

CAPÍTULO DEZESSETE

O BARQUEIRO ARDENTE

O Barqueiro empertigou a postura. Vi, então, que o objeto em que se apoiava não era uma bengala.

Era o remo de pedra.

O Agouro soltou um suspiro pesado e rouco, largou o cantil e, como as entidades, voltou para as sombras.

Rory puxou minha manga.

— Vamos.

A trilha pela montanha estava molhada. Precária. Um passo em falso, e eu poderia escorregar — cair estatelada nas pedras, igual acontecia nos sonhos. Contudo, mantive o equilíbrio, e Rory também, e, juntos, seguimos a crista como espectros, com o cuidado de não pisar no brilho de prata do luar, observando o Barqueiro Ardente em sua manobra nas sombras.

Estávamos cada vez mais perto da cachoeira estrondosa. Ao longe, dava para ver a silhueta dos nobres — dos cavaleiros na margem da água, observando Benji nas redes. Ao passo que todos olhavam o rei, ninguém vigiava a cachoeira.

Ninguém viu o Barqueiro Ardente levantar o remo na espuma fervilhante da cachoeira — e sumir.

Rory e eu paramos abruptamente.

— O remo. Ele consegue viajar pela água — falei, olhando para cima para medir a cachoeira, cuja bruma molhava meu cabelo. — Precisamos chegar lá em cima. Você consegue jogar a moeda?

Rory fechou a cara.

— É alto demais.

Seria impossível subir — a superfície rochosa era lisa, escorregadia. E a trilha terminava bem ali. O único jeito de escalar aquele pico... era não escalando.

— Tive uma ideia — falei, e me virei para Rory. — Ele talvez não goste.

Cinco minutos depois, Rory reapareceu com um lampejo da moeda, puxando a gárgula pelo braço.

— Me solte, seu brutamontes! — uivava a gárgula, se debatendo. — Ah, Bartholomew, graças aos deuses você está aqui. Estou sofrendo um *sequestro*!

Cobri a boca de pedra com a mão.

— Pare de gritar, não... *não*, não me morda — falei, olhando a cachoeira. — Precisamos que você voe, gárgula.

A criatura não ficou feliz. Nem quando a enchi de elogios, exaltando sua coragem, nem quando Rory sorriu ao me ver implorar de joelhos. E ainda não estava feliz quando revoou, subindo, subindo e subindo sobre o topo da cachoeira, e nem ao voltar.

— E então? — perguntou Rory, parando de andar em círculos. — O que você viu?

A gárgula bocejou.

— Nada de importante.

Meus ombros murcharam.

— Não tem *nada* lá?

— Tem um planalto entre os picos, e uma área com água, além de uma variedade de seres rochosos na entrada de um castelo feio de pedra. Como eu disse... nada de importante.

Rory jogou a cabeça para trás, como se orasse ao céu noturno pela paciência que não possuía.

Levei a mão ao rosto de pedra.

— Leve a gente lá para cima.

A gárgula ainda estava azeda por receber ordens. Ainda assim, passou um braço ao redor de Rory, outro em volta de mim, e nos juntou com tanta força que soltei uma exclamação. O corpo de Rory trombou no meu e, quando ele me olhou, as pestanas escuras roçaram minha pele. Ele estendeu os braços. Sem fôlego, perguntou:

— Posso?

Assenti, e ele abraçou minha cintura.

Eu me lembrei do voo com Benji. Da dor, do esforço que é impedir alguém de cair.

— Mais forte — pedi para Rory, erguendo meus braços para envolver seus ombros de armadura.

Os olhos dele brilharam, e ele firmou o aperto na minha cintura.

— Não vou deixar você cair, Divinadora.

A gárgula saltou para o ar.

Rory praguejou, me segurando com mais força, e nós subimos aos céus, fustigados pelo vento e pelos respingos úmidos da cachoeira. A gárgula nos sustentava bem, batendo as asas com força impressionante, e, quando chegamos à beira da cachoeira, deslizamos sobre a passagem, pousando em um planalto impossível de se vislumbrar lá de baixo.

Pisamos na pedra, e a gárgula me soltou. Rory, não — ele estava admirando os arredores, com o rosto vívido, os olhos brilhando, o cabelo bagunçado pelo vento. Ele estava tão… tão…

O olhar dele colidiu com o meu. Ele soltou minha cintura, e eu, os ombros dele. Escutei o ruído trêmulo de seu suspiro, e nós dois desviamos o olhar. Rápido.

Ao nosso redor, os cimos lembravam garras de sete dedos da mesma mão. E, na palma da mão, lisa como vidro, estava uma bacia. Rory, eu e a gárgula olhamos das pedras para a água. Alimentada pela nevasca das montanhas, aquela bacia era a mãe da cachoeira — a mãe de todo o rio Tenor. De tão vasta, era impassível, lisa como a superfície de um espelho. Mesmo na penumbra, sua claridade me impressionou — tão pura que, só de olhar, era como se a maculássemos. Porém, eu já olhara aquela água, aquela bacia, outras vezes. Milhares de vezes.

Sempre em sonho.

Refletido na água, junto à face enrugada da lua, estava um castelo.

Alto, antigo e grosseiro, era do mesmo tom de cinza das montanhas, como se seu escultor tivesse colhido xisto dos próprios Cimos. A entrada estava aberta e, na escadaria de pedra, conduzindo a uma enorme porta também de pedra...

Entidades. Pelo menos dez, do mesmo estilo de xisto que víramos antes. Dormiam enroscadas, os peitos pedregosos subindo e descendo.

Levei as mãos ao martelo e ao cinzel no cinto.

— Chamamos os outros?

— Benji ainda há de estar na água. Prefiro não dar a oportunidade para o Barqueiro desaparecer — sussurrou Rory, avançando um passo. — Sem movimentos bruscos, está bem?

— Na minha opinião, Bartholomew...

— Sem falar, também — interrompeu ele, e apontou a escadaria. — Vamos muito, muito devagar.

Meus passos subiam os degraus de pedra do castelo com muita discrição, e com tanto, tanto frio. Agarrei a mão da gárgula, e Rory pegou minha outra mão, com a direita apertando a moeda do Bandido Ardiloso.

Nós três prosseguimos em silêncio, traçando uma linha torta pela escadaria.

As entidades de xisto dormiam, rosnando baixinho no sono. Algumas se remexeram, outras farejaram o ar — fileiras de dentes aparecendo por trás dos lábios finos. Uma chegou até a esticar uma língua contundente quando passei, quase raspando meu pé descalço. Eu me encolhi, sentindo o gosto dos meus próprios batimentos cardíacos.

Porém, nenhuma delas despertou.

Rory apertou minha mão. Continuou a me puxar. A chuva tilintava em sua armadura, e finalmente passamos pelas entidades, subindo e subindo até não haver mais degraus.

o CAVALEIRO e a MARIPOSA **257**

Paramos diante da porta gasta do castelo. Rory mexeu na maçaneta. Estava trancada.

— Alguém tem de bater — sussurrou a gárgula.

Rory olhou para as entidades. Engoliu em seco, e esmurrou a porta.

O clamor ressoou no centro das montanhas, como se ele tivesse batido nos próprios picos, e foi seguido por passos arrastados e um rangido baixo e terrível.

As entidades despertaram de sobressalto, e a porta do castelo se abriu. Dela, veio a escuridão, e uma silhueta encapuzada.

Ele era mais alto do que eu — mais alto do que Rory —, de ombros largos e cintura fina. Da comprida manga esfarrapada de lã saía a mão de pele cinza e ossos pontudos.

O Barqueiro Ardente apertou o remo de pedra e nos mirou.

Eu não via seu rosto. O capuz o mantinha em pura treva. Ainda assim, sentia seu olhar. Quando o Barqueiro falou, sua voz foi baixa e rouca, espalhando mil calafrios pelo meu pescoço.

— Quem vem lá?

— O cavaleiro do rei.

Rory avançou um passo, preguiçosamente curvado. Se eu já não conhecesse bem suas costas, os ombros mais tesos do que a corda de um arco, eu acharia que ele estava entediado.

— Com uma Divinadora e sua gárgula — acrescentou.

— Uma Divinadora? — perguntou o Agouro, arrastado, como se sua capacidade de se surpreender tivesse atrofiado havia muito tempo. — Deve haver ocorrido algum engano.

— Não há engano algum, Barqueiro — falei, minha língua grudando no céu da boca. — Vim atrás de respostas.

A voz de Rory estava perigosamente calma:

— E para vestir o manto.

O Barqueiro permaneceu perigosamente imóvel. Devagar, levantou a mão, e abaixou o capuz.

Engoli um grito. O rosto do Escriba Atormentado era de carne, mas o do Barqueiro Ardente lembrava o das entidades das montanhas — cinza, em parte liso, e em parte áspero. Os olhos eram pálidos, polidos.

Feitos inteiramente de calcário.

Ele retraiu a boca em um sorriso, e vi que seus dentes eram presas. De pedra quebrada, afiada. Ele alternou o olhar entre mim, Rory e a gárgula. Levantou o remo, que apontou para o castelo, e alargou o terrível sorriso serrilhado.

— Não vão entrar?

Nem mesmo uma vela oscilante iluminava o castelo. Rory, eu e a gárgula fomos levados ao salão escuro e angular, sem tapete ou lareira, seguidos de perto pelas entidades. A parede ao leste estava aberta para a noite, deixando entrar a brisa leve. Através da fileira de colunas, eu via os cimos — a bacia de água cristalina e a lua no céu.

Frio e inteiramente inóspito, o salão continha apenas três adornos. Uma piscina, entalhada no piso de pedra, transbordando de água. Um trono, tão cinza e sem vida quanto o restante...

E uma montanha de ouro.

Eram pilhas e mais pilhas, subindo como pilastras aos tetos altos. Moedas, joias de ouro. Dava para ver até as cores vivas das pedras preciosas. Uma fortuna de rei, vasta como a biblioteca do Escriba Atormentado — inteiramente coberta por uma camada espessa de pó.

— É um salão e tanto, o seu — disse Rory, o ambiente devolvendo o eco. — Embora chegar aqui tenha sido um certo desafio.

— Eu mesmo construí.

O Barqueiro Ardente contornou a piscina e parou de um lado, enquanto Rory, eu e a gárgula ficávamos do outro.

— Recolhi granito e xisto dos Cimos. Demorou... não sou pedreiro — continuou, fixando o olhar sombrio nas ferramentas do meu cinto. — Mas aprendi algumas coisas na minha época no outeiro.

Seu olhar focou no meu rosto.

— Foi você que deixou a água da nascente para mim?

Assenti, olhando as montanhas de ouro. As entidades de pedra vieram se deitar aos pés dos montes, como dragões protegendo tesouros.

— De onde vieram tantas moedas?

O Barqueiro Ardente gargalhou. Um som duro, quase um latido.

— Ser temido, ser venerado, ser um *Agouro*, gera muita influência… E influência merece afluência. As gárgulas de Aisling me trazem muita riqueza.

Eu me virei para a gárgula-morcego, que só fez balançar a cabeça.

— Não fui eu.

— O que você fará com isso tudo? — perguntei ao Barqueiro. — Com sua riqueza?

— Fazer? — perguntou, e franziu a testa, como se não tivesse entendido a pergunta. — Medirei o tempo com seu crescimento, suponho.

Rory bufou.

O Barqueiro Ardente manteve o olhar imóvel, sem pestanejar, em mim.

— Mas você é diferente, não é, Divinadora? Não me foi trazida como tesouro de Aisling. Simplesmente… — falou, abrindo os braços. — Veio. Como um insetinho, atraído pelas chamas.

— Eu já disse por que viemos — disse Rory, com a voz de ferro em brasa. — O novo rei está vestindo o manto.

O Barqueiro Ardente o ignorou. Agora se voltava para o remo de pedra. Sorriu para ele, mostrando aqueles dentes horríveis, e mergulhou o cabo na piscina. Fechou os olhos.

E sumiu.

Ele apareceu bem na minha frente. Agarrou-me pelo pescoço e me arrastou para longe de Rory e da gárgula.

Comecei a gritar, um enjoo revolvendo o estômago, e desapareci *com* o Barqueiro, o remo nos impulsionando de volta pela piscina. Quando pisei no chão, ele escorregou a mão de pedra do meu pescoço para minha cintura, e me puxou para trás, para junto de seu corpo...

Caindo comigo no trono.

As entidades se levantaram e guincharam.

— Segure-se, cavaleiro — declarou ele, com a voz retumbante.

Então, como se tivesse acabado de ver a moeda na mão de Rory, o Barqueiro Ardente soltou outra gargalhada.

— De onde você tirou isso? — perguntou.

— Roubei de um Agouro.

Eu achei que já tivesse visto ódio nos olhos de Rory. Mas não tinha. Não assim.

— O Bandido Ardiloso morreu — continuou. — Você está prestes a se juntar a ele.

O Barqueiro estalou os dentes, me prendendo junto a ele.

— Se arremessar esta moeda, darei uma dentada na garganta de sua Divinadora, e meus bichinhos farão o mesmo com você — falou, apontando as entidades. — Uma ordem minha, e elas o eviscerarão. Seres famintos são leais a quem os alimenta. — Por algum motivo, aquilo o fez rir. — Eu sei bem disso — acrescentou.

A gárgula estava de asas abertas, a boca tremendo ao ver o Barqueiro levar a mão de volta ao meu pescoço. E Rory...

Rory estava olhando para mim. Angustiado, desesperado e insistente, como se tentasse me dizer alguma coisa. Ele olhou de relance para o meu cinto.

O Barqueiro se assomava ao meu corpo.

— Sinto o cheiro em você — sussurrou, rouco. Dedos duros cutucaram meu quadril, minhas costelas, meu ventre. — A água da nascente de Aisling.

Os olhos de pedra dele eram vazios de vida. Ainda assim, ele me olhava com tanta fome...

o CAVALEIRO e a MARIPOSA **261**

— Quanto você engoliu, sonhando naquela sua catedral?

O Agouro abaixou a boca para o meu pescoço. Arrastou a língua fria e úmida pela minha pele. Levou um dedo retorcido ao meu véu...

E eu afundei o cinzel na perna dele.

Um urro desumano ecoou pelo salão. Sangue escorreu pelo trono, pelo chão, e eu fugi, correndo ao redor da piscina, me jogando entre Rory e a gárgula, nós três nos preparando para o ataque das entidades.

Elas não atacaram. O Barqueiro Ardente não dera o comando. Ele estava ocupado demais, limpando o sangue com a mão. Levando à boca.

E lambendo.

Minhas palavras saíram das profundezas sombrias do meu estômago.

— Me conte a verdade. Me diga que não é um deus, que Aisling é uma mentira. *Me diga* o que aconteceu com minhas Divinadoras.

— Não sou um deus? — questionou ele, e se levantou do trono, o sangue formando uma poça no assento de pedra. — Meu remo é *mágico*. Eu o mergulho na bacia e mudo a maré. O povo procura presságios, alimento e vigor na minha água. Eu sou a força vital de Traum, o rio Tenor, o poder... implacável e incessante. O que nisso não é *divino*?

Agora eu sentia o mesmo que sentira com o Escriba Atormentado — o mesmo que eu sentia em cada sonho. Senti aquele impulso primitivo de fugir. Porém, Rory pegou minha mão, e a gárgula, a outra, e, de repente, éramos maiores do que o Agouro que se erguia à nossa frente.

— Me diga onde estão as Divinadoras, Barqueiro — insisti.

— O rio não dá importância à chuva. Suas exigências não são nada para mim. Contudo... — disse, passando os dedos no remo. — Nunca diga que não sou um deus benevolente.

A boca dele estava ensanguentada. Ele a abriu em um sorriso horrível.

— Eu entendo tudo de Divinadoras. Do rebanho ávido e obediente de Aisling. Sei de onde vêm, e para onde vão. Fique aqui comigo, e eu lhe contarei tudo.

Rory flexionou a mão na minha. Quando me virei, ele sustentou meu olhar, suplicando com os olhos, com a boca tensa — com as linhas rígidas do corpo —, para eu recusar a oferta.

No entanto, ele não disse nada, e deixou minhas palavras preencherem sozinhas o espaço cavernoso do salão do Barqueiro Ardente.

Minha voz tremeu:

— Eu sempre tive medo de sonhar. Medo de ser observada por deuses à espreita nas sombras. Era minha maior vergonha — falei, olhando as montanhas de ouro do Barqueiro. — Mas agora eu o vejo pessoalmente. Você não é sonho algum. É simplesmente um homem, pago como rei para se fingir de deus. Uma fachada, acumulando riqueza e alegando passar fome. Você não tem amor por Traum, pelo reino de Stonewater, nem pelo povo que o sacramenta. Sua glória pode vir de Aisling, mas foi conquistada pelos sonhos, pelo *afogamento* de Divinadoras como eu.

A verdade, por mais horrível que fosse, me deu forças.

— Você diz que o rio não dá importância à chuva, mas é a chuva que alimenta o rio. Com o tempo, pode até erodir a pedra. — Minhas palavras eram como golpes de martelo. Firmes. Precisos. — Eu não tenho medo de você. Porque, sem mim, você não seria *nada*.

A gárgula soltou um assobio de comemoração, e Rory...

Havia um mundo inteiro por trás dos olhos escuros de Rory. Era como se ele visse tudo ao mesmo tempo, ao me encarar, e fosse opressivo além da conta, mas ele quisesse por inteiro mesmo assim.

À nossa frente, o Barqueiro Ardente soltou uma gargalhada rouca.

— Como queira — disse ele, abanando a mão retorcida. — Suas Divinadoras estão perdidas. Você nunca vai encontrá-las, e eu não revelarei nada de seu destino.

— Revelará, sim — declarou Rory, forçando-se a desviar o olhar de mim para o Agouro. — Desafio sua arte, Barqueiro, em uma disputa de vigor. Quando eu derrotá-lo, o rio se curvará para a chuva. Seu remo pertencerá ao rei, e você responderá às perguntas da Divinadora.

— Minha arte.

O Agouro apertou o remo, e as entidades se agitaram, estalando a mandíbula.

— Sabe o que isso quer dizer, cavaleiro? — continuou. — Um desafio de vigor acaba quando a força se esgotar. Se ninguém se render, uma disputa comigo é uma disputa até a morte.

Senti um nó na barriga. Olhei para Rory.

O olhar dele, contudo, mantinha-se erguido. Inabalável.

— Permita-me três dias de preparação.

— Três dias — repetiu o Barqueiro Ardente, e cuspiu na piscina. — De acordo.

Rory recuou, me levando com a gárgula até a porta do castelo.

— Mais uma coisa — acrescentou o Agouro, rouco. — Como é sua Divinadora que pede respostas no caso de minha derrota...

Ele voltou a sorrir, os dentes afiados manchados de sangue.

— É ela quem deve me enfrentar.

CAPÍTULO DEZOITO
BATA COM TODA
A FORÇA, REPRISE

O primeiro adversário que enfrentei não foi em um castelo rústico no alto da montanha. Foi no quarto que dividia com Maude e a gárgula. O inimigo, no momento, estava largado no chão.

As botas de couro.

Tínhamos voltado do castelo do Barqueiro ao amanhecer. A cerimônia terminara — Benji saíra da água, e os cavaleiros já estavam na cama, na estalagem no planalto da montanha. Rory batera de porta em porta até encontrar Maude.

— Descanse — dissera, me olhando com dureza determinada. — Até logo.

Despertei horas depois do cochilo inquieto: Lá fora, o céu era uma colcha de retalhos cinza. A cama de Maude ficava ao lado da minha, e a gárgula se instalara entre as duas, com a cabeça coberta por uma manta. Os roncos estavam a toda quando saí de debaixo da minha coberta.

E encarei as botas.

Dez minutos depois, eu estava pronta para arremessá-las pela janela.

— Misericórdia — disse a gárgula, afastando a coberta do rosto. — Para que tantos grunhidos revoltantes?

— Estou tentando me calçar.

— Derrotada por sapatos — disse, e veio arrastando os pés. — Percebo que estamos começando a perder a fé nos sinais, mas, honestamente, Bartholomew, isso não é bom presságio.

o CAVALEIRO e a MARIPOSA **265**

— Eu calcei as meias. E a bota se alinhou perfeitamente com a sola do meu pé. Porém, não consigo…

Segurei a bota e fiz o possível para enfiar o pé.

— Não está entrando — concluí.

— O que é essa fitinha?

— Cadarços, seu imbecil.

Ela soltou um resmungo esganiçado, empinou o nariz e se recusou a olhar para mim. Eu estava com metade do pé na bota, pulando, grunhindo *e* me desculpando, quando Maude abriu os olhos.

Ela olhou a cena. Bufou.

E botou as mãos na massa.

Quando nós três saímos do quarto, minha testa estava suada, e a de Maude, mais ainda. Eu estava de botas, túnica, calça e gibão. A gárgula, ainda mal-humorada pela ofensa tão imediata ao despertar, seguia de nariz empinado e andava à nossa frente, trombando nos cavaleiros a caminho da escada.

— Está tudo bem com a gárgula.

Endireitei os ombros, incomodada com o couro estranho…

E dei de cara com Rory.

— Que bom, você… acordou.

Ele olhou de relance para o meu corpo, minha silhueta marcada pelo couro justo. Ele também estava de couro, sem armadura. Quando seu olhar chegou aos meus pés — às botas —, ele mordeu o lábio.

— A Divinadora, calçada. Minha fé foi restaurada.

— Isso explica a baba escorrendo — disse Maude, sorrindo ao passar. — Como anda nosso rei?

— Ainda dormindo debaixo de uma montanha de cobertores. Aqui — disse Rory, me entregando uma caneca de caldo quente. — Beba. Temos um dia pesado pela frente.

Uma hora depois, eu estava prestes a vomitar.

— Você é lenta — disse Rory.

Ele estava no topo de uma escadaria torta que cortava a montanha, subindo em direção a um mirante. Os degraus eram irregulares, e traiçoeiros de tão íngremes. Se eu me desequilibrasse, a queda seria insuportável.

— E você é um boçal — revidei. — O Barqueiro não me desafiou para uma corrida. Além do mais — acrescentei, escarrando perigosamente perto da bota dele —, acho que ganho de um velho caquético.

Rory olhou para baixo, para onde eu tinha cuspido, e bufou. Daí fechou os olhos. Praguejou em voz baixa.

— O Barqueiro Ardente não é velho, Divinadora. Ele é *antigo*. Ainda não sabemos tudo o que aquele remo faz. Ele não terá dificuldade de meter o remo na sua cabeça se você molengar — disse ele, endurecendo a voz. — Não quero que ele bote as mãos em você, como fez ontem. Não quero que ele chegue a um quilômetro de você que seja. Pise leve.

Corri pela escada de novo, tentando levantar bem os joelhos.

— Estou sentindo sua cara feia — falei, e tossi, fazendo um engulho de náusea verdadeiramente atroz. — Pode parar.

— Perdão se seus pés pesados e desajustados incitam uma expressão azeda na minha cara perfeita.

Eu me empertiguei com dificuldade. Estiquei a mão até o rosto dele — com o polegar, lhe puxei o canto da boca até ele formar um meio sorriso absurdo.

— Melhor assim. Mas ainda está repugnante e indigno.

— Bem como você gosta — disse Rory, e mordeu de leve meu dedo. — Agora, corra de novo.

O vento norte ganhou força, e a chuva o acompanhou. Uma tempestade chegava dos cimos, os dedos afiados das montanhas. Levei a mão ao rosto e continuei pela trilha que descia à vila.

— Acho que acabou o treinamento por hoje.

— De jeito nenhum.

— Mas vai cair uma tempestade!

— Motivo ainda melhor para treinar. Se você imagina que daqui a três dias estará ensolarado, com poucas nuvens — disse ele, rindo baixinho —, está sonhando.

A escada era apenas o aquecimento. O verdadeiro treinamento começou em um terreno elevado a aproximadamente dois quilômetros da vila, longe do olhar curioso dos pescadores e dos cavaleiros.

Treino de combate.

— Primeiro — disse Rory, mordiscando o dedo da luva para tirá-la da mão. — Quanto você realmente enxerga de trás do véu?

— Enxergo perfeitamente...

Ele jogou a luva. Acertou meu nariz e caiu nas pedras aos meus pés.

— É um problema de vista? — ponderou Rory. — Ou apenas de reflexo?

Peguei a luva. Amassei na mão.

— Nenhuma das duas coisas.

— Hum, sei — retrucou ele, e me avaliou, revezando o peso do corpo nos calcanhares. — Obviamente, é um problema. Muito pior do que se molhar, como agora: se sujar de sangue, vira uma venda, e não um véu. Por outro lado, há vantagem em esconder os olhos no combate. É mais difícil o oponente prever seus...

Atirei a luva. Acertei o queixo de Rory. Ele a capturou antes que caísse no chão, com um brilho de malícia nos olhos.

— Pelo menos sua mira é suficiente.

— Eu não vou tirar — falei. — Fim de discussão.

— Tudo bem... esqueça o véu. Hora de uma reprise.

Ele endireitou os ombros e me encarou.

— Bata em mim, Divinadora — declarou. — Bata com toda a força.

Passei a língua por dentro dos lábios.

E investi contra ele.

Vi um lampejo de pedra, escutei um eco tilintado. Rory desapareceu, e eu dei de cara com o ar, perdendo o equilíbrio.

Ele reapareceu a um metro dali. Pegou a moeda. Sorriu.

— Não foi justo.

— Você está prestes a enfrentar uma criatura muito menos educada do que eu. Você viu que o Escriba Atormentado nos atacou mesmo após a derrota. Não há honra entre ladrões, e muito menos entre deuses. O Barqueiro não vai jogar limpo. Ele vai levitar naquele salão, perto da piscina, e vai fazer você correr em círculos. Mesmo que você se afaste da água e negue a vantagem a ele, o remo oferece um alcance substancial. Ele o usará para exauri-la. Sua função será prever o que ele fará.

A moeda disparou pelo ar.

— Arrancar a arma dele — acrescentou.

Rory apareceu a metros dali outra vez.

— Quando estiver mais perto, use essa sua força e derrube ele — concluiu.

Tentei bater nele, de novo e de novo. Sempre que imaginava que conseguira prever seus movimentos, Rory sumia, e me estapeava com a luva, acertando meu braço, meu ombro ou minhas costas.

— Pense nisso como uma dança. Leia o corpo de seu parceiro, preveja o que virá — disse ele, transformado em espectro pela chuva e pela moeda. — Que eu me lembre, você gostou de dançar. Em Coulson.

— Gostei mais de jogar você na terra.

Eu estava arfando, com os joelhos doendo, os pés pesados, dando socos a esmo, desperdiçando minha força em ataques que só acertavam o ar.

Rory não precisou de esforço algum para jogar a moeda por cima da minha cabeça, aparecer atrás de mim…

E me derrubar com um único empurrão.

— Vamos lá, Divinadora. Força nesses pés chatos.

Quando ele me derrubou pela segunda vez, dei um tapa de ódio no chão.

— De novo.

Porém, eu não conseguia pegá-lo. E a raiva me deixava ainda mais desajeitada.

— Você está com vergonha de ser ruim em alguma coisa? — perguntou Rory. — Ou apenas de ser ruim na minha frente?

— Vai se foder.

— Não leve para o pessoal.

Ele sumiu.

Desta vez, não o persegui.

— Mas é pessoal, sim. O ofício da Divinação é uma mentira, e, por dez anos, eu fui sua aprendiz mais devota. Se não existem deuses, ser emissária deles não significa nada. Nunca foi importante... O medo, o cansaço e a doença foram à toa. Eu *me afoguei* à toa — falei, com as mãos e a voz tremendo. — E agora as Divinadoras desapareceram, e é meu dever encontrá-las, porque ninguém mais as procura. Essa história com os Agouros é toda *pessoal*. Você, especialmente, devia saber disso.

Rory tinha parado de jogar a moeda. Ele estava parado na minha frente, com cabelo no rosto, encharcado de chuva, tensionando os músculos da mandíbula.

Eu investi.

A moeda não teve nem tempo de sair da mão dele. Eu já estava lá, trombando nele, passando os braços ao redor da cintura dele, o ombro em seu diafragma. Rangi os dentes, meus músculos ardendo.

E nos joguei juntos no chão.

Eu não sabia onde botar as mãos. Porém, havia uma fera em mim e, quando Rory caiu na pedra com um arquejo, com a moeda no punho, bati a mão dele no chão, subi pelo corpo dele até montar no peito, peguei a outra mão...

E travei no pescoço dele.

— Não dá para entender que sempre foi pessoal?

Nenhum de nós dois fez qualquer coisa além de arfar, a respiração abafando — ou transformando — a ira entre nós. Olhei para ele através do véu encharcado, e ele, para mim, com aqueles olhos impossivelmente escuros, e, por um momento, éramos *nós* a moeda: dois lados em perfeito equilíbrio. A velocidade dele, minha força, como se fosse o acaso, e apenas o acaso, que determinasse qual de nós dois sairia por cima.

A garganta de Rory tremulou sob minha mão. A pulsação dele se espalhava, acelerada. No pescoço dele, no peito — no meu próprio corpo.

— Certo — disse ele, a voz saindo arranhada. — É pessoal. Se eu soubesse me expressar melhor com você, talvez já tivesse dito isso, porque, para mim, também é pessoal — falou, passeando o olhar para minha boca. — Não foi à toa, Divinadora. Você é importante. Você é...

Ele se deteve. Olhou para o meu braço acima do seu pescoço. Sorriu.

— É bom saber, se vai mirar na garganta...

Rory pegou meu braço com a mão livre e me puxou para a frente até eu estar apertando seu pescoço com o antebraço, e não a palma da mão.

— De perto é melhor. Mais controle, menos margem para ele bater em você, ou empurrá-la — disse, com brasas ardendo na voz. — Faça pressão para a frente.

Flexionei as coxas ao redor das costelas dele.

— Vou acabar sufocando você.

— Até parece que você não anda imaginando mil modos de me esganar.

Ele levantou o quadril e meu peso foi empurrado para a frente, meu peito alinhado com o dele, meu antebraço fazendo pressão no pescoço.

— Boa — disse Rory, perdendo o fôlego. — Bem assim.

A chuva se derramava no meu cabelo, escorrendo pelo nariz, pela curva da minha boca, até pingar na dele. Encarei os lábios dele, e ele os meus, a distância entre nós em eclipse, como um movimento celestial, arrebatador e inevitável. Eu sentia toda a firmeza de seu corpo. E senti o momento em que endureceu. Rory corou. Devagar, levantou a mão esquerda até tocar meu rosto. Pegou meu queixo com o polegar e apertou, abrindo minha boca diretamente acima da sua. Então se ergueu um pouco, a boca passando próxima da minha...

— Ainda estão treinando? — gritou alguém na chuva. — Ou mudaram de tática?

Recuei em um pulo. Benji e Maude estavam a passos dali. A gárgula também, cutucando gotas de chuva no ar.

— Me diga, Bartholomew — comentou, distraidamente. — Está tudo bem?

Eu me afastei de Rory mais rápido do que correra no aquecimento.

— Estou ótima.

— Eu estava falando com *aquele* Bartholomew — disse a gárgula, apontando Rory com um dedo de pedra. — O salafrário parece destruído.

Rory ainda estava deitado no chão, arfando, com o olhar desfocado. Notei seu peito subindo e descendo antes de ele passar a mão no rosto, se levantar e ir até Maude e o rei.

Notei, então, como Maude estava rígida. As sobrancelhas franzidas sobre os olhos verdes.

— Três dias não é muito tempo.

Benji estava de nariz vermelho, e usava uma capa a mais, como se ainda não tivesse se aquecido depois da cerimônia na água.

— Vamos prepará-la — disse ele.

Do bolso, tirou o tinteiro do Escriba Atormentado. Sorriu para mim.

— Usando de qualquer meio necessário — acrescentou.

Maude contorceu o rosto.

— É esta a arma dela? Tinta quente contra um remo?

Senti a dúvida em sua voz. Parecia um sinal, um presságio. Um agouro terrível.

— Tenho uma ideia melhor.

Rory estendeu a mão na frente dela, com a moeda do Bandido Ardiloso na palma.

Ele olhou para mim. Ainda havia um toque de rubor em seu rosto.

— Você sabe jogar uma pedra para quicar, Divinadora? Em linha reta?

— Sei.

Ele me chamou. Quando peguei a moeda da mão dele, o peso me surpreendeu.

Rory deu a volta em mim.

— A moeda tem duas regras. Primeira regra: jogue com o lado liso para cima, e a moeda a transportará para o lugar em que foi jogada. Você não tocará nada, nem paredes, nem portas, nem mesmo seu adversário. Será como se fosse um fantasma.

— E o outro lado?

— Mais agressivo do que um fantasma — disse Maude.

A satisfação tomou o rosto de Rory.

— Segunda regra: jogue a moeda com o lado áspero para cima, e ela quebrará tudo o que encontrar até perder a força. Porém, vai ter que correr atrás dela, então faça o ataque valer a pena.

Virei a moeda na mão.

— Então se eu jogasse com o lado áspero na sua cabeça, por exemplo…

— Teria que catar pedacinhos do meu cérebro na capa de Benji.

— Não ia fazer muita sujeira, então.

Maude se posicionou à minha frente, um pouco afastada.

— Jogue na minha direção, Seis. Não *através* de mim, por favor. Lado liso para cima, para vir parar à minha esquerda.

Olhei para a moeda.

— Não se preocupe, Bartholomew — comentou a gárgula. — Se matá-la por acidente, eu não me chatearei.

— Mas eu sim! — exclamou Benji, arregalando os olhos azuis. — Só… cuidado.

o CAVALEIRO e a MARIPOSA **273**

— Silêncio, todo mundo — pediu Rory, olhando fixamente para mim, o desafio brincando em sua expressão. — Pode jogar.

Respirei fundo. Dei impulso com o braço, com o pulso. Soltei a moeda...

E desapareci.

Foi como em Aisling, quando Rory e eu atravessamos a porta da casa. Velocidade e vazio. Eu sumi mesmo, meu corpo escondido pela chuva e pelo vento, em uma empolgação que lembrava uma boa dança — até eu esticar a mão e pegar a moeda.

Voltei a me materializar ao lado de Maude.

Eu esperava impressioná-la. Porém, a voz de Maude ainda mostrava dúvida ao dizer:

— De novo.

Eu já estava longe, a moeda voando outra vez. Quando a peguei, foi diretamente na frente de Rory.

— Sua vez, Myndacious — falei, sem fôlego. — Bata em mim com toda força. — Eu sumi. — *Se* conseguir — acrescentei.

Começou a perseguição. Maude, Rory, Benji, até a gárgula — embora esta tapando os olhos com as mãos na maior parte do tempo — tentavam me pegar antes de eu sumir com a moeda. Às vezes, eu não pegava a moeda, e eles me capturavam. Benji conseguiu acertar minhas costas ou meu cabelo algumas vezes, mas ele era lento, fácil de se esquivar. Diferentemente de Maude.

E certamente diferente de Rory.

O planalto era um tabuleiro, e ele estava sempre a uma rodada de vantagem. Mesmo quando eu jogava a moeda em uma direção que supunha estar fora de seu alcance, ele já estava correndo, já se esticando, já me encontrando. Alto, ágil e sem armadura, Rory mantinha os joelhos dobrados, os olhos aguçados de concentração.

E os passos velozes.

Na décima, talvez vigésima, vez que ele me pegou, eu estava furiosa, e Rory parecia perigosamente próximo de se divertir.

— Que bom. Você está com raiva — disse ele, e virou a moeda na minha mão. — Hora de botar para quebrar.

Maude, a gárgula e Rory juntaram pedras, restos de madeira, qualquer coisa que não fosse fazer falta, até nossa área.

Desta vez, joguei a moeda com o lado áspero para cima.

E destrocei tudo.

A gárgula aplaudiu.

Eles formaram um retângulo de gravetos, imitando a piscina no castelo do Barqueiro Ardente. Treinei ao redor do espaço, sem nunca me aproximar demais.

— Ele precisa ser atraído para longe da piscina — instruiu Rory. — Bloqueie a magia do remo, a vantagem. Fique longe da água, onde ele será apenas um homem com um remo de pedra.

Contudo, a cada hora de treino, a cada vez que a moeda raspava pedra e madeira sem explodi-las, as rugas no rosto de Maude ficavam mais profundas.

À noite, eu era apenas uma casca, e não mais uma pessoa. Voltei à estalagem cambaleando e jantei com os cavaleiros, mas cheguei tão perto de usar o prato de travesseiro que a gárgula me tirou do refeitório, me levou ao quarto e me jogou na cama. Em segundos, apaguei.

Quando despertei, a lua ainda visitava a janela. A gárgula roncava ao lado da cama, coberta pela manta.

A cama de Maude estava vazia.

Foi então que escutei as vozes. Logo do outro lado da porta.

— Que foi, Maude? — disse Rory, impaciente. — Desembuche.

Fui de fininho até a porta. Do outro lado, alguém suspirou.

— Eu já falei. Três dias não é tempo suficiente para prepará-la — disse Maude, com a voz dura, determinada. — Ou eu ou você deveríamos enfrentar o Barqueiro.

— Você acha que eu não sei? — retrucou Rory, com a voz perigosamente baixa. — Acha que eu quero vê-la sofrer um arranhão que seja?

— Se o Barqueiro a desafiou, devemos honrar a decisão — disse outra voz, mais baixa do que as outras: Benji. — Devemos fazer tudo do jeito correto.

— O Bandido Ardiloso era cruel, mas preguiçoso — retrucou Maude. — E o Escriba Atormentado estava apaixonado demais pela própria esperteza para lutar de verdade. O Barqueiro Ardente é o Agouro da força. Ele será implacável. Seis passou anos trancada atrás dos muros. Se fizermos tudo do jeito correto, o Agouro pode *matá-la*.

Senti um aperto na garganta.

— Ela certamente sabe disso — respondeu Benji. — Morrer, afinal, é o risco na matança.

— Você diz isso, Benji, e diz com calma, porque sabe que Rory e eu mataríamos por você. Nós fizemos esse juramento, mas Seis, não. Ela nunca matou nada, nem ninguém. E eu temo que… — disse Maude, com um tom áspero pouco característico na voz. — Eu temo que ela morra sem nunca sequer ter vivido.

Eu me encolhi, como se tivesse levado um tapa.

— Maude — disse Benji, gentil.

Outro suspiro. E então…

Rory se pronunciou, duro e determinado:

— Ela vai conseguir derrotar o Barqueiro. Eu não tenho a menor dúvida.

Passos ecoaram, mais próximos da porta. Recuei, e o trinco girou. Quando Maude entrou no quarto, de cabeça baixa, arregalou os olhos ao me ver sentada na cama.

— Está acordada?

Eu fiz que sim.

Vi em seus olhos que ela sabia que eu os escutara. Ela abriu a boca, mas as palavras não saíram. Ela então se despiu, se deitou, e eu cobri as orelhas com a manta e me virei para a parede, pensando em morrer, matar e viver, e em como eu não era adequada para nenhuma das três tarefas.

Por mais dois dias, do amanhecer ao entardecer, a rotina se repetia. Eu acordava. Subia a escada do mirante. Descia para o campo de treinamento improvisado. Rory usava a moeda, aparecendo e desaparecendo, e Benji fazia o mesmo com o tinteiro do Escriba Atormentado. Eu tentava me antecipar. Chutar, socar ou dizer alguma coisa impactante, para ver se ficavam imóveis o bastante para eu derrubá-los. Depois, era minha vez com a moeda. Eu treinava com o lado liso — desaparecendo e reaparecendo ao redor do retângulo enquanto Rory, Benji e a gárgula tentavam me pegar. Depois, com o lado áspero, quebrando coisas enquanto visualizava as pernas, os braços, os ombros e os joelhos do Barqueiro Ardente. Tudo que eu pudesse danificar para fazê-lo se render. E eu conseguia. Pelas Divinadoras, eu acertava todo e cada alvo.

Eu só vacilava quando pensava no que Maude dissera, embora desde então ela não tivesse dito mais nada. Era só quando eu me lembrava das palavras dela que meus pés escorregavam na escada, que eu derrubava a moeda ou errava o alvo.

Eu temo que ela morra sem nunca sequer ter vivido.

Até que chegou a terceira noite, e não restava tempo para treinar, para me preparar...

E quase tempo algum para viver.

Eu não conseguia dormir.

A gárgula estava roncando, e Maude, também. Ela chegara ao quarto fazia uma hora, tirara a roupa, se virara para mim, fizera menção de falar alguma coisa, desistira, e se virara para dormir.

Sentei-me no parapeito da janela e fiquei admirando a paisagem. A noite era suave. A tempestade se fora, a chuva tórrida e o granizo que rasgavam os Cimos nos últimos dois dias. As nuvens tinham sido vencidas, e o céu tomara aquele tom romântico entre violeta, preto e safira, o vento sussurrando. Eu escutava corujas e, mais distante, a bonança do Tenor.

Eu me perguntava se o Barqueiro Ardente teria alguma relação com tudo ali. Os objetos de pedra eram todos transportadores e destruidores. Talvez ele tivesse causado a tempestade, e depois a tivesse afastado para me confundir com um falso senso de tranquilidade.

— Rato no ouvido — murmurou a gárgula, se agitando no sono. — Bartholomew, regue as tulipas antes de morderem.

Flagrei-me sorrindo para a criatura de pedra. *Ah, quem me dera ser uma gárgula.*

Uma batida tímida soou à porta.

Eu a entreabri.

— Está perdido, Myndacious?

— Você está acordada.

Rory estava sob a luz fraca do corredor, de túnica frouxa e calça de couro, o cabelo escuro caído na testa. Pareceu surpreso em me ver.

— Achei que Divinadoras dormissem bem — acrescentou.

— Se estiver procurando Maude, ela já está dormindo faz tempo.

— Estou procurando você.

Ele estava aprendendo a encontrar meu olhar atrás do véu.

— Eu não… Se você estava dormindo, eu não… — disse ele, e revirou os olhos; pela primeira vez, o gesto parecia dirigido para si. — Eu não queria acordá-la.

— Eu não estava dormindo — falei, saindo para o corredor e fechando a porta. — Não consegui dormir.

Ele abaixou o olhar. Eu usava apenas uma camisola clara. Rory estava mais agitado do que de costume. Com o rosto corado, os ombros tensos, a mão manipulando marionetes invisíveis no bolso.

— Tem um lugar — murmurou. — Não é longe daqui. Ajuda com a ansiedade.

— Preciso dos sapatos?

Finalmente, um sorriso. Ele tentou esconder, mordendo o lábio, mas era mau ator — seu corpo inteiro relaxou.

— Desta vez, não.

CAPÍTULO DEZENOVE
NÃO SEI NADAR

Saímos da estalagem e, sem dizer uma palavra, atravessamos a vila escura e seguimos pela estrada. Era a enchente da lua, que estava na fase crescente e alta no céu, derramando uma camada fina de luz prateada em tudo o que tocava. Olhei a paisagem, a ausência de nuvens me permitindo a vista plena das montanhas. Do outro lado, via as águas do Tenor, e os campos ondulantes de Traum.

Porém, por mais força que fizesse, não via Aisling.

— Tem um lugar na base daquele cimo — disse Rory, apontando o pico alto mais próximo. — Águas termais. Quente o bastante para aliviar um pouco da dor que você certamente está sentindo nos músculos depois de três dias de treino sem fim.

Parei de andar bruscamente.

— Meus músculos estão ótimos.

— Os meu, não — disse Rory, rindo. — É um trabalho e tanto, ensinar você a lutar. — Ele se virou. Notou que parei. — Foi uma piada ruim, Divinadora. Você está pronta para amanhã.

— Não foi por isso… — falei, com o rosto queimando. — Por favor, não ria do que vou confessar.

O eco da risada dele ainda perdurava no ar.

— Nunca ri na minha vida.

A brisa soprou mais forte, passando os dedos pela minha roupa e arrancando a confissão.

— Não sei nadar.

Ele me surpreendeu com o presente do silêncio. E foi mesmo um presente, pois eu não queria verbalizar que seria tão fútil quanto qualquer outra coisa na Catedral Aisling: ensinar a nadar uma menina cuja existência girava justamente em torno do ato de se afogar.

Talvez ele já entendesse, e o silêncio foi para que nós dois guardássemos aquela verdade horrorosa em algum lugar mais íntimo.

Tudo que Rory fez, com seu langor habitual, foi dar de ombros.

— Não tem problema.

Eu esperava que as águas termais cheirassem a flores podres. Não cheiravam. O cheiro era de terra. Escondidas na sombra das montanhas, emanando vapor como fantasmas cansados, havia um aglomerado de piscinas naturais.

Rory me conduziu à maior delas. Eu estava prestes a perguntar se ele já estivera ali muitas vezes quando ele pegou a barra da túnica.

Arrancou a peça pela cabeça.

Meu olhar acompanhou os músculos no fim de sua coluna, descendo para as duas covinhas logo acima do cós da calça. Eu não o vira assim exposto desde aquela primeira noite em Aisling. Quando eu o achava o cavaleiro mais repugnante de Traum.

Talvez ele ainda merecesse o título, pois agora estava chutando as botas para longe e alcançando o fecho de couro da calça. Puxando e…

— O que você está fazendo?

Ele olhou para trás. O que viu no meu rosto, fosse o pânico, ou o calor, o fez sorrir.

— Fique à vontade para desviar seus olhos virtuosos.

A calça dele caiu no chão.

A água se agitou, o vapor subiu, e então as únicas partes do corpo de Rory fora da água eram sua cabeça, o pescoço e os contornos das clavículas.

Ele se espreguiçou, com os braços para cima, e soltou um gemido que me fez ranger os dentes.

— Faz muito bem.

Ele me olhava fixamente. Com um floreio, fez uma reverência exagerada.

— A dama me daria o prazer de sua companhia?

— Por que você é tão chato?

— Por que *você* está com medo de entrar? Estou em pé no ponto mais fundo, não tem necessidade de nadar — retrucou ele, e olhou de relance para minha camisola. — Se pretende proteger minha inocência, saiba que já é tarde. Você estava praticamente nua com aquela veste de Divinação molhada quando nos conhecemos.

— Que tragédia para você.

Ele cobriu os olhos com a mão e me deu as costas, oferecendo privacidade e mais uma oportunidade de admirar suas costas esculpidas.

— Eu nunca disse isso.

Pensei em Quatro, ousada. Que, se ela estivesse ali, já estaria nua, e as outras Divinadoras a seguiriam inevitavelmente: Dois resmungando, Três e Cinco entre a timidez e a empolgação, e Um suspirando, me oferecendo o braço.

— Vamos — diria ela. — Alguém tem que cuidar delas.

A solidão se espalhou por tudo. A beleza dolorida dos cimos, das piscinas, do céu noturno incomparável, só fazia a angústia piorar.

Levei a mão ao peito — às cinco rachaduras invisíveis que moravam no meu coração — e comecei a desabotoar a camisola. Deixei cair no solo, amontoada aos meus pés descalços. Em seguida, tirei as roupas de baixo, e enfim suspirei, trêmula, cruzando os braços por cima dos seios, apertando as coxas — nua sob o luar prateado.

Rory continuou de costas para mim, tensionando os ombros.

A piscina estava quente, como se tivesse também um coração febril, mais acelerado do que o meu. Entrei nas ondas até a água me cobrir como um vestido novo.

— Pode se virar.

Ele esperou um segundo. Quando me olhou novamente, o desdém que eu passara a atribuir a Rory não estava presente nos contornos lisos de sua testa, nas pálpebras quase pesadas.

— Você está nervosa.

Joguei água na cara dele e encolhi os ombros e, *cacete*, ele estava certo. A água fazia mesmo bem, aliviava a dor nos músculos como um bálsamo. Massageei meu pescoço, deixei a cabeça pender para trás.

— Onde está doendo? — perguntou Rory, e tirou da água um dedo em riste acusatório. — Nem tente negar. Como está o punho?

Eu conseguia jogar a moeda do Bandido Ardiloso com as duas mãos, mas a esquerda nunca era perfeita. Portanto, eu passara os últimos três dias usando principalmente a direita, o que resultara em uma dor na articulação que não parecia parar nunca.

— Está bom.

Ele torceu a boca com arrogância ímpar, e eu ri.

— Está doendo. Um pouco.

— Menos do que essa confissão, aposto — disse ele, se aproximando cada vez mais, até estar ao alcance do meu braço. — Posso?

Era tudo lânguido. Lento. Como se a própria noite tivesse mergulhado o dedo comprido na piscina e estivesse girando a água para trás. Estiquei o braço e Rory pegou meu punho com um cuidado tão espantoso que perdi o fôlego. Ele ergueu o olhar. Era impossível identificar naqueles olhos tão escuros, mas as pupilas pareceram se dilatar.

Então ele mexeu os dedos, apertando minha mão dolorida em movimentos decididos e complexos. Soltei um grunhido pesado e Rory meneou a cabeça, como se conhecesse a linguagem da dor e do alívio.

— Está bom?

Um mero sussurro:

— Sim.

Rugas surgiram entre seus olhos. Rory massageava meus músculos com precisão experiente, dedos firmes, insistentes, mas nunca intrusivos, como se fosse importante para ele — uma tarefa a ser executada perfeitamente. Assim como fiz quando ele medira minha armadura, pus-me a analisá-lo. Passeei o olhar pelo rosto dele, pelo pescoço, pelo peito.

E me perguntei se as costelas dele ainda estariam machucadas.

— E você? — indaguei, esticando a mão e passando um dedo pela lateral do tronco dele. — Ainda está doendo?

Ele estremeceu.

— Do seu lado? Dói sempre.

— As costelas, seu idiota. De quando foi pego roubando a água da nascente de Aisling.

— Hummm... isso. Ainda dói. *Um pouco.*

Franzi a testa, pensando na dor dele. Nele, roubando quando menino. Nós dois fomos crianças órfãs e perdidas, acolhidas sob o cuidado de Agouros — a abadessa e o Bandido Ardiloso. Contudo, enquanto a abadessa me vestira em gaze e me tornara excepcional, Rory sofrera o oposto. Parecia tão impossível que ele tivesse conhecido o avô de Benji, encontrado Maude, se tornado cavaleiro — e que eu tivesse escolhido propositalmente o caule mais curto naquele dia. Demorado no muro de Aisling. Olhado de cima, visto ele ali.

Eu estava perdendo a fé em tudo. Porém, nosso encontro... parecia quase divino.

— Como foi? — perguntei. — Matar o Bandido Ardiloso?

— Anos de expectativa... e terminou em um instante.

Ele subiu os dedos para meu antebraço. Novamente, pediu:

o CAVALEIRO e a MARIPOSA **283**

— Posso?

Ele esperava na portinha de todo lugar que tocava, até eu permitir sua entrada. Conforme Rory aliviava os músculos que ele mesmo me ajudara a fatigar, eu me perguntava se deveria revelar que nem sempre eu o achava tão indigno. Que sua fé inabalável em mim durante o treinamento não passara despercebida — que eu não distinguira nele nem um grama da desconfiança de Maude, como se ele já soubesse o resultado da minha luta contra o Barqueiro. Não por causa de sonhos ou presságios, nem por ser uma história fantástica que ele inventava para si — ele simplesmente acreditava que eu ganharia.

O cavaleiro errante Rodrick Myndacious, orgulhoso, desdenhoso, herege, acreditava em *mim*.

Agora não havia mais carvão em torno dos olhos dele, e filetes d'água escorriam do cabelo preto para a clavícula, pelo peito.

— Como estão seus pés? — perguntou ele. — Não deve ser fácil usar aquelas belas botas dia após dia.

— Se mexer nos meus pés, você vai ver só.

Um sorriso malicioso se desenrolou nos lábios dele. Rory esticou a mão debaixo d'água. Eu recuei, chutando para subir à superfície, jogando água nele. Ele riu. Quando mirei outro chute, ele pegou meu tornozelo, puxou...

Eu escorreguei.

Abri os braços, mas a água nunca fora misericordiosa, e não me deu apoio para me segurar. Caí para trás.

De repente, eu não estava mais caindo em uma piscina natural, mas na nascente da Catedral Aisling. Afundada pela abadessa. Abrindo a boca, enchendo os pulmões de água pútrida, esperando a dor, os sonhos, os objetos de pedra e a presença apavorante dos Agouros...

A mão dele aparou minha nuca.

Fui puxada para fora da água.

— Peguei você. Respire, Divinadora.

Sorvi o ar. Quando abri os olhos, esperava ver a rosácea de vitral no claustro de Aisling. Porém, vi apenas a lua, pairando em seu paraíso sombrio. A lua... e Rory.

— Eu não me toquei.

Ele afastou o cabelo do meu rosto, tomando cuidado com o véu, e manteve a mão na minha nuca até meus pés encontrarem as pedras no fundo da piscina.

Eu tossi.

— Tudo bem...

— Tenho noção do quanto sou terrível. Crescer com o Bandido Ardiloso... — disse ele, ofegante como se fosse ele quem tivesse afundado na água. — Eu sou grosseiro, inteiramente envenenado por desdém. Eu sei disso.

Ele engoliu em seco.

— E eu não sei me comportar com você — continuou. — Você me deixa nervoso para caralho. Mas deixar você afundar na água, sendo que tudo que fazia em Aisling era se *afogar*, eu...

— Myndacious — falei, e estiquei o braço, cobrindo a boca dele. — Foi um acidente.

Ele fez que sim com a cabeça, rápido demais, sem olhar para mim.

Escorreguei a mão até a bochecha dele.

— Rory.

O luar prateado tingia o cabelo dele, o nariz, as rugas da testa franzida, e, quando Rory abaixou os olhos, vi a tristeza neles. *Perdão*, articulou ele.

E, do nada, outra fissura se fez no meu peito.

— Melhor voltarmos — disse ele, após o silêncio arrastado. — Você tem que descansar para amanhã.

— Ainda não. Você...

Eu não queria que acabasse daquele jeito, ele sufocado de culpa, e eu só pensando nos afogamentos.

— Meu ombro direito — consegui dizer. — Está um pouco dolorido.

o CAVALEIRO e a MARIPOSA **285**

Ele então se concentrou no meu pescoço. Devagar, pegou meu ombro.

Relaxei sob o toque, deixei a cabeça pender para trás. Olhei para o céu, as milhares de estrelas costuradas na tapeçaria vasta e púrpura, aproveitando a sensação de ser sustentada pela água, em vez de afundar.

— Seu cabelo é bonito — murmurou Rory. — Igual ao luar. E sua pele é tão macia. Mas por baixo... — acrescentou, pressionando o músculo. — Se eu mordesse, quebraria os dentes.

— Se você mordesse — falei para o céu —, seu dente de baixo deixaria uma marca torta, única como uma digital.

Rory parou de mexer a mão. Um rubor se espalhou pelo meu rosto.

— Foi nisso que pensei na nossa primeira conversa em Aisling — murmurei. — Na porta da casa das Divinadoras. Você sorriu.

Ele parecia dividido entre achar graça e alguma outra coisa.

— E você imaginou qual desenho meus dentes deixariam na sua pele?

— Eu estava sob efeito da erva-d'ócio. Tinha perdido a noção.

— Humm — murmurou ele, voltando à massagem. — Vamos comprovar, então?

Eu me perguntei se ele estaria sentindo minha pulsação, fazendo a água vibrar.

— Onde você me morderia, cavaleiro?

— Onde você mandasse, Divinadora.

Nos braços. No pescoço. Na boca, na barriga, nos seios. Talvez ele soubesse, porque sua respiração acelerou como se ele também estivesse pensando em todas as partes de mim onde gostaria de afundar os dentes.

Levei a mão à boca dele, assim como milhares de mãos tinham sido levadas à minha boca durante as Divinações. Desta vez, contudo, não havia sangue viscoso a engolir, apenas o luar no brilho da água. Rory sustentou meu olhar e raspou os dentes na pele abaixo do polegar. Apertou.

Entreabri a boca. Sua mordida era como seu toque, preciso, mas suave — uma leve pressão, porém determinada. Então, seus dentes se afastaram. Rory fechou os olhos. Suspirou na minha mão.

Trocou os dentes pelos lábios.

Beijou o lugar que mordera com lentidão árdua.

— Prefiro que seja isto a deixar marca — murmurou na minha pele.

Ele era um bandido, roubando meu fôlego, minha razão.

— Posso pedir uma coisa a você?

Ele ergueu o olhar.

— Se amanhã der errado… você pode encontrar uma casa para a gárgula? E continuar a procurar pelas Divinadoras?

Ele apertou minha mão com mais força.

— Se você imaginou presságios, permita-me dissipá-los. A única coisa que importa neste mundo é o esforço que você exerce, Divinadora. E você tem se esforçado mais do que qualquer outra pessoa que conheço. Então, por favor… não procure sonhos, nem sinais. Olhe apenas para a frente. Tudo dará certo amanhã.

— Duas coisas podem ser verdade ao mesmo tempo, Myndacious. Posso olhar para a frente. Posso me esforçar — falei, ponderando a palavra. — E ainda assim, morrer. Então estou pedindo para você. Encontrará uma casa para a gárgula? Continuará a procurar pelas Divinadoras?

— Sim.

Ele chegou mais perto, agitando a água ao nosso redor, e tomei consciência de seu corpo, do meu — da nudez de ambos sob a superfície.

— A verdade é… — falou. — Acho que eu faria qualquer coisa que você me pedisse.

Então se afastou, recuando na água, e me deixando enredada no ritmo do meu próprio peito.

— Tente dormir um pouco — acrescentou. — Nos vemos de manhã.

Fiquei imóvel por dez segundos. Vinte. Quando Rory me deu as costas, para me dar privacidade, eu saí da água. Encontrei a camisola. Vesti de qualquer jeito e olhei para ele.

— Você não vem?

— Preciso de um minutinho.

Voltei para a vila num passeio lento. A terra montanhosa era fria sob meus pés, e o Tenor cantava sua melodia aquosa distante. Parei para escutar. Reparei na lua que seguira sua jornada pelo céu. No vento sussurrando delicadamente por bromo e urze.

E me espantei que a solidão antes sentida já não fosse mais tão sufocante, como se adormecida. A noite se esvaía e, embora precisasse descansar, eu não estava incomodada por estar desperta, em vez de na cama. Tudo era tão…

Lindo.

Olhei para minha mão. As marcas dos dentes de Rory continuavam ali. Eu estava certa — a parte de baixo lembrava uma fileira de soldados apinhada e torta, única como uma digital, como uma constelação.

Levantei a mão. Levei à boca. Rocei o lábio nas reentrâncias.

Maude e a gárgula ainda roncavam quando voltei à estalagem. Quando enfim peguei no sono, eu não sonhei com o edifício imenso da Catedral Aisling, nem com Divinadoras envoltas em gaze. Não sonhei sequer com o Barqueiro Ardente.

Sonhei com um cavaleiro com ouro na orelha e carvão nos olhos, que fazia tudo de ignóbil que eu pedia dele.

Maude acordou ao amanhecer, tão abrupta quanto o céu trovejante.

— Chegou a hora.

A gárgula valsava pelo quarto apertado, cantarolando. Eu me sentei na cama. Cocei os olhos por cima do véu.

— Por que essa alegria toda?

— Bartholomew sugeriu que eu servisse de seu escudeiro, visto que você não tem outro.

— Meu...

Maude deu um passo para trás, revelando uma pilha de armadura ao pé da minha cama. A armadura *dela*.

— Não é do tamanho exato — disse. — Será menos eficaz do que a que estamos fabricando. Mas protegerá mais do que apenas couro e cota de malha. Você tem força para aguentar.

A armadura de Maude era elaborada, com espirais que lembravam copas de árvore esvoaçantes gravadas na couraça.

— Era da minha mãe — disse Maude. — E antes foi da mãe dela.

Um nó apertou minha garganta.

— Você percebe que, se eu morrer, é provável que você a perca...?

— Pensei nisso. Cheguei a uma solução.

Maude me tirou da cama e me surpreendeu com um abraço impressionante.

— Sobreviva — concluiu.

Os dedos da gárgula estavam atrapalhados e sem jeito, principalmente do tanto que ela vibrava de empolgação.

— Eu, escudeiro.

Suas mãos de pedra seguraram a cota de malha, prenderam a armadura nas minhas pernas, nos meus braços, a couraça no meu peito.

— Vai usar o elmo, Bartholomew?

— Vai — respondeu Maude em meu nome.

A gárgula me entregou o elmo, como antes me entregava as vestes de Divinação, e eu o aninhei debaixo do braço.

— Estou pronta.

o CAVALEIRO e a MARIPOSA

A estalagem estava escura. Nenhum dos outros cavaleiros tinha acordado, desavisados da ausência do rei. Porém, pescadores, de redes nas costas, desciam a montanha aos borbotões, para pescar nas partes mais baixas do Tenor. Reparei na mãe de Hamelin e em alguns outros nobres em meio ao grupo. Eles nos olharam ao passar e nos cumprimentaram com acenos de cabeça, com expressões atentas, curiosas e reverentes enquanto desaparecíamos montanhas adentro.

Rory e Benji nos aguardavam do outro lado do planalto, vestidos de armadura. Quando me viram, arrumada com o mesmo traje, ficaram imóveis.

Benji assobiou.

— Você dá uma cavaleira e tanto, Seis.

O olhar de Rory era ágil, e mediu meu corpo por inteiro. Quando viu o elmo de Maude debaixo do meu braço, fez uma expressão de curiosidade.

— Vou usar — resmunguei.

Ele se aproximou.

— E isto?

Ele ajeitou uma mecha de cabelo atrás da minha orelha, tocando o véu de leve.

— Vou usar também.

Ele estendeu o punho, abriu os dedos. Entregou a moeda do Bandido Ardiloso.

— Vamos matar um Agouro.

Subimos a montanha como antes, carregados cachoeira acima pela gárgula, de dois em dois. Desta vez, não houve queixas. A gárgula ainda estava sob intensa emoção por ser meu escudeiro, papel que, eu desconfiava, ela estava achando mais essencial do que o de cavaleiro. Em duas viagens, primeiro comigo e Rory, e depois com Maude e Benji, as asas de pedra se abriram e revoaram no vento celeste.

Chegamos ao castelo do Barqueiro Ardente. As entidades de xisto desta vez não estavam na escada, mas ainda assim subimos pé ante pé. Batemos na porta antiga. Aguardamos.

Não houve resposta.

Rory bateu na madeira com a mão espalmada, fazendo a porta ranger, mas, por mais que ele chamasse, o Barqueiro Ardente não vinha.

— Talvez ele tenha saído para um sabático — sugeriu a gárgula, olhando para o céu tempestuoso. — É bem na hora certa.

— Bem — disse Benji, recuando um passo. — Entremos sem convite.

Ele endireitou os ombros e avançou, trombando com toda a força contra a porta do castelo.

A porta se escancarou em uma nuvem de pó.

— É isso aí, Majestade.

Rory levantou Benji, e Maude nos conduziu, de machado empunhado, para dentro do castelo, bem quando o céu cedeu.

O martelar da chuva no telhado lembrava mil dedos tamborilando e abafava o som de nossos passos. Ainda assim, eu me sentia um tanto indiscreta naquela armadura, barulhenta demais, uma hóspede inconveniente. Contudo, nos cantos escuros do castelo do Barqueiro, repletos de sombras famintas, não se escondia ninguém para me repreender. Nem nos corredores, nem nos amplos salões vazios. Nem as entidades vieram nos ver.

Simplesmente não havia ninguém.

— Como assim?

Estávamos no salão principal, junto à piscina e ao monte de moedas do Barqueiro Ardente. Benji olhou para o dinheiro, coçou os olhos e pestanejou várias vezes, como se tentasse forçar o Agouro a surgir.

— Que brincadeira é essa? — insistiu ele.

Vento e chuva adentravam o muro aberto ao leste, nos molhando.

o CAVALEIRO e a MARIPOSA 291

— Não entendo — falei, esmagando pedra com as botas. — Passaram-se três dias. Onde ele está?

— Ali.

Rory estava perto de uma das colunas, com vento no rosto, olhando para fora. Nós nos juntamos ao redor dele, e dali eu vi a bacia azul-prateada atrás do castelo, a água cristalina que alimentava o rio Tenor.

Fixada no centro da água estava uma plataforma. Um quadrado largo de madeira. E em cima dela, de capuz para trás, mãos afiadas apoiadas no remo…

O Barqueiro Ardente. Nos encarando com os olhos de pedra que não piscavam.

À espera.

— Ali? — perguntou Benji, incrédulo. — Ele quer lutar com ela *ali*?

— Por que não? — questionou Maude, carrancuda. — Ele tem o remo. Pode mergulhá-lo na água a qualquer momento, dar voltas nela sem parar. Fazer a plataforma tremer, perturbar a mira dela. Um passo em falso, e a moeda do Bandido Ardiloso cai na água… e Seis vai junto.

Ela se virou para mim e acrescentou:

— Espero que você seja uma boa nadadora.

Rory ficou pálido, a véspera — as águas termais e eu afundando sob a superfície — se desenrolando em sua expressão.

— Não é meu hábito ser o portador das más notícias — disse a gárgula. — Bartholomew não sabe nadar. Contudo, não se preocupem…

Ele olhou para mim. Sorriu, orgulhoso.

— Ela sempre foi excelente em se afogar — concluiu.

CAPÍTULO VINTE
COM MARTELO, COM CINZEL

Benji e Maude se juntaram a Rory em um estado suspenso, encarando, boquiabertos, emanando pavor como se fosse fumaça.

— Como assim, ela não sabe nadar?

— Como eu disse — comentou a gárgula —, ela é excelente em se afo...

— Fora de Aisling, afogar-se não é exatamente algo útil — gritou Maude, a voz ecoando pelo salão. — Na verdade, é *péssimo*.

A gárgula se encolheu, de olhos arregalados e boca trêmula. Soltou um soluço terrível, se virou para a parede aberta, disparou entre as colunas e voou.

Chamei por ela, mas minha voz foi engolida pela tempestade. Olhei com irritação para trás.

— Não grite com ele.

— Ele vai sobreviver — disse Maude. — Você, por outro lado...

— Maude.

Era tão raro Benji subir a voz — tão raro pronunciar qualquer coisa desagradável. Ali, contudo, com as mãos enroscadas, notei uma fissura na máscara do bom humor. Um temperamento acalorado, à espreita.

— Você deu a ela sua armadura — declarou ele, seco. — Agora é hora de dar também sua fé.

Ele se virou para Rory, o rosto ainda distorcido de raiva.

— Ela não pode usar a moeda. Nem o tinteiro. Se perdê-los na água, nunca os recuperaremos.

Rory, no centro do espaço vazio, pela primeira vez não se agitou. Seu foco estava inteiramente em mim.

— A decisão é dela.

Foi a armadura, e apenas a armadura, que me manteve de pé.

— Consigo mexer os pés. Me equilibrar, mesmo que a plataforma trema — falei, olhando a moeda na mão. — Mas se eu jogar isto… errar uma vez sequer…

Uma voz soou na tempestade. Um som rouco, grave e horrível, carregado pelo vento.

— Onde está a Divinadora, que acredita que, sem ela, não sou nada? Onde está a Divinadora, que vem desafiar minha arte?

Então, mais alto, como se ecoasse dentro do meu crânio:

— Onde está a Divinadora, que busca em *mim* suas respostas?

Eu me sentia uma criança em sonho, caída e destroçada nos cumes das montanhas, tremendo. Se olhasse para cima, eu praticamente conseguia enxergar o teto alto da Catedral Aisling, onde passara a vida acreditando na história dos Agouros.

Porém, ao olhar para o Barqueiro Ardente, senti a armadura ao meu redor, tão mais pesada do que a gaze, me enraizando na terra. Não era um sonho; nem ele, um deus. A história da abadessa estava rachando.

E eu ajudaria a quebrá-la de vez.

Devolvi a moeda a Rory e passei das colunas, saindo para a chuva.

Os outros me chamaram, mas só me alcançaram quando cheguei à beira da água, encarando o Agouro à minha espera.

Estava ali um barco de madeira, pequeno, com uma corrente atada à proa. A corrente desaparecia dentro d'água e ressurgia na plataforma do Barqueiro Ardente. Ele esticou a mão. Empunhou a corrente. Apontou o barco.

Maude me segurou antes de eu entrar.

— Você precisa de uma arma.

Um peso encheu minha mão. Não precisei olhar para saber que era seu machado.

— Eu tenho fé em você, sim — disse ela. — Acho que você faria qualquer coisa pelas suas Divinadoras. Até mor…

A voz dela foi abafada por uma nova lufada de vento. Olhei para cima. No céu cinza e revolto surgiu uma silhueta escura, que se aproximava rapidamente. Uma voz, cantando desafinada.

A gárgula tinha voltado.

Então pousou bufando, de nariz empinado para Rory e Benji, e especialmente para Maude. Quando me alcançou, entretanto, toda a arrogância se esvaiu. A criatura me olhou com a expressão aberta. Em suas mãos, aninhados nas palmas…

Meu martelo e meu cinzel.

— É importante que um escudeiro carregue as armas de seu cavaleiro — disse, as palavras tão estoicas que desconfiei que tivesse ensaiado no caminho. — Eu as carregarei para você, Bartholomew. Suportarei qualquer peso que você ponha sobre mim.

Ah, pensei, uma onda enchendo meu peito. *Quem me dera ser uma gárgula. Ser* minha *gárgula.*

Pousei o machado de Maude. Peguei o martelo e o cinzel. Eles não tinham magia, como os objetos de pedra dos Agouros. Contudo, seu peso era familiar, e me dava segurança tê-los nas mãos. Com eles, eu me sentia forte.

O Barqueiro Ardente apontou o barco com a mão retorcida.

— É sua carona — disse Benji, parando ao meu lado. — Agora, não tem mais volta.

— Ela não vai desistir — disse Maude ao meu outro lado, e bateu os dedos na minha couraça. — Quero isto de volta em condição impecável.

Os dois se afastaram, mas não sem antes Maude estender a mão em pedido de desculpas para a gárgula, que não aceitou.

Uma voz grave soou ao meu ouvido então. Uma presença sólida atrás de mim.

— Nervosa, Divinadora?

— Não — falei, às pressas. E então: — Me conte...

Eu engoli em seco.

— Te contar...

O calor na voz de Rory era dissonante em meio ao ruído da chuva que tilintava na minha armadura. Ele me contornou, bloqueando minha vista do Barqueiro Ardente, e pegou o elmo sob meu braço.

— Te contar o quê?

— É besteira.

— Então eu devo achar fácil.

Segurei o sorriso.

— As Divinadoras pediam histórias. Quando estávamos doentes, cansadas, ou com medo. Para nos acalmar.

— Quer que eu conte uma história?

Ele pôs o elmo na minha cabeça, por cima do véu. A voz dele, bloqueada pelo ferro, vibrava nos meus ouvidos.

— Era uma vez um menino órfão que não acreditava em nada. Ele cresceu, se tornou um cavaleiro esperto, mas ainda achava difícil acreditar. Ele não tinha quase esperança alguma, apesar de ter uma montanha de desdém. E a história deveria terminar assim.

Ele pegou minha mão e apertou, me fazendo segurar melhor o martelo.

— Até que ele foi a uma catedral no outeiro, e lá, conheceu uma mulher. E todas as histórias que o perturbavam, sobre crueldade, injustiça e impiedade... foram sendo esquecidas. Ele recebeu uma nova chance, como se por magia, de acreditar em alguma coisa. Ele nunca seria um cavaleiro muito bom, mas sempre que olhava para a mulher, sentia a fé distinta — disse, passeando o olhar pelo meu rosto — de que as coisas podiam ser melhores.

Eu tinha caído pelas frestas do tempo, em um lugar onde não havia Agouros nem pedra, nem armadura, nem gaze. Havia apenas Rory e eu — e uma estranha sacralidade entre nós.

Ele abaixou o visor do elmo.

— Ainda enxerga?

— Enxergo.

— Que bom. Se você cair na água, eu vou mergulhar atrás de você.

Contornei a figura dele. Encarei a água, o Agouro — e olhei de volta para Rory.

— Foi uma boa história, Myndacious. Eu gostei.

Ele me olhou como se fosse pura necessidade.

— Quer saber como termina?

— Tem um fim?

Ele assentiu.

— Termina daqui a poucos minutos. Depois de você ganhar, quando houver um Agouro a menos no mundo — disse, e sorriu. — Termina quando você me beijar.

— Quer dizer que termina depois de eu ganhar, quando houver um Agouro a menos no mundo... e eu bater em você com toda força.

— Com a boca, sim.

Recuei, escondendo o sorriso. Quando voltei a encarar a água, o que me sustentava era minha coluna, e não a armadura.

Entrei no barco.

O Barqueiro estava na plataforma, atento. Tão logo entrei no barco, ele pegou a corrente com as duas mãos e começou a puxar. A água se agitou, o Agouro puxando a embarcação, e eu dentro dela, rumo à plataforma.

Eu queria olhar para trás. Para a gárgula, Benji e Maude. Para Rory. Queria ver a segurança em seus olhares. Porém, tudo que vi, quando o barco raspou a beira da plataforma e o Barqueiro Ardente me ofereceu a mão retorcida...

Foram olhos frios de pedra.

Ignorei a mão dele, tomei impulso para sair e segui para o lado oposto da plataforma, aumentando a distância entre nós, sempre preocupada com a água que aguardava logo além da borda de madeira.

o CAVALEIRO e a MARIPOSA **297**

O Barqueiro me observou por baixo do capuz e sorriu arreganhando os dentes afiados. Ergueu o remo, apontou para mim em ameaça, e o agitou. A voz dele retumbou pela água.

— Qualquer intervenção em nome da Divinadora implicará na perda do desafio, e da vida dela. Nenhuma gárgula, rei ou cavaleiro deve vir em auxílio dela — declarou, abrindo mais o sorriso. — De acordo?

Eu me permiti uma olhadela para a margem. Os outros estavam ali, de armas em punho, pés praticamente na água, assistindo à cena com intensidade tão furiosa que parecia um exército aguardando a convocação à guerra. E Rory...

O rosto dele estava deformado pelo ódio. O cabelo preto esvoaçava ao vento, pintando-o como um espectro, uma mancha escura na tempestade. Maude se postava ao lado dele, e Benji também, ele e Rory segurando os objetos roubados — o tinteiro do Escriba Atormentado, a moeda do Bandido Ardiloso — como se fossem as cabeças cortadas dos inimigos.

Os dedos do Barqueiro estalaram ao apertar o remo. Daí ele se virou, apontando a arma para mim novamente.

— Sua tola — falou, e soltou um som grave e horrível. — Este será o seu fim.

Mantive a mandíbula travada.

Ele baixou os olhos de pedra para o meu martelo.

— Fará o quê? Rachará meu crânio? Imagina que a verdade de suas Divinadoras perdidas escorrerá como sangue da minha cabeça? — perguntou, e deu um passo à frente, fazendo a plataforma ranger. — Elas estão perdidas, consumidas por este mundo faminto. Você não deveria ter vindo para cá. — Ele mergulhou a lâmina do remo fora da plataforma. — Mas fico muito feliz que tenha vindo — concluiu.

A água explodiu ao redor da plataforma. Duas ondas subiram, desaguando em mim como cavalos a galope, me derrubando de joelhos. Eu arfei, me segurei. O vento acelerou, uma força devastadora, e a chuva endureceu em granizo.

Entendi, enfim, a magia plena do remo do Agouro. Quando mergulhava o eixo na água, a magia o transportava. Quando mergulhava a lâmina, o remo se tornava uma vara de destruição, a água se dobrando à sua vontade. Ele a agitou, convocando as ondas a se quebrarem na plataforma, me encharcando e me fazendo cair.

Tentei me levantar, e fui derrubada por outra onda. A plataforma bambeou e rolei até a beira, o Barqueiro de repente por cima de mim. Rolei de novo, e o remo acertou bem onde minha cabeça estivera antes.

Ouvi vozes no vento. Estava ocupada demais tentando segurar o martelo e o cinzel, tentando *me* segurar para não desabar da borda da plataforma, por isso não conseguia discerni-las.

O primeiro golpe que o remo acertou foi no meu peito. O vento escapou dos pulmões num berro. Cambaleei, arfei. O segundo foi logo abaixo da borda do elmo. Bem no queixo. Com tanta força que caí de costas e vi estrelas.

As vozes no vento ficaram mais altas. *Seis! Bartholomew! Mexa os pés!*

Ensopada, pesada na armadura, eu me levantei com esforço. O Barqueiro soltou um muxoxo de zombaria e atacou novamente.

Meu martelo rebateu o remo, o baque comparável a um trovão. A reverberação nos fez recuar um passo, a surpresa momentânea fazendo vacilar o olhar firme do Barqueiro. Ele recuou o remo. Mostrou os dentes. Ataquei de novo e, desta vez, ele não revidou. Meu martelo acertou a perna dele, exatamente onde eu o atacara com o cinzel três dias antes.

O Agouro urrou, e então revidou com força total — remo na água, aparecendo, desaparecendo e fazendo a plataforma tremer, dedicando-se por inteiro a me derrubar de joelhos outra vez.

Cada movimento meu, cada sopro, era gasto na defesa da minha posição, do meu corpo. Eu rebatia remo com martelo, me equilibrava, tentava não escorregar...

Mas não era suficiente.

O Barqueiro desapareceu na água, e ressurgiu bem na minha frente. Um tinido agudo ressoou. Senti uma dor horrível quando o remo acertou o lado esquerdo do meu quadril com força total.

Tombei de barriga na plataforma, as ondas me esmurrando, enchendo minha boca de água. Arfei, engasgada, tentando puxar ar.

O Barqueiro se aproximou a passos largos.

— Como cai fácil — disse ele, os passos sacudindo a plataforma. — Você ainda acredita que eu não sou nada? Olhe para você, Divinadora… uma criança de armadura, um inseto diante de um *deus*.

Ele me levantou, me puxando pela nuca. Tentou arrancar minha armadura com os dedos violentos.

— Sua convicção por si só é profana — declarou. Ele arfava, arrancando a ombreira pra expor parte do meu braço, a curva do pescoço. — Você me dá nojo — continuou.

Ele afundou os dentes na minha pele.

Eu gritei.

Na margem, quatro silhuetas formavam um borrão escuro, um emaranhado de corpos, embolados, em embate. Não contra a tempestade, mas entre si. Benji segurando a gárgula.

Maude segurando Rory.

O Barqueiro soltou um gemido baixo de prazer ao meu ouvido.

— Sim — disse, arrastando a língua na mordida no meu pescoço, lambendo o sangue. — Você engoliu muito mais da água de Aisling do que a outra. Quase dá para sentir o *gosto* da nascente.

Outro berro rasgou minha garganta. Arreganhei os dentes, suportando a dor excruciante…

E dei uma cabeçada na cara do Agouro.

Ele recuou, cambaleando, pegando o remo para se equilibrar. O rosto dele estava pintado de sangue, e os dentes, também. Ele abriu a boca, soltou um grito feroz que voltou na forma de urro, um coro de fúria na água.

— Que outra?

Eu estava molhada, tremendo, com sangue na boca. Igual a uma Divinação.

— Você viu outra Divinadora? — insisti.

— Ela veio, como elas sempre vêm. Perfeitamente imóvel.

O Agouro se aproximou, os passos retumbando na plataforma.

— De dez em dez anos, elas vêm.

Ele deu mais um passo.

— É a única água da nascente que recebo: o sangue delas.

Outro passo.

— Tenho minha força a manter. Minha fome a saciar. Então — continuou, agora bem pertinho de mim —, eu me deleito.

O remo acertou a lateral do meu rosto.

O elmo de Maude foi arrancado da minha cabeça. Em sincronia com o movimento, veio um som rasgado desesperado. Uma sensação úmida, como de pele repuxada. Levei a mão aos olhos, mas não fui veloz o suficiente. Meu véu escapou. Foi levado pelo vento cruel.

Desapareceu na tempestade.

A ruína na face do Barqueiro Ardente ficou estática. De olhos de pedra arregalados, a boca em um buraco ensanguentado e escarpado, ele encarou meus olhos desvelados com tamanha atenção que eles pareceram jogá-lo num sonho. Uma imobilidade absoluta e fugaz.

Foi suficiente.

Avancei. Não tinha remo, tinteiro, nem moeda, mas atravessei a plataforma em um instante. O Barqueiro soltou um grito esganiçado, atacou com o remo. Eu me esquivei. Investi de novo. Minha vista estava embaçada, manchada de chuva, sangue e dos hematomas já inchados nos olhos, mas eu não parei.

Quando colidimos, o Barqueiro Ardente e eu, o clamor foi de duas forças inabaláveis — um estrondo sísmico. Ele caiu de costas na plataforma, e eu, por cima dele. Ele me cutucou com a ponta do remo, mas eu já estava pressionando o cinzel em seu peito.

Ele se debateu, espumando ao me bater, de novo e de novo. Porém, eu ergui o martelo. Juntei toda a força que possuía.

E golpeei diretamente no coração do Agouro.

O grito dele preencheu o ar, uma calamidade violenta que ecoou pelos Cimos. O Barqueiro olhou para o próprio corpo, para meu cinzel, enfiado em seu peito. O sangue jorrava, escorrendo das roupas para a madeira, pingando entre as tábuas da plataforma e caindo na água cristalina.

Eu me deitei sobre o corpo dele.

— Eu o derrotei em sua arte, Barqueiro Ardente. Enfrentei sua força, e a superei — declarei, enquanto o sangue escorria como chuva pelo meu rosto. — Onde está a Divinadora que foi trazida para você?

Ele apertou o remo, mas não o ergueu.

— Seus olhos…

Ele olhou para baixo. Para todo o sangue, manchando a água da bacia.

— Eu não sabia que isso poderia acontecer — continuou. — Eu achei que não morreria nunca…

Ira, repulsa e o terror crescente por constatar que ele não mentira — que realmente enfiara os dentes em outras Divinadoras —, causaram algo vil dentro de mim.

— Me diga a verdade.

Minhas manoplas golpearam o corpo retorcido do Agouro, quebrando, de novo e de novo, até minhas mãos gritarem.

— *Onde está a Divinadora?*

— Eu já disse. Ela veio faz uma semana, nua e imóvel. Eu a levei para o castelo. Eu a coloquei em meu trono… — disse o Agouro, respirando com dificuldade. — E a bebi.

Quando me encarou pela última vez, seus olhos de pedra não continham nada.

— Mortas. Suas Divinadoras estão todas mortas — disse, e um suspiro terrível lhe escapou boca. — E você também.

Ele bateu o remo na plataforma.

Um rangido estridente soou, a madeira se despedaçando em mil farpas debaixo de mim. Perdi o equilíbrio, agarrada ao martelo e ao cinzel. Rolei, e caí.

Na água.

O BOSQUE RETINIDO

Sino.
Escute o sino retinindo no Bosque. Lá, o vento nos ensina
a sentir o que não vemos. Apenas o vento diz o que virá.

CAPÍTULO VINTE E UM
SYBIL DELLING

Divinadoras me cercavam, rodopiando sob a lua vigilante. Elas dançavam na língua gramada do mundo, girando até decolar. Asas pálidas brotavam como pétalas dos vestidos de gaze.

Elas revoaram. Tentei segui-las, mas meus pés me prendiam ao chão. As Divinadoras riam como entidades na mata, flutuando para longe e mais longe até se tornarem apenas manchinhas brancas, estrelas no céu azul-violeta.

Caminhei sozinha até a Catedral Aisling. Lá dentro, a abadessa aguardava, com um véu nas mãos.

— E então? — perguntou. — Como está se sentindo?

— Não sei. — Olhei para baixo, para meu corpo. Eu estava nua. — Estranha — respondi.

— É assim que deve ser. Sybil Delling morreu. O que resta é estranho. Especial.

A abadessa me chamou. Amarrou o véu ao redor dos meus olhos e me segurou pelos ombros. Ela me abraçou.

— E novo — concluiu.

Ela me jogou na nascente.

A água me cobriu como a tampa de um caixão. A abadessa mergulhou a mão na nascente, apertou meu pescoço e fez *pressão*. Gritei, bolhas enchendo a água. Eu me debati, me sacudi — e fui segurada ali. Afundada e afundada e afundada.

— Benji! Traga ela para cá!

Escutei vozes. Não eram baixas e firmes como as da abadessa, e sim ruidosas. Roucas. Desesperadas.

— Tire essa merda de armadura dela.

o CAVALEIRO e a MARIPOSA **307**

— Está deformada... Não consigo...

— Bagos, ela está azul.

Alguém chorava. Em soluços demorados e sôfregos.

— Bartholomew?

— Me dê o machado, Maude.

— As entidades estão vindo...

— *O machado!*

Dor, maior do que eu jamais sentira, perpassava meu rosto, minhas mãos, minhas costelas. Senti algo se mexer — e um peso sufocante tomou meu peito.

— Vamos lá — gritou uma voz masculina.

Minha boca foi aberta por uma força invisível aos meus olhos, um sopro quente e tórrido me preenchendo.

— Respire, Divinadora.

Mais soluços.

— Bartholomew sempre acorda. Por que não acorda?

Soou uma voz de mulher.

— Rory.

— *Não.*

Mais pressão — uma sensação de murros tão violentos no meu peito que o mundo todo tremeu.

— Acorde, meu bem. *Acorde.*

E a dor, a dor que eu conhecia tão bem de me afogar, de sonhar...

Era agora a dor do despertar.

Abri meus olhos sob um novo véu.

Gaze cobria meus olhos, amarrada, porém frouxa demais. Quando olhei através do pano, vi um quarto escuro com pé direito alto e uma janela estreita e comprida, que continha o céu noturno.

Eu estava usando uma túnica de linho longa, deitada na cama com um travesseiro e lençóis muito mais luxuosos do que os que eu tinha na morada das Divinadoras. Tentei me mexer, para entender a anatomia do quarto. Porém, todos os músculos doíam, e metade dos meus ossos estavam travados de dor. Uma agonia latejante vibrava na minha têmpora, e outra no lado esquerdo do meu quadril.

Ainda assim, nada doía tanto quanto meu pescoço, rígido e enfaixado.

— Alô? — chamei, minha voz arranhando a garganta. — Gárgula?

Não houve resposta.

Eu me sentei. A túnica de linho estava manchada de vermelho, abaixo da púbis. Era meu ciclo lunar. Fazia tempo que eu estava deitada ali, então.

O mundo estava difuso, minha mente, ondulando. Lembrei-me das trevas — de mãos amarrando uma atadura no meu pescoço ensanguentado, de viajar nas lufadas de vento, carregada pelos braços de pedra da gárgula. Eu estava à deriva, meu corpo sendo lavado, enfaixado e vestido em roupas novas. Então, sono inquieto.

Era tudo tão enevoado. A última lembrança nítida que eu tinha era do… Sentei-me.

O Barqueiro Ardente. O remo mágico, convocando ondas. Água me atingindo. Dentes mordendo. Sangue, dor.

Ela veio faz uma semana, nua e imóvel. Eu a levei para o castelo. Eu a coloquei no meu trono…

Meu corpo se enrijeceu.

Mortas. Suas Divinadoras estão todas mortas.

Eu me curvei e cuspi bile. Então saí da cama, batendo os pés no piso frio.

Não havia lareira acesa, e o quarto era um borrão escuro de trás do novo véu. Girei a maçaneta de ferro da porta e confrontei um corredor comprido e sinuoso com carpete vinho que corria no centro do piso como uma língua esticada.

Lembrava Aisling. O pé direito era alto, abobadado, esculpido em pedra cuidadosamente entalhada. A catedral, contudo,

o CAVALEIRO e a MARIPOSA **309**

não tinha adorno exceto pelos bancos antigos e pelos vitrais, enquanto *este* lugar, para onde se olhasse...

Era opulente e decorado.

Havia espelhos mais altos do que eu, com o dobro da minha largura. Tapeçarias, pinturas — retratos e paisagens que, até nessa escuridão confusa, tinham cores vívidas. Estantes e mais estantes contendo livros e cúpulas de vidro exibindo insetos petrificados, peles de animais — plantas vivas com caules serpentinos e pétalas pretas, cujo nome eu não sabia.

Arte e artesanato por todo lado.

Um rangido baixo soou adiante, e eu me aproximei do som, mancando. Quando cheguei ao fim do corredor, encontrei três portas.

Não sei o que me fez bater na terceira porta, nem por que a abri quando não ouvi resposta.

O rangido das dobradiças me levou a um cômodo amplo, iluminado pelo luar e pelas brasas fracas na lareira. Entrei, jogando sombras aqui e acolá. O cômodo era como o corredor — apinhado de artefatos. Vi uma mesa, coberta por papéis empilhados, alguns antigos, outros novos.

— Oi?

Ninguém respondeu.

Fui até a escrivaninha, procurando um selo, qualquer indicação de onde eu estaria. O tinteiro de pedra do Escriba Atormentado estava ali. Senti um nó no estômago. O remo do Barqueiro Ardente também. Ignorei ambos, passando os dedos em pergaminho, levantando poeira. Havia panfletos, cartas e...

Perdi o fôlego.

O caderno do avô de Benji.

Um versão mais obediente de mim teria deixado o caderno ali. Não era meu por direito. Contudo, esta versão de mim pertencia à Catedral Aisling, e eu tinha fugido daquele lugar para me intrometer no estranho e perigoso território de Traum.

Que diferença faria mais uma transgressão?

Abri o caderno, e o cheiro de couro velho e pergaminho encheu meu nariz. Eu não sabia o que estava procurando. Algo que contestasse os horrores que o Barqueiro Ardente cuspira antes de morrer. Prova do passado de Divinadoras. Confirmação, em todo o estudo acadêmico do rei Cástor, de que as filhas de Aisling sempre foram tratadas com absoluta sacralidade.

Em vez disso, o que vi foi sua arte. Lindos desenhos, alguns de tinta escura, e outros em cores desbotadas. Ele desenhara entidades, algumas que eu reconhecia, e muitas que não. Algumas lembravam monstros — corpos contorcidos, olhos ocos, dentes e garras afiados —, enquanto outras eram amálgamas estranhos de aves, répteis e mamíferos.

Ele também desenhara gárgulas, em detalhes impressionantes, especialmente os olhos de pedra largos.

Abaixo delas, em caligrafia inclinada, escrevera: *A entidade gárgula não tem habitat discernível, exceto pelo outeiro, pois seus corpos são compostos do mesmo calcário da nascente onde as Divinadoras sonham.*

Afastei a página, confrontada por mapas — dezenas deles, com anotações nas margens. O rei Cástor mapeara todos os vilarejos, e eu identificava as fileiras de barracas mercantis em Feira Coulson, as ruas de paralelepípedo e os prédios altos de Seacht, os contornos escarpados dos Cimos Ferventes. Havia tinta amarela desbotada onde ele pintara as bétulas do Bosque Retinido, e rosa onde representara a aurora surgindo sobre o mar nas Falésias de Bellidine. Então, quase no final do caderno...

Uma catedral sobre uma colina. Um muro de pedra comprido. E seis figuras de véu.

Eu me abaixei, passei o dedo pela tinta. A arte estava desbotada, mas reconheci exatamente as seis figuras. Não eram Agouros.

Eram Divinadoras.

Acima de cada uma delas, desenhada em detalhe cuidadoso, estava uma mariposa.

o CAVALEIRO e a MARIPOSA

Lá estava de novo a caligrafia inclinada do rei Cástor. *Viajei por Traum, esta terra que reunimos no reino de Stonewater; conheço seus vilarejos como os dedos da minha mão. Entretanto, nunca encontrei uma Divinadora após o fim de seu mandato na Catedral Aisling. Não há registro delas nas bibliotecas de Seacht, não há menção aos seus nomes, sequer aos seus números. Como é que a abadessa as seleciona? Aonde elas vão após os dez anos? Continuo a buscá-las, mas elas seguem escondidas. São santas e mártires, tão veneradas e importantes — tão misteriosas — quanto os próprios Agouros.*

Virei a última página do caderno, onde se lia uma única linha.

Mas, sem cessar, eu me pergunto: que horror elas escondem atrás do véu?

— Seis?

Eu me virei bruscamente.

Benji estava atrás de mim, com uma taça de vinho e uma vela na mão.

Minha voz saiu em uma rouquidão feia.

— Onde estou?

— No Bosque Retinido. Em Solar Petula, a casa de Maude — disse ele, arregalando os olhos. — Chegamos ontem. Você estava desacordada. Você está... se sentindo melhor?

Ele olhou para a mesa. Para o caderno, aberto ali.

Apontei a última página com o dedo em riste.

— O que é isso?

Ele não parecia entender.

— O caderno do meu avô.

— Ele escreveu sobre Divinadoras — falei, e a mordida no meu pescoço ardia a cada palavra. — Você me disse que não.

O rei remexeu a taça.

— Sim, mas o que ele escreveu não tinha tanta relevância para vestir o...

Eu me aproximei dele como uma sombra.

— Para mim, menino-rei, a questão nunca foi vestir o manto. Foi encontrar minhas amigas.

Ele assentiu com um gesto de cabeça tão rápido que pareceu mais um calafrio.

— Achei que você talvez não fosse querer nos acompanhar se soubesse o que meu avô escrevera, que nunca houvera registro das Divinadoras após servirem em Aisling. Achei...

Ele procurou coragem no vinho, o qual virou em um gole.

— Achei que você ficaria magoada — concluiu.

Levei a mão ao meu pescoço enfaixado.

— Então o rei decide quando eu devo suportar a dor, e quando não, de acordo com o que lhe é conveniente? — falei, com a antipatia devida. — Não é tão diferente de uma abadessa, é? De um *Agouro*.

Benji se encolheu

— Soa horrível quando dito em voz alta.

— A verdade muitas vezes é assim.

De ombros murchos, boca curvada, o rei parecia desamparado.

— Perdão, Seis. Eu acho muito difícil, com tantas histórias conflitantes de Traum, saber o que dizer, ou o que é certo. Normalmente, peço para Maude ou Rory me dizerem o que fazer, porque, na maior parte do tempo, eu simplesmente não sei. Eu deveria ter sido honesto — falou, o queixo tremendo. — É muito provável que não encontremos suas Divinadoras.

Mortas. Suas Divinadoras estão todas mortas.

— Por causa da água da nascente de Aisling. Porque os Agouros anseiam por bebê-la, e nós passamos todo o nosso mandato nos afogando nela. Então quando nossos dez anos chegam ao fim, a abadessa...

Eu não consegui concluir a frase.

— Cadê minha gárgula? — perguntei.

— Ele está com Maude na vila. Bagos, Seis, me perdoe. É... ah. Você... — disse Benji, olhando para minha túnica. — Você está sangrando.

o CAVALEIRO e a MARIPOSA **313**

— Estou bem.

— Pensamos que você tivesse morrido. Pegamos o remo da plataforma antes de afundar. Chutamos o corpo do Barqueiro Ardente na água, por via das dúvidas. Tiramos você da água, e Rory bateu no seu peito, mas achamos que...

A voz de Benji soava fraca. Alquebrada.

— É melhor você descansar — concluiu ele. — Vou mandar entregarem roupas limpas.

Ele me deixou como me encontrara. A sós com a verdade insuportável.

Eu não voltei para o quarto. Não sabia aonde estava indo, mas fui mesmo assim.

Batendo os pés descalços na pedra, segui pela escada. Quando cheguei à entrada, as punções no meu pescoço incharam de tanta força que fiz para abrir a porta pesada de madeira.

O céu tempestuoso dos Cimos Ferventes se fora. A noite do Bosque Retinido estava tranquila, com o firmamento azul e uma lua reluzente pendurada sobre uma floresta densa de bétulas.

Saí de Solar Petula mancando, seguindo a trilha até chegar à margem de uma parede vasta de árvores. Adentrei o abraço do Bosque.

E gritei.

Meus pés não conseguiam me levar aonde eu precisava ir porque estavam sangrando. Melhor assim. Eu não tinha para onde ir mesmo. Tropecei em pedras, raízes, espinhos.

Caí.

Fiquei estatelada e imóvel na terra, sangrando meu ciclo, orando por um modo de afundar os dentes na terra, na pedra e na carne, e então rasgar Traum até o mundo inteiro ser uma ferida aberta. Apagar a Catedral Aisling da existência. Obliterar os Agouros da lenda, da memória, dos anais do tempo.

Fiquei ali, deitada, e minhas preces não foram atendidas. Só o vento interagia comigo.

Mas o vento ali não era um tom de lamento como no outeiro. O vento no Bosque era um sino retinindo, dissonante e desconcertante, se jogando de um lado a outro. Reverberava pelas árvores, pelas folhas, pelos cipós espinhentos espalhados no chão.

O Bosque de repente pareceu mais apertado, o ar mais próximo, como se os espaços entre as bétulas tivessem diminuído. Ergui os olhos. Estudei as árvores. A casca pálida não era translúcida, nem fina, e, sim, manchada. Pesada. Como pele velha. E os nós nos troncos, fendas escuras naquela pele pálida e descascada...

Os nós eram olhos. Centenas de olhos pretos, sem pálpebras, à minha espreita.

Recuei, raspando as mãos e os pés nos espinhos, deixando rastros vermelhos no chão.

Então veio um som. O rangido de rodas de madeira.

Uma luz amarela cortou as trevas. Pestanejei até enxergar uma carroça na trilha, puxada por um cavalo cinza, que vinha em minha direção. Na condução da carroça estava um homem de barba grisalha, curvado sobre as rédeas. Ao lado dele, a luz do lampião delineava os ângulos do rosto, o cabelo preto, os brincos na orelha...

Rory.

Quando voltei a olhar as bétulas, elas não tinham mais olhos. Eram apenas madeira, casca, galhos e folhas.

Eu me escondi em suas sombras largas.

Do espaço entre os espinhos, vi a carroça passar. Até que...

— Opa.

O cavalo relinchou, reclamando, e a carroça parou com um rangido.

— Pode seguir em frente, Victor — disse Rory, batendo as botas no chão. — Já estou indo.

o CAVALEIRO e a MARIPOSA **315**

A carroça seguiu viagem, mas as botas permaneceram na minha vista, oscilando para a frente e para trás nos calcanhares.

— Não sei quem está aí sangrando na trilha — chamou Rory —, mas espero que esteja se divertindo.

Quando saí do esconderijo, Rory arregalou os olhos, fitando minha roupa e o sangue que a manchava.

— Puta que pariu, Divinadora.

Eu toquei meu novo véu.

— Você pôs isto nos meus olhos?

Ele pestanejou, confuso, como se tivesse sido jogado no meio de uma cavalgada sem cavalo.

— Se eu... sim, eu pus. Achei que você... — disse ele, e se sacudiu. — O Bosque é perigoso à noite. O que você está fazendo aqui, no meio da madrugada, *sangrando*? — Ele suspirou. — E que surpresa — acrescentou. — Está descalça.

— Eu falei com Benji. Ele me disse o que o avô sabia. Que não há registros de nenhuma Divinadora depois que elas deixam o outeiro. Foi por isso... — eu falava rápido demais, tentando ultrapassar a verdade atroz. — Foi por isso que o Barqueiro Ardente me mordeu, porque ele já mordeu outras Divinadoras. Bebeu o sangue delas. Elas... — Eu me forcei a dizer: — Elas *morreram*.

O calor fugiu do rosto dele, o silêncio nos agarrando. Rory não fez nada para dissipá-lo, até que:

— O Bandido Ardiloso sempre queria água da nascente. Mas o restante da história... — Ele estava ansioso, furioso demais até para se remexer, e se manteve perfeitamente imóvel. — Eu não sabia — concluiu.

Eu não conseguia respirar. Estava submersa. Afogando de novo.

— A abadessa nunca nos contou como funciona a nascente. Como os sonhos vêm. Mas é uma magia espantosa. Quando Divinei para você, quando a gárgula me afogou, eu não sonhei com os cinco Agouros... Eu sonhei com o sexto. A mariposa. Depois disso, as Divinadoras sumiram — falei, e levei a mão ao peito. — Talvez nesse tempo todo eu já soubesse que algo horrível tinha acontecido. Que eu nunca mais as veria.

Rory abanou a cabeça.

— Se a nascente no outeiro de fato oferece sinais verdadeiros a quem sonha nela, é uma magia cruel. Por que mostrar algo e não dar nenhum poder para mudá-lo? Não havia nada que você pudesse fazer, Divinadora — disse Rory, levando a mão à minha nuca. — Mas você pode fazer alguma coisa agora. Derrubar os outros Agouros. Destruir Aisling.

Quando ergui o rosto, vi medo nos olhos dele.

— Apenas não desista — acrescentou.

— Não aguento continuar.

— Aguenta, sim.

Senti a verdade em toda minha pele rasgada e machucada.

— Eu sempre tive forças, e apenas o suficiente. Ser Divinadora, ser uma de seis... eu amava e odiava, e tolerava tão bem. E agora que tudo se foi... — falei, uma agonia insuportável pressionando meus olhos. — Tudo pesa demais.

Minha vista ficou embaçada. Luto, percebi. Era essa a agonia nos meus olhos. Um luto que vinha como um pastor, trazendo seu rebanho de lágrimas.

— Eu queria ainda ser uma menina, tornada especial para sonhar no outeiro.

Pela primeira vez em muito tempo, chorei.

Doeu mais do que me afogar.

Rory foi subindo a mão pelo meu pescoço, hesitando próximo do meu rosto, sem tocar as lágrimas que caíam de trás do véu, mas as protegendo da brisa, como se elas merecessem a própria peregrinação delicada pela minha face.

— Eu sinto muito — disse ele. — Sinto muito pelas Divinadoras. Sinto muito que as pessoas que melhor entendiam o que você suportou tenham sido tiradas da sua vida, e que essa vida sem elas lembre a morte. Porém, se você não tivesse deixado aquele outeiro...

Ele falava com uma familiaridade profunda. Como se tivesse pensado em dizer aquilo milhões de vezes, e como se tais pensamentos tivessem desgastado as arestas das palavras de tanto treinar pronunciá-las.

— Eu teria ido buscá-la. Teria matado, roubado, feito qualquer coisa ignóbil para libertá-la daquele lugar. Você é mais especial do que percebe. Eu nem sei seu nome — disse, respirando fundo —, e eu faria *tudo* por você.

Eu estava chorando na frente dele e me odiando por isso. Porém, as lágrimas vinham apressadas, como se tivessem esperado vidas inteiras para sair. Então chorei e chorei, até que... Não sei por que fiz o que fiz a seguir. Talvez porque minha amada Um — e Dois e Três e Quatro e Cinco — tinham partido, e eu nunca soubera seus nomes. Talvez porque a cerimônia de Divinação em Aisling ainda tivesse significado para mim, ou talvez porque eu estivesse simplesmente abandonando minha fé nos sonhos, nos Agouros, na fé em si. E talvez, em meio a tanto esquecimento...

Eu quisesse me lembrar de quem viera antes.

Levei meu polegar à boca e mordi.

Um vinco surgiu entre as sobrancelhas de Rory. O sangue, quente e viscoso, se espalhou ao redor do meu canino. Soltei um suspiro dolorido. Estendi a mão para ele.

Ele percebeu na hora. Rory sempre parecia abrir uma porta em si toda vez que eu precisava de um lugar para ir. Ele levou meu dedo ensanguentado à boca e disse as mesmas palavras que eu dissera a ele — a milhares de outros — na nascente de Aisling.

— Que nome, com sangue, me dá?

Encostei o dedo na boca dele.

— Meu nome é Sybil Delling.

O rosto dele se abriu, como se eu tivesse fincado o cinzel em sua arrogância para despedaçá-la. Rory passou as reentrâncias do meu dedo pelos dentes tortos, pela língua, e pôs meu sangue na boca como algo sagrado.

O carmim se lavou. Quando Rory tirou meu dedo da boca, ele o beijou.

— Como foi dizer isso em voz alta depois de tanto tempo?

Sequei as lágrimas com o dorso da mão.

— Anos de expectativa… e terminou em um instante.

Voltamos juntos a Solar Petula.

O senhor da carroça estava estacionado na frente da casa, adormecido no posto. Ao lado da carroça, uma figura falava com o cavalo, abanando um dedo de pedra na cara do animal.

A gárgula.

Que se sobressaltou ao nos ver.

— Onde você se meteu, Bartholomew?

A criatura olhou para além de mim, torcendo o nariz para o Bosque Retinido.

— Espero que não tenha sido ali — continuou. — Que floresta desagradável.

Rory se aproximou da carroça. Bateu a mão espalmada na madeira, despertando o homem, Victor, com um susto.

— Sorte a dela que isso acabou de chegar.

Olhei para dentro da carroça. Havia algo apoiado no leito de palha. Um exoesqueleto prateado que refletia a luz da tocha.

— Minha armadura?

— A couraça, pelo menos — disse Rory e, quando secou uma lágrima errante do meu rosto, o cabelo preto caiu em sua testa. — Primeiro, você deve sarar.

Ele olhou para o meu pescoço enfaixado e franziu a testa.

— Quando a ordem do cavaleiros chegar — acrescentou —, você deve estar pronta para vesti-la.

— Os cavaleiros não estão aqui?

—Alguns de nós fugimos às pressas dos Cimos. Eles devem chegar logo. Até lá — falou, apontando a casa —, descanse. Nada de visitas noturnas ao Bosque.

— Concordo — disse a gárgula, bocejando. — Você está um desastre.

A gárgula pegou meu braço e me conduziu até a porta.

Olhei para trás, para Rory, que continuava junto à carroça. As pernas firmes, as mãos cruzadas às costas, como um bom soldado.

— Boa noite.

— Boa noite — murmurou ele —, Sybil.

CAPÍTULO VINTE E DOIS
SENTIMOS, MAS NÃO VEMOS

Passei dias a fio de cama.
Eu não conseguia me mexer sem sentir dor. E meus pensamentos eram sombrios. Violentos. Eu imaginava Divinadoras, inertes do jeito que ficavam no altar de Aisling, mas com as faces pálidas da morte. Agouros se debruçavam em cima delas, enroscando os dedos ávidos na gaze. Quando dormia, eu sonhava com corpos destruídos. Com sons úmidos e horríveis. Com sangue, carne e osso. Então despertava e, na breve brecha entre o sono e a consciência, esperava estar de volta à morada das Divinadoras, deitada junto a Um.

Porém, ela se fora. Como todas.

Dormindo ou acordada, eu vivia enjoada.

No quarto dia de cama, fiquei abalada demais para chorar, para comer. A gárgula, sentada no meu quarto, cantarolava baixinho.

— Quer que eu conte uma história? Aquela do início trágico e do meio desolado e interminável?

— Histórias não me adiantam — falei, com os olhos embaçados de trás do véu. — Tragédia e desolação são minhas companheiras.

— Sim — disse a criatura de pedra, voltando a cantarolar. — Mas eu também a acompanho, Bartholomew.

Ao meio-dia, soou uma batida leve à porta. Escutei a voz de Maude do outro lado.

— *O que foi*, Benji?

O tom do rei era frágil.

— Não é nosso lugar invadir o luto dela.

— Ela precisa comer.

— Se vocês a tratarem como se ela fosse frágil — disse Benji, insistente —, ela começará a pensar assim de si. Deixem ela permanecer como é, forte e temível...

Rory não disse nada. Apenas abriu a porta e entrou. Quando me viu largada na cama, imóvel, seu corpo inteiro se enrijeceu.

Eu rolei para o outro lado.

— Vá embora.

— Não.

— Bartholomew está entregue às garras do desespero — disse a gárgula, ainda murmurando uma melodia. — Um estado bastante subestimado, na minha opinião.

Ninguém perguntou nada. Eles se espalharam pelo quarto, como se sua presença ali fosse natural. A gárgula pediu um gole de vinho para o rei, e tossiu na taça enquanto Rory andava de um lado a outro na frente da janela, remexendo na moeda e se virando para me olhar de minuto em minuto.

Maude sentou-se na cama. Começou a acariciar minhas costas, passando a mão no meu ombro, fazendo carinho no cabelo, como eu imaginava que uma mãe faria com uma filha doente.

— A raiva é uma bela arma, Divinadora — disse ela, em voz baixa o suficiente para mais ninguém ouvir. — Desde que você não a aponte para si. Agora, tome um pouco de sopa.

Finalmente, me alimentei um pouco. Nem a dor nem a fúria me deixaram, mas ser cuidada por Maude, por Rory e pela gárgula — até por Benji —, não apenas porque eu lhes era útil, mas porque eles se importavam comigo, abrandava um pouco do enjoo. Eu comi. Dormi.

No sexto dia, eu me levantei, afastando da memória todas as histórias transportadoras que eu partilhara com as Divinadoras sobre o que faríamos no mundo vasto de Traum. A única

322 RACHEL GILLIG

história que eu ainda contava era uma narrativa dura de vingança. De destruição.

Eu encontraria o sino perdido da Lenhadora Leal. Iria às Falésias de Bellidine, mataria a Triste Tecelã. Então voltaria aonde tudo aquilo começara. Ao outeiro, à catedral...

E enfrentaria a abadessa.

Um dia eu a enxergara como mãe, quando dedicava toda minha força a tentar agradá-la. Contudo, ela não era mãe alguma. Era um inseto que tecia memórias falsas, e se alimentava da minha dor — que manipulava o maquinário de Aisling a favor da própria glória, do próprio poder, da própria eternidade. Não. Ela não era mãe alguma. Era o sexto Agouro. A *mariposa*. E pelo que fizera comigo, com as outras Divinadoras, com Traum em si...

Eu pegaria as ferramentas que ela me dera. E então, com o martelo e o cinzel...

Eu a aniquilaria.

Solar Petula pertencia à família de Maude havia séculos, e o sobrenome Bauer era proeminente no Bosque Retinido. A própria Maude era a joia do Bosque, e percebi que, atravessando o vilarejo e a vila nele contidos, o povo não ficava obcecado em olhar para mim ou para a gárgula, e, sim, para ela. Maude, para quem ofereciam as mãos calejadas de empunhar machados.

O ar cheirava diferente no Bosque Retinido em comparação aos Cimos Ferventes, a Seacht ou a Feira Coulson. Ali, no abraço das bétulas — onde as casas eram todas feitas de madeira clara e todo homem, mulher e criança usava carvão nos olhos e um machado no cinto —, o ar tinha um cheiro fresco, com um toque de erva-d'ócio.

O povo conversava sob estandartes estampados com sinos e o credo do Bosque: *Apenas o vento diz o que virá.* Onde eu passasse com a gárgula, alguns tinham até o atrevimento de falar conosco sobre presságios, sobre os Agouros.

— Ouvi um ruído terrível hoje no vento. Foi sinal de más notícias?

— Soprou um vento bom, e eu derrubei uma árvore grossa, mas estava podre por dentro. A Lenhadora Leal estaria tentando me dizer alguma coisa?

— O que você vê de trás do véu quando olha para o Bosque?

Minha resposta era o silêncio. Eu não tinha nada a dizer. Eu me tornara ferro fundido, atingida tantas vezes por tudo o que acontecera desde que o rei fora à Catedral Aisling que não me reconhecia mais. A mordida do Barqueiro Ardente arrancara de mim a fé e a obediência e, pela primeira vez, eu sentia raiva por estar sendo reverenciada. Uma acrimônia amarga ante a noção de que a história dos Agouros, de Aisling — a *minha* história —, era uma mentira.

Nada mais me parecia sagrado, exceto pelos mortos, talvez.

— O Bosque é tão vasto — falei, tropeçando em espinheiros enquanto caminhava com os outros em direção à vila. — Onde devemos começar a procurar o sino da Lenhadora?

— Há um vale — disse Maude. — É um lugar sagrado, porque algum idiota da família Eichel alegou ter visto a Lenhadora Leal por lá décadas atrás, e desde então os anciões usam a região para meditar.

Rory girou a moeda entre os dedos ágeis.

— É lá que fazem as cerimônias na chegada de um novo rei.

— Portanto, assim que a ordem dos cavaleiros chegar, teremos permissão para entrar — disse Benji, chutando pedras. — Seu rei será um espetáculo inútil para os nobres do Bosque, e deixará vocês vasculharem o vale em busca do sino de pedra da Lenhadora Leal.

— Eu não chamaria você de espetáculo inútil — disse Rory, passando o braço pelo ombro de Benji. — Só de boa distração.

Ele bagunçou o cabelo do rei e acrescentou:

— Você está cada vez melhor no papel. Com essa carinha inocente, quase chorando de reverência pelos Agouros, sr. *Eterno Visitante*.

— O melhor ator do reino — comentou Maude.

— Ou o melhor mentiroso — disse a gárgula, com simpatia.

Benji dirigiu os olhos azuis para mim, como se dissesse: *Eles não sabem como é precisar desempenhar esse papel. Mas nós sabemos.*

Eu ainda estava com raiva de Benji pelos segredos que escondera sobre as Divinadoras perdidas. Porém, eu via em seus olhos azuis a determinação para encontrar os objetos de pedra. Para vestir o manto e conseguir o que seu avô não conseguira. Para provar seu valor. Eu era assim fazia pouco tempo. De todos os rostos que eu vira desde que saíra do outeiro, aquele que eu mais temia enxergar como análogo ao meu era o de Benedict Cástor.

Precisei me esforçar, mas sorri para ele.

— Cai bem em você.

No sétimo dia no Bosque Retinido, um falcão trouxe um recado, avisando que os cavaleiros estavam chegando. No oitavo dia, fomos à vila recebê-los. Enquanto esperava, me recolhi sob uma bétula, arrancando folhas amarelas de um galho.

Do outro lado da praça, recostado em uma árvore, com Benji e Maude, Rory conversava com dois lenhadores. Ele os escutava, mas, sem ninguém notar, mergulhou a mão esquerda na capa do mais próximo. Quando a tirou, trazia um cachimbo. Ele guardou o objeto no bolso, ergueu o rosto e deu uma piscadela para Maude, que o olhou, exasperada.

Ladrão.

— Você está fazendo careta para o salafrário — disse a gárgula, me dando um susto. A criatura estava brincando com as sementes felpudas de um dente-de-leão, olhando para Rory.

o CAVALEIRO e a MARIPOSA **325**

— Por que está fingindo não dar boca para ele? — perguntou.

— É "não dar bola", gárgula.

A gárgula pestanejou.

— O que ele quereria com uma bola?

— O que ele quereria com minha boca?

Era impressionante que, mesmo com o rosto inteiro de pedra, a gárgula fosse capaz de me repreender com um simples olhar. Era a expressão que ela vinha fazendo para mim havia dias. Maude e Benji, também — embora eles tivessem começado a fugir como cães ao ouvir um assobio de comando toda vez que eu e Rory estávamos no mesmo ambiente. Uma frequência que ninguém escutava, mas todos sentíamos.

Começara na noite em que eu dissera meu nome para Rory. Talvez ainda antes, para ser sincera. Porém, eu reparara distintamente quando ele trocara o curativo do meu pescoço.

Ele tirara a atadura velha com esforço tão cuidadoso, que parecia até estar removendo minha pele. Com uma das mãos no meu queixo, e a outra no meu ombro, Rory virara minha cabeça com delicadeza, dirigindo um olhar atento para as marcas de dente no meu pescoço.

— E então?

— Melhorando.

Nessas ocasiões, eu sentia um cheiro forte, seguido pelo perfume aromático adocicado da cera de abelha. Rory a espalhava nos furos deixados pelo Barqueiro.

Eu sempre estremecia quando o polegar dele roçava a curva da minha garganta.

— Faltam só um sino e um peso de tear — comentei certa vez —, e seu rei vestirá o manto com sucesso.

— Não conseguiríamos sem você — murmurara ele, atento enquanto fazia o trabalho.

Até que ele erguera o rosto, o olhar passeando para minha boca. A face dele corada, e meu coração a galope, enquanto eu também sentia a mesma aceleração na vibração de seu polegar... dois batimentos, disputando a dominância.

Rory deixara a atadura cair. Praguejara.

— Vou buscar mais.

Saíra correndo do quarto.

E assim os dias foram se seguindo. Ele trocava meu curativo, passava bálsamos, unguentos e mel, e eu ficava tão imóvel que me imaginava esculpida em pedra. Contudo, apesar da precisão de Rory e de minha imobilidade, acabávamos sempre afogueados e esbaforidos.

Imaginei que aquilo fosse acabar tão logo eu sarasse. Porém, revelar meu nome — mostrar meu luto — fizera algo mudar algo entre nós.

Olhar para ele me deixava febril. Eu ficava tonta, perdida.

A gárgula estalou a língua, um som de censura.

— Vocês dois já passaram tempo demais fazendo pose.

Aí gritou para Rory:

— Bartholomew! Venha cá um momento, sim?

— O que você está fazendo? — chiei.

Rory direcionou os olhos escuros para nós. Então, engoliu em seco e veio, e até passaria por entediado não fosse o rubor distinto no rosto.

— Precisa de ajuda?

— Pelo bem de minha sanidade...

Uma semente de dente de leão voou para dentro do nariz da gárgula, que se esticou para trás. Gritou. Espirrou na cara de Rory.

Soltei uma gargalhada, e Rory fechou os olhos.

— Você me chamou para isso? Para *espirrar* em mim?

— Peço mil perdões. O que estava dizendo? Ah, sim — disse a gárgula, apoiando a mão de pedra no meu ombro. — Pelo bem de minha sanidade, poupe Bartholomew do sofrimento. Admita logo que está apaixonado por ela.

Rory arregalou os olhos bruscamente, franzindo a testa em uma carranca. Atrás dele, Benji e Maude, que fingiam mal e porcamente não estarem escutando a conversa, soltaram um suspiro coletivo que saiu assobiado.

— Apaixonado por...

Ah, ele estava todo vermelho. Rory abaixou as mãos, as manoplas tilintando com o movimento agitado, e semicerrou os olhos para a gárgula, e então para mim.

Engasguei com a própria língua e apontei o dedo em riste para a cara da gárgula.

— Você não pode dizer essas coisas assim. É *apavorante*.

A criatura tamborilou o dedo no queixo de pedra.

— Eu me enganei?

— Decididamente.

— Minha nossa — falou, e inflou o peito. — Então é *você* quem está apaixonada por *ele*, é isso?

Não havia virtude cavaleira forte o bastante para impedir Maude de esconder seu júbilo. Ela estava praticamente vibrando. Benji, um pouco menos. Ele olhava de mim para Rory, e vice-versa.

— Bagos... *não* — falei, e o suor encharcou minhas mãos. — Você precisa mesmo transformar qualquer nada em alguma coisa?

A gárgula tamborilou o dedo no queixo outra vez.

— Então não foi nada, aquela batida na porta nos Cimos Ferventes, Bartholomew? — perguntou, e apontou a cabeça para Rory. — Ele apareceu à nossa porta, e vocês sumiram por horas. Quando você voltou, estava molhada, tirou a túnica e se cobriu. Eu tentei dormir, mas você estava insuportavelmente irritante, respirando alto, suspirando, fazendo barulhinhos, agitada na cama...

Por fim cobri a boca de pedra.

Maude apertou o braço do rei.

— Falei que eles estavam se encontrando em segredo. Eu soube naquela primeira noite em Aisling, quando ele voltou e fumou um ramo inteiro de erva-d'ócio, que ele estava fodido, de um jeito ou de outro.

— Então eu acertei? — exclamou a gárgula, e bateu palmas.

— Que maravilha. Ah, vejam só! Chegaram os cavaleiros.

A criatura saiu saltitando e cantarolando, como se não tivesse acabado de massacrar meu orgulho em praça pública.

Vozes ecoaram. O Bosque Retinido era uma paleta de verde, branco e amarelo, grama e bétulas. Em meio às supracitadas cores, seguindo a trilha espinhenta, vislumbrei traços de roxo, de prata. Os estandartes do rei, e os cavaleiros que os carregavam.

Segui Maude e Benji para cumprimentá-los, mas antes, bati o ombro em Rory, brincalhona.

— Um ramo inteiro de erva-d'ócio? — provoquei.

— Barulhinhos? — veio a resposta lenta e bem-humorada dele.

De volta a Solar Petula, nuvens cinzentas embrulhavam o sol, conferindo ao céu para além da janela as mesmas características pálidas da casca da bétula.

— Parece que choverá na cerimônia.

Soou um estrondo, seguido por um grito esganiçado e ofendido.

— Cuidado com meus pés, Bartholomew!

Passos arrastados soaram no corredor, e Maude grunhiu.

— Seus pés são de pedra, seu palerma.

A gárgula gritou de novo. Escutei enquanto ela ia embora, enfurecida, e em seguida Maude apareceu à minha porta, arfando, carregando um objeto de ferro.

Uma couraça.

— Isto é…

— Para você. Você vai precisar dela para a cerimônia, daqui a uma hora. E como seu escudeiro acabou de sair aqui dando chilique — disse ela, sorrindo de fora a fora —, terei a honra de vesti-la em você.

A inauguração da couraça no meu corpo não demorou. As tiras foram apertadas, os fechos, presos. Era estranho ser envolta por algo tão pesado. Eu não sabia se minha falta de ar era pelo esforço ou por estar gostando tanto da sensação.

o CAVALEIRO e a MARIPOSA **329**

— É linda.

— Quanto maior o espetáculo, maior a ilusão — disse Maude, batendo os nós dos dedos na couraça. — Mas às vezes acho que o espetáculo tem seu próprio sentido. Da primeira vez que vesti armadura, senti que tinha trinta metros de altura, como se eu pudesse fazer qualquer coisa. Quando fiquei mais velha, encomendei a primeira armadura de Rory e de Benji. Vi ambos crescerem dentro da roupa. E isso também foi importante.

Minha voz soou fraca:

— Eu ainda não tenho como pagar, Maude.

— Ah, como você é orgulhosa — disse ela, com um brilho nos olhos verdes. — Você ainda usaria se eu dissesse que é presente?

Olhei para mim. Na estrada dos Cimos Ferventes, Maude me dissera que não entendia nada dessa coisa de ser maternal. Era estimulante ver que alguém tão honrada e decidida quanto Maude Bauer ainda pudesse se enganar. Ela era a mulher mais atenciosa que eu conhecia.

— Sim.

— Que bom.

Ela saiu para o corredor outra vez. Quando voltou, trazia uma paleta de madeira com carvão úmido.

— Agora, nos pintemos — disse.

Ela passou carvão ao redor dos olhos, a pintura que eu já vira tantas vezes. No entanto, ela não parou nos olhos — seguiu desenhando curvas escuras na bochecha, um triângulo no nariz, linhas ao redor da boca.

Fascinada, fiquei admirando cena, como a assistente de uma pintora.

— Por que o povo do Bosque usa isso? O carvão, no caso.

— Tradição… uma precaução antiga. Por causa da betala.

— O que é betala?

— Um nome que usamos aqui. Betala, parecido com bétula.

Percebi que ela não era exatamente entusiasta daquele assunto.

— E...?

Maude suspirou, fazendo uma careta para o reflexo.

— O nome é betala porque faz lembrar as árvores... mas não são bétulas. São entidades que caçam no Bosque. Antigamente, se alimentavam de erva-d'ócio, mas o povo daqui protege a erva para uso cerimonial ou medicinal. Agora, as betalas se alimentam de carne. E o que mais gostam é de... — falou, com um toque na testa. — De olhos. Por isso pintamos o rosto com carvão. Para dar a ilusão de caveiras ocas. Eu sei. É bizarro, pintar os olhos para não serem comidos. Mas me diga que tradição não é bizarra.

Pensei nas árvores que eu vira na primeira noite no Bosque Retinido, e de repente senti meu corpo gelar.

— Quando eu sonhava com o sino de pedra da Lenhadora Leal, era sempre em um círculo de bétulas altas, mas elas se mexiam. E os nós... — falei, estremecendo. — Os nós eram olhos horríveis, que não paravam de piscar. Então eram...

— Betalas. Exatamente.

Uma hora depois, quando o sol se despediu das nuvens e se entregou à lua, os cavaleiros chegaram em Solar Petula.

Eles ficaram aguardando lá fora, do mesmo jeito que fizeram à porta da morada das Divinadoras para nos acompanhar a Feira Coulson. Desta vez, contudo, não estavam de armadura completa, apenas couraça e roupas do Bosque. Couro, capas.

Todos tinham o rosto pintado, como caveiras.

Estávamos terminando de pintar o rosto da gárgula. Maude alertara não ser necessário — que betalas não têm interesse algum por olhos de pedra —, mas a gárgula se ofendera tanto com a exclusão, que o pintamos mesmo assim.

Quando terminamos, Maude passou um último toque de carvão na minha boca e me virou para o espelho do corredor.

O efeito do carvão não era tão espantoso com meus olhos escondidos pelo véu. Contudo, a testa, as bochechas e o queixo

o CAVALEIRO e a MARIPOSA **331**

todos tinham o contorno de uma cabeça descarnada. Uma caveira, esvaziada pelas sombras.

— Pareço estar morta — murmurei.

E, como tudo, me lembrou das Divinadoras.

Maude sorriu para o meu reflexo.

— Você está perfeita.

Saímos para o pátio. Benji seguia na vanguarda da fileira, conversando com Hamelin e dois outros cavaleiros que reconheci. Dedrick Lange, que vinha de Seacht, e Tory Bassett, das Falésias de Bellidine.

Rory se mantinha ligeiramente afastado, de braços cruzados, e admirara minha aparência com a nova couraça. Já eu achei que, por vê-lo sempre com os olhos pintados de carvão, o efeito da pintura completa não seria tão impressionante.

Enganei-me completamente. Rory, com o cabelo preto bagunçado, os brincos na orelha, o rosto pintado como uma caveira — era o mais distante de um cavaleiro que um homem poderia estar. Assim como eu, ele parecia a morte em pessoa.

— Bem, Seis — disse Benji, me oferecendo o braço. — Você está prestes a me ver me prostrar diante dos homens e *deuses*. De *novo*.

Suspirei. Aceitei o braço dele.

— Se eu pudesse sortear e ir no seu lugar, provavelmente iria.

O cheiro me atingiu antes de chegarmos ao vale sagrado. Acre. Pungente.

Erva-d'ócio.

Emanava entre as árvores, uma névoa tão severa que encheu meus olhos d'água e fez a gárgula tossir.

Na entrada do vale, cinco silhuetas encapuzadas aguardavam. Usavam capas amarelas, da cor das folhas de bétula, com o rosto pintado no mesmo padrão de caveira que o restante de nós. Assim como as famílias eminentes que nos receberam nos Cimos Ferventes, os nobres do Bosque Retinido fixaram o olhar em Benji.

— Eu me chamo Helena Eichel — disse uma das figuras encapuzadas, cumprimentando Maude com um aceno de cabeça. — Minha família, como os Bauer, vive no Bosque Retinido há séculos.

Ela era idosa, curvada, com uma voz grave e rouca.

— Você, novo rei, é outro *Benedict Cástor* — continuou.

Ela parou por um bom momento. Os olhos pintados estavam escondidos pela sombra do capuz. Ainda assim, eu soube quando ela os virou para mim.

— Mas vejo que não puxou nada a seu avô descrente. É uma honra inestimável que tenha trazido uma filha de Aisling ao nosso Bosque.

— Um bom presságio — disse outro nobre. — Pressinto isso.

— Um sinal de grandes feitos vindouros de nossa Lenhadora Leal — acrescentou outra.

Caiu a noite, e com ela, a chuva. Adentramos o vale enfileirados, e lá a água não nos tocava. As árvores eram muito densas, algumas das bétulas cresceram tão próximas que animais morreram esmagados entre elas. Havia galhadas, crânios, os restos grotescos de criaturas mortas havia muito.

Sinos pendiam dos ossos.

No alto, folhas entrelaçadas formavam um telhado amarelo que não deixava a chuva passar. Também deixavam o ar mais úmido. Uma proximidade sufocante. Seguimos por entre as árvores — entre a fumaça e a penumbra —, e finalmente eu o vi.

Um estrado, erguido no centro do vale. Piras de erva-d'ócio ardiam nas beiradas.

Os nobres anciões se reuniram ao redor do estrado. Estenderam a mão para Benji. Quando ele se juntou ao grupo, postando-se à nossa frente como um ator no palco, tiraram sua

o CAVALEIRO e a MARIPOSA **333**

couraça. Empurraram os ombros dele até ele se ajoelhar diante dos nobres.

— É preciso mais do que um braço forte e um machado firme para ser lenhador — declarou um dos anciões. — É preciso se conectar a seus sentidos, entender a árvore das raízes à ponta das folhas antes de derrubá-la. É preciso conhecer seu lugar no Bosque Retinido, e prever intuitivamente o que sua ausência causará. Por toque, som ou cheiro, é preciso entender a casca antes de cortá-la. É preciso aprender a sentir.

Os nobres correram as mãos nos sinos ali perto, emitindo um dobre dissonante.

— Apenas o vento diz o que virá — murmuraram.

— Não vemos presságios, sejam bons ou ruins — proclamou outro. — Isso é dever dos Agouros, e de suas emissárias. Porém, nós os sentimos, assim como, com a fumaça sagrada da erva-d'ócio amarela, sentimos a presença sagrada da Lenhadora Leal entre nós. Ela é a melodia do vento, próxima e distante, aqui e acolá. Sentida, sem ser vista.

— Quem vai fugir em um pé de vento sou eu, se não terminarem isso logo — resmungou a gárgula.

— Pois são os *Agouros* que governam Traum — disseram os cinco nobres em uníssono. — Os *Agouros* que traçam sinais. Estamos aqui apenas como testemunhas de suas maravilhas. Pupilos de seus presságios.

Eles se voltaram para os cavaleiros.

— Eternos visitantes de seu domínio.

— Eternos visitantes — disse Benji.

— Eternos visitantes — ecoaram os cavaleiros.

Eu não disse nada.

Uma faísca acendeu mais erva-d'ócio. A luz alaranjada perfurou as árvores, pintando o vale inteiro de um laranja árido.

Helena Eichel subiu no estrado. Nas mãos dela estava uma almofada de veludo, com um objeto cinza. Quando ela o ergueu, meu corpo inteiro travou.

Era um sino. Diferentemente dos outros do vale, feitos de madeira e metal — aquele ali era de pedra. Antigo, e estranho. Eu já o vira milhares de vezes.

Porém, apenas em sonho.

— Absorvam — disse Helena Eichel, encarando a plateia. — Escutem o vento. A voz da Lenhadora Leal, ressoando entre as árvores.

Ela ergueu a mão. Tocou o sino.

— E sintam.

CAPÍTULO VINTE E TRÊS
O SINO

O toque do sino era lindo. Nítido, melodioso.

Porém, me fraturou como um cinzel. De repente, eu estava rachando, minha mente, fissurada. O vale de bétulas entrelaçadas se transformou em uma máscara embaçada, e meus pensamentos se perderam à deriva. Eu era tudo e todo lugar em simultâneo. Órfã, Divinadora. Sybil, Seis. Dançava ao redor da pira em Feira Coulson, escalava a trilha nas montanhas dos Cimos Ferventes, corria pelas ruas apinhadas de Seacht.

Então — ruídos familiares, ecoando nas paredes da mente. Passos nas escadas da morada das Divinadoras. Três e Cinco, jovens, rindo. Um pente passando pelo cabelo escuro de Quatro. A respiração lenta e grave de Um durante o sono. A gárgula com aparência de morcego cantarolando enquanto eu trabalhava no muro.

O sino parou de soar, e fui arremessada de volta ao vale sagrado, a mente restaurada. Até que — pelos deuses, tocou novamente. Desta vez, as notas não foram melódicas. Eram feias, dissonantes, um dobre horrível. De novo, minha mente se partiu, dolorida, e a agonia danou a irradiar das minhas têmporas, me desorientando.

Escutei o movimento da água da nascente. A voz da abadessa.

— Estranha, especial... e nova.

Quando olhei meu corpo, minha nova armadura reluzente estava recoberta de mariposas pálidas e esvoaçantes.

O sino parou, e tudo se calou. Minha armadura não tinha mariposa alguma, apenas o reflexo das labaredas. Quando olhei

336 RACHEL GILLIG

ao redor, procurando a gárgula, Rory ou Maude, os cavaleiros não estavam na fileira de outrora. Estavam espalhados entre as árvores, cambaleando. Alguns cobriam as orelhas com as mãos, outros fechavam os olhos com força — todos em estupor.

Era o sino. O sino da Lenhadora Leal.

Os objetos mágicos de pedra. Suas aptidões. De transporte e destruição. A moeda, o tinteiro, o remo — eram todos físicos. Mas aquele, o sino, ao *soar*, não mexia com meu ser corpóreo. Era como se transportasse meus pensamentos. Quando soara em harmonia, meus pensamentos o acompanharam de bom grado, me conduzindo aos recantos alegres da mente. Quando tocara em dissonância...

Veio dor. Medo.

Estranha, especial... e nova.

Tossi, os olhos ardendo por causa da fumaça.

Enquanto isso, a cerimônia continuava no estrado. Helena Eichel, de olhar embaçado, abaixara o sino de pedra, e empunhava um ramo ardente de erva-d'ócio como uma tocha. Os nobres todos faziam o mesmo. Eles circundavam Benji, como predadores, abanando os ramos, agitando o ar, deixando rastros de fumaça.

O vale ficou todo enfumaçado. E aquela nuvem também me envolvia, sedava meus sentidos, queimava os olhos. Eu recuei, cambaleando.

Colidi contra uma armadura.

— Você já fumou erva-d'ócio amarela? — disse uma voz ao meu ouvido.

Demorei a reconhecer Hamelin com a pintura no rosto.

— Não...

Uma nobre de lábios finos e dedos magros se curvou por cima de Benji. Ele enrijeceu a coluna, mas não resistiu. A nobre inalou fumaça de erva-d'ócio pelo nariz, inspirando o ramo em brasa, pegou o rosto de Benji...

E levou a boca à dele.

o CAVALEIRO e a MARIPOSA **337**

Soltei um sopro seco. Quando a nobre soltou Benji, tendo infundido fumaça dentro dele, a clareza nos olhos azuis do rei já se esvaía.

— Eles só queimam assim quando um novo rei vem para a cerimônia — murmurou Hamelin. — Ouvi falar que inspirá-la é como viver um sonho febril. Sua mente fica uma loucura. Prepare-se para uma experiência.

Não é apenas a erva, pensei. *É o sino.*

Os cinco nobres se debruçaram em Benji, enchendo seu corpo de fumaça pela boca. Quando terminaram, o rei ainda estava ajoelhado, mas parecia inconsciente do fato. Ele oscilava, como se pesasse muito pouco — e também como se pesasse demais. Ele revirou os olhos e começou a cantarolar em harmonia com os sinos.

Os nobres o observaram, a satisfação repuxando suas bocas pintadas. Aí se viraram.

E começaram a espalhar os ramos acesos pela ordem dos cavaleiros.

A erva-d'ócio foi passada de cavaleiro em cavaleiro, e o processo, repetido. Nem todos participaram. Os que aceitavam, inspiravam a fumaça. Tragavam novamente, e encostavam a boca no seguinte, a quem enchiam de fumaça como uma língua preenche um beijo apaixonado.

Pensei em Quatro, soprando erva-d'ócio em nossas bocas na noite em que visitamos Feira Coulson. Quando narrara como seria a vida longe do outeiro, nos transportando para o futuro. Quando, na nuvem leve de fumaça, eu prometera a ela um mundo onde estaríamos juntas para sempre.

Quando, sem querer, eu mentira.

Ao meu lado, Hamelin pegou um ramo de erva-d'ócio. Inspirou fundo, e se virou para mim.

— Respire fundo. Você vai gostar.

Neguei com a cabeça.

Hamelin pesou a mão no meu ombro.

— Vamos, Divinadora. Seja mítica, seja aterradora — disse ele, ecoando o que me dissera semanas antes, entre beijos.

Ele inspirou mais fumaça, abaixou o rosto perto do meu. Cochichou:

— Ele é um azarão que está só se aproveitando de você.

Ele tentou soprar a fumaça em mim, praticamente encostando a boca na minha.

Eu o empurrei. Com força.

Ele cambaleou, como se a erva-d'ócio — e a rejeição dupla de uma Divinadora — o tivesse tirado do prumo. Hamelin ergueu olhos vidrados. Avançou um passo outra vez.

E foi detido abruptamente.

Rory pegou o cavaleiro pelo rosto. Apertou as bochechas de Hamelin, usando de pressão brutal. Hamelin tossiu fumaça, e Rory o encarou com um esgar de desprezo, arrancando a erva-d'ócio da mão dele com um tapa.

— Nunca mais encoste um dedo nela.

Hamelin olhou de Rory para mim, e então para Benji ao longe, como se implorasse para o rei puxar os freios do cavaleiro. Porém, Benji estava ajoelhado no estrado, balançando de olhos fechados, deixando Hamelin sem opção senão arrefecer.

Quando Rory o soltou, ele se foi em um borrão, desaparecendo pelo vale, pela fumaça.

Tentei segurar Rory.

— É o sino da Lenhadora Leal — falei. — Quando tocou, sua cabeça... você...

Rory pegou meu braço e me puxou para si.

— Sim — disse, com uma careta para a fumaça. — A erva-d'ócio não ajuda. Ou talvez ajude. Com tanta fumaça no ar, ninguém desconfia que na verdade seja o sino mágico o responsável por deturpar os pensamentos.

Ele tirou uma faca do cinto e cortou a barra da túnica em duas tiras. Levou uma ao rosto, cobrindo o nariz e a boca, e entregou a outra para mim.

— Isso ajuda contra a erva-d'ócio. O sino, por outro lado...

o CAVALEIRO e a MARIPOSA **339**

De repente, Maude apareceu, e a gárgula também, as vozes reverberando ao meu redor. Ela apontou o estrado.

— Precisamos roubar esse sino de Helena Eichel enquanto os outros estiverem distraídos demais com a fumaça para...

O sino tocou novamente, em harmonia.

O mundo ficou embaçado.

Meus pensamentos eram tão inúteis quanto uma margarida contra um vendaval. De repente, voltei a ser uma menina na Catedral Aisling, com água da nascente na boca. A abadessa estava lá, me afagando, afastando o cabelo do meu rosto e amarrando um véu nos meus olhos.

— Pronto, pronto — murmurou. — Tudo agora será melhor para você, querida órfã. Dormir é despertar enfim. Afinal, espadas e armadura não se comparam a pedra.

O sino tocou, e minha visão voltou ao normal.

Helena Eichel estava ao lado de Benji no estrado, passando os dedos pelo sino da Lenhadora Leal, revirando os olhos aturdidos.

— Este sino veio do vale — declarou ela, na névoa. — Um presente dos Agouros, assim como o ouro que encontramos ao longo dos anos. Sim, sim, um presente da Lenhadora, pois, ao tocar o sino, sou transportada pelo tempo e pelo espaço. Sinto êxtase e agonia, como é digno dos fiéis.

Os outros nobres de capas amarelas desceram do estrado, circulando em movimentos lentos e serpentinos entre as bétulas.

— Vocês sentem? — perguntaram. — Sentem o divino?

Ao nosso redor, os cavaleiros balançavam, caminhando entre a posição apertada das árvores. Quer acreditassem que seus pensamentos eram vítimas da erva-d'ócio ou de algo mais sagrado, me apavorava ver os soldados mais poderosos do reino, assim como seu rei, tão facilmente manipulados.

Talvez fosse por isso que os Agouros tivessem tanta certeza da própria transcendência. O sino da Lenhadora Leal — os objetos de pedra, com sua magia, seu *poder* — era aterrador.

Maude saiu do transe, de olhos vermelhos, mas encarando fixamente o estrado.

— Eu distraio Helena Eichel — falou, e pegou o braço de Rory. — Você, meu ladrão, roubará aquele sino. Seis, você e a gárgula devem garantir a segurança de Benji.

A gárgula pegou minha mão e nós seguimos para o estrado. Porém, bem quando nos aproximamos, Helena Eichel ergueu o sino da Lenhadora Leal novamente.

E tocou.

Minha visão girou. Os sinos. Os sinos. Tão dissonantes que notas soavam dentro de notas, arranhando umas às outras. Ecoando nas paredes da minha cabeça, onde a voz da abadessa aguardava na escuridão.

— Todo seu amor, ressentimento e martírio foram em vão.

Cobri as orelhas com as mãos.

— Minha cabeça me está confundindo — disse a gárgula do meu lado. — O que é a magia, o que é a memória, e por que ambas nos assombram tanto?

— É o sino.

Minha respiração estava acelerada. Fiz pressão na boca com o pano que Rory me dera.

— Está me levando de volta a Aisling — falei.

— O mesmo comigo. Vejo artesãos no outeiro, cada um com um objeto de pedra distinto. Moeda. Tinteiro. Remo. Sino. Peso de tear. Vejo Aisling, e água escura e fétida. Vejo sangue.

A gárgula começou a tremer.

— Vejo moças de véu, e as vejo envelhecer. As que não desaparecem se fraturam, se contorcem, e urram. Porém, assim como a minha, a voz delas é capturada pelo vento, distorcida até desaparecer pela paisagem.

Olhei para a criatura de pedra.

— Parece o meu sonho, gárgula. Aquele que eu tive com a mariposa.

A gárgula me encarou.

— Imagino que sim.

Um som perfurou o bosque. Dessa vez, não foi o sino.

Foi um berro.

Eu tropecei.

— Ouviu isso?

Ali. Atrás de nós, no meio da névoa escura do vale. Mais berros, seguidos de gritos. Apoiei a mão na bétula mais próxima para me equilibrar.

E senti *pinicar*.

Eu me virei. A casca da árvore estava arrepiada em calafrios. Porque não era casca. Era pele. E os nós nos troncos, fendas escuras naquela pele pálida e descascada...

Eram olhos.

Soltei o pano que segurava e pulei para trás, puxando a gárgula comigo.

— Bartholomew, o que você...

— Shhh!

A árvore — não, a betala — nos observava, horripilante, grotesca, e inteiramente silenciosa. E eu pensei que talvez, pelo menos só desta vez, não fosse tão terrível assim sermos oriundas de Aisling. Porque aquela entidade, aquele *monstro*, não se interessava pelos olhos de pedra da gárgula; e, por mais que procurasse os meus, não os vislumbrava atrás do véu.

Escutei o estrépito de espadas, mais gritos ecoando.

— Ataque de entidade!

A betala ao meu lado se mexeu, e vi então como era grande. Descomunal, rivalizando com a árvore mais alta do vale. Ela levantou as raízes da terra, avançando na direção do centro do vale até se erguer perante o estrado — onde ainda estavam Benji e Helena Eichel.

Havia mais entidades, percebi. O vale estava repleto de betalas — metade das árvores pareciam se mexer, e o vale sagrado se metamorfoseava em algo profano. Uma emboscada. Um bosque de caça.

De visores abaixados, para proteger os olhos dos ataques violentos dos galhos retorcidos, os cavaleiros enfrentaram dezenas de betalas em movimento. Maude comandava a tropa.

— Não deixem que vejam seus olhos! — gritou, investindo com o machado e causando o som nauseante de carne rasgada, de sangue derramado.

Então: mais berros.

Vinham de Helena Eichel. Ela estava no estrado, agarrando com força o sino da Lenhadora Leal e encarando a betala colossal. Ao lado dela, Benji, devido ao medo ou aos efeitos da erva, não sei, estava tão incapacitado que sequer conseguia erguer o rosto. Ele tremia, e Helena gritava.

A betala imensa ia se aproximando. Ela piscou suas dezenas de olhos e esticou os braços de galho. Por fim, abriu a superfície da pele pálida — um buraco descascado no centro do tronco. Sem dentes, sem língua, apenas uma bocarra escura sem lábios, de onde surgiam mais olhos.

Eu e a gárgula avançamos a passos frenéticos, eu de martelo e cinzel em punhos.

— Benji! — gritei. — Benji, *fuja*.

Ele ergueu o olhar, focando a boca escura da betala, e ficou paralisado. A betala soltou um grito horrível e rouco, e o rei fechou os olhos, tremeu…

E evaporou de repente.

Os dedos de galho da betala envolveram Helena Eichel, e o sino da Lenhadora Leal caiu, ficando dependurado em um dos galhos da criatura. A betala levantou Helena, que gritava desesperada, do estrado. Levou à boca larga e escancarada.

E a devorou inteira.

Benji ressurgiu a cinco metros dali, a salvo no abraço apertado de Rory. Hamelin e Dedrick Lange se afastaram do grupo de cavaleiros que lutavam contra as betalas, e Rory entregou o rei para eles. Os três saíram correndo do vale, afastando-se da fumaça, e Rory também evaporou, ressurgindo segundos depois no estrado.

o CAVALEIRO e a MARIPOSA **343**

Ele levou um momento para me enxergar na algazarra, com olhos tão sombrios e desesperados que meu coração parou.

Corri até ele.

Rory me pegou pela cintura, e me apertou com tanta força que perdi o fôlego.

Eu me virei para a betala.

— Temos que pegar aquele sino.

Rory sopesou a moeda na mão.

— Está alto demais para jogar.

Ele virou a moeda, exibindo o lado áspero, mas não a arremessou e, com a voz tensa, disse:

— Não quero matá-la.

— Por que não?

— Elas estão passando fome. Como todas as entidades. A ordem dos cavaleiros é quem faz isso. Até mesmo Maude — disse ele, a testa franzida de angústia. — Fome é uma tortura lenta e enlouquecedora. Se as entidades são monstros, é por culpa nossa.

Atrás de nós, a batalha continuava. Betalas golpeavam os cavaleiros, abriam a boca e tentavam engoli-los, mas os cavaleiros eram muito mais ágeis com as espadas. Eles derrubavam as entidades, e as betalas urravam, um som pavoroso que me causava arrepios na nuca. Várias caíram — o restante recuou.

Os cavaleiros mantiveram o combate.

Enquanto isso, o sino da Lenhadora Leal ainda estava pendurado em um dos galhos altos da betala colossal. A entidade se virou, atraída pelo movimento das espadas, e se dirigiu aos cavaleiros com passos pesados.

A gárgula suspirou.

— Está bem. Se acham ignóbil a violência — falou, com a voz seca, embora os dedos vibrassem de empolgação —, fiquem à vontade. Peçam para eu servir de pombo.

Eu e Rory nos viramos.

— Você quer voar?

— Como os javalis voam!

Ele me pegou pela cintura, sorriu e, num impulso dos pés poderosos, disparou do solo. Abriu as asas e começou a batê-las no ar, agitando a fumaça. Eu me agarrei ao pescoço de pedra, e ela, à minha cintura, e seguimos planando.

— Na verdade o ditado fala de quando os porcos voarem, e não javalis — corrigi, falando mais alto do que o vento.

A gárgula voou até o topo da betala, onde o ar estava mais limpo. Engoli lufadas de ar e estendi o braço. A cada volta na fera imensa, eu tentava arrancar o sino da Lenhadora Leal do galho carnudo onde tinha ficado preso. A betala tentou nos acertar com alguns golpes distraídos, mas sua atenção estava concentrada nos cavaleiros, permitindo que a gárgula e eu continuássemos a circular.

Porém, por mais que me esticasse, eu não alcançava o sino.

Na volta seguinte, soltei o pescoço da gárgula.

— Me arremesse.

Ah, que prazer ela sentiu, abrindo um sorriso tão largo que as presas surgiram por cima dos lábios.

— Arremessar você?

— Não alcanço o sino. Você precisa…

Nem vi quando fui catapultada. Colidi contra a betala alguns palmos abaixo do sino, e agarrei a carne manchada da criatura, uma sensação tão grotesca que fiquei enjoada.

A gárgula aplaudiu, e Rory praguejou lá de baixo. Quando engoli a vontade de vomitar, me segurei melhor na betala, agarrei o tronco com as pernas, e comecei a subir.

Carne e pedra não tinham semelhança alguma. Ainda assim, consegui fingir que estava em Aisling, trepando o muro. Mesmo assim eu ainda escutava os sons chapinhantes dos muitos olhos agitados da criatura. Sentia o arrepio vil da pele sob minhas mãos.

Lá embaixo, o estrépito de espadas e os sons horríveis de pele rasgada ecoavam, mas preferi não olhar. Fixei os olhos

o CAVALEIRO e a MARIPOSA **345**

apenas na pedra, no sino da Lenhadora Leal, cada vez mais perto. Porém, logo que fechei um dedo ao redor do objeto, ouvi um gemido grave e horrível. A betala tremeu.

Rory começou a gritar.

Quando olhei para baixo, um jorro de sangue fluía da betala. Uma ferida fatal. Os cavaleiros recuaram, mas Maude permaneceu, golpeando e golpeando com o machado, como se tivesse algo a provar, alguém a salvar.

A betala balançou. Rory não parava de gritar para ela parar. Para bater em retirada.

— *Maude!*

Ela não obedeceu. Maude continuou a atacar, e a betala continuou a receber os golpes, e eu... eu escorreguei.

Fechei a mão ao redor do sino da Lenhadora Leal... e desabei, caindo em meio à fumaça. Braços de pedra me apararam, a gárgula rindo de alegria.

— É o dever do escudeiro.

Então arremetemos, o vento arranhando meu rosto enquanto disparávamos do meio das árvores para a noite escura.

Quando voltei a olhar o vale sagrado, a erva-d'ócio queimava baixo, iluminando as entidades derrotadas, caídas na terra como lenha. A última, a imensa betala colossal, tombou por fim — o monstro abatido. Porém, se a criatura era um monstro, era porque nisto fora transformada. E talvez a betala soubesse disso. Talvez cavaleiros, meninos-reis e Divinadoras não fossem as únicas criaturas em Traum ávidas para matar seus tiranos, porque, quando a grande betala sucumbiu ao machado, tombando como uma árvore cortada na floresta...

Levou Maude consigo.

CAPÍTULO VINTE E QUATRO
TIRE MINHA ARMADURA

Pusemos o sino da Lenhadora Leal no quarto de Benji juntamente aos outros objetos de pedra e fechamos Solar Petula. Nem os cavaleiros, despachados para a vila a três quilômetros dali, tinham permissão para entrar. Não era apenas porque a cavaleira Maude Bauer estava machucada, destruída, desacordada.

Era para poupá-los de ver o rei.

Benji estava… Eu não conseguia descrever. A dor que sentia por Maude, que eu supunha que ele visse como mãe e irmã ao mesmo tempo, estar tão ferida, causara nele uma tristeza tão profunda que nem cerveja, nem vinho, nem erva-d'ócio aliviavam.

— Não — disse ele, derramando o vinho quando Rory tentou tirá-lo de perto do leito dela, para dormir direito. — Quero ficar.

Era dois dias depois da cerimônia no vale sagrado. Maude estava inteiramente enfaixada, deitada na cama sobre uma colcha delicadamente bordada. A betala caíra em cima dela, estilhaçando os ossos do lado esquerdo do abdômen e causando um nó inchado na têmpora. As costelas, o ombro, o braço e os dedos estavam todos quebrados. A médica do vilarejo ia e vinha para encaixar os ossos, mas dizia que a maior preocupação era o inchaço na cabeça. Que talvez Maude nunca despertasse.

Isso não nos impedia de sentar à cabeceira dela, esperando que acordasse.

— Vamos, Cástor — disse Rory, puxando o braço de Benji. — Levo você para o quarto. Para dormir até passar o efeito desse vinho...

Benji se soltou.

— Puta merda, Rory, me deixe em paz. Ninguém acredita nessa pose de salvador.

Rory se encolheu.

Eu me levantei em um pulo, mas quem falou primeiro foi a gárgula:

— Isso foi injusto e insensível, Bartholomew. — Ele vinha chorando discretamente no canto do quarto, e parecia ter assumido o espírito raivoso dos justos. — Se valoriza seu amigo quando ele luta por você, quando é implacável e cruel, deve valorizá-lo também quando é gentil. Senão, na verdade, não lhe dá valor algum.

Benji se recostou na cama. Cobriu o rosto com as mãos.

— Perdão, Rory.

Rory estava olhando para o corpo inerte de Maude, os olhos escuros marejados.

— Tudo bem.

Horas depois, no salão silencioso, pensei em Maude. Nas Divinadoras. No sonho que não prometia despertar.

Ao meu lado, a gárgula olhava o Bosque Retinido pela janela.

— O mundo inteiro é um bosque, Bartholomew, e todos que o habitam são feitos de casca de bétula. Frágeis como papel.

A criatura começou a chorar, e eu, também.

— Ah, gárgula.

Antes, eu achava a tristeza da gárgula, aquela emoção pesada, uma futilidade. Um defeito irreconciliável. Porém, enquanto eu fazia vigília no quarto de Maude, via Benji beber, Rory se calar, e sentia minha própria língua penando para colocar em palavras a derrota que sentia, comecei a acreditar que eu vinha descrevendo equivocadamente minha peculiar gárgula com aparência de morcego.

A tristeza, como a casca da bétula, parecia frágil. Porém...
A árvore triunfava.

No dia seguinte, desci a escada correndo, os pés descalços batendo na pedra. Quando encontrei a gárgula, que polia uma armadura no salão, cheguei esbaforida.

— Ela acordou.

Maude estava sentada na cama, bebendo água, pálida, trêmula e enfaixada, mas desperta. Entrei no quarto e ela virou para mim seus olhos verdes e bondosos, e eu descobri que, apesar de todo o meu luto pela morte — pelas histórias falsas, pelas mentiras dos deuses, pelas Divinadoras sem vida —, meu coração também era capaz de derreter de felicidade.

— Oi, Maude.

— Soube que vocês pegaram o sino — disse ela com uma piscadela para a gárgula. — Quatro Agouros já foram, restam apenas dois.

Ela continuou com a voz mais solene:

— Sei que nada foi como você esperava que seria ao sair de Aisling, Divinadora. Mas espero que você saiba o quanto é especial para nós. Não teríamos chegado até aqui sem sua ajuda.

— Ah — falei, e cocei o rosto. — Obrigada. Fico muito feliz por você não estar, hum, sabe...

— Mortinha da Silvia? — sugeriu a gárgula.

Maude se virou para Benji, que estava perto da janela.

— Precisamos fazer alguma coisa para homenageá-la. Ela é destemida.

A pele de Benji estava mais corada. Os olhos, menos vidrados. Ao despertar, Maude o trouxera de volta à vida também.

— O que lhe parecer melhor, Maude.

— Estava pensando em nomeá-la como cavaleira. Faremos uma cerimônia. Hoje mesmo.

Eu nem sabia o que dizer.

— Os cavaleiros não devem jurar lealdade aos Agouros?

— Podemos pular essa parte — disse Maude, sorrindo. — Não precisa aceitar, é claro. Mas, caso tenha se cansado do credo de Aisling e de tudo que o acompanha, talvez queira declamar o nosso por um tempo.

Nem que deforme minha armadura, nem que quebre minha espada, eu jamais declinarei.

Eu sabia o que ela estava fazendo. Oferecendo um lugar permanente para mim, agora que não havia mais outras Divinadoras. Dizendo que eu não precisava permanecer à deriva — que, se assim desejasse, teria um lar junto a eles.

Meus olhos arderam com as lágrimas.

— Eu não sou nobre.

— Há exceções — disseram Rory e Maude ao mesmo tempo, com um sorriso compartilhado, que dirigiram para mim.

Benji olhou de Rory para mim. Ele estava quieto. E então:

— Seis se mostrou muito útil como Divinadora. Eu não gostaria de mudar o título dela. A influência que ela exerce, o modo como os nobres me olham quando estou com ela...

— Deixe de ser pamonha — disse Rory. — O importante aqui não é você.

— Claro que não é — disse Benji, e seu rosto ficou vermelho, a voz, mais dura. — Eu sou o rei, e o importante *nunca* sou eu. Eu não sou respeitado como um artesão, um cavaleiro ou uma Divinadora. Meu primeiro ato público é ir de vilarejo em vilarejo para ser profundamente humilhado pelos nobres em nome dos Agouros. Eu sei que sou jovem, e que meu avô era herege, mas o tratamento dos soberanos vai muito além disso. É como se minha posição existisse apenas como antagonista de Aisling. Sou forçado a me *prostrar como um tolo* para provar a fraqueza do rei perante os deuses.

O silêncio pesou no quarto.

Rory foi até o rei. Com a postura curvada de costume, Rory e o rei ficavam exatamente na mesma altura, olhos nos olhos.

— Talvez seja esse o erro fatal do sistema. Se Aisling e os Agouros sempre declararam que o rei é irrelevante, o que representa para eles o fato de ser um rei a derrubá-los?

Benji contorceu o rosto, segurando o choro.

— Seu avô se orgulharia de você, Benji — disse Maude, tentando se empertigar apesar das ataduras. — Nós também nos orgulhamos.

Eu concordei com um gesto, e a gárgula se esticou para cochichar ao meu ouvido:

— Se o garoto quer que *eu* chore, vai precisar de uma história mais triste.

Fiz um shhh para ela, e o rei se virou. Benji olhou para mim. Olhou *mesmo*. Eu não enxergava o mundo atrás de seus olhos, mas tinha certeza de que era vasto, e que ele estava desesperado para mapeá-lo.

— Se assim desejar, Seis, é claro que eu a condecorarei como cavaleira. Sua lealdade é um tesouro que eu nunca recusaria.

Ele contornou Rory, para se posicionar entre nós.

— Porém, entenda, por favor. Nosso trabalho ainda não terminou. A cada Agouro que morre, a cada objeto de pedra que assumo, chego mais perto de recuperar o reino de seus sonhos, presságios e mitos mentirosos. Porém, se eu tiver sucesso em vestir o manto, se os Agouros forem derrotados, se Aisling for derrubada, deverei dar ao povo algo em que acreditar em seu lugar. Esse poder todo deve ir para *algum* lugar.

Ele pegou minha mão e se virou para Maude, e para Rory.

— Vocês todos prometem estar ao meu lado nessa, para eu suportá-lo?

— É claro, Benji — disse Maude. — Estamos aqui com você.

Rory assentiu, e olhou de relance para mim.

— Meu problema sempre foi com os Agouros — murmurei. — Agora, será com a Triste Tecelã. E depois... — falei, endurecendo a voz. — Com a mariposa. Quando eu enfrentar a abadessa novamente, será de armadura, e não de gaze.

Dei um leve aperto na mão de Benji.

— Com o rei Benedict Cástor Terceiro ao meu lado — concluí.

Ele sorriu. Juvenil, destemido.

— Então é hora de condecorá-la.

Ao pôr do sol, a gárgula e eu ficamos aguardando na porta da biblioteca de Solar Petula. Maude tinha escolhido aquele lugar para a cerimônia porque era onde brilhava a melhor luz do oeste, e ela dizia que gostava de senti-la no rosto. O restante dos cavaleiros não estava presente, o que me alegrou. Eu não queria um espetáculo. Estávamos ali apenas eu, a gárgula, Maude, Benji, Rory e o ferreiro, Victor, que trouxera minha armadura completa.

Era tão... linda. Eu nem me lembrava do nome de todas as peças, mas a gárgula, que não falhava no serviço de escudeiro, fizera questão de tagarelar sobre cada elemento enquanto me vestia. Quando a cota de malhas e a armadura foram fechadas, me senti como um imenso edifício de pedra. Forte e impenetrável, mas guardando um coração cheio e vibrante.

— Sabe, Bartholomew — disse a gárgula logo antes de entrarmos na biblioteca. — Tudo bem se você não quiser ser cavaleira.

Eu me virei.

— Por que você diz isso?

— Não sei por que digo o que digo.

Eu tinha pedido a ela para segurar meu martelo e meu cinzel. Ela sopesava as ferramentas nas mãos, franzindo a testa em contemplação.

— Contudo, você não pediu para ser Divinadora, mas mesmo assim prometeu todo seu valor para Aisling. Seria uma história triste se você o fizesse novamente — continuou, levantando para mim os olhos de pedra. — Porém, se você assim desejasse… eu não a culparia. É mais fácil nos jurar à causa de outrem do que suportar quem somos sem causa alguma.

Tendo dito isso, a gárgula avançou, cantarolando baixinho, e abriu a porta da biblioteca.

Benji, Maude e Rory estavam de pé perto das janelas no lado oeste da biblioteca, iluminados pelo poente. Maude, por causa das ataduras, não estava de armadura, mas Rory e Benji usavam o equipamento completo, o metal brilhante refletindo a luz derradeira do dia.

Eles me observaram entrar na biblioteca, concedendo ao momento o devido silêncio. O calor de Rory aqueceu meu rosto e eu o retribuí, desejando com uma intensidade abrupta que ele soubesse que eu o estava olhando também.

Que meu véu não estivesse aqui entre nós.

Quando parei diante deles, ao lado da gárgula, a luz se derramou em nossos rostos de um jeito que nunca brilhara na nascente do altar de Aisling. O rei tirou do cinto uma espada. Pigarreou.

— Eu sou Benedict Cástor Terceiro.

A voz dele começou baixa, mas, quando sorri para ele, Benji continuou mais alto, projetando a voz na biblioteca como se estivéssemos em um vasto salão repleto de testemunhas.

— É minha honra, por feitos de coragem, astúcia e generosidade de coração, condecorar com o título de cavaleira…

— Sybil — falei. — Meu nome é Sybil Delling.

Benji arregalou os olhos, e o sorriso de Maude iluminou o ambiente. Rory me observou com o olhar suave, e a gárgula começou a aplaudir e a soluçar de tanto chorar.

— Bravo, Bartholomew. Bravo.

O rei demorou um instante para voltar a falar.

— Muito bem. Sybil Delling… você aceita a condecoração de cavaleira?

— Sim.

o CAVALEIRO e a MARIPOSA **353**

— Ajoelhe-se.

Obedeci.

— A arte dos cavaleiros é o amor. A fé. A guerra. Como os outros cavaleiros não estão aqui, não pedirei que jure os mesmos votos de fé que nós três assumimos. Não falaremos de Agouro. Não haverá abnegação. Oferecerei a você o peso da responsabilidade devida aos valorosos do reino de Stonewater, e você me dirá se aceita seu fardo.

De repente, ele não lembrava tanto um menino, com a coluna ereta, as palavras decididas.

— Está de acordo?

— Estou.

Ao lado dele, Maude sorria de ponta a ponta. Eu me perguntava em quantas cerimônias ela já estivera. Quantas vezes, desde menina, vira uma condecoração. Eu sabia, contudo, pelas rugas do sorriso em seu rosto, que estar ali no meu momento era importante para ela.

— Você jura proteger os fracos e indefesos, e todos aqueles que pedirem sua ajuda? — perguntou Benji.

— Eu juro.

— Você jura ser testemunha, pupila e visitante dos povos do reino, e manter a paz nos vilarejos?

— Eu juro.

— Você jura rejeitar recompensa pecuniária e qualquer empreitada mercenária, e agir apenas por caridade e em nome do que é melhor para o reino?

— Eu juro.

— Você jura lealdade à coroa? Jura ser cavaleira a meu serviço, e também minha Divinadora?

Eu hesitei. O véu era tão mais leve do que a armadura. Contudo, eu sentia seu peso em mim.

— O que é uma Divinadora, quando nada é divino?

— Não precisa usar o título se não lhe couber mais — murmurou Rory. — Não precisa fazer nada que não desejar.

O rei virou-se para ele.

— Precisa, sim. É essa a questão. Jurar-se para mim é jurar seguir meus desejos, minhas aspirações, meu governo. Se ela jurar ser *minha* cavaleira, jurará devoção. Fazer o que peço, como fazem você e Maude.

Ele olhou de mim para Rory.

— Sim?

— Sim — respondeu Rory, seco. — Juramos lealdade, mas não obediência inconsciente. Ela não está aqui para abrir mão de mais de sua liberdade, Benedict. A abadessa não era dona das Divinadoras, os Agouros não são donos de Traum, e *você* não é dono do reino de Stonewater, nem de seus cavaleiros só porque está pronunciando determinadas palavras em uma cerimônia.

— Eu não est... — começou Benji, ruborizando. — Você nunca viu a importância e a virtude dos juramentos nobres.

Uma calma fatal perpassou Rory.

— Porque não sou nobre, nem virtuoso?

Maude passou a mão na testa como se estivesse vendo dois irmãos brigarem por um brinquedo.

— Não é a hora, nem o lugar.

— Esta armadura me cai melhor do que as vestes de Divinação — falei, abruptamente. — É uma honra usá-la. — Levantei a mão. Toquei a borda do véu. — Porém, eu me prometi a Aisling, e me prometi aos Agouros, e me prometi a minhas amigas, que agora se foram eternamente — continuei, e respirei fundo. — Acho que eu gostaria de parar de prometer partes de mim, senão não restará nada a oferecer, rei Cástor.

— Bela resposta, Bartholomew — elogiou a gárgula.

Benji ainda estava vermelho. Ele deu as costas a Rory.

— Está bem.

O rei abaixou a espada, que tocou no meu ombro esquerdo, e no direito.

— Sybil Delling. Nem que deforme sua armadura, nem que quebre sua espada, você jamais declinará.

Ele se voltou para meu véu, buscando meus olhos.

Porém, não me encontrou.

— Seja bem-vinda à ordem dos cavaleiros.

Horas depois, quando a lua estava alta no céu, a gárgula roncando e Maude entregue aos elixires sedativos, o sono me fugia. Vaguei por Solar Petula, ainda de armadura. Pensei em talvez falar com Benji, mas, quando passei por sua porta, meus pés seguiram caminho.

E me levaram aonde eu precisava ir.

A porta diante da qual parei não tinha luz dançando na fresta para me convidar a entrar. Ainda assim, bati três vezes na madeira.

Ninguém atendeu.

Eu encostei a testa na textura antiga da porta.

— Myndacious?

Novamente, sem resposta.

Talvez ele estivesse dormindo. Bem quando eu estava prestes a partir...

— Sybil.

Eu suspirei, encostada na porta. Peguei a maçaneta fria de ferro. Girei.

Rory estava sentado na cama comprida, com uma vela gotejante acesa na mesa adjacente. Ele não estava mais de armadura — apenas com uma camisa clara e calça. Quando entrei no quarto, ele apoiava os cotovelos nos joelhos, flexionando os dedos.

— Está tudo bem?

Fechei a porta.

— Eu só queria...

Ele esperou.

— Eu só queria ver você.

Ele engoliu em seco. Então:

— Venha cá.

A vela iluminou meu corpo, lançando no chão uma sombra comprida. Avancei no quarto e andei até não ter mais passos a dar. Até a ponta da armadura nos meus pés encontrar os dedos descalços de Rory. Devagar, abaixei a mão para o cabelo preto dele, afundando os dedos nas mechas sedosas.

Ele ergueu o rosto, e falou com a voz grave:

— Você ainda está de armadura.

— Não deixei a gárgula tirar.

— Por quê?

— Eu me sinto mais forte assim.

Rory me encarou. Achei que fosse me dar um sermão sobre martírio ou força, sobre o peso impossível da vida.

Em vez disso, ele se levantou. Levou as mãos ao meu rosto, segurando minha face com uma pressão de súplica.

— O que acontece na Catedral Aisling não é culpa sua. Os Agouros e os horrores que eles cometeram não são culpa sua. Divinadoras perdidas, no passado e no presente, *não* são culpa sua. Você não tem fracassos ou mentiras pelos quais se redimir, não tem votos que para amarrá-la, não tem força a provar. — Ele acariciou meu cabelo, como se desembaraçasse os nós da minha angústia. — Muito menos para mim — concluiu.

Meu corpo sempre fora forte — e apenas o suficiente. Porém, o material de minha alma era frágil. Como a casca da bétula, como a gaze do vestido, como as asas da mariposa. Quando Rory encostou a boca na minha testa e a beijou com suavidade insuportável, falando contra minha pele a linguagem da dor e do alívio, essa alma frágil e fina começou a se fortalecer.

— É pesada — murmurei. — A armadura.

— Eu sei — disse ele, e recuou um passo, baixando os olhos para minha boca. — Deixe-me ajudar.

Ele começou com as ombreiras.

Soltou fechos, tirou placas metálicas dos ombros, dos braços. Soltou as manoplas. Depois veio a couraça. Quando ela se juntou à pilha de armadura no chão, Rory se ajoelhou e começou a soltar os fechos da perna — coxotes, joelheiras. As grevas da canela caíram com um clangor, e enfim restava apenas o cruzamento elaborado de placas sobre as botas.

Rory tirou essa parte inteira, e depois também as botas. Quando, ajoelhado, olhou para mim, ele imitou exatamente meu olhar para ele durante a cerimônia de condecoração. Não havia espada alguma entre nós, mas ele estava tão vulnerável quanto eu estivera.

Quando a armadura toda saiu, Rory se levantou.

— Sente-se na cama.

Bati as costas das pernas no colchão. Sentei-me e Rory me fitou com olhos lânguidos.

— Levante os braços.

Ele agarrou o barrado da cota de malha na altura das minhas costelas, a teia de ferro sibilando quando ele a puxou. Devagar, ela se deslocou. Quando por fim cedeu, caindo ao chão, eu e Rory estávamos ofegando.

Minha armadura jazia a nossos pés como um inimigo derrotado. Como quando eu me deslocara pela água febril nos Cimos Ferventes, eu me sentia leve.

Eu me levantei.

— Tudo.

Rory passeou o olhar pelos botões da minha roupa, franzindo as sobrancelhas em busca de armadura que não mais estava ali. Peguei a mão dele e levei ao meu corpo. À minha barriga, a minhas costelas, subindo pelo pescoço até o meu rosto, onde seus dedos, calejados e ásperos, encontraram meu véu.

— Isto também — sussurrei.

Ele enrijeceu, o corpo inteiro de Rory em estado brusco de atenção.

— Sybil.

— Eu usarei em público, como Benji deseja. Para provar que sou influente. Mítica. Aterradora. Mas…

Ele se manteve imóvel, esperando que eu concluísse.

— Mas não acredito que nada disso seja importante para mim agora — falei, e me aproximei num passo, meu rosto a milímetros do dele. — Por favor, Rory. Tire meu véu. Eu quero que alguém me veja — sussurrei na boca dele. — Quero que seja você.

O toque de Rory era lento. Leve. Ele deslizou o indicador sob o véu, roçando minha pele, o contorno delicado dos meus cílios inferiores.

Nós dois soltamos um suspiro trêmulo.

Conduzi a mão dele pela minha face, passando pela orelha, até o nó atrás da cabeça. Rory o desamarrou, sem nunca desviar o olhar do meu rosto. A luz débil da vela jogava sombras no rosto dele, e seus olhos escuros eram poços de tinta. Seu olhar percorreu minhas bochechas, meu nariz. Minha boca, uma... duas vezes...

O nó afrouxou. Levantei a mão por instinto, segurando o véu no rosto antes que caísse.

A mão de Rory ficou paralisada.

— Você pode mudar de ideia.

Eu soltei.

— Não mudei.

Rory entreabriu a boca, mas não disse nada. Voltou a mexer no nó. Afrouxou e afrouxou...

Até que meu véu caiu, silencioso, na pilha de pedaços da armadura.

Eu não vi a queda. Mantive o olhar erguido, encarando a escuridão dos olhos de Rory.

Ele prendeu a respiração. Por um momento insuportável, não consegui interpretar sua expressão — decifrar seus olhos.

— O que foi?

— Eu... — disse ele, arfando. — Acho que não tenho palavras.

— Sou assim tão hedionda?

Ele pegou meu queixo com o polegar, e o levantou. Ele me era tão estonteante. Meu véu nunca escondera sua beleza, nem me surpreendia vê-la tão de perto. Rodrick Myndacious *era* estonteante...

Contudo, não era isso. Era a novidade em sua expressão. Havia em seu olhar um fascínio que eu nunca vislumbrara, como se ver meus olhos pela primeira vez alterasse os dele profundamente.

Ele respondeu com insistência. Como se implorasse para cada pedacinho de mim escutá-lo.

— Você é a mulher mais bela que eu já vi, Sybil Delling.

O ar tinha o gosto dele. Almíscar, erva-d'ócio e o cheiro distinto de seu suor. Inspirei com vigor, enchi a boca e os pulmões, mas nem isso foi suficiente.

A escuridão nos olhos de Rory se expandiu. Não tinha ninguém ajoelhado ali, nem de armadura. Estávamos praticamente olho a olho, em equilíbrio perfeito, ele exposto em seu fascínio, e eu, em meu desamparo — nós dois, em nosso desejo.

— Não me conte como eles são — falei, e subi na ponta dos pés, engolindo seu suspiro trêmulo no meu. — Não diga nada.

Rory roçou o dedo no meu lábio.

— Eu farei tudo o que você me pedir.

E então sua boca encontrou a minha.

CAPÍTULO VINTE E CINCO
DESMANCHAR

Ele me deu meio minuto. Trinta segundos inebriantes durante os quais tive certeza de que eu dominava Rodrick Myndacious.

Assim que nossas bocas entraram em colisão, um gemido, grave e agoniado, ressoou pela garganta de Rory. Ele enroscou os dedos na minha blusa, agarrando o tecido e me puxando até eu acabar colada nele. O calor emanava do corpo dele como se fosse o próprio sol — eu queria esfregar a boca na barriga dele. Ver se queimaria minha língua. Por enquanto, contudo, meu foco estava nos lábios dele. Em roçar os meus no dele. No sabor.

Na dança das línguas.

Os sons que ele emitia — pelo amor dos *deuses*. A respiração rouca que arranhava quando eu mordiscava o lábio dele. Eu o beijava desesperadamente, metendo as mãos em seu cabelo, esmagando meu corpo contra o dele até restar entre nós apenas o tecido da roupa.

Não era suficiente.

Enrosquei a perna na cintura dele, e soltei um som surpreso de prazer ao sentir sua rigidez. Rory então pareceu se lembrar de si, das mãos — do plano terrestre ao qual estava preso.

De repente, ficou abundantemente óbvio que, em todas as vezes que eu o derrubara, ele ficara desesperado para retribuir o favor.

Ele me segurou por baixo das coxas, afundando os dedos na minha bunda como se quisesse deixar marcas. Ele interrompeu o beijo para me olhar nos olhos, abrir um sorrisinho, e me levantar do chão como se eu não pesasse nada. Foi andando comigo no colo.

E me derrubou na cama.

O movimento fez a vela fraca bruxulear até apagar de vez, deixando para trás apenas um rastro de fumaça. A única luz do quarto era da lua crescente, pairando na janela.

Minha blusa estava enrolada na altura das costelas. Passei a mão por baixo da barra, enganchei o dedo no cós da calça.

E puxei para baixo até tirá-la.

Rory parou de pé à beira da cama, desorientado pelo que via. Ele baixou as pálpebras, e testemunhar seu desejo exposto me deu ainda mais coragem. Eu me apoiei nos cotovelos. Sustentei o olhar dele. Peguei minha blusa.

Fui soltando os botões, um a um.

Eu nunca ficara inteiramente nua na frente de ninguém. Nem das Divinadoras, nem da abadessa — nem mesmo em sonho. Eu sempre usara o escudo, o anonimato do véu.

Com uma exceção. Quando sonhara com a mariposa.

Rory obedeceu meu pedido. Ele não disse nada — o cômodo era quase silêncio, exceto pela nossa respiração ofegante. Senti no corpo quando minha túnica se soltou e ele me viu inteiramente exposta. Senti quando o olhar dele, maravilhado e preto como obsidiana, me percorreu de cima a baixo. Quando o ar ficou quente, teso.

— Sua vez.

Rory pegou a amarração e arrancou de uma vez. Quando tirou a camisa, retesando os músculos, meu olhar era um viajante ávido. Desceu pelo pescoço dele, pelo desenho do abdômen, até o ventre.

Acompanhando o rastro de penugem escura que desaparecia calça adentro.

Ele estava exatamente como na noite em que nos conhecemos. Seminu. Uma bagunça de suor e beleza profana. Dessa vez, porém, o desdém fora dominado pelo desejo.

Mordi o lábio. Apontei a calça dele com um gesto da cabeça.

— Esta também.

Ele afundou o polegar no cós. Sustentou meu olhar. Sorriu. E tirou o dedo dali.

— Está me *provocando*?

Ele deu de ombros.

— Não é muito digno de um cavaleiro.

Ele baixou as pálpebras

— Hum — murmurei, e me levantei, apoiada na palma das mãos. — E se eu tirar para você?

Desci as pernas pela beira da cama. Me endireitei. Fiquei ajoelhada.

Ele flexionou o corpo inteiro. O sopro que lhe escapava da boca era uma blasfêmia. Estiquei o braço para puxar a calça dele...

Aconteceu rápido. Em um instante, eu estava ajoelhada; no seguinte, as mãos de Rory estavam debaixo dos meus braços, me levantando. Até me deitarem novamente.

Ele veio rastejando em cima de mim, violando uma única vez a promessa de silêncio.

— Primeiro, quero desmanchar você — falou, rouco, ao pé do meu ouvido, antes de me esmagar nos travesseiros com um beijo feroz.

Ali me achei a mulher mais estúpida do mundo, por ter passado tanto tempo lutando contra ele quando, em vez disso, poderia estar numa deliciosa batalha com aquela boca.

Rory gostava. De *beijar*. Dava para ver. Ele segurou meu queixo, apertando meu rosto até entreabrir meus lábios. Ele me deu um beijo molhado, de veneração, e eu... eu arfei. Tentei esconder todos meus sons de desejo atrás da muralha dos dentes. Porém, Rory parecia saber que eu estava tensa, me negando, negando a si, porque desceu o foco da minha boca para minha mandíbula, como se quisesse relaxá-la com beijos.

Ele beijou a extensão do meu pescoço, e percorreu a pele ferida — as marcas da mordida do Barqueiro Ardente. A estas, deu atenção especial. Como se seu lábio úmido, sua língua, pudessem desfazer à violência com que o Agouro me tratara. Como se não quisesse apenas matar os deuses — mas também me purificar deles.

Rory gostava de beijar, sim.

Ou talvez gostasse apenas de *me* beijar.

Encostando a testa no meu esterno, ele cobriu meus seios com a boca. Beijou e suspirou na pele.

Comecei a me mexer, roçando a pelve na dele. Escutei a respiração dele vacilar. Repeti o gesto, e de novo, nos imaginando como cavaleiros, treinando no pátio. Suados em batalha, grunhindo e nos moendo na terra.

— *Myndacious.*

Senti a boca dele se curvar em um sorriso no meu seio esquerdo. Ele o beijou. Mordiscou.

Minha voz soou esganiçada:

— Se você não penetrar agora, eu vou gritar.

Ele se levantou um pouco. Olhou-me, de cima a baixo. O cabelo caía em ondas desgrenhadas na testa dele. E a boca — a boca estava inchada. Mesmo sob a luz fraca, eu via a pulsação vibrar no pescoço. Escutava a respiração ofegante e rouca.

Ele parecia à beira do ápice, apenas por prolongar o meu.

E perceber isso…

— Em Seacht — falei, e o peguei pelos ombros, puxando-o para mais perto. — Pouco antes de você medir minha armadura. Quando estava treinando no pátio, imundo e desenfreado.

Enrosquei as pernas na cintura dele. Levei a boca à pulsação latejante em seu pescoço.

— Você parecia tão vil. — Suguei a pele dele. Fiz pressão com os dentes. Falei, quase frenética: — Achei que morreria se não pudesse ficar com você.

Rory soltou um gemido atormentado. Daí me pegou pela nuca e me puxou para o colo.

364 RACHEL GILLIG

Eu montei nele, com as pernas ao redor de seu quadril. Ficamos sentados, olhos nos olhos, e, por um momento esgarçado, só fizemos respirar. Sem meu véu, eu estava desprotegida, escancarada para o seu olhar, como o calcário rachado pelo martelo. Rory me abraçou com força, uma das mãos na minha nuca e a outra descendo pelas minhas costas, em uma carícia arrastada de devoção.

Durante o tempo todo, ele manteve os olhos fixos nos meus. Ele sustentou meu olhar com o mesmo carinho com que tratava meu corpo.

E isso... obliterou a pedra que sustentava meu muro.

— Retiro o que disse — falei, passando os dedos pelo cabelo dele. — Diga alguma coisa. Qualquer coisa.

Só havia uma palavra adequada.

Rory me beijou de um jeito que nenhuma história expressaria bem.

— Sybil.

Ele me apertou com as duas mãos — dedos emaranhados nos meus cabelos, e também mais abaixo, na minha bunda.

— A mesma coisa que fez você suspirar no quarto naquela noite, depois das águas termais... Também dominou meus pensamentos. Pensei mil vezes — falou, apertando a carne da minha nádega. — Pensei nas suas coxas. Na sensação de medi-las para a armadura. Em como seria afundar a boca entre elas.

Ele recuou a mão, e aí retornou com força — um tapa rápido na minha bunda que arrancou um gemido de nós dois.

— Pensei na sua voz. Passei noites em claro pensando nela. Querendo saber se seria forte ou suave quando eu fizesse você gozar — continuou ele, engolindo em seco. — Pensei tantas coisas indignas para um cavaleiro.

Eu estava ofegando, e ele também.

— Você poderia me pisotear, Sybil Delling. Me esmagar até eu virar pó. Não sei nem do que chamar, mas é isso que eu quero. Eu quero *você*.

Esfreguei minha nudez nele. Vi seu foco se desfazer de tanto desejo.

— Então sou sua.

Ele não prolongou meu prazer por mais um segundo sequer. Subitamente soltou minha bunda. Botou a mão entre nossos corpos trêmulos. Levou o dedo médio ao meu sexo.

Arfei, e ele engoliu o som como se o nutrisse.

Olhei para baixo, para a mão úmida dele entre minhas pernas. Vi, *senti*, quando ele enfiou um dedo, dois, em mim. Ele soltou um gemido animalesco quando percebeu minha avidez, e me olhou nos olhos, à espera, como sempre fazia. Então assenti, e ele subiu os dedos pela pele sensível. Circulou. Causou-me um choque agudo, daí arrastou os dedos de volta em um caminho arduamente lento até sua morada dentro de mim.

Eu era um sino, que ele tocava. De novo, de novo, de novo.

Não havia mais deuses por quem clamar. Mas. Ai. Meus. Deuses. O quarto estava fraturado. A cama, a janela, a lua do outro lado. Tudo em fissura.

Eu gritei. Apertei o rosto de Rory.

— Goze comigo.

Ele ajeitou o quadril por baixo de mim. E de repente, depois de me derreter feito cera a fogo baixo, ele estava com pressa. Ele empurrou a calça pernas abaixo e eu a arranquei com as unhas, sentindo um prazer desmedido ao roçar os dedos pela penugem da perna dele, pelo quadril, por todo o seu comprimento.

Rory chiou. Ergueu-me levemente no colo. Sondou minha entrada.

As pupilas dele estavam dilatadas.

— Me diga que sim. Agora.

Nenhuma ladainha, nenhuma profanidade era melhor do que a avidez desesperada dele.

— Sim.

Ele me puxou para baixo, para baixo — para mais baixo. Soltei uma exclamação descomedida, e ele apertou minha nuca com mais força. Colidimos. Pele na pele. Pulsação na pulsação. Olho no olho.

E eu me esqueci do mundo.

Esqueci outeiros altos e cidades estudadas. Montanhas escarpadas, bosques surreais, e todos que neles moravam. Tudo o que eu conhecia era a plenitude, o prazer dolorido — os olhos de Rory enquanto ele se mexia dentro de mim. A insistência tenra dos dedos dele entre nós, girando, acariciando...

Alguma coisa crescia. Ganhava asas. Sempre que Rory afundava em mim, eu sentia o movimento. Estávamos indo devagar. Esbanjando lentidão.

Mas eu estava perdendo o fôlego.

De repente, fiquei insegura.

— Se eu não conseguir... se eu não chegar lá...

— Você não precisa fazer nada.

Os olhos de Rory estavam embaçados. Ele tirou a mão daquele ponto entre nossos corpos. Passou o polegar pelo meu lábio, roçou meus dentes, minha língua, como antes fizera em Aisling. Como eu fizera com ele no Bosque. Desta vez, não havia sangue. Apenas suor, e o toque suave do nosso desejo.

— Não é um espetáculo, nem uma cerimônia — disse ele.

— Somos só eu e você, Sybil. — Ele não gostava de se afastar da minha boca. Cada palavra era pontuada por um beijo. — Só quero que você sinta prazer — falou.

Eu desabrochei, ao mesmo tempo leve e pesada. Lábios entreabertos, seios ofegantes, coração cheio, corpo tensionado, meu sangue se retorcendo, antes de se espalhar completamente. Era como um sonho. Eu estava caindo. Caindo.

— Rory.

Toda pele que encontrei — do ombro dele, da boca —, eu mordi. Me ancorei.

— *Rory.*

E então me desmanchei. Desfiei como se fosse o fio mais fino do carretel, girando no rastro da pequena morte.

— Porra.

Rory investiu mais fundo. Mais rápido. Ele gemia, roubando todo o ar do quarto, de mim.

Ele também estava se desfazendo. Apertando ainda mais forte minha bunda. Dizendo meu nome, entrando e saindo de mim, desenfreado.

Ele tirou de mim bem a tempo. Me deitou contra o colchão. Derramou o gozo na minha barriga. Nos meus seios.

Rory arfou e eu, como uma catedral, o ecoei. Nós nos entreolhamos e ele sorriu, desabando ao meu lado. Ele me limpou com a camisa caída e me puxou para perto. Passou uma das mãos pelos meus cabelos e a outra, preguiçosa, apoiou-se nos meus quadris.

E eu pensei, o sangue lento, os olhos pesados, a respiração arrastada...

Talvez o contentamento não seja mera história.

Quando despertei, pesada como chumbo, a lua ainda era uma presença tênue no céu. Eu não me lembrava de ter adormecido — apenas do calor do corpo de Rory, junto ao meu. De sentir o peito dele, subindo e descendo. Do cheiro da pele.

Eu me sentei.

A cama e o colchão estavam desprovidos de calor, como quando Um desaparecera. Rory se fora. O único coração que batia no quarto era o meu.

— Rory?

Não houve resposta.

De repente, senti frio. Estiquei a mão para a beira da cama. Encontrei meu véu. Era mais áspero do que eu me lembrava. Eu o estiquei e o examinei.

Que estranho algo tão leve, tão fino, ter tamanha dominação sobre mim.

Eu ainda não tinha parado para admirar o quarto de Rory; meu olhar não desviara da pessoa dele por um instante. Porém, sem ele ali, olhei ao redor. Não era de surpreender ele ter enlouquecido quando, em Aisling, eu disse não ter nenhuma posse para levar — o quarto transbordava de objetos.

Se o quarto de Rory fosse um navio, afundaria com o peso da carga. As estantes estavam apinhadas. Eu sentia cheiro de couro e erva-d'ócio. Lã. Pergaminho. Havia livros, vasos de argila repletos de folhas enroladas, penas com pontas quebradas. Roupas que pareciam vir dos cinco vilarejos. Caixas de fios, e outras, menores, contendo cacarecos de ouro e bronze.

Eu não discernia lógica ou critério, apenas abundância.

Um objeto específico em uma mesinha chamou minha atenção. Um espelho — elegante, de moldura de prata. Fui até ele, apertando o cabo frio com os dedos.

Ergui o espelho devagar, no trajeto árduo até meu reflexo. Vi meu rosto sem a gaze. Pele pálida, a boca inchada e vermelha. Sobrancelhas prateadas e cabelo desgrenhado. O nariz ligeiramente torto.

Os olhos.

Perdi o fôlego. Porque, dentre todas as mentiras que a abadessa me contara em Aisling, dentre todas as falsidades dos sinais e dos deuses, uma verdade se escondia. Eu tinha sido *mesmo* eternamente transformada por me afogar na nascente do altar. Os olhos que eu via não eram os olhos de uma moça. Não eram olhos humanos.

Eram pálidos. Brancos. Inteiramente sem íris ou pupila, como os de uma estátua sem pintura. Esculpidos em pedra.

Como os de um Agouro.

Deixei o espelho cair na mesa e procurei o véu.

A porta do quarto se abriu.

Rory apareceu, de calça mal amarrada, trazendo uma bandeja. Nela, um jarro, pão e frutas.

Fiquei paralisada, e ele, também.

o CAVALEIRO e a MARIPOSA **369**

— Você está agindo como se tivesse acabado de me roubar.

Ele desceu os olhos para meu corpo nu, e escutei sua respiração escapar. Porém, ele enfim deteve o olhar no véu na minha mão, e no espelho ainda balançando na mesa. Ele esticou o pé para trás, fechando a porta com um baque.

— O que houve? — perguntou.

Eu pareço um monstro.

Enrosquei os dedos no véu. Então, me virei para a estante, com a voz trêmula.

— Seu quarto é uma coleção impressionante de… tudo.

Rory não disse nada, a linha dos ombros se tensionando.

— De onde veio tanta coisa? — perguntei.

Ele levou um momento para responder.

— Eu nunca tive nada — falou. — Nem no Alunato II, nem em Feira Coulson. O Bandido Ardiloso… Ele achava engraçado recusar minhas necessidades mais básicas em um lugar tão luxuoso quanto o castelo Luricht.

Ele tocou as três argolas de ouro na orelha.

— O avô de Benji me deu os brincos. Foram as primeiras coisas que tive. Porém, mesmo quando escapei do jugo do Bandido e me tornei escudeiro de Maude, eu sentia as mãos vazias, então tentava preenchê-las. É um hábito ruim, eu sei.

Percebi, com um nó no estômago, que a hesitação era de vergonha. Ele estava achando que meu olhar era de desprezo.

— Achei que Maude fosse me espancar, ou no mínimo me demitir, quando descobrisse que eu furtava. Em vez disso, ela me deu uma armadura. Disse que as mãos ficavam menos leves quando contidas em manoplas — disse Rory, baixando a voz. — Ela cuidou de mim. Usou até a força de seu sobrenome para eu ser condecorado.

Ele apontou a estante com a cabeça.

— Eu paguei por isso tudo. Ou substituí por outra coisa de valor. Levou tempo, e é difícil perder o hábito, mas eu voltei e paguei…

— Não me importa que você furte, Rory.

Ele relaxou os ombros muito sutilmente, mas seu olhar continuava tenso.

— Então por que está me olhando assim?

— Como você pôde dizer que eu sou bela? — perguntei, meu sussurro horrivelmente rouco. — Meus olhos. Eu me pareço com *eles*.

Ele levou um momento para entender. Quando compreendeu, seu rosto exibiu um conflito encantador de alívio e preocupação.

— É a água da nascente de Aisling — disse ele. — Você a bebeu por anos.

Eu não queria olhar para ele.

— Imaginei que fossem ficar horríveis. Que talvez fossem de pedra. Que os sonhos e afogamentos teriam me alterado de algum modo vital. Quando o Barqueiro Ardente arrancou meu elmo e os viu, de súbito baixou a guarda, como se não acreditasse no que presenciava — falei, com um peso no peito. — Talvez ele não conseguisse acreditar que, debaixo do véu, uma Divinadora e um Agouro fossem tão semelhantes.

Rory engoliu em seco e endureceu a voz, como se tentasse me transmitir a força de sua confiança.

— Você não tem semelhança *alguma* com eles, Sybil.

— Eu precisava saber. Nunca poderei me ver com clareza se sempre tiver de fazê-lo por trás do véu de Aisling. Porém, ao ficar ciente de que *você* tinha visto meus olhos, e que não estava no quarto quando despertei... Achei que talvez tivesse mudado de ideia. Que sentisse repulsa por mim, ou estivesse arrependido.

Rory atravessou o quarto em um momento. A bandeja pousou na mesa com um estrépito, e ele arrancou o véu da minha mão e o jogou no chão. Então, me beijou. Com força.

— Você não gosta quando sou um bom cavaleiro — falou colado à minha boca. — E não gosta quando sou um mau.

Soltei uma gargalhada surpresa, apontando os lençóis amarrotados na cama.

— Discordo.

Ele sorriu junto à minha pele, e recuou para olhar nos meus olhos.

— Você é linda, Sybil Delling. Linda pra cacete. Você é forte, inteligente e nobre.

Ele passou a mão pela minha nuca, e eu me perguntei se ele gostava de me segurar por ali para poder mirar meus olhos.

— Mas acho que gosto mais ainda quando você está *errada* — acrescentou.

Balancei a cabeça. Porém, eu não sabia fazer pouco caso — acabei sorrindo.

— Eu só fui buscar comida — disse ele, com mais um beijo, desta vez na bochecha. — Não mudei de ideia sobre nada — continuou, com outro beijo no pescoço. — O que sinto por você é tão oposto a repulsa e arrependimento que chego a ficar perdido.

Rory pegou minha mão. Levou meus dedos à boca.

— Não vá embora.

A lua nos iluminou com seu brilho, apenas um homem e uma mulher unidos, uma sacralidade estranha entre nós, que não tinha nada a ver com presságios, com Aisling ou com os Agouros.

— Quero continuar olhando para você — murmurou ele, encostado nos meus dedos — a noite toda.

— E as regras? — perguntei, minha pulsação em uma onda tórrida. — A ordem dos cavaleiros proíbe esse tipo de relação. Você mesmo disse.

— Eu nunca disse nada disso.

Dei um leve puxão no cabelo dele.

Rory se inclinou para a frente, sorrindo.

— Não é um juramento. É só uma regra arbitrária. Que se fodam as regras, Sybil — disse ele, com as pálpebras pesadas. — Que você me foda, e as regras se fodam.

Passamos a noite inteira nos desmanchando.

Perdemos nossos deuses, nossas armaduras, nossos nomes, até. Desaguamos um no outro, desaparecendo total e absolutamente na arte do desejo. Total e absolutamente...

Entregues.

AS FALÉSIAS DE BELLIDINE

Peso de tear.
Apenas o amor e a dor tecem o fio de tudo
que veio, e de tudo que ainda há por vir.

CAPÍTULO VINTE E SEIS
NUNCA SE VOLTA PARA CASA

Eu não queria que o restante do mundo visse meus olhos de pedra. Por enquanto, não. Então usei véu e armadura para sair do Bosque Retinido em direção ao quinto e último vilarejo — Falésias de Bellidine, onde morava a Triste Tecelã e seu peso de tear mágico.

Nem todos os cavaleiros nos acompanharam. Vários ficaram para trás, para auxiliar o povo do Bosque na reconstrução do vale sagrado após o ataque das entidades. Seria construído um memorial para Helena Eichel, e o vale deveria ser limpo de sangue e dos restos das betalas.

Benji pagou oitenta moedas de ouro do próprio bolso para custear o processo.

— Que generosidade a dele — comentei com Maude enquanto a acomodava, ainda toda enfaixada, para a viagem na carroça.

Alguém riu atrás de mim.

Hamelin estava ali, atrelando o cavalo à nossa carroça.

Fui até ele.

— Qual é a graça?

— Nada. É só que… — disse ele, e sorriu como se contasse uma piada que fugia ao meu contexto. — Benedict é de Feira Coulson. Ele leva a sério o credo. "A única divindade dos homens é a moeda."

Ele entregou as rédeas para o cocheiro e foi montar no próprio cavalo.

O povo do Bosque veio ver nossa partida, muitos baixando o capuz e levando o machado ao peito em despedida quando viam

o CAVALEIRO e a MARIPOSA **377**

Maude passar. Bocas curvadas e rostos franzidos em adoração e reverência ladeavam a trilha, transbordando de histórias de sua bravura, as palavras fascinadas *matadora de entidade* ecoando pelas árvores enquanto nos afastávamos do Bosque Retinido.

Ela estava dolorida. Por isso preferia a carroça ao cavalo. A manhã deu lugar à tarde e, embora o movimento das rodas da carroça, o vento nas árvores e até a cantoria desafinada da gárgula se unissem em um coro relaxante, Maude não conseguia ficar confortável, e a todo momento se remexia e se contorcia no assento.

— Como está se sentindo? — perguntei.

— Sinceramente? — disse ela, olhando para as árvores, passando distraidamente os dedos da mão ilesa no machado. — Uma tola.

— Você vai sarar, Maude. Vai ficar bem, voltará a ser útil, deixará de se sentir tão perdida…

Ela levantou a mão para me interromper.

— Se eu estivesse preocupada em ser a versão *mais útil* de mim — falou, com um gesto para as ataduras —, seria fácil demais odiar meu corpo quando ele estivesse inútil. Não é isso. Se alguém ama você só por sua utilidade, então não ama você de modo algum.

As palavras dela me envergonharam.

— Então por que está se sentindo tola?

Ela suspirou.

— Porque minha mãe matava entidades, e a mãe dela, também, e eram mulheres nobres. Nós crescemos procurando o bom e o correto em nossos guardiões, acreditando que eles têm todas as respostas, como se já entendessem os sinais da vida. Mas não é verdade. Ninguém compreende tudo.

Ela desviou o rosto.

— Vejo Benji, desesperado para conseguir o que o avô não foi capaz de fazer. Você, lutando para descosturar todas as mentiras que a abadessa bordou em seu corpo. E embora eu seja uma caçadora, uma matadora, como todas as mulheres da família Bauer, eu deveria ter olhado mais para mim, e menos para elas — continuou, os olhos marejados. — Sempre odiei matar entidades. Elas são apenas criaturas, tentando viver, assim como todos nós. Talvez eu só tenha me dado conta disso depois de matar a Lenhadora Leal e sentir, de verdade, como era cometer uma morte justa. Mas eu continuei dizimando entidades. Mataria uma agora mesmo, se aparecesse na estrada.

A luz entrava em fiapos por entre as árvores, pintando de ouro as lágrimas dela.

— É difícil ver quem sou quando me perco no que esperam de mim.

Passei o dedo no meu véu. Se não fosse machucá-la, eu deitaria a cabeça no colo de Maude e deixaria as lágrimas dela caírem no meu rosto, porque elas limpariam algo em mim que nenhuma água da nascente poderia.

— Eu odiava sonhar — falei. — Odiava tanto que decidi sonhar perfeitamente, para ninguém desconfiar.

Ela me olhou.

— Por que fazemos isso conosco?

— A resposta é simples — disse a gárgula, estapeando os galos de bétula no caminho. — Quando fazemos a coisa certa pelo motivo errado, ninguém nos elogia. Quando fazemos a coisa errada pelo motivo certo, todos dão valor, mesmo que o certo e o errado dependam inteiramente da história em que vivemos. E ninguém diz que precisa de reconhecimento, de amor e de elogios, mas todos temos fome disso. *Todos* queremos ser especiais.

— É um comentário muito astuto, gárgula — disse Maude, apoiando a mão no ombro de pedra. — Como você sabe tanto mais da vida do que o restante de nós?

O peito de pedra se inflou de orgulho.

— Eu sou um fosso de sabedoria.

Eu sorri, e não o corrigi.

*

De toda a beleza contida em Traum — os outeiros, as cidades, os cimos e os bosques —, nada me preparara para o esplendor de sua orla.

Falésias de Bellidine era um espetáculo.

Colinas verdes e ondulantes salpicadas de ovelhas. Quanto mais altas eram as encostas, mais forradas de flores eram. Cravos-do-mar, se espalhando em carpetes. Se eu descesse rolando uma ladeira qualquer, acabaria manchada de rosa brilhante. O coração do vilarejo ficava entre colinas, povoado por dezenas de sítios e casas de pedra. E logo atrás...

Falésias brancas e claras. O glorioso Mar Murmurante.

Cruzamos o último dedo do rio Tenor, vimos as últimas bétulas, e então perdi o fôlego ao admirar o mar.

— Ah, Bartholomew — disse a gárgula, em pé na carroça. — É como chegar ao limite do mundo.

Era mesmo. Até os cavaleiros, que, diferentemente de mim, já conheciam aquele esplendor, diminuíram o ritmo dos cavalos para admirar as colinas, as falésias, a água. Protegeram os olhos com as mãos, abriram sorrisos arreganhados. Benji, que cavalgava na dianteira, se encolheu diante do vento. Rory ia ao lado dele. Contudo, ele não estava admirando a vista.

Ele estava me vendo processar a cena.

Soltei um suspiro pesado. Sustentei o olhar dele até pegar fogo.

Um trovão ribombou no céu.

— Acho que vem uma tempestade — disse Maude.

— Que nada — disse a gárgula, empinando o nariz. — Sempre sinto o cheiro da chuva. O trovão foi uma mera colisão de nuvens.

Vinte minutos depois, começou a chover.

— Sempre sente cheiro de chuva, até parece — resmunguei.

O vento nos fustigava e os cavalos relinchavam, a chuva nos golpeando por todos os ângulos, estalando na armadura, ricocheteando no rosto.

— Menos sábio do que acha, não é? — acrescentei.

A gárgula se enroscou nas asas e fez um biquinho emburrado.

Quando chegamos à estrada principal, no círculo de sítios, o rei e os cavaleiros estavam encharcados. Chegamos à estalagem, com estábulos anexos.

— Odiei! — uivou a gárgula na chuva. — Como as flores aguentam essa agressão incessante?

A criatura cobriu os olhos, cambaleou, desabou teatralmente na lama e se debateu. O rapaz que viera recolher os cavalos levou um susto tão grande que fugiu para a estalagem e só voltou acompanhado da mãe.

Tiramos nossas armaduras ali nos estábulos mesmo. Cada cavaleiro recebeu a chave de um quarto para dividir. Quando a estalajadeira me entregou a minha, de ferro forjado, notei que ela usava um pingente em forma circular. Uma pedra com o centro escavado.

Ela notou meu véu, e depois a roupa de cavaleira que eu usava por baixo da armadura.

— Misericórdia. Você é uma contradição.

— Que grossa — resmungou a gárgula atrás de mim.

A mulher sorriu. Havia uma teia de rugas finas ao redor dos olhos dela.

— Perdão. Eu nunca fui a Aisling. Nunca vi uma Divinadora pessoalmente.

Engoli o nó na garganta e apontei o colar.

— É uma pedra de tear?

Ela levou a mão enrugada ao pescoço.

— Ganhei praticamente no dia em que nasci. Todos usamos — disse ela, e sorriu novamente. — Aqui, somos todos tecelões.

Esperei que ela me perguntasse sobre Aisling. Que trouxesse um pano, um fio, talvez, e me questionasse sobre sinais, presságios ou prenúncios, ou qualquer outra palavra que as pessoas usavam ao falar comigo dos Agouros.

Ela não fez nada disso. Apenas me entregou a chave e sorriu.

— O povo aqui parece tranquilo — comentei com Maude quando passamos por um tear enorme, no qual trabalhavam uma dúzia de mulheres.

— Eles acreditam nos Agouros tanto quanto os outros — disse Maude, subindo a escada. — Porém, a mensagem da Triste Tecelã é referente ao amor. Ao luto. Essas duas coisas tendem a unir as pessoas. Não sei. Tornou o povo deste vilarejo estranhamente gentil.

Abri a porta do nosso quarto e a ajudei a entrar. Quão descrente eu me tornara, para me surpreender por saber que um Agouro causara um impacto positivo no vilarejo.

— Ainda vamos matá-la — falei. — A Triste Tecelã. Vamos matá-la e depois seguiremos para Aisling. — Endureci a voz ao acrescentar: — Quero olhar nos olhos da abadessa antes de livrarmos Traum de seu último Agouro.

— Tudo muito bom, tudo muito bem — disse a gárgula, do canto do quarto, e sacudiu um cobertor. — Mas quem me colocará para dormir?

Horas depois, quando a tempestade acabou, a noite se aquietou, e Maude e a gárgula estavam roncando, um bilhete entrou por baixo da minha porta.

Nos encontramos na praia?
— R

A estalajadeira, os cavaleiros, estavam todos dormindo. Desci a escada pé ante pé, passando pelo tear e pela sala da lareira. O fogo ainda estava aceso.

— Seis?

Eu me virei. Havia cinco cadeiras aglomeradas ao redor da lareira. Em três delas, com copos grandes na mão, estavam Hamelin, Dedrick Lange e Tory Bassett.

Benji também estava lá. Não sentado, mas andando em círculos, indo e vindo na frente do grupo. Quando me viu, ele interrompeu o passo.

— É você — disse ele, olhando de cima a baixo para minha camisola clara. — Achei que fosse um fantasma.

Eu sorri.

— Estava pensando em você agora mesmo, Seis — continuou. — Ponderando se deveria ver se você estava acordada, mas eu não quis despertar Maude. Ela precisa descansar.

— Pode me chamar de Sybil — falei, e me aproximei dele. — O que queria comigo?

— Estamos fazendo uma pequena reunião sobre a cerimônia de amanhã, e o que se seguirá a ela — disse o rei, e deu um tapinha no encosto de uma cadeira vazia. — Por favor, junte-se a nós.

Ele me parecia mudado. Não havia vinho em sua mão, nenhuma coragem alcóolica. Ele também estava mais ereto, e falava com mais clareza, como se, a cada vilarejo visitado, Benedict Cástor estivesse ganhando forças.

Então olhei dele para Hamelin e os outros dois cavaleiros. Não eram a companhia habitual de Benji. Eu me perguntei o que eles saberiam — se é que sabiam de alguma coisa, ou se aquilo era puro fingimento. Se ele estaria bajulando os cavaleiros para impedi-los de descobrir que ele fazia muito mais nos vilarejos do que participar das cerimônias.

— Não quis convidar Rory para a reunião?

Dedrick Lange bufou.

— Eu convidei — disse Benji. — Dez minutos atrás, inclusive. Mas ele estava de saída e disse que nos veríamos depois.

Até na luz fraca, vi a tensão no sorriso do rei ao acrescentar:

— Ele parecia... distraído.

o CAVALEIRO e a MARIPOSA **383**

— Melhor assim — disse Tory Bassett, entre goles de vinho. — Myndacious não tem influência nos vilarejos, nem nas famílias nobres.

Eu franzi a testa.

— E daí?

— E *daí* — disse Hamelin, com simpatia na voz, mas não no olhar — que Myndacious não tem nada a acrescentar. Ele não é nobre. É brusco, sem carisma, e não tem o menor valor político. Não tem utilidade, na prática, além de intimidação bruta. Em suma, é um *mau* cavaleiro.

Eu arranquei o vinho da mão dele com um tapa. O copo caiu no chão, derramando bebida nos pés de Benji, pintando-os de carmim. Hamelin riu, mas o rei o calou; a voz dele soou mais ríspida do que eu já a ouvira.

— Cuidado — advertiu Benji. — Questionar os méritos de um cavaleiro é questionar o rei. Posso não ser o estudioso que foi meu avô, mas avaliei meus cavaleiros e fiz bom uso de seus valores.

Ele olhou intensamente para Hamelin, e acrescentou:

— Ou é melhor que eu reavalie o seu mérito?

Hamelin se calou, e Benji corou. Ele evidentemente estava gostando do sabor do poder que provara ali. Ele se virou para mim, empertigado.

— Junte-se a nós, Seis. Eu gostaria de discutir sua posição, quando terminarmos a viagem pelos vilarejos e voltarmos ao castelo Luricht…

Até que ele baixou o olhar para minha mão, e o bilhete nela. Sombras anuviaram seus olhos.

— Ou talvez você também esteja distraída.

Se eu ainda fosse Seis, a Divinadora no outeiro, daria o que ele desejava, mesmo que custasse meu próprio prazer. Afundar os ombros sob o peso de todo *sim* era meu único entendimento do meu próprio mérito.

Porém, Seis não existia mais.

— Eu adoraria discutir a cerimônia de amanhã com você, Benji — respondi, e olhei feio para Hamelin. — Porém, no momento, tenho encontro marcado com alguém. Ele é brusco, sem carisma, e não tem o menor valor político. O melhor cavaleiro que conheci.

Fui embora, batendo a porta da estalagem.

O ar lá fora estava tépido, o céu, límpido, e o caminho da praia, bem demarcado por estandartes bordados. Segui os estandartes, caminhando entre cravos-do-mar e me deleitando com o prazer de pisar na terra e depois na areia com os pés descalços.

O Mar Murmurante era ligeiro, discreto — um fluxo baixo e constante. Parei depois de dar vinte passos na praia, espantada pela vista da água. Parecia que o céu, sempre paciente, aguardara o dia inteiro o mar se acalmar para que pudesse tocá-lo. Com o tempo limpo, o céu noturno se derramava na água. Eu não sabia onde terminava o mar e começavam a lua e as estrelas.

— Passou a tempestade — disse uma voz de trás de mim. — Depois, sempre fica bonito assim.

Eu me virei. Ele estava nas sombras, recostado em um rochedo.

Rory.

Ele parecia preguiçoso. Contudo, quanto mais me aproximava, mais eu via que era só ilusão. Captei sua respiração acelerada. Vi a pulsação em seu pescoço.

Não tínhamos contado para ninguém o que acontecera em Solar Petula. Sequer mencionáramos o assunto entre nós. Porém, estava ali, presente. Sempre que nos olhávamos, tocávamos as mãos, respirávamos o mesmo ar — estava ali.

Rory flexionou os dedos.

— Venha cá.

Pulei em cima dele e o empurrei contra a parede de rocha, então o beijei. Ele me segurou pela nuca, ancorando nossas bocas.

— Gosto que você seja um mau cavaleiro — falei, mordendo seu lábio. — É o que o torna bom.

o CAVALEIRO e a MARIPOSA **385**

Rory levou a mão ao meu rosto e tirou meu véu. Quando o pano caiu, não suportei a reverência que passou em seu olhar. Aquilo me assustou, me *emocionou* tanto, que eu o joguei no chão e nós nos engalfinhamos com tanto vigor que devem ter escutado na vila; devem ter percebido que não era apenas o mar, que batia na orla e gemia após a tempestade.

Eu queria derrubá-lo com força o bastante para rachar a terra. Queria descontar minha revolta por desejá-lo tanto quebrando objetos ao redor. Queria, também, que ele acabasse comigo — que afundasse os dentes no meu pescoço, nos meus seios, nas minhas coxas. Depois de passar tanto tempo acreditando que o afogamento era sagrado, eu temia que nada poderia ser divino se não chegasse pelas mãos atraentes da dor.

Mas aí então pensei naquela primeira vez em Solar Petula, quando ele fora tão lento. Quando fomos testemunhas, pupilos, visitantes e artesãos do nosso prazer. Quando o clímax viera de novo e de novo, sem dor em suas asas.

Nem tudo tinha que doer para ser sagrado. Ou tinha que ser ruim para ser bom.

Mas eu, amaldiçoada que era, às vezes desejava que fosse assim.

Pela manhã, acordei no meu quarto com a aurora suave. Virei-me na cama.

E vi que a gárgula não estava lá.

— Sybil? — perguntou Maude, sentando-se na cama. — O que houve?

— Ele sumiu.

Eu não conseguia respirar. Era como acordar na casa das Divinadoras e descobrir que Quatro, Dois, Três, Cinco e Um tinham desaparecido.

— Minha gárgula. Estava aqui quando voltei da praia à noite, e agora — falei, levando a mão ao peito —, se *perdeu*.

Maude se apoiou na cama para se levantar, mas eu já estava vestindo a túnica, saindo correndo do quarto, estalagem afora, rumo à luz da manhã.

Enquanto procurava a gárgula pelos sítios, pelos campos repletos de rebanhos, pelas colinas de cravos-do-mar, subindo mais e mais, eu pensava nas coisas perdidas. Na morte. Na minha busca incessante pelos vilarejos, do mesmo jeito que eu estava fazendo agora, sem encontrar uma de minhas queridas Divinadoras sequer para devolvê-las ao meu abraço. Na crueldade do destino, na fragilidade da vida, e na solidão que sentia por, na vastidão de Traum, ter no máximo chegado perto de encontrar somente a mim e a mais ninguém.

Chorei igual criança.

Por fim, na falésia mais alta, em um leito de flores, lá estava. Admirando o amanhecer, o mar, a beirada do mundo, com as mãos delicadamente cruzadas no colo. Totalmente contente.

— Ah, sua gárgula estúpida, idiota!

Corri até ela. Abracei seus ombros e até me ralei de tanto apertar seu corpo de pedra.

— Por que você foi embora sem dizer nada?

Ela pestanejou.

— Está chorando, Bartholomew?

— Claro que estou, palerma.

Eu não sabia se a gárgula entendia plenamente o motivo da minha angústia, mas pareceu estar gostando de me reconfortar, em vez de ser a vítima chorosa, pois empertigou os ombros e começou a cantarolar.

— Eu acho — disse a criatura, quando minha respiração por fim se acalmou — que nunca deveríamos ter passado tanto tempo atrás daquele muro de pedra, Bartholomew.

Ela apoiou a cabeça de pedra pesada na minha e acrescentou:

— Agradeço por ter me trazido com você. Acho que eu não teria tido a coragem de abandonar o outeiro por conta própria.

Peguei a mão de pedra e, juntas, ficamos admirando a vista.

o CAVALEIRO e a MARIPOSA **387**

— Por que você veio para cá?

— Eu vivo em uma batalha de admiração — respondeu, apontando o horizonte. — Não consigo decidir o que prefiro. Se o nascer ou o pôr do sol. São como a vida e sua companheira quieta, a morte.

Vimos o sol subir sobre o mar. Eu me apoiei no ombro rijo.

— Você ainda pensa em Aisling, gárgula?

— Incessantemente — disse, espreguiçando as asas com um bocejo. — O outeiro era meu único lar. Porém, eu desci de suas alturas e vi o mundo por minha conta. Não é possível apagar uma experiência dessas. Mesmo que eu voltasse à catedral, nada seria como antes — falou, e sorriu, pressionando os dentes com as presas afiadas. — Nunca se volta para casa por inteiro.

— É uma perspectiva bastante trágica, não acha?

Ela deu um tapinha na minha perna.

— Você parece perturbada.

— E você, não está?

— Com frequência, mas também raramente.

Mantive o olhar fixo no vasto mar liminar. Pensei na vida, na morte e nas Divinadoras.

Vamos às Falésias de Bellidine com vista para o Mar Murmurante, nós seis. Gritaremos tão alto, por tanto tempo, que os ecos ainda estarão soando às nossas costas ao sairmos. Deitaremos sob as estrelas em leitos de cravos-do-mar cor-de-rosa e mancharemos os dentes de vinho. Dormiremos, sem nunca sonhar.

Eu me levantei. Andei até a beira da falésia.

E gritei.

O som surgiu do fundo da minha barriga. Um urro desesperado que soou tão alto, e tão prolongado, que fez minhas orelhas zumbirem, o eco devorando o Mar Murmurante, as Falésias de Bellidine. Traum inteira, talvez.

E eu pensei que talvez a vida de Sybil Delling tivesse sido paga com a morte do sonhos de Seis. Que não apenas os Agouros eram as mentiras, mas também as histórias que eu me contara. Que eu precisava sofrer para merecer meu lugar na Catedral Aisling, que precisava esconder o rosto e o nome para ser útil, para ser forte, para ser especial. Que eu e as Divinadoras passaríamos a vida toda juntas, que nossa irmandade era eterna.

Nada, contudo, era eterno, e eu não voltaria nunca para casa. A morte esvoaçava pelo mundo como a brisa, soprando em nossos cabelos, e eu a conhecia bem. Eu a perseguira por Traum inteira. Em batalha contra os Agouros, contra entidades — contra a solidão e a saudade. Eu fizera a peregrinação agonizante de Seis a Sybil.

Isso também era a morte.

Porém, bem do outro lado, à espera atrás do véu…

Estava a vida.

Passei a mão pelos meus cabelos. Desatei o véu. Estendi para a beira da falésia. Quando o vento o agarrou com os dentes, eu não resisti. Simplesmente… soltei.

Vi meu véu revoar, como se transportado por asas pálidas. Ele voou e voou até eu perdê-lo de vista, de tão clara a luz no mar.

Daí chorei. Um tiquinho, só. Quando me virei, a gárgula estava ali, sorrindo para mim. Maude, também.

E Rory.

— Ah — soltei, secando as lágrimas, e levantei o dedo em ameaça. — Nem ousem dizer nada.

A ameaça foi vã — eu estava sorrindo de volta.

Rory cruzou a distância entre nós.

A luz matinal aquecia o rosto dele. O cabelo escuro balançava ao vento e, quando ele me olhou com adoração evidente, senti um aperto imediato no peito.

Ele se curvou daquele jeito despreocupado de sempre. Tomou meu rosto nas mãos. E disse:

— Melhor assim. Não tenho nem palavras.

Eu o beijei, e ele me beijou com força redobrada, e ficamos ali na falésia, no que parecia o limite do mundo, esvoaçando, sem fôlego, e renovados.

Maude abraçou a gárgula, que aplaudiu.

A cerimônia organizada pelas famílias nobres das Falésias de Bellidine para marcar a chegada de um novo rei foi adiada. A tempestade reinou o dia inteiro.

Esperei Benji me procurar, ou procurar Rory e Maude — para uma reunião como a que tivera com Hamelin e os outros na véspera —, mas ele não o fez. Ele permaneceu em seus aposentos enquanto o restante dos cavaleiros, inquietos, ficaram circulando pela estalagem que nos hospedava. Pensei em ficar no quarto também, com medo de revelar meus olhos de pedra. Porém, eu jogara meu véu ao vento, deixara Seis para trás por inteiro. Não tinha onde me esconder.

Sentei-me junto à lareira com Maude e a gárgula enquanto Rory lia em voz alta um livro de poesia, fazendo caretas sempre que o autor dizia qualquer coisa muito romântica, daí jogou o exemplar de lado, bufando. A gárgula pegou o livro, o qual segurou de cabeça para baixo, e passou os quinze minutos seguintes murmurando e fingindo ler.

Os cavaleiros me encaravam. Os viajantes que passavam pela estalagem, também. Eles fitavam meus olhos de pedra com a mesma atenção que antes dedicavam ao véu — com fascínio grotesco ou medo —, até uma carranca assassina de Rory ou Maude obrigá-los a desviar os olhares para a parede. Embora eu estivesse menos inquieta do que no Bosque Retinido, à espera da cerimônia do rei ou da oportunidade de capturar um Agouro, havia um incômodo vibrando no meu corpo. Um alerta interior que eu não sabia traduzir.

Horas depois, noite adentro, eu ainda estava acordada, deitada no quarto. Maude roncava na cama ao lado, e a gárgula resmungava no sono. A chuva espirrava na janela, trovoadas retumbavam, e a escuridão era atravessada de tantos em tantos minutos pelo brilho de um relâmpago. A noite estava longe de seguir tranquila.

Ainda assim, escutei: um ruído estranho, bem do outro lado da porta.

Claque, claque.

Fiquei imóvel, atenta. Soou de novo. Passos no escuro. Não era o baque de um sapato, de uma bota, nem de um pé descalço, mas um som mais brusco. De pedra na pedra. *Claque, claque. Claque, claque...*

A porta se abriu com um rangido.

Uma silhueta de capa cinza com capuz entrou no quarto. Seus passos eram pesados, fazendo a madeira gemer. Fiquei paralisada sob a coberta, ouvindo a silhueta se aproximar, mais e mais.

Então veio uma rouquidão grave. A respiração rápida, arfante. E de repente a figura se debruçou sobre a minha cama, parada bem acima da gárgula. Não vi seu rosto. Não vi nada.

Mais um relâmpago brilhou — um lampejo branco ofuscante no céu. Vislumbrei o rosto escondido sob a sombra do capuz.

E gritei.

A figura se virou. Correu para a porta. Saltei da cama e estiquei o braço, tentando detê-la. Fechei a mão ao redor de um braço tão duro que quebrei as unhas. A figura se desvencilhou, sacudindo o braço até acertar meu ombro com uma força violenta.

Maude sentou-se e a gárgula gritou, jogando a coberta para longe. Outro relâmpago brilhou, iluminando o quarto e todos ali dentro. Desta vez, contudo, a figura encapuzada...

Desapareceu.

o CAVALEIRO e a MARIPOSA **391**

CAPÍTULO VINTE E SETE
AMOR E LUTO

Despertei com uma dor terrível. Meu corpo estava inteiramente rígido, meus músculos, duros e exaustos. Soltei um gemido engasgado. Sentei-me.

Alguém pigarreou.

Maude estava sentada na cama, Benji ao seu lado. Ele usava uma linda túnica, costurada em estampas elaboradas, tingida de cores impressionantes. A gárgula, sentada no chão ao lado dele, admirava a roupa em silêncio.

Rory estava ali perto, de pé. Uma sombra na minha cama.

Todos me observavam.

— Bagos.

Puxei o cobertor até o queixo. Eu estava sem blusa. Tinha tirado para examinar a marca que a figura encapuzada deixara no meu ombro na véspera, quando eu tentara impedi-la de fugir. Um hematoma espetacular cobria minha clavícula, a pele em um tom horrendo de roxo. Felizmente, nada parecia quebrado.

— Vocês não precisam ficar todos aqui. Falei ontem, estou b...

— Se você disser *bem*, eu vou entrar em combustão. — Rory se abaixou, afastando a coberta com cuidado para examinar o hematoma. — Bom — falou, com a voz calma até demais, e se curvou para roçar a boca suavemente na pele machucada. — Se foi mesmo a Triste Tecelã, vou adorar matá-la.

Ele se levantou, beijando meu pescoço no caminho, o ar esquentando imediatamente entre nós.

— Ela era muito horrível? — perguntou Benji, com a voz lenta, quieta, fitando pela primeira vez meus olhos de pedra.

— A Tecelã?

— Mal vi algo além do rosto. Não era… — falei, franzindo a testa. — O Escriba Atormentado e o Barqueiro Ardente tinham a aparência horrenda. Porém, eu ainda via algo humano em suas feições. A Triste Tecelã, contudo… não parecia nada humana. Não tinha apenas os olhos de pedra. Parecia ser o rosto inteiro. Um rosto estranho e contorcido.

— Ela disse alguma coisa? — perguntou Maude.

— Não.

— Provavelmente queria devorar você — murmurou Benji.

— Precisava mesmo dizer isso? — retrucou Rory.

— Enfim — continuou o rei, passando a mão no pescoço. — Nós a encontraremos. Vamos atraí-la com água da nascente durante a cerimônia, assim como fizemos com o Barqueiro.

Todos assentimos.

— E enquanto vocês estiverem todos envolvidos em atos heroicos — disse Benji, balançando a túnica colorida —, eu desfilarei por aí assim. Aparentemente, a mãe de Tory Bassett fez a roupa especialmente para mim — contou, franzindo a testa. — Não sei bem para que serve.

— Pelo menos tem alguém vestido — disse Maude. — Já estou ouvindo a movimentação dos cavaleiros. Preciso trocar meus curativos, e Rory ainda não vestiu a armadura.

— E eu não vesti *nada* — resmunguei.

— Não estou reclamando — disse Rory.

Dei um tapa no braço dele, e ele sorriu.

— Ninguém espera que você vá à cerimônia, Maude — disse Benji, gentil. — Você pode ficar aqui descansando se…

— Direi com amor, Benedict Cástor — interrompeu ela, e beliscou a bochecha dele. — Cale essa boca. Eu sou uma cavaleira, e assistirei à sua cerimônia junto aos demais da ordem.

o CAVALEIRO e a MARIPOSA

Na realidade, vocês dois — acrescentou, com um sorriso —, vazem daqui, por favor.

A gárgula também fez as vezes de escudeiro de Maude. Estava ajudando-a a amarrar as botas, ainda que fazendo uma confusão só, quando saí do quarto. Levei um susto, pois Benji ainda estava por ali.

— Seis — disse ele, com um sorriso, e apontou a porta. — Tem um minutinho?

Fechei a porta.

— Queria esclarecer as coisas, depois daquela noite.

Tentei buscar o menino em Benji — o sorriso tranquilo, a avidez nos olhos azuis —, mas agora era difícil encontrá-lo. O olhar dele estava nebuloso, e o sorriso, ensaiado.

— Hamelin… bem. Ele não é charmoso como imagina, mas a mãe dele é a mulher mais rica dos Cimos Ferventes. A família de Dedrick Lange é dona de metade de Seacht, e Tory Bassett é um lutador poderoso. Lealdade é política, e ser amigo deles tem suas vantagens.

Eu imaginei que sim.

— Espero que não custe sua amizade com Rory.

— Claro que não. Mas Rory… — disse ele, com o rosto corado, e olhou para os sapatos, num desconforto repentino. — Bem, para ser sincero, eu sempre admirei Rory. Tradição, virtude, *lealdade*… Nada disso o incomoda. Você viu como ele agiu na sua condecoração, questionando o que você deveria jurar. Ele foi assim durante os próprios votos também, ainda que *meu* avô tivesse sido o responsável por salvá-lo…

Benji parou um momento, pigarreou.

— O que quero dizer é que eu invejo a liberdade dele. Rory segue as próprias regras, sem jamais obedecer a nada ou a ninguém.

Eu farei tudo que você me pedir.

Franzi a testa.

— Talvez admirá-lo tanto impeça você de vê-lo com nitidez. Rory é a pessoa mais leal que conheço.

Benji ergueu o rosto.

— Talvez.

Então, como a tempestade que passara sobre as Falésias de Bellidine, as nuvens se dissiparam nos olhos do rei. Ele recobrou o visual de antes — animado e jovial.

— Cadê seu véu? — perguntei.

— Joguei fora.

Ele não parecia chateado por eu ter desconsiderado seus desejos, nem demonstrava repulsa ou medo dos meus olhos. O rei parecia quase... maravilhado.

— Olhos de pedra — murmurou. — Como sempre, você intimida qualquer um. Uma qualidade desejável... que usarei a meu favor quando voltar ao trono do castelo Luricht.

Ele olhou para a túnica cerimonial e acrescentou:

— Ao contrário de mim, que uso uma colcha de retalhos. Imagino que deva agradecer por este vilarejo não exigir que eu seja enfiado, nu, na água congelante.

Ele apertou minha mão e a soltou, em despedida.

— Nos vemos lá.

— Benji... — chamei, engolindo em seco. — Não sei se eu me juntarei a você no castelo Luricht.

O olhar dele perdeu o calor, e eu respirei fundo para criar coragem.

— Quero dizer, meu foco sempre será Aisling. Destruir tudo que os Agouros construíram, a golpes de martelo e cinzel. O que virá depois, não sei, mas aprendi a não prometer um futuro que pode não vir a acontecer.

Ele passou um bom momento em silêncio.

— Rory mandou você dizer isso?

— Como assim? Não. Eu só...

— Traum é um lugar perigoso, Divinadora — disse Benji, baixando a voz. — Há entidades terríveis. Gente terrível, também. Mas, comigo, você estará segura. Você receberá o poder, a admiração, o respeito que lhes são devidos.

Ele esticou a mão. Deu um tapinha no meu ombro.

— Dará tudo certo. Tenha fé.

Eu tensionei os músculos.

— E se, ainda assim, eu desejar viver meu futuro longe do castelo Luricht?

Benji encontrou meu olhar. Sorriu.

— Então eu a deixarei partir, é claro.

Ele fez uma reverência e se virou para o corredor. Eu o esperei ir embora, um incômodo gélido invadindo meu corpo.

Era a primeira cerimônia que eu frequentava na qual o vilarejo inteiro era bem-vindo. O povo das Falésias de Bellidine usava suas melhores roupas, túnicas de tecelagem tingidas de maneira semelhante à de Benji. Juntaram-se ao rei e aos cavaleiros e, juntos, como um rebanho de ovelhas coloridas, seguimos até uma sebe cultivada na forma de um círculo, dois quilômetros a oeste da estalagem.

Havia idosos. Crianças descalças. Meninas que jogavam flores, e meninos com olhos ensolarados, que olhavam com desejo para os cavaleiros, as armaduras e as armas.

As pessoas desconfiaram da gárgula, mas só no início.

— Isso é uma entidade? — perguntou uma menininha com cabelo prateado como o meu. — Morde?

— Não é isso, é uma *gárgula*, e acredito que seja um tipo de entidade muito antiga — respondi. — E, sim. Infelizmente, às vezes morde.

— Sua diabinha mentirosa, eu não mordo, não.

A gárgula sorriu para a menina, exibindo as presas afiadas. Temi que a garotinha fosse chorar, mas ela apenas riu, e deu à gárgula uma coroa de flores cor-de-rosa.

Quando chegamos à sede, nos espalhamos nos arredores. Fiz questão de ficar do lado norte, de onde eu e a gárgula tínhamos vista para o mar, e Rory e Maude vieram nos encontrar.

— Todos parecem bastante alegres — falei, forçando a vista. — É preocupante.

Benji e cinco mulheres, todas de roupas muito coloridas, entraram no círculo da sebe por um portão estreito, e se postaram no centro. As mulheres formaram seu próprio círculo ao redor do rei. Reconheci a estalajadeira que sorrira para mim naquele primeiro dia de chuva.

Quando se dirigiu à multidão, a voz dela se revelou gasta pela idade. Trêmula, mas ainda harmônica.

— Eu me chamo Brenna Bassett. Minha família vive nas Falésias de Bellidine há mais de duzentos anos. Vimos muitos reis. Quando os novos chegam, tecelãs, como eu, nos encaminhamos a este lugar para dizer que a Triste Tecelã é o Agouro mais verdadeiro. Que apenas o amor e a dor tecem o fio de tudo o que veio, e de tudo o que ainda há por vir — disse ela, e fez uma pausa. — Mas, honestamente, a quem queremos enganar? Não temos tempo de comparar os méritos dos deuses, de quem é melhor ou pior. Raramente analisamos presságios. Estamos sempre ocupados tentando não quebrar o tear, e pronto.

A multidão gargalhou.

— Porém — continuou Brenna Bassett. — *Porém*. Há o que admirar no amor. Seja no ardor ou na tristeza, o amor é como a Triste Tecelã, como um Agouro. Seus sinais estão por todo lugar. Podemos buscá-lo, criá-lo, senti-lo, ignorá-lo ou perdê-lo, mas está sempre aqui. O amor é como nossa pedra de tear: nos ancora ao mundo. E uns aos outros.

A multidão assentia com gestos, e eu me mantive perfeitamente imóvel, à escuta.

— A verdade — prosseguiu ela — é que nós, das Falésias de Bellidine, não estamos ocupados demais para procurar os

o CAVALEIRO e a MARIPOSA **397**

sinais de amor e dor da Triste Tecelã. Nós os procuramos, *sim*. O mundo é um lugar assustador.

Ela me localizou na multidão. Acenou com a cabeça.

— A Divinação é um presente que oferecemos a nós mesmos: evitar a dor que vem do viver, do amar, se pudermos prevê-la. Contudo, gosto de acreditar que há momentos em que o fio da nossa fé no amor é tão firme que nos esquecemos de buscar os sinais — seguiu, apontando a multidão com um gesto. — Quando um bebê aprende a andar. Quando amigos se reúnem ao redor de um doente, ou de um leito de morte, e costuram um retalho na colcha da família. O beijo de um casal no dia do matrimônio, e a noite que a ele se segue. Não procuramos o amor, ou a dor, porque eles, como a mais verdadeira dos deuses, estão sempre conosco.

Ela sorriu.

— E é um privilégio conhecê-los.

Ela se dirigiu a Benji.

— Obrigada por nos honrar com sua presença, Benedict Cástor. Que conheça o amor, e também a dor, em seu reinado. E que nós, juntos, sejamos testemunhas de suas maravilhas. Pupilos de seus presságios.

Ela ergueu as mãos.

— Eternos visitantes.

Benji soou resfolegado ao responder:

— Eternos visitantes.

— Eternos visitantes — ecoou a multidão.

— Eternos visitantes — exclamou a gárgula.

As cinco mulheres pegaram a túnica de Benji. Do colarinho, das mangas, da barra, cada uma puxou um fio, o qual amarrou no dedo anelar, antes de levar a mão ao peito.

Elas começaram a recuar em passos lentos e curtos. E a túnica — todo aquele lindo bordado — se desfez.

Era a primeira cerimônia que realmente me fascinava. Vi Benji abaixar os braços enquanto a costura das tecelãs — o trabalho árduo — se desenrolava ao redor, e senti uma estranha comoção. Elas não faziam um espetáculo do rei, da fé ou da arte. Ninguém era rebaixado para erguer a Triste Tecelã e os Agouros. Nenhuma dor era causada em nome da bênção.

Era surpreendentemente sagrado.

Rory se inclinou para mim.

— Que cara é essa?

— Não esperava que fosse tão bonito e suave — falei, sentindo latejar o hematoma no ombro. — Para um Agouro tão abrasivo.

Os fios eram puxados mais e mais. Embora a túnica de Benji se desfizesse ao seu redor, expondo seu peito para as testemunhas, a cena não o prostrava. Ele parecia quase confortável, de olhos fechados e ombros relaxados, como se o sol na pele o estimulasse.

Eu continuava a franzir a testa.

— Rory.

Ele raspou a manopla na minha.

— Pois não?

— O que acontecerá quando o rei acabar de vestir o manto? Quando tiver todos os objetos de pedra, e Aisling perder seu poder?

A jornada por Traum estava chegando ao fim. Minha missão infrutífera de encontrar minhas amigas — a retribuição jurada contra os Agouros — ia terminar. Algo novo se aproximava, mas eu não conseguia identificar o que era, apenas que sua indefinição me angustiava.

Rory analisou meu rosto.

— O que você desejar. O mundo é todo seu, Sybil.

Voltei a observar Benji, no coração da sebe, tal como eu fazia ao me erguer no altar de Aisling.

— O problema é que eu não saberia aonde ir se não fosse seguindo os cavaleiros.

— Você pode ir aonde quiser. Você tem a gárgula. Sua armadura, seu martelo, seu cinzel. —— Ele me olhou nos olhos. Disse, tão simplesmente: — Você tem a mim.

o CAVALEIRO e a MARIPOSA **399**

Minha expressão se suavizou.

— Não posso pedir para você abandonar a ordem.

— Porque sabe que eu diria que sim?

— Porque o rei se apoia em você. Não posso pedir para você escolher entre...

— Não precisa pedir.

Os olhos dele estavam tão sombrios. Tão suaves.

— Eu já escolhi — continuou.

A tapeçaria frágil de minha alma se expandiu.

— Benji não ficará chateado de perdê-lo?

— Não é uma morte, é apenas uma partida. Além do mais, Benji não precisa de mim como imagina precisar. Ele é mais forte do que percebe — disse Rory, e apontou a sebe, o coração em seu cerne. — Ele sabe do carinho que sinto por ele. Ele compreenderá.

— Tem certeza?

— Ele vai ter que compreender. Ser cavaleiro não é uma algema. Não sou vassalo de ninguém — disse, e sorriu. — Mas serei seu pau mandado, se você pedir com jeitinho.

— Você é tão idiota — falei, sorrindo igual a uma boba também, olhando o mar. — Obrigada.

Ele meneou a cabeça, com um toque rosado na face. Já tinha me visto nua. Já tinha me tocado com mãos e boca. Por isso me espantava que justamente aquilo — estar de pé ao meu lado, de armadura, falando do futuro, do *nosso* futuro — era o que fazia Rodrick Myndacious corar.

Os fios da túnica de Benji se espalhavam, capturando o vento, todos muito fortes. Algo que eu antes considerava bom presságio. No momento, porém, eles não se faziam necessários. Eu sabia exatamente como interpretar os sinais — sabia exatamente o que aconteceria comigo. Já estava acontecendo.

Eu estava me apaixonando.

*

Assistimos à cerimônia até a túnica de Benji se tornar apenas cinco fios compridos. O povo pegou os fios, dançando ao redor da sebe em fileiras tortas. A gárgula dançou com eles, saltitando e rindo. Maude e Benji se mantiveram afastados junto aos demais cavaleiros, acenando discretamente para mim e para Rory quando desaparecemos atrás de uma falésia, levando a água da nascente de Aisling em um cantil no cinto de Rory.

Pusemos o cantil em uma rocha entre cravos-do-mar. Abrimos a tampa. Nos escondemos atrás de um rochedo e permanecemos imóveis.

Esperamos. E esperamos.

A Triste Tecelã não apareceu.

Duas horas depois, bocejei.

— Talvez aquilo que achei que vi tenha sido só um sonho.

Rory abanou a cabeça.

— Este hematoma é de verdade.

— A água da nascente funcionou com o Escriba, com o Barqueiro — falei, olhando para o cantil na pedra. — Por que a Tecelã não vem?

Ele não respondeu, passando o dedo na moeda.

Então, quando a primeira estrela brotou no céu…

— Que enrolação é essa aí?

Rory praguejou e eu deu um pulo, nós dois nos viramos. A gárgula estava ali, acenando para nós com os dedos animados. Maude e Benji também.

Eles traziam os objetos dos Agouros. Maude usava o remo do Barqueiro Ardente como bengala, e Benji segurava o tinteiro do Escriba Atormentado, e o sino da Lenhadora Leal bem amarrado na cintura. O rei usava vestes de couro, e uma peça de armadura no peito.

— A cerimônia acabou — disse ele. — Mandei os cavaleiros de volta à estalagem.

Quando ele se aproximou, olhou de Rory para mim.

— Algum sinal da Triste Tecelã?

o CAVALEIRO e a MARIPOSA **401**

Eu fiz que não.

— É porque não estão procurando no lugar adequado — disse a gárgula, indo embora na mesma velocidade com que chegara. — Por aqui, crianças.

Olhamos todos para a criatura de pedra.

— Você sabe quem estamos procurando? — gritou Maude para a gárgula.

— É claro que sei. Eu sei de tudo, e sei excepcionalmente bem. Venham.

Nós quatro nos entreolhamos, confusos. Rory deu de ombros, Maude pegou o cantil de água da nascente e o amarrou na cintura, e então pisamos nas mesmas flores que a gárgula esmagara, correndo em seu encalço.

Fomos conduzidos colina abaixo e ladeira acima, passando por um sítio até chegar à mesma falésia onde eu flagrara a gárgula admirando o alvorecer na manhã anterior.

Ela parou junto a uma pedra cinza e antiga, se virou para nós e abriu os braços.

— Agora aceitarei os aplausos.

Rory olhou ao redor. Não viu nada. Bateu palmas com uma lentidão sofrível.

Eu suspirei.

— Não viemos admirar o poente, gárgula.

— Eu não trouxe você para admirar o poente, Bartholomew — disse ele, apontando a terra aos nossos pés. — Trouxe para ver o que está logo abaixo.

Silêncio. Até que Benji virou a cabeça.

— Que barulho é esse?

— Não estou ouvindo nada — disse Maude, levando a mão a uma atadura, fazendo uma careta. — Se você me fez subir esta colina outra vez à toa...

— Eu só escuto o mar — falei, frustrada.

Rory me puxou para baixo e cobriu minha boca com a mão espalmada.

— Shhh. Escute.

Decidi que lembraria de mordê-lo depois, e me calei. Primeiro não ouvi nada. Apenas o murmúrio do vento na grama, o rumor do mar, e uma coruja revigorada que piava ao longe. Porém, bem quando eu estava prestes a afundar os dentes na mão de Rory, chegou outro som — mais próximo do que todo o restante.

Água em movimento, diretamente abaixo de nós.

Eu e Rory olhamos para baixo, para a rocha ao lado da gárgula, e nos ajoelhamos. Vi então que a marca na grama estava ligeiramente torta. A rocha tinha sido deslocada, revelando uma fresta escura no solo.

— Tem alguma coisa lá embaixo — disse Benji.

Rory se agachou. Aí pegou a rocha. Soltou um ruído grave de esforço do qual gostei até demais.

— Ah, deixe comigo.

Acrescentei minhas mãos à dele e fiz força. A rocha era *pesada*.

— Não tem ninguém mais forte do que você, é isso? — perguntou ele, fazendo esforço.

No fim, nós dois erguemos a pedra. Porém, a força para jogá-la para longe foi inteiramente minha.

Rory abriu um sorrisinho.

— É ignóbil se gabar.

— E você adora.

Maude veio até nós, onde antes ficava a rocha. Em seu lugar estava um buraco na falésia, com largura suficiente para meu corpo passar. Nós nos reunimos ao redor.

Era como olhar dentro de uma garganta escura e comprida.

O som da água vinha mais alto. Senti o cheiro salgado do mar. Vi um suavíssimo reflexo líquido, a mais ou menos dez palmos abaixo de nós.

— O caderno do meu avô não disse nada sobre cavernas subterrâneas nas Falésias de Bellidine — comentou Benji.

o CAVALEIRO e a MARIPOSA **403**

Maude chupou os dentes.

— Como saberemos que a Triste Tecelã está mesmo aí dentro?

— Está igual ao meu sonho — murmurei. — É escuro, e a única luz vem de fendas no alto. Eu desabo no banco de pedra, perto de uma tapeçaria. Só então vejo o peso do tear. Depois — continuei, coçando o arrepio no pescoço — vêm os passos. Pesados, iguais aos que escutei à noite. Um estalido agudo atrás de mim, mas nunca vejo quem me persegue.

Os outros me encararam.

— Bem — disse Benji, engolindo em seco com a garganta engasgada. — Que sonho.

— É a coisa mais horripilante que já escutei — comentou Rory, remexendo tão rapidamente na moeda que era surpreendente ele ainda não ter explodido por acidente. — Odeio espaços apertados e escuros.

— Tomara que você nunca morra — disse a gárgula. — Ouvi falar que túmulos são muito restritivos.

Rory baixou as pálpebras.

— Muito útil.

Olhei para a escuridão lá embaixo.

— Como você sabia que isso estava aqui, gárgula?

— Eu já disse, Bartholomew. Eu sei de tudo, e sei excepcionalmente bem.

A criatura andou até a beira do buraco. Farejou o ar.

— Bastante bolorento — comentou, e se virou para mim. — Devemos sortear quem descerá primeiro? Ou você simplesmente trapaceará para perder de propósito, como sempre?

— Eu não faço isso *sempre*...

A voz de Benji soou como uma corda afinada.

— Eu vou.

— Calma, Majestade. Deixe seu cavaleiro ignóbil ir na frente.

Mesmo sob a luz fraca, vi quando o calor no rosto de Rory se esvaiu. Ele olhou para o negrume com mandíbulas de ferro. Sentou-se na grama e jogou as pernas para dentro da cavidade.

— Espere, Rory — falei, segurando o ombro dele. — Eu posso...

— Sei que pode, Sybil.

Ele tirou minha mão do ombro e a levou à boca. Deu um beijo na armadura que cobria meus dedos.

— Mas puta que pariu — falou. — Me permita.

E então ele pulou.

O tempo me agarrou pelo pescoço.

— Rory?

As botas dele bateram em pedras lá embaixo, e ele tossiu.

— *Rory!* — berrou Maude.

— Estou bem — berrou, a voz ricocheteando pelas paredes da caverna, próxima e distante. — Desça, eu seguro.

Dei um suspiro. Sentei-me e passei as pernas para dentro do buraco.

— Vamos matar mais um Agouro.

— Viva! — exclamou a gárgula, que aplaudiu.

E me empurrou, empolgação pura.

CAPÍTULO VINTE E OITO
A TRISTE TECELÃ

O ar estava abafado, com o cheiro rançoso da água salgada e azedo da podridão. Eu caí, o coração na boca, e Rory me segurou, seus braços fortes me aparando.

— Estou aqui.

A gárgula veio logo depois, embora tivesse demorado um pouco para fazer as asas caberem no espaço estreito. Quando desabou na caverna, espalhando água em mim e em Rory, soltou um guincho estrondoso.

— E eu achava que voar era desagradável. Mas me arrastar na terra tal qual um inseto... *eca*, Bartholomew, veja só! Uma *lagarta!*

Rory cobriu a boca da gárgula com a mão.

— O objetivo de caçar — disse ele — é capturar a presa sem sobreaviso. Fique quieto, ou suba pelo buraco outra vez.

— Quer que eu abandone Bartholomew com o Agouro que tentou matá-la ontem? — perguntou a gárgula, afastando Rory a tapas. — Que tipo de escudeiro eu seria?

— Um bom escudeiro é um escudeiro discreto.

— Diz o cavaleiro que não tem escudeiro nenhum.

— Quietos, os dois.

Forcei a vista no escuro. A gárgula estava certa. Havia lagartas na caverna. Lagartas verdes, azuis e roxas, brilhantes, que iluminavam a escuridão, agarradas ao musgo úmido das paredes, se arrastando pelo líquen e pelas rochas. Embora a dissonância da água inundasse a maior parte do som, eu conseguia escutar uma vibração fraca. O ruído mais suave, vindo das próprias lagartas.

— São entidades — murmurei. — Bichinhos-da-seda, mas entidades.

Rory e a gárgula ergueram o olhar para as paredes altas da caverna. No negrume absoluto, a rocha subia e subia, e seria impossível circular ali sem uma lanterna. Porém, as entidades, com seus corpinhos brilhantes, emitiam uma luz etérea, como estrelas perfurando um céu sem lua, nos permitindo enxergar o espaço amplo e vasto.

— Cuidado aí embaixo!

Benji não pulou. Ele viajou na onda mágica do tinteiro, e surgiu à nossa frente. Maude veio logo depois, e Rory a segurou quando ela se encolheu de dor.

— É imenso — disse ela, analisando as paredes que nos cercavam. — O mar deve ter levado séculos para desgastar tanta rocha.

— Como alguém consegue viver assim? — perguntou Benji, a caverna devolvendo seu eco. — Sempre no escuro?

— Não me surpreende — murmurou Rory.

Nós começamos a caminhar. Rory foi na dianteira, de moeda na mão, e eu, logo atrás, agarrada ao martelo e ao cinzel. Maude vinha depois de mim, seguida do rei, e a gárgula, na retaguarda.

— Então não vai mesmo nos dizer como sabia que isto existia aqui? — perguntou Maude para a gárgula.

— Supus que fosse óbvio.

— Eu garanto — disse Benji — que não é…

— Silêncio — falei, aguçando a orelha. — Escutem.

Ali. Um ruído seco, e seus ecos. *Claque, claque.*

— Estão ouvindo?

Rory forçou a vista.

— Estou.

A caverna ia se abrindo. Divergindo. Passamos por poças de água estagnada e azeda. Adiante, havia menos entidades brilhantes, estavam mais espalhadas. Estava tudo mais frio. Mais escuro.

Rory parou. À nossa frente, três túneis separados se estendiam como válvulas de um coração preto.

— Qual é o caminho, gárgula que tanto sabe? — perguntou Maude.

A criatura soltou um murmúrio contemplativo.

— Talvez as tapeçarias nos instruam.

De início, eu não as vira. Eram tecidos gastos, molhados, manchados de musgo verde assim como as paredes da caverna. Porém, quando me aproximei… sim. Havia tapeçarias na parede. Três delas, cada uma do tamanho de uma manta infantil.

Desgastadas pelo tempo e pelo sal no ar, a tinta colorida desbotara quase por inteiro, e os fios estavam esfarrapados. Ainda assim, percebi a delicadeza dos pontos, a complexidade da costura.

— São imagens — disse Rory.

De fato.

A primeira era de lagartas. Centenas delas, se arrastando pela parede.

A segunda era de pequenos objetos pálidos, pendurados por fio sobre o fogo.

A terceira…

Meu coração acelerou.

A terceira era de mariposas, revoando sobre uma placa de pedra.

— Ela tece seda — disse Benji, apontando as tapeçarias. — A lagarta cresce. O casulo é fervido. As que sobrevivem viram mariposas.

— Grotescas, educativas, mas pouco instrutivas — disse Rory. — Ainda não sabemos que caminho seguir.

— Somos cinco — disse Maude, apoiando-se no remo de pedra com os dedos pálidos, e apontou o primeiro túnel. —

Benji e eu vamos por este. Você e Sybil, pelo segundo, e a gárgula...

— Ninguém deve seguir sozinho — falei. — A gárgula vem comigo.

— A mariposa — sussurrou a gárgula, se virando para o terceiro túnel. — Seguimos a mariposa.

Era o caminho mais escuro. Mais estreito. Quando avancei, inspirando seu ar úmido, parecia que alguém cobrira minha boca e meu nariz com um pano molhado.

— Nos encontramos aqui em vinte minutos, para explorarmos juntos o último túnel — disse Rory, pegando minha mão. — Se um grupo não tiver voltado, o outro irá resgatá-lo.

Benji abaixou o olhar para nossas mãos unidas.

— Vinte minutos.

Maude abriu um de seus sorrisos confiantes, e ela e o rei desapareceram dentro do primeiro túnel, enquanto Rory, eu e a gárgula seguíamos pelo o terceiro.

A escuridão nos agarrou em seu punho. O caminho ia descendo, se aprofundando na terra. Se abrisse meus braços, eu conseguiria tocar os dois lados, e Rory tinha que se curvar para não bater a cabeça.

— Não enxergo meio palmo na frente do nariz.

Ele respirava rápido. Com dificuldade.

— Tudo bem?

Ele não respondeu. E então:

— Fique bem do meu lado.

Já a gárgula, sem se incomodar com as trevas, cantarolava baixinho.

— Ela se esforçou ao máximo para dar um charme ao lugar, não foi? A velha Triste Tecelã?

Olhei para trás. Ela passava as garras pelos dois lados do túnel, puxando um fio grosso e comprido que eu não tinha notado.

— E vejam só. Ela botou uma cordinha simpática para se guiar em noites escuras como esta.

o CAVALEIRO e a MARIPOSA **409**

A gárgula puxou o fio da esquerda, que arrancou inteiramente da parede.

— Humm — murmurou. — Não é muito firme...

Um rangido profundo soou do alto. Rory, a gárgula e eu ficamos rígidos. Eu ouvi, depois senti um cheiro distinto, água corrente, primeiro distante, e então mais e mais próxima, até chegar bem atrás de onde estávamos. Nós nos viramos.

Uma muralha de água jorrava na nossa direção.

Rory gritou e eu empurrei a gárgula para a frente, até que começamos a correr pela escuridão. Porém, a piscina que se derramara no túnel vinha em uma correnteza monstruosa. A água logo nos alcançou, perdemos o equilíbrio. Fomos arrastados pelo breu, mais e mais rápido.

E então caímos.

Batemos com força em alguma coisa, causando um tinido alto. Ouro, percebi. Tínhamos caído em um imenso leito de ouro no fundo de um poço — um buraco no túnel —, enquanto a água era derramada sobre nós em uma corrente tórrida. Perdi Rory, perdi a gárgula, tossi e me engasguei. Água salgada entrava nos meus olhos, nariz e boca. Tentei lutar contra a correnteza, desesperada para dar pé.

Mas a água só fazia subir.

Sufoquei no nome de Rory. A água me arrastava para baixo, e a armadura também, e fui tomada pelo pavor de que eu ia me afogar facilmente. Pesada e sem sustento, sem conseguir ficar em pé, sem saber nadar...

Alguém me segurou pela nuca. Fui puxada para cima.

Rory também estava tossindo, com dificuldade, como eu, para sustentar os pés na pilha de moedas escorregadias sob a pressão da água.

Ele gritou, em meio ao estrépito.

— Se machucou?

Eu fiz que não com a cabeça. E então nos seguramos um no outro, tentando nos firmar, servindo de contrapeso perfeito até os dois conseguirem pisar no fundo. Quando olhei para cima, vi que a água diminuíra o fluxo, perdendo a pressão furiosa.

— Ora, Bartholomew — disse a gárgula da borda do poço.

Ela não caíra. Tinha voado até o outro lado, a criatura tonta — e parecia indócil por ter se molhado.

— Está tudo bem?

— Às mil maravilhas — respondi, o tom seco.

Eu me virei para Rory. E soltei um grito agudo.

Dava para ver, até na luz fraca — até com água nos olhos. Uma fenda na couraça de Rory.

Ele arfou, sem fôlego.

— Não perca o equilíbrio. Tem um monte de lanças no fundo do poço.

Eu praguejei, e gritei de novo para a gárgula:

— Jogue alguma coisa para a gente.

— Tem uma corda bem forte aqui... ah, Bartholomew! — berrou. — Está cheia de lagartas.

— Gárgula!

— *Sempre sou eu a salvar todo mundo?*

A criatura de pedra soltou uma exclamação com linguagem tão embolada que sequer um escriba de Seacht conseguiria entendê-la, mas ainda assim pegou a corda, e arremessou no poço.

Rory e eu subimos, nos içando.

— Bem — disse Rory, enfim deitado no chão, respirando com chiado. — Pelo menos sabemos que estamos no túnel certo.

— A lança podia ter *matado* você — falei, e me debrucei nele, passando a mão na fenda furiosa na couraça. — Pelo amor dos deuses, o ferreiro que fez sua armadura merecia um beijo.

— E eu? — exclamo a gárgula, furiosa. — Ninguém vai *me* beijar?

Rory pegou a cabeça da gárgula e lhe tascou um beijo na bochecha de pedra.

— Me ajudem a tirar isso aqui — pediu Rory, com uma careta. — Está difícil respirar.

Ajudei a gárgula a soltar os fechos e arrancar a couraça de Rory, que tossiu e empalideceu de repente.

— Merda.

Ele olhou para o próprio corpo. Para o piso do túnel.

— Eu perdi — disse ele, com pânico na voz. — A moeda.

Nós três olhamos para o poço. A correnteza torrencial que nos derrubara tinha virado uma goteira constante. Porém, seus restos continuavam ali: uma piscina de água escura, mais profunda do que a minha estatura.

— Vou tirar a armadura toda — disse Rory.

— Você não pode pular aí — gritei. — E as lanças?

Ele soltou as manoplas.

— Eu desvio delas.

— Deve ter milhares de moedas no fundo deste poço!

Ele tirou os avambraços, as ombreiras.

— De ouro. A minha é de pedra.

— E esse lindo machucado novo no seu peito, que sem dúvida afetou os pulmões? Como fica?

E lá se foram os coxotes e as grevas.

— Eu nado bem.

— Não, não, Bartholomew, melhor que eu me arrisque. Sou muito eficiente em salvar todo mundo, afinal — disse a gárgula, abrindo bem as asas, com um heroísmo repentino após o beijo. — O que exatamente devo procurar mesmo?

Rory me olhou com irritação, semicerrando as pálpebras.

Mordi o lábio.

— Você precisa mesmo dessa moeda?

— Tanto quanto você precisa do martelo e do cinzel.

Ele arrancou a cota de malha.

Eu não ia vencer a discussão.

— Só… se cuide.

Rory se levantou na minha frente, apenas com a roupa que usava por baixo da armadura. Pegou meu queixo.

— Fico comovido que você se importe o bastante para discutir.

O ar me escapou.

— Talvez eu apenas goste de implicar com você.

— Aposto que é o único motivo.

Ele roçou o dedo na minha boca. Me deu um beijo, recuou — e me beijou de novo, como se não conseguisse se conter.

A gárgula suspirou.

— Honestamente, Bartholomew, quando vai ter um pouco de misericórdia e dizer que a ama?

Rory percorreu meu rosto com o olhar escuro. Ele sorriu.

Então desapareceu no poço, descendo pela corda.

Por um momento, não houve nada além do silêncio, interrompido pelos ruídos ocasionais de Rory na água. O ar no túnel era tépido, sufocante e escuro. Tão, tão escuro.

Ainda assim, eu vi.

Uma sombra, disparando na minha visão periférica.

— Gárgula?

A gárgula estava ao meu lado, extremamente imóvel, olhando para o túnel.

— Eu também vi — sussurrou.

— Tem alguém aí? — gritei.

Tem alguém aí?, respondeu o eco.

Cocei os olhos e tentei enxergar no breu impenetrável.

Escutei um estalo, tão próximo que senti no peito. *Claque, claque.*

Claque, claque, soaram os ecos. *Claque, claque.*

Um calafrio arrepiou meu pescoço.

— Rory — chamei, e puxei a corda, me debruçando no poço. — Rory, a Triste Tecelã.

Minha voz não o alcançou na água.

A gárgula se sobressaltou.

— Olhe, Bartholomew.

Uma sombra se mexeu, emergindo da escuridão. Vinha na minha direção, e notei que era pequena e alada. Pálida e diáfana como a gaze.

o CAVALEIRO e a MARIPOSA **413**

Uma mariposa.

Ela revoou até meu rosto, chegando tão perto que agitou meus cílios com as asas, e enfim recuou, esvoaçando de volta pelo mesmo túnel de onde viera.

— Espere Rory — falei para a gárgula, e corri atrás dela.

O túnel se fechou ao meu redor, me engolindo garganta abaixo, e eu me encolhi para caber no espaço confinado, mantendo o olhar fixo na mariposa.

Havia outras, percebi. Dezenas de mariposas nas paredes do túnel, as asas pálidas e esvoaçantes me convocando. Agora eu estava engatinhando, o túnel tão apertado que achei que fosse me estrangular. Ainda assim, as mariposas seguiam voando, e eu as acompanhava, até que, de repente, fui cuspida em outra caverna.

Eu já esperava mais escuridão. E fui prontamente atendida. Contudo, também dava para ver um trecho do céu noturno. Uma abertura na falésia, pela qual entravam raízes e luar. Eu estava em uma sala oblonga, com paredes de rocha áspera. Centenas de tapeçarias pendiam do muro ao meu redor. E das tapeçarias...

Pendiam saquinhos brancos. Casulos. Abaixo deles ficava um banco de pedra, encostado na parede, e sobre o banco...

Uma mulher.

Uma mulher nua, deitada supina e inerte, com os olhos cobertos por um véu.

O mundo parou.

— Um?

Avancei aos tropeços. Bati os joelhos no banco de pedra.

— *Um*.

Pele manchada. Boca cinzenta. De mãos cruzadas no peito, Um jazia no banco, o cabelo castanho e curto se espalhando a seu redor como uma auréola queimada. Quando toquei seu pescoço, em busca da pulsação inexistente, constatei sua pele fria como pedra.

Ela parecia em repouso, mas não repousava. O sonho em que Um caminhava não previa despertar. Ela estava perdida, à deriva, ausente. Não era repouso.

Era o sono eterno.

Um grito rasgou minha garganta.

— Shhh — veio a voz baixa e rouca de uma mulher. — Nem todas despertaram.

Eu me virei de súbito.

Da sombra saiu uma silhueta, lenta e rígida, seus passos fazendo um *claque, claque* ameaçador no piso da caverna.

— Há muito tempo ninguém ativa minha pequena armadilha — disse ela. — Nem sai do poço.

Ela não usava a capa de quando visitara meu quarto na véspera. Mas o rosto era o mesmo que eu vira.

Entretanto, não era uma mulher.

Ela parecia uma das gárgulas da Catedral Aisling — esculpida inteiramente em calcário. Tinha asas, encolhidas entre as omoplatas pontiagudas. Uma cabeça de cabra, com patas retorcidas de quatro dedos no lugar das mãos, e cascos no lugar dos pés. E os olhos, arregalados e pálidos...

Eram iguais aos dos outros Agouros. Aos da minha gárgula--morcego.

Aos meus.

— Você... — Minha armadura retiniu quando me levantei, parada diante de Um. — Você é a Triste Tecelã?

— Tecelã, já fui. Triste, sou para toda a eternidade.

O Agouro se aproximou, sem olhar para mim, nem para Um. Ela fitava a parede. Com os olhos de pedra, admirava os casulos de seda branca agarrados nos fios.

— Você deve fazer silêncio. Minhas mariposas ainda dormem — disse ela, rouca. — Elas são coisinhas muito frágeis.

Ela começou a cantarolar. Desafinada, em cacofonia.

Eu a observei, sentindo um calafrio. Não queria que ela soubesse o quanto me apavorava.

o CAVALEIRO e a MARIPOSA **415**

— Onde está seu peso de tear, Agouro?

— Não tenho tear. Nem peso — disse ela, apontando a tapeçaria na parede. — Antigamente, eu tecia as roupas mais finas de Traum. Vestes de seda, fabricava. Porém, isso já faz muito tempo.

Ela não parava de olhar a tapeçaria, e eu acompanhava os rumos de sua atenção. Os casulos se agarravam a uma peça específica, como se fosse a predileta das entidades. Era composta de uma bela trança que percorria a parede. Não era de lã, era mais leve. Fina, translúcida e pálida.

Gaze.

Véus de Divinadoras.

Eu soltei um grito horrendo.

— Quieta — disse a voz rouca da Triste Tecelã, olhando para Um. — De dez em dez anos elas vêm, as Divinadoras de Aisling, trazidas pelas gárgulas. Nuas, exceto pelos véus, e sempre, *sempre* mortas. Ainda assim, cheiram à água da nascente — falou, engolindo em seco. — Imagino que também retenham o sabor.

Saquei meu martelo e meu cinzel, protegendo Um com meu corpo.

— Se você encostar um dedo nela, eu...

— Eu mandei ficar *quieta* — disse o Agouro, revelando os dentes, fileiras de calcário rachado. — Eu não mexo com as Divinadoras. Eu as deito aqui em minhas cavernas, no meu submundo particular, onde o ar marinho cuida delas. É o melhor enterro que posso oferecer.

Ela olhou para o corpo morto de Um atrás de mim.

— Ela era sua amiga?

Meus olhos arderam com as lágrimas, as rachaduras no meu peito ficando irreparavelmente fundas.

— Era.

— É por isso que você veio? Para testemunhar o destino de Divinadoras como você? — perguntou a Tecelã, olhando para meu martelo e meu cinzel. — Ou foi enviada por sua mestre do alto do outeiro?

Avancei de um pulo, apontando o cinzel para o pescoço de pedra dela.

— Não tenho mestre, Agouro. Vim por vontade própria, para desafiar sua arte e reivindicar seu peso de tear mágico.

Com um único golpe, eu poderia rachá-la assim como fizera com milhares de pedras antes dali.

— Para recuperar a magia, o poder, minha *vida*, de falsos deuses como você.

A Triste Tecelã não afastou o pescoço da ponta do cinzel.

— Mas eu não sou deusa alguma — sussurrou ela. — Um dia, não fui tão diferente de você.

Ela piscou para mim os olhos de pedra arregalados.

— Estranho que você não tenha memória anterior a Aisling, mas ainda soube se libertar à força daquele outeiro horrível. Que maravilha, e que pavor deve ser isso, sair mundo afora. Aprender que a história tão conhecida era mentira.

— Não finja que você não se beneficiou dessa mentira, Tecelã. O ouro desperdiçado em seu poço não vem dos cofres de Aisling? Divinadoras não se afogaram para que você o ganhasse? O povo não procura seus sinais em cada linha e fio? — perguntei, minhas palavras os latidos de um cão raivoso. — Se eu sou maravilhosa e pavorosa por ter descoberto a verdade sobre os Agouros, então suas mãos carregam o sangue da minha metamorfose.

A Triste Tecelã forçou o pescoço no cinzel, ferro arranhando calcário.

— Então não precisa desafiar minha arte, filha de Aisling. Você já me derrotou.

Ela estendeu uma pata de pedra vazia, como se para me mostrar que não tinha nada a perder — ou a oferecer.

— Quem melhor do que uma Divinadora para aprender e conquistar o amor e o luto?

O luar penetrava a fissura do teto, derramando em mim e no Agouro seu brilho prateado e fantasmagórico.

— Onde está seu peso de tear? — perguntei novamente, minha voz perigosamente suave.

— Isto, temo que seja uma longa história.

— Eu tenho tempo de sobra.

Ela sorriu então, sombras cortando seu rosto desumano.

— Mais do que você imagina.

A Triste Tecelã recuou um passo, se afastando da ponta do cinzel.

— Você sabe, agora, que existe magia neste mundo. A pedra no outeiro, sua água, a nascente de onde você bebeu, onde se afogou, é a mãe dessa magia. Dela, foram entalhados cinco objetos. Uma moeda, um tinteiro, um remo, um sino. — Ela suspirou. — E um peso de tear.

Eu aguardei.

— O que você talvez não saiba é que nós, que vocês chamam de Agouros, não tínhamos poder sobre essa magia quando os objetos foram criados. Eu não escolhi o poder do meu peso de tear, nem foi escolha daquela que o entalhou para mim, porém, estranhamente, ele me caía bem. A magia, desse modo, é como um deus. Onisciente, e mais eficiente quando não é plenamente compreendida.

Eu odiava ouvir falar de deuses.

— O que o peso de tear faz? — perguntei, seca.

— Eu encaixava o dedo no furo em seu centro. Se apontasse a pedra para fora, eu seria transportada, invisível. Conseguia atravessar as paredes desta caverna. Erguer-me cinco metros no ar. Bastava indicar o destino em pensamento. Contanto que a distância não ultrapassasse o alcance de minha visão, eu chegava lá. Era uma magia incrível. Quando eu virava o peso, contudo, apontando para dentro…

De repente, ela pareceu carregar um fardo imenso. Baixou a cabeça, como se sustentasse um peso. Até seus olhos pareciam pesados demais para serem abertos.

— Eu não era transportada em corpo, mas em pensamento. Talvez porque eu seja tecelã, e tapeçarias são memórias que ganham vida. Sempre que admirava uma obra que eu havia tecido, eu sempre sabia o que estava sentindo, o que estava pensando ao criá-la. O peso de tear não era diferente. Eu o botava no dedo, e ele me devolvia a coisa mais importante que eu já tinha perdido.

Ela ergueu os olhos. Encontrou meu rosto.

— Minha memória. Se eu assim desejasse, podia lembrar quem eu havia sido antes de me tornar a Triste Tecelã — disse ela, virando a cabeça para me analisar. — Diga, Divinadora. Você se recorda de qualquer coisa de antes de provar a água de Aisling?

Era nítido que ela já sabia a resposta.

— Não.

Ela assentiu.

— Perder algo dói. Às vezes, encontrar o que perdemos é de igual agonia.

Olhei para Um, sem vida abaixo da tapeçaria. Sussurrei, como se contasse uma história para ela dormir:

— Nunca se volta para casa por inteiro.

— Não. Não se volta.

A Triste Tecelã olhou para as sombras da caverna.

— Eu não queria olhar para quem eu tinha sido um dia. Estava maravilhada demais por ser um Agouro. Por muitos anos, não usei o peso de tear desse modo. Eu me atinha ao meu vilarejo, como nós, Agouros, determinamos que faríamos. Por décadas, semeei histórias de deuses e sinais pelas Falésias de Bellidine. Usei meu peso de tear para surgir e desaparecer. Para matar entidades. Dei a Traum um foco em torno do qual se unir. No qual acreditar.

Ela começou a andar em círculos.

— Até que, em um ano sem relevância, *ela* veio. Eu e os Agouros... todos precisávamos da água da nascente do outeiro para sobreviver. Não em grande quantidade, nem com tanta

o CAVALEIRO e a MARIPOSA **419**

frequência, mas era necessário. Às vezes, a água vinha em um cantil nas mãos de seu órfãozinho, mas, dessa vez, ela própria a trouxe. Bebemos juntas, como velhas amigas. Então ela pediu para eu tecer uma veste de seda.

A Triste Tecelã esticou a mão. Acariciou a tapeçaria de gaze na parede, o tecido delicado repuxado pela garra de pedra.

— "Divinadores não são tão distintos de bichos-da-seda", disse. "É assim que chamarei esse órfão que encontrei: *Divinador*. Ele chegou ao mundo vulnerável. Caiu num sono sem sonhos. Eu o embrulhei em um abraço, levei água à sua boca, e ele despertou como mariposa." — Os olhos de pedra brilharam. — "Estranho. Especial. Novo. Quero que ele se vista de acordo com o papel."

Senti um aperto na garganta.

— Você está falando da abadessa — respondi. — Da abadessa, e da criança órfã da história.

— Eu a conheci antes de ela ser abadessa de qualquer lugar — disse a Triste Tecelã, baixando o olhar para meu martelo e meu cinzel. — Quando ela era apenas uma pedreira, que cobria o rosto com véu. Uma artesã, como eu. Eu mesma fiz as vestes para ela. Quando viajei ao outeiro para entregá-las, as primeiras pedras de uma catedral tinham sido empilhadas. Muitos anos depois, ela voltou a me visitar, pedindo mais cinco vestes. Desta vez, não veio acompanhada de nenhuma criança órfã, mas, sim, de uma gárgula de pedra.

A Triste Tecelã alongou os ombros, emitindo um som sobrenatural — de pedras raspando umas nas outras.

— Passou mais tempo. Uma a uma, eu fiz as vestes que ela pedira. Quando cheguei à sexta e última peça, estava cansada. Solitária. Então pus o peso de tear no dedo, virado para dentro, na esperança de encontrar conforto em uma lembrança.

Ela parou de andar. Fechou os olhos.

— Contudo, era uma tortura. Eu me lembrei do meu verdadeiro nome. De minha mãe, do meu irmão. De minha esposa, e dos pais dela. Do meu gatinho amarelo atrevido. Eu me lembrei de amar e ser amada, de ser cuidadosa e também descuidada, de ser boa e também ruim, de ser humana. Porém, eu passara tempo demais sustentando a mentira dos Agouros. Quando finalmente voltei para casa, para ver minha família, a maioria já havia perecido de idade avançada. Os sobreviventes ficaram horrorizados com meus olhos de pedra. Fui dada como desaparecida. Eles viveram o luto, e me deixaram partir. Logo, eles também morreram, e eu acabei sozinha, acompanhada somente das lembranças.

A Tecelã parecia perdida na história, mexendo as mãos em gestos estranhos. Se tivesse dedos no lugar de garras, talvez eu conseguisse imaginar a tecitura de uma tapeçaria invisível.

— Eu guardei a última veste. Quando *ela* veio buscar, eu disse que não desejava mais ser Agouro. Que não tinha energia para viver para sempre, fingindo ser deusa. Achei que ela fosse se apiedar de mim. Não foi o que aconteceu. Ela me acusou de deslealdade. Pegou a última veste e me deixou sozinha nas cavernas, com minhas entidades de bicho-da-seda e meu constante inimigo: o tempo.

A Triste Tecelã abriu os olhos de pedra subitamente, e se aproximou em um passo.

— A água da nascente parou de vir, como eu já esperava que acontecesse. Eu não a procurei mais. Esperava que, sem ela, eu viesse a perecer enfim. Por nove anos, passei fome. No décimo ano, o calcário dos meus olhos começou a se espalhar, deformando e retorcendo meu rosto. Passou para meus braços. Depois, para minhas pernas, meu tronco. Eu fraturei meu corpo transformado até eu perder a forma e não ser nem humana, nem animal e nem entidade, e sim uma mistura dos três.

Ela apontou o próprio corpo com aquelas nuances de uma cabra.

— Eu me tornei isto. Feita de pedra. Foi… excruciante.

A Triste Tecelã não parava de avançar, os cascos batendo na rocha, as asas de pedra tremulando.

o CAVALEIRO e a MARIPOSA **421**

— Ela me mandava moedas dos cofres de Aisling, para me lembrar de que eu ainda era sagrada aos olhos do reino. Eu atirava o dinheiro nos poços da caverna, mas durante todo o tempo as moedas zombavam de mim. Porque elas faziam de mim um falso ídolo.

Mais e mais perto, os passos em um *claque, claque* horripilante — como unhas arranhando um caixão.

— Não sei quando ela decidiu que a fome era uma ferramenta melhor do que o martelo e o cinzel, nem quando sua arte virou a crueldade. Não sei se os outros Agouros chegaram a questionar. Eles não carregam o belo e terrível fardo da memória, da humanidade que eu sou forçada a suportar. Quando a primeira Divinadora morta foi levada a eles, será que sequer hesitaram antes de beber o sangue dela, sedentos por água da nascente, ou pensaram apenas na própria sagração? Que, na posição de deuses, o corpo da Divinadora, o sacrifício, a *tragédia* dela, lhes era devida?

Meu coração batia na couraça, e o Agouro se aproximava. Mais e mais.

— *Ela* certamente pensa assim — disse a Triste Tecelã, rouca. — Ela acredita que é mãe *e* deusa, alimentando Traum com as histórias dos Agouros e da fé. Mas é divino castigar seus súditos por questionarem seu poderio? É materno exigir devoção absoluta?

Agora ela estava quase encostando em mim, tão próxima, que eu via as rachaduras nos dentes.

— Ela se intitula *mariposa*. Um inseto sagrado por dominar a morte... mas ela não é sagrada. Ela é o sexto Agouro. *Abadessa* do outeiro. Porém, você sabe seu verdadeiro nome. Não há um homem, uma mulher, uma criança ou uma entidade que não o saiba. O nome uiva no vento. Cresce, como a catedral homônima, derramando sombras e causticando a terra.

Então ela chegou bem na minha frente, fixando o olhar de pedra no meu.

— *Aisling*.

Eu estava em pé, firme, mas parecia um sonho. Como se eu caísse.

— O fim das mentiras dela, da história santificada, se aproxima, Agouro. Responda: onde está seu peso de tear?

— Eu direi. Mas, primeiro, você deve iniciar o que veio fazer. Dê-me o que Aisling nunca lhe deu — disse ela, e pegou minha mão, levantando meu cinzel. — Conclua minha batalha contra o tempo. Eu nunca fui capaz de fazê-lo sozinha.

Encarei seus olhos de pedra, à espera de uma armadilha. De um ataque de força ou de um logro, como acontecera com os outros Agouros. Não veio nada. A Triste Tecelã não empunhava arma alguma senão seu silêncio implacável enquanto aguardava meu cinzel — e minha resposta.

Eu tinha perdido a voz. Consegui soltar apenas um sussurro.

— Você quer que eu a mate?

— Sim.

Ela soltou um suspiro profundo, atravessou sobre as rochas e voltou à parede das tapeçarias. Na mesa de pedra, ao lado de Um, sob os casulos claros, ela deitou o corpo.

Eu me postei acima dela.

— Onde prefere?

Passei o cinzel nos pulsos dela, na garganta, e parei na altura do coração.

— Aí está bom — disse ela.

Fixei o cinzel no punho. Ergui o martelo.

— Seu peso de tear, Tecelã. Me diga onde está.

— Primeiro, dê o golpe — disse ela, fechando os olhos, e soltou uma risada sufocada. — Me envergonha que, depois de tantos anos sonhando com a morte, eu ainda a tema.

Senti um aperto na garganta.

— Fique parada.

Eu bati.

O som retumbou na caverna como trovão.

— De novo — pediu a Triste Tecelã, fissuras se espalhando pelo seu peito.

Eu bati outra vez.

Os casulos ao redor das paredes estremeceram. Se ela sentiu dor, tolerou sem reclamar. Bati no Agouro mais uma, duas vezes, o pó enchendo o ar, o corpo de cabra se partindo sob minha mão inabalável. Não tinha sangue dentro dela, o corpo composto inteiramente de calcário, como meu muro no outeiro — como a própria Catedral Aisling. Quando os braços e pernas dela estavam aos meus pés, e o peito, fissurado para além da salvação, a Triste Tecelã soltou um gemido ofegante.

— Está bem. Deixe-me falar.

Cessei o movimento do martelo. O suor escorria pelo meu pescoço, entrando na armadura, e as articulações do meu ombro, do meu braço, doíam. Os casulos pálidos não paravam de tremer. Sacudiam e balançavam, até que um deles deixou escapulir uma pequena mariposa branca.

O restante delas veio depois. Dezenas de mariposas, se debatendo até romper o claustro do casulo e se arrastar pela gaze, voando. Sobre Um e pelo que restava da Triste Tecelã. Saindo para o mundo.

A Triste Tecelã as observou pelos olhos rachados de pedra, e sorriu.

— Obrigada — disse, em voz baixa. — Meu peso de tear repousa onde foi feito. No outeiro. Eu o devolvi a Aisling quando meu corpo se contorceu até ficar irreconhecível. Quando virei apenas uma de suas muitas criaturas de pedra. Uma gárgula desumana.

Ela tossiu, e pó voou.

— Como o primeiro Divinador para quem fiz as vestes.

Passos ecoaram atrás de mim.

— Sybil? — veio a voz de Rory, me chamando. — Sybil!

Eu, contudo, estava paralisada, olhando para a Triste Tecelã, minha voz um arranhão horrendo.

— Mas as gárgulas do outeiro... são entidades...

— Não são, não.

A Tecelã tossiu, desta vez com mais violência. O corpo dela estava se desfazendo.

— Ser uma gárgula... — falou, rouca — é muito estranho. Aquelas do outeiro não contam as histórias de quem são, e raramente falam, porque, imagino, não se lembram de como é ser humano. Ou talvez tenham medo demais de desobedecer à mestre. Mas a primeira, não. Ele era um menino muito peculiar. Como se chamava mesmo? A primeira gárgula que ela fez?

Ela arfava.

— Eu o vi na minha falésia não faz nem dois dias... fui visitá-lo ontem, mas você me assustou. Qual era mesmo o nome dele...

Rory não parava de gritar, a voz cada vez mais desesperada.

— *Sybil!*

— Bartholomew! — veio o eco do grito da gárgula.

O sopro da Triste Tecelã se esvaiu.

— É isso. O órfão do outeiro. O primeiro Divinador.

As mariposas recém-nascidas revoaram, batendo suas asas pálidas na pedra. A Triste Tecelã as observou com os olhos que não viam mais nada, e suas últimas palavras foram o murmúrio da prece:

— O pequeno Bartholomew.

CAPÍTULO VINTE E NOVE
O PRIMEIRO DIVINADOR

Quando Rory e a gárgula me encontraram, eu estava sentada em um banco de pedra, cercada de mariposas, com a mão esquerda no corpo de Um, e a direita, no da Triste Tecelã.

— Sybil — disse Rory, sem fôlego, o rosto contorcido de medo. — O que…

Ele olhou ao redor do ambiente. O Agouro e a Divinadora mortos ali dentro.

— O que aconteceu?

Olhei para além dele, bem nos olhos de pedra da gárgula.

—A história — murmurei. — A que você tentou me contar. Aquela do começo trágico, e do meio desolado e interminável.

Ele sabia. Ele era a criatura mais sábia e estranha de Traum. Tão parecido com a criança.

Porque era ele.

A gárgula cruzou as mãos na frente do corpo, observando as mariposas.

— Quer escutar?

— Quero.

Ele fez que sim com a cabeça.

— Não posso contar inteiramente sozinho. Não me lembro de tudo. Mas contarei a história que *ela* me contou, em suas próprias palavras.

Ele se preparou. Fez a voz soar suave, constante. Como a da abadessa.

Começou com um sussurro.

— Você conhece esta história, Bartholomew, embora não se recorde dela. Contarei como puder, e prometo franqueza na narrativa. Se a honestidade falhar, a culpa não é minha. Contar uma história é, de certa maneira, mentir, não é?

"Certa vez, você subiu ao outeiro mais alto de Traum, onde o vento sussurrava uma melodia em tom menor. Lá, as margaridas eram brancas e as pedras, cinza, e ambas roubaram o calor de seus pés descalços.

"Você era um menino órfão, perdido, faminto e solitário. Você gritou, mas ninguém veio em seu socorro. Você se deitou na grama e mariposas brancas vieram flutuar por cima de você. Você fechou os olhos...

"E morreu, Bartholomew."

Minha armadura era um torno cruel. Eu me esforçava para respirar.

A gárgula continuou:

— Eu o encontrei ali, e eu, uma alvanéu, uma discreta e tranquila escultora de pedra, levei você ao topo do outeiro, onde brotava uma nascente de água mágica. Levei a água à sua boca sem vida. Você tossiu. Se remexeu. E despertou estranho, especial e novo.

"Eu cuidei de você, Bartholomew. Eu o amei como meu próprio filho. Vivemos no outeiro, sobrevivendo apenas à base da água da nascente. Por muitos anos, assim seguimos. Até que, certo dia, chegaram cinco artesãos, todos diferentes em pensamento, modo e arte. Um acreditava no dinheiro, outro, no conhecimento. Um se atinha à força, outra, à intuição, e a última, ao amor."

Mariposas revoaram pelo meu cabelo, repuxando os fios, mas permaneci perfeitamente imóvel.

— Mas sua maior arte — continuou a gárgula — era a arrogância. Eles não conseguiam escolher um líder, cada um acreditando ser a opção suprema. As ferramentas de sua arte se transformaram em armas e, quando se tornaram insuficien-

o CAVALEIRO e a MARIPOSA **427**

tes, os artesãos se atacaram com o braço, o punho e os dentes, até acabarem todos caídos na grama, ensanguentados, quietos e inertes.

Eu e Rory nos entreolhamos, o rosto dele espelhando meu próprio horror.

— Uns mataram aos outros — murmurou a gárgula. — Os cinco artesãos, mortos. Quando seus corpos esfriaram, eu enchi a mão em concha com água da nascente, que levei a suas bocas, e, embora estivessem mortos, os artesãos inspiraram ar como se pela primeira vez. Quando despertaram, tinham olhos pálidos como calcário. Não tinham lembranças de quem foram, nem de como morreram, e ah... como eram obedientes. Foi fácil convencê-los de que eram divindades. Então, com as minhas ferramentas, construí para cada um deles um objeto com a pedra mágica do outeiro. Uma moeda para o comerciante bandido, que você chamou de ardiloso, um tinteiro para o escriba atormentado, um remo para o barqueiro ardente, um sino para a lenhadora leal, e um peso de tear para a triste tecelã.

"Então, veja bem, Bartholomew. Primeiro por acidente, e depois, com tremenda intenção, eu e você criamos os deuses."

Meu martelo e meu cinzel pareciam pesar mil quilos na minha mão.

A gárgula continuou, com o olhar vidrado enquanto recitava a história da abadessa.

— Nós nos tornamos os arquitetos de Traum. Pois era o outeiro de que cuidávamos, a nascente que dele brotava, a magia mais estranha, mais *forte*, de todas. Com ela, eu podia trazer os mortos de volta à vida, e também, manipular os sonhos. Você sabia, Bartholomew? Que todos os sonhos que teve foram de minha criação?

"Não. É claro que não sabia. Você nunca foi tão inteligente. Você, meu pequeno órfão, meu perfeito Divinador, se deitava na nascente, e eu o afundava até você perder a consciência. Eu podia fazê-lo sonhar com o que desejasse. Mostrei vilarejos apavorantes, objetos de pedra, sinais. Presságios foi o nome que lhes dei, e a fé foi assim forjada na nascente de nosso outeiro.

"Uma catedral lá foi construída, e você seguiu pé ante pé, pequenino como um inseto, pelo nártex, pela nave, até o altar. Sangue manchava sua boca, e você caiu na nascente que brotava da rocha antiga do presbitério. Quando ergueu o olhar para a rosácea, a luz beijava o vitral. Sua arte era a obediência. Você pronunciou os nomes dos deuses, e disse como ler seus sinais. Aprendeu a sonhar...

"E a se afogar."

A gárgula suspirou.

— Mas então você parou de me obedecer, Bartholomew. Deixou de ser meu perfeito Divinador. Você não desejava mais sonhar, nem falar dos Agouros, pois ajudara a criá-los e, deste modo, não acreditava plenamente em sua divindade. Você não mais desejava contar uma história que era mentira, embora eu garantisse ser necessário. Que os vilarejos de Traum tinham se tornado o reino de Stonewater, pedra-água, e que um reino sempre necessita de algo em que acreditar. Eu precisava cuidar de você constantemente. Quando deixou de funcionar... eu o reconstruí.

A voz da gárgula ficou mais dura. Ele fechou os olhos, imitando a abadessa.

— Deite na nascente, Bartholomew. Que sinais você vê, Bartholomew? Não misture as palavras, Bartholomew. Não chore, não vomite, Bartholomew. Ignore a dor, Bartholomew. Nunca reclame, Bartholomew. Pare de cantarolar, Bartholomew. Engula o sangue, Bartholomew. Queria que você fosse uma filha, Bartholomew. Logo vou substitui-lo, Bartholomew. Eu o esquecerei e apagarei, Bartholomew. Bartholomew. Bartholomew. Bartholomew...

Os ombros dele tremeram, e ele soltou um lamento triste e arrastado. Quando abriu os olhos, os fixou em mim, e eu soube que a seguir falaria com a própria voz, e não com a da abadessa.

— Ela me trancou na casa sem janelas. Recusou-se a me dar a água da nascente, acreditando que eu morreria de inanição. Não sei quanto tempo demorou para meu corpo se fraturar e se transformar... imagino que tenha sido muito. Devo ter perdido os sentidos de tanta dor. Eu passei fome, sim, mas não morri; em vez disso, virei pedra. Virei uma gárgula. Temível, um guardião nas portas de Aisling. De repente, ela voltou a ficar feliz comigo. De repente, voltei a ser útil. Afinal... espadas e armadura não se comparam a pedra.

— Ah, gárgula.

Eu corri até ele, com um estrépito de armadura, e abracei seu corpo inteiro.

Ele soltava murmúrios tristes de encontro ao meu ombro.

— Ela me mandou encontrar mais órfãs perdidas. Apenas meninas, desta vez, já que eu me mostrara uma decepção tão grande. Eu procurei nas sarjetas de Seacht, de Feira Coulson, do Bosque Retinido, e levei as meninas ao outeiro, onde ela as fazia beber água da nascente até despertá-las. Ela amarrava um véu ao redor de seus olhos de pedra, e dizia que elas eram estranhas. Especiais. Novas. Elas sonhavam na catedral, como se nascidas da água, e assim a história dos Agouros perdurou. De dez em dez anos, as sonhadoras partiam, e novas órfãs precisavam chegar. As de que ela mais gostava, aquelas para quem emprestava seu martelo e seu cinzel, as mais obedientes, ela sempre trancafiava para transformar em gárgulas.

Rory estava lívido.

— Imagino que, então, eu tenha percebido — disse a gárgula. — Como ela protegia o outeiro como se fosse um dragão. Como ela crescia, assumia o tamanho da própria catedral, para comandar os Agouros, a nascente e as órfãs que criava para sonharem ali. Como, aos modos de uma deusa, dizia que nos amava, mas nos feria.

Lágrimas escorriam pelas minhas bochechas, agitadas e resfriadas pelas asas esvoaçantes das mariposas.

— Meu nome foi apagado da história dela, assim como os nomes de todas as Divinadoras que vieram depois de mim. Porém, eu tentei me agarrar a ele. Acho que devo ter passado séculos tentando contar ao mundo quem era, do meu jeitinho peculiar.

Enlacei mais o corpo de pedra dele.

— Meu sonho. Da mariposa. Não era um sinal dos deuses. Foi você quem me afogou... era você, Bartholomew — falei, minhas lágrimas caindo. — Você, tentando me contar sua história.

Ele recuou para me olhar.

— Peço perdão por tudo isso — falou, secando meu rosto. — Mas ela me deu uma segunda vida, embora mal equivalesse a viver. Era difícil desfazer minha devoção a Aisling. Peço perdão por ter encontrado você, doente em Seacht; por ter levado você à catedral, assim como as dezenas de meninas mortas ou moribundas que levei antes.

O queixo dele tremeu.

— Peço perdão por você ter morrido no altar — continuou. — Peço perdão por ela ter reconstruído você com a água da nascente, e por, em consequência, você ter nutrido tamanha lealdade a ela.

Ele me abraçou.

— Viver após a morte é uma magia estranha, e um destino mais estranho ainda. Eu adoraria que as coisas tivessem sido diferentes, Bartholomew. Que nunca tivéssemos renascido. Porém, se nada disso tivesse acontecido... bem. Eu pensei e ponderei, e agora, tenho certeza. Para o bem ou para o mal...

"Sem nós, não existiria o restante da história."

CATEDRAL AISLING, NOVAMENTE

Espadas e armadura não se comparam a pedra.

CAPÍTULO TRINTA
O FIM DA HISTÓRIA

Voltamos ao ponto onde começara a história mais sagrada de Traum, sua mentira mais elaborada.

O outeiro.

Levamos um dia inteiro para chegar. Eu fui a cavalo, agarrada com força a Rory, e, pela primeira vez, Fig galopou com urgência, como se pressentisse nossa angústia. Benji cavalgava atrás de nós, sem a companhia do restante da ordem. O que pretendíamos fazer não deveria ser visto por mais ninguém. Acima de nós, ainda ferida demais para cavalgar, Maude voava no abraço da gárgula. Nosso ritmo era incessante, o rosto pingando de suor conforme disparávamos pelas colinas de Traum na estrada escavada, ávidos para despejar toda a nossa fúria na porta da catedral. Para recolher o último objeto de pedra, e por fim matar o último Agouro.

Para concluir a história.

Chegamos ao outeiro ao anoitecer. A Catedral Aisling estava pintada de luar. Admirei a construção imensa, o muro. Há não tanto tempo assim eu me empoleirara com as Divinadoras exatamente ali, vendo o rei se aproximar.

O caminho parecia mais íngreme do que nunca.

Chegamos ao portão da catedral, o qual encontramos fechado. Trancado. Benji empunhava o tinteiro do Escriba Atormentado e o remo do Barqueiro Ardente, e Maude segurava o machado no braço ileso. A gárgula apertava com força o sino da Lenhadora Leal, e Rory, a moeda do Bandido Ardiloso, a qual levantou, com o lado áspero para cima — e arremessou.

o CAVALEIRO e a MARIPOSA **435**

O portão de ferro de Aisling explodiu, anunciando nossa chegada com um dobre estrondoso.

Eu corri à frente do grupo.

— Abadessa! — Marchei para o adro, espalhando cascalho. — Voltei.

As estátuas do adro me observavam, assim como os olhos de vitral da construção. O ar noturno era frio, esvoaçando em filetes nebulosos ao sair do meu nariz. Ergui o martelo.

— *Abadessa!* — Meu braço e minha fúria eram precisos. Acertei as estátuas, de novo e de novo, sem parar, até as cinco racharem e caírem. — *Voltei!*

Nada.

Então, como as mariposas que eu vira nascer dos casulos, ela apareceu.

A abadessa saiu da sombra, parando diante da gigantesca porta de madeira da catedral. Atrás dela, vinham seis gárgulas. Quimeras de feições humanas e animais, esculpidas em pedra.

A muralha do peito de Rory colou às minhas costas, e a gárgula — Bartholomew — me deu sua mão de pedra. Até Benji metia medo ao lado de Maude, os dois postados ao meu lado. Em número, éramos apenas cinco, mas nos sentíamos como um exército que viera derrubar o portão e arrancar uma inimiga vil de seu pedestal.

Contudo, se nossa chegada, nosso visual, nossa promessa de violência de algum modo afetaram a abadessa, ela não deu qualquer sinal. Ela se escondia atrás do véu, com a voz distante.

— Seis — falou, abaixando o queixo ao me analisar. — Você voltou pra casa.

Eu tinha me esquecido do efeito que ela causava. A palidez do vestido e das luvas. O véu hipnotizante, tremulando ao sopro do vento. Avancei como um predador. Quando parei diante dela, vi que nossas estaturas se equiparavam. Eu nunca tinha reparado.

436 RACHEL GILLIG

— Eu queria vê-la — declarei. — Uma última vez.

Estiquei a mão, peguei o véu dela.

Arranquei.

E perdi o fôlego.

Não eram apenas os olhos da abadessa, como os dos Agouros e das Divinadoras, que eram feitos de pedra. Ela era *inteira* de pedra. Não tinha cabelo, e a pele — os lábios, a face — eram pálidos como os olhos. Contudo, ela não era uma gárgula. Ainda tinha o rosto de uma mulher. Linda. Mítica. Aterradora.

Inteiramente desumana.

A abadessa sequer virou o olhar para Rory, Maude, Benji, nem para a gárgula. Manteve o olhar pálido fixo inteiramente em mim. Então tirou as luvas, primeiro a esquerda, e depois a direita, revelando os braços de pedra lisa e imaculada. Se fosse uma escultura, uma estátua, seria considerada perfeita, e seu artesão, um mestre.

Ela esticou a boca em um sorriso lento.

— Sou tudo o que você imaginou?

Ela enfiou a mão por baixo do decote do vestido. Da gola, tirou um círculo de pedra preso a um colar. Um peso de tear.

— Matem todos — ordenou às gárgulas.

Ela esticou a mão, apertou meu braço com força cruel, enfiou o dedo no centro do peso de tear...

E nós duas desaparecemos.

Eu caí, e meu corpo não era *nada*. A abadessa e eu atravessamos a penumbra, a catedral, a nave, até o presbitério — onde ela me largou.

Desabei tal qual uma pedra e colidi contra a água, engolida pelo ventre frio da nascente. Estiquei os braços, agitando a água, tentando voltar à superfície.

A mão dela agarrou meu pescoço, logo acima da cota de malha, e puxou.

Irrompi na superfície, arfando. Lá no alto, o céu noturno tocava a rosácea da catedral, e a tingia de azul. Até que a abadessa se debruçou sobre mim, cobrindo a luz.

— Coitadinha.

Ao longe, ecoando pela garganta da catedral, escutei o estrépito de armas — Rory, Maude, Benji — lutando contra as gárgulas no adro. Também havia gárgulas perto da nascente. Sete delas, saindo das sombras da charola para nos cercar.

— Encontrou o que procurava? — murmurou a abadessa, apertando meu pescoço. — Lá fora, do outro lado do meu muro?

— Se está falando da verdade, *Aisling*, encontrei, sim.

O peito dela arfava, e sons baixos de contemplação lhe escapavam da boca.

— Então você sabe por que não tem lembranças anteriores a este lugar. Por que não se lembra de ter sido tirada da sarjeta, doente demais até para os orfanatos de Seacht. Não se lembra da minha gárgula, que a trouxe para minha catedral.

Ela sorriu.

— Não se lembra de morrer.

Ela me empurrou para dentro d'água, mostrando a força que tinha ao me afundar — e afundar. Eu tentei arranhá-la. Eu me debatia. Meu campo de visão ficando manchado ...

Ela me emergiu, o ar voltando a meus pulmões à força.

— Depois — disse ela, como se meu engasgo, minha tosse, não fosse nada —, eu levei água à sua boca, e você despertou, como se renascesse. Porém, assim como veio, deve partir. Aprendi com Bartholomew que Divinadora alguma deve sonhar eternamente. Com o tempo, a tendência é que vocês se estraguem, que sua lealdade se fissure. Vocês começam a ansiar pela vida fora do outeiro.

Ela suspirou.

— Por isso, quando você, minha Divinadora mais perfeita, quebrou as regras e saiu do outeiro para uma noite profana em Feira Coulson, eu soube que era hora de substituí-las.

Ela se debruçou em mim, o peso de tear balançando no fio ao redor do pescoço.

— Comecei por Quatro. Encaixei o dedo no peso de tear e a tirei daqui. Beijei a testa dela, a abracei, e quebrei seu pescoço. Essa é a beleza da água da minha nascente. Ela só traz alguém de volta pela primeira vez. Quatro morreu, e foi definitivo.

Ela pareceu se orgulhar quando arregalei os olhos de ódio, um sorriso em sua boca pálida. Ela sempre amou contar histórias.

— Mandei ela embora com uma gárgula, que a levou ao Bandido Ardiloso. Uma a uma, fui buscando as Divinadoras com o peso de tear. Envolvi no meu abraço. Uma a uma, quebrei seus pescoços. Arranquei suas vestes; mandei todas para os vilarejos, para os Agouros se saciarem. Foi terrivelmente inconveniente, pois ainda não encontrei novas meninas. Porém, foi necessário, porque você decidiu ir contra minhas regras, e tirar as Divinadoras do outeiro. Então, minha querida, podemos dizer que toda essa desventura começou — disse ela, sorrindo maliciosamente — por sua causa.

Dei um soco na cara dela. Com força, bem no queixo. A cabeça dela foi para trás, mas ela não diminuiu a pressão no meu pescoço.

As gárgulas apareceram correndo, mãos de pedra agarrando minha cabeça, meu ombro, meus joelhos — fazendo uma força brutal por cima da armadura. Eu me contorcia. Berrava.

Porém, não conseguia me livrar delas. Não conseguia sair da nascente. Não conseguia me mexer, exceto para manter a boca minimamente acima da superfície fétida da água.

— E a Lenhadora Leal? Ela está morta há *décadas* — falei, e água entrou pela minha boca, me engasgando. — Você é um monstro tão terrível que mataria uma de suas próprias Divinadoras para um Agouro falecido há quase trinta anos?

Pela primeira vez, a emoção perpassou a frieza inexorável da abadessa. Ela franziu a testa de pedra, semicerrou os olhos.

o CAVALEIRO e a MARIPOSA **439**

— Ah, não sabia que ela havia morrido? Assassinada por uma cavaleira do rei Cástor? — perguntei, e tossi, gargalhei. — Você fica aqui em seu altar, em seu outeiro, e daqui olha todos de cima, elevada como uma deusa. Porém, não sabe nada do que acontece nos vilarejos. Nada da verdade de Traum. — Eu me engasguei com a água. — Será essa a sua ruína — falei.

Ela apertou meu pescoço.

— Divinadoras e reis vêm e vão, e o mesmo acontecerá com os Agouros. Traum tem apenas cinco vilarejos e *eu*. Se meus deuses morrerem, eu criarei novos. O sangue das Divinadoras nunca é desperdiçado, contanto que alguém dele se alimente — disse ela, repuxando a boca em um sorriso. — Tenho certeza de que as carcaças foram um belo banquete para as entidades.

Eu me debati na água.

— Você poderia ter nos soltado após o serviço, como prometeu. Se os Agouros precisam de água da nascente, poderia ter dado a água a eles. Mas o sangue... — falei, minha voz arrancada da garganta. — Como pode ser tão monstruosa?

— Para os ímpios, deuses *são* monstros. E eu certamente sou uma deusa — disse ela, tocando a própria pele de pedra. — Eu nasci nesta água, cem anos antes de Bartholomew chegar ao outeiro. Eu era um bebê, natimorto. Nunca provei a humanidade, nem comida alguma, apenas a água adocicada e podre. Minha carne de criança se desfez, deixando para trás apenas a pedra.

Ela sorriu.

— E *nada* se compara a pedra.

Ela olhou para mim, impiedosa.

— Mas você... de carne, cabelo e sangue... é jovem. Ingênua. Não entende o peso que deuses devem suportar, nem que, às vezes, devemos fazer a coisa errada pelas motivações certas. Você não sabe o que é necessário para se comandar este outeiro, e não conhece a responsabilidade de se controlar as próprias criações. Seres esfomeados resultam em bichos de estimação leais, contanto que sejam alimentados no ritmo certo. É assim que controlo minhas Divinadoras, famintas por amor, e também meus Agouros. Eles são ávidos por água da nascente, então eu a entreguei, diluída em sangue, para que sempre me obedeçam, famintos por mais.

Eu nunca antes a ouvira rir. O som borbulhou dentro dela como água fervente.

— Eles poderiam parar de beber... foi o que a Triste Tecelã fez. Ainda seriam eternos, como minhas gárgulas. Porém, quando você convence alguém de que ele é um deus, ele para de acreditar que deve abrir mão do que quer que seja. Assim, eles só fazem pegar o que desejam.

Ela me afundou na água de novo. Desta vez, me segurou ali, e me puxou de volta pouco antes de eu perder a consciência.

— Eu não fui uma mãe para você? — sussurrou diante do meu rosto encharcado.

Eu não escutava mais o ruído no adro. Meus pulmões desesperados e minha pulsação vibrante suplantavam tudo o mais.

— Não cuidei de você, não a vesti? Não a tornei prodigiosa? Eu teria guardado você aqui, Seis. Você seria uma gárgula tão obediente.

Ela arrancou o martelo e o cinzel do meu cinto.

— Você foi testemunha das maravilhas dos Agouros. Pupila de seus presságios. Eterna visitante de seu domínio. — Quando me olhou, eu soube que ela vislumbrava que fosse pela última vez. — Agora, durma.

Ela manteve a mão no meu pescoço e, com a outra, ergueu o cinzel. As gárgulas me apertaram mais ainda, me imobilizando.

Eu lutei. Tirei as mãos da água, arranhando com as manoplas o rosto de pedra da abadessa. Ela sibilou, mas não soltou meu pescoço. As gárgulas depositaram mais força e, quando olhei para a ponta do cinzel, vi também os vitrais da catedral ao luar. Eles, na luz, e eu, nas trevas.

o CAVALEIRO e a MARIPOSA **441**

— Todo o seu amor, ressentimento e martírio — disse a abadessa — foram em vão.

Um rugido animalesco fez a catedral tremer.

O cinzel se deteve, e a mão da abadessa desapareceu do meu pescoço. Ela recuou, assim com as gárgulas que me seguravam.

Eu caí, afundando na água escura e fétida.

Tentei segurar a margem da nascente, batendo os braços, enquanto o ar fugia da minha boca em bolhas. Pensei: *Desta vez, finalmente sucumbirei. Desta vez, o afogamento será pleno.*

Até que a mão de um homem apareceu, mergulhada na água, em uma busca desesperada. Pescou-me pela nuca e me arrancou das sombras. Sorvi uma dose de ar e, quando enfim meus olhos não estavam mais turvos por causa da água da nascente, vi apenas Rory.

— Estou aqui, Sybil.

Ele me tirou da nascente. Atrás dele, a catedral se tornara um campo de batalha. Maude e Benji lutavam juntos — Maude com o machado, e Benji, agarrado a ela, jogava o tinteiro do Escriba Atormentado, para sumir e reaparecer em outro ponto sempre que uma gárgula se aproximava. Maude estava pálida, com os curativos ensanguentados. Ao lado dela, a face esquerda de Benji estava inchada, o lábio, arrebentado, mas seus olhos azuis continuavam iluminados.

A abadessa se mantinha de pé, no coração do caos. Tinha deixado o martelo e o cinzel caírem, e foi então que vi a mácula em seu corpo perfeitamente esculpido. Havia marcas de mordida em seu pescoço. Um pedaço gigantesco de pedra, arrancado dela.

A gárgula-morcego se postava diante dela, com as asas abertas, arreganhando os dentes, alguns cacos caindo da boca. Eu nunca o vira tão monstruoso — tão digno de seu nome. Um verdadeiro guardião. Não de Aisling, nem do outeiro.

Meu guardião.

— Ninguém deve viver eternamente no meio da história — murmurou ele. — Se for para acabar assim, Aisling... É um prazer chegar ao fim.

— Bartholomew — cuspiu a abadessa. — Eu deveria tê-lo matado há um século.

Ela tocou o peso de tear, sumiu. Quando ressurgiu, foi no alto do claustro, segurando um botaréu, erguendo-se acima de nós.

— Minha catedral é a pedra angular de Traum — declarou. — Se a arrancarem, o reino inteiro desmoronará. Sou a arquiteta, a mestre, a *deusa* deste lugar. Espadas e armadura não se comparam a pedra.

Ao nosso redor, as gárgulas fecharam o cerco.

Tombei de joelhos. Peguei o martelo e o cinzel.

— Por favor — pedi a elas. — Vão embora. Deixem este lugar, não voltem nunca mais.

Elas não me deram ouvidos. Eram criaturas de Aisling. Mortas, e renascidas na nascente. Elas continuavam a avançar, esticando as garras de calcário para me atacar, atacar Rory...

E eu não podia salvá-las do que a abadessa fizera com elas.

Então eu ataquei.

Meu martelo acertou pedra. Um estalido alto, e pó de calcário jorrou, grudando na umidade da minha armadura. A moeda de Rory voou, e a gárgula-morcego saiu arrancando pedaços com as garras, mesmo assim as outras não paravam de avançar, e eu, de combater.

E então as gárgulas da abadessa eram apenas pedaços de pedra inerte no piso da catedral.

Ela nos observava lá do alto, como uma gárgula propriamente dita, intocada pela brutalidade, pelo martírio, de suas criaturas de pedra.

— Qualquer que seja sua arte — rosnou Rory —, a crueldade ou a violência, nós a derrotamos. Desça, sua covarde de merda. Chegou o seu fim.

o CAVALEIRO e a MARIPOSA **443**

— O rei de Traum vestiu o manto — gritou Maude, apoiada em Benji. — Suas gárgulas se foram, seus Agouros foram derrotados.

A voz de Benji, triunfante e um pouco incrédula, ecoava longe e perto, distorcida pela catedral.

— Entregue a nós sua catedral, abadessa. Você perdeu.

— Perdi?

Ela desapareceu novamente, e ressurgiu perto da imensa rosácea, jogando uma sombra sobre nós.

— Eu serei o vento, o peso de tear me tornando sempre inalcançável. Você pode ter meus objetos de pedra, mas nunca estará a salvo. Eu acabarei com você assim como acabei com seu avô herege, e voltarei ao meu outeiro. Criarei novas Divinadoras, novos Agouros. A história não muda, menino-rei. Os vilarejos *sempre* procurarão seus sinais, e o povo virá me pedir para Diviná-los. Tenho minha catedral, minha nascente, meu outeiro. A única coisa influente que você já teve, Benedict Cástor Terceiro — declarou ela, apontando o dedo para mim —, é ela.

Ela ressurgiu bem na frente de Benji, e bateu em seu peito com tanta força que deformou a couraça. Ele caiu, a abadessa pegou o peso de tear outra vez...

E berrou.

O machado de Maude baixou e, com ele, a mão de pedra da abadessa, que caiu com um baque incômodo no chão, como se pesasse cem quilos.

Avancei. Quando nossos corpos colidiram, o meu no dela, o som foi de pedra batendo em pedra. Um *crec* terrível, vociferante. A abadessa tombou, e eu, por cima dela, nossos pés no presbitério. Ela sacou uma faca da veste. A mesma que usava na Divinação. A lâmina rasgou o ar e, ao colidir com minha couraça, o tinido rivalizou com o dobre dos sinos da catedral.

Olhei para onde ela me acertara, e a abadessa, também. Minha armadura estava deformada, e uma dor florescia pelo meu peito. Ela golpeou novamente e gritou, como se não concebesse o fato de não me ter quebrado. Como se esperasse que eu fosse feita inteiramente de gaze.

— Sou tudo o que você imaginou? — perguntei, olhando de cima para ela. — Ou sou muito mais?

Acertei o queixo dela com um soco, espalhando pelo rosto dezenas de rachaduras, como afluentes de um rio. Ela também me bateu, com tanta força que pareceu romper a pele sob minha armadura. Largou a faca e me atacou com as mãos, socando meu peito, minhas costelas, meus braços, chutando minhas pernas. Minha pele rompia, minha armadura deformava.

Mas eu não declinei.

Com um tranco furioso, fiz com que ela escorregasse para a frente, e ela berrou ao ser arrastada pelo presbitério, desabando da beira da nascente para dentro da água escura e podre.

Segurei a borda de pedra e, com a outra mão, *empurrei*. A abadessa gritou debaixo d'água. Tentou me segurar, me puxar. Se debateu. Eu não soltei seu pescoço, e a afundei. Bolhas preencheram a água. Eu a segurei lá embaixo. Fiz pressão e mais pressão, até afogá-la. Então, com toda minha força, a arranquei da água. Joguei seu corpo no altar.

Assomei-me diante dela. A gárgula se juntou a mim, então Rory e Maude, e, por fim, Benji. Não havia dúvida do que cortaríamos, se as mãos ou o pescoço. Não havia a menor dúvida.

Havia apenas pedra, e as ferramentas para forçá-la a ceder.

A abadessa se contorcia, chiava, cuspia pedaços de calcário no altar. Encarei os olhos dela — olhos iguais aos meus. E, com suas próprias ferramentas, com martelo, com cinzel...

Dei o golpe. Bem no coração de pedra.

Não tive a mesma precisão que demonstrara com a Triste Tecelã. Era uma aniquilação, e Aisling suportaria suas marcas. Meus golpes foram desmedidos em violência, fazendo pedra voar para todos os lados, estilhaços acertando meu rosto, causando em mim sua dor. Ainda assim, eu não parei.

o CAVALEIRO e a MARIPOSA **445**

Com martelo, com cinzel, bati nela até virar pó. Até Traum se ver livre de seus falsos deuses. Até se esvair um último fôlego — não alto como o dobre de um sino, mas frágil. Ainda assim, eu não parei. Eu bati e bati e bati.

Até morrer o último Agouro.

CAPÍTULO TRINTA E UM
A ÚLTIMA DIVINADORA

A catedral era uma tumba — em silêncio absoluto.

Formamos uma fileira torta no presbitério. Dos escombros do corpo da abadessa, Benji extraiu o peso de tear.

— O último objeto mágico — murmurou Maude.

Rory não olhou para o peso de tear, nem para a abadessa. Olhava apenas para mim. Levantou meu queixo, fitando meus olhos.

— Você está machucada?

Eu não sabia. Não sentia nada.

— O último objeto não é o peso de tear — sussurrei. — É a nascente.

Minha gárgula, meu Bartholomew, veio até mim. Apontou meu martelo, meu cinzel. Quando eu falei com o rei, mal reconheci minha voz.

— Quando os cavaleiros virão?

— Não sei. Logo.

— Você ainda quer fechar Aisling?

Ele analisou meu rosto.

— Quero.

Apertei o martelo. Olhei para Rory e para a moeda.

— Então me ajudem.

Foi mais difícil matar a Catedral Aisling do que qualquer Agouro — ela não se entregou tranquilamente à nossa violência. Porém, Rory tinha a moeda, e eu, o martelo. Maude tinha o machado, a gárgula, as garras de pedra, e Benji, um fervor que eu nunca vira nele. Ele arremessou pedras, arrancou bancos do chão, jogou escombros na nascente, e atingiu tudo que foi possível com a espada e a tinta corrosiva do tinteiro.

Quando a moeda de Rory derrubou a parede do sul, e eu, o pilar que a sustentava, todos corremos para o lado oposto do transepto enquanto as pedras tombavam. Benji pegou um naco dos escombros. Arremessou com força impressionante.

E estilhaçou a rosácea.

Vidro colorido choveu do teto, refletindo o luar. Todos paramos para assistir à cena.

— Viva — comemorou a gárgula.

— Não é suficiente — falei.

Eu ainda sentia o cheiro de flores podres. O gosto no fundo da boca.

— Precisamos aterrar a nascente — acrescentei.

Os tendões do meu braço doíam toda vez que eu batia em um pilar, em uma parede. Minha mira estava no claustro, no sistema de pilares da charola, que eu imaginava como veias de um coração que precisava ser decepado. Bati e bati com o martelo. Eu chorava de dor.

— Sybil.

Não parei de bater.

Rory se postou ao meu lado.

— Deixe-me ajudar.

Eu não deixei. Eu suportei e sustentei toda a minha angústia, batendo e batendo no pilar…

Meu martelo se partiu, quebrando no cerne da cabeça, e então no cabo.

Uma rachadura terrível se iniciou, se espalhando pela parede, até o teto abobadado. Pó começou a chover, e um estrondo de trovão encheu a catedral. Larguei o cinzel.

— Hora de ir — disse Rory, pegando meu braço.

Nós corremos.

448 RACHEL GILLIG

O outeiro estremeceu, e as pedras aos meus pés fissuraram. Peguei a mão da gárgula, como se finalmente estivéssemos escapando daquele lugar terrível, e nos conduzi para fora do nártex no encalce de Benji e Maude, logo antes da catedral desabar.

O mundo inteiro tremeu.

Fugimos para o adro, até o pomar de macieiras retorcidas, enquanto cacos de escombros disparavam atrás de nós. Maude tropeçou e Benji a aparou. Rory apertava meu braço, nós cinco correndo até chegarmos ao muro, arfando e suando.

Vimos a Catedral Aisling desabar, um dragão derrotado.

Quando as pedras pararam de rolar, e o mundo, de sacudir, senti uma imobilidade profunda no corpo. Soltei Rory. Soltei a gárgula. Andei até ficar sozinha na sombra do muro. E enfim...

Um som conhecido chegou no vento. Cavalos relinchando. Se eu escalasse o muro, saberia o que veria. Estandartes roxos.

Os cavaleiros vinham atrás de seu rei.

— Eles chegaram — disse Maude, com uma careta. — Estou escutando.

A voz de Benji soou cheia de vigor. Ele parou perto de Rory e da gárgula, e ergueu a espada mais uma vez — como se Aisling estivesse curvada, prostrada, diante dele.

— Já não era sem tempo.

Ele atacou.

Afundou a espada no tronco de Rory, atravessando a cota de malha, a pele. Rory soltou uma exclamação aguda...

Benji apertou o braço dele. Pegou a moeda. Empurrou Rory para o chão, chutou a ferida, e arremessou a moeda.

O objeto acertou a gárgula, despedaçando sua asa esquerda e espalhando fissuras pelo braço e pelo peito. Ele cambaleou. Piscou os olhos de pedra.

Caiu.

Eu gritei.

o CAVALEIRO e a MARIPOSA **449**

Maude investiu, mas a espada de Benji já estava ali, apontada para o rosto dela.

— Abaixe o machado — disse ele. — Jogue para o outro lado do muro.

A voz dela saiu baixa. Seus olhos verdes, contudo, estavam irreconhecíveis — transbordando de dor.

— Benji. O que você está fazendo?

— O machado, Maude.

Com movimentos hesitantes, ela obedeceu.

Não me lembro de como fui parar no chão, só que acabei na grama junto a Rory, à gárgula, me arrastando por pedra e sangue para alcançá-los.

Rory estava com a mão na lateral do tronco, o calor se esvaindo de sua pele.

— Ah, meus deuses.

Pressionei a ferida com a mão, sangue escorrendo entre meus dedos.

— Rory… Rory.

Ele se encolheu, piscando rapidamente. Ao lado dele, a gárgula estava caída na grama.

Imóvel.

Um soluço sobrenatural escapou de mim. Eu me joguei em cima dela, abracei seu corpo de pedra e apertei com toda a minha capacidade, como se pudesse consertar as rachaduras em seu peito por pura força de vontade.

— Por favor. *Por favor.*

Nenhuma resposta, exceto pelo vento que sussurrava entre as margaridas. E enfim:

— Esqueci, Bartholomew — veio a voz áspera e lenta. — Do que estávamos falando mesmo?

Minhas lágrimas preencheram as fissuras no peito dele.

Benji pegou a moeda de Rory do chão. Então, se ergueu diante de mim, ofuscando o luar, com a moeda na mão, a espada na outra. Mirou a ponta da arma de Maude para mim.

— Venha cá, Divinadora.

Rory se levantou em um impulso. Deu um soco brutal no joelho de Benji. O rei cambaleou, mas não perdeu o equilíbrio, e revidou golpeando a espada, cortando a bochecha de Rory.

Rory desabou na grama, tremendo, sangrando.

— Pare!

Eu me levantei aos tropeços, me postando entre Rory e o rei, desarmada.

Benji praguejou.

— Pelo amor dos deuses, Rory — disse ele, mancando por alguns passos. — Fique quieto. Não quero matá-lo.

Ele se virou para mim, corado, e acrescentou:

— Mas vai depender de Seis.

Minha voz tremeu:

— O que você quer?

— Os Agouros se foram. Esse poder todo tem que ir para algum lugar. Quero que você me ajude a carregar esse fardo. Quero que você vá comigo ao castelo Luricht.

Ele falava tudo com simplicidade. Como se me contasse uma história.

— Quero que seja minha rainha.

Maude sibilou baixinho, e Rory — eu estava de costas para Rory. Porém, o som que lhe escapou foi animalesco. De dor e fúria.

— Benji — chamei, procurando no rei aquela qualidade tranquila, juvenil, porém sem encontrá-la. — Não há nada que reste para Divinar. Você *sabe* disso.

— Eu sei — respondeu ele. — Mas derrubar a catedral é diferente de derrubar a fé. Vai demorar. Sem a nascente, os vilarejos precisam depositar suas crenças em outro lugar… e eu paguei pelo privilégio.

Ele inclinou a cabeça para o lado.

— Pense bem, toda a riqueza que sua abadessa pagou aos Agouros. As pilhas de ouro do Bandido Ardiloso e do Barqueiro

o CAVALEIRO e a MARIPOSA **451**

Ardente, o dinheiro abandonado no vale do Bosque Retinido e na caverna da Triste Tecelã... os arquivos do Escriba Atormentado em Seacht. Essa riqueza, assim como o poder, precisava ir para algum lugar. Por isso, eu a entreguei na mão dos nobres... bem, dos cavaleiros, na realidade. Hamelin Fischer, Dedrick Lange, Tory Bassett. Você se lembra das mães deles. Anciãs nobres. Muito influentes. Acho que até meu avô admiraria o empreendimento. Ele parou de acreditar nos Agouros, assim como eu, mas, de novo e de novo, o credo de nosso vilarejo se prova: a única divindade dos homens é a moeda.

— A nascente foi enterrada por uma montanha de destroços — gritou Maude, as lágrimas escorrendo. — Não tem como fazer Sybil sonhar. Que influência ela pode ter?

— Pare de falar comigo como se eu fosse um idiota!

Benji ficou vermelho. Aí parou um momento. Respirou fundo, se recompondo.

— Apesar de toda sua brutalidade manipuladora, a abadessa me fez um favor. Ela nunca revelou ao público como funcionavam os sonhos. É por isso que toda madame, todo senhor, todo vagabundo de Traum tentava olhar por baixo do véu de Seis. Para eles, ela é mágica.

Ele tamborilou os dedos no punho da espada, como se esperasse que entendêssemos.

— Se os nobres anciões dos vilarejos falarem bem de mim, e se Seis for minha, o povo virá — continuou. — Para prestar reverência, e encher meus cofres. Cobrirei os olhos de pedra dela com um novo véu e direi que apenas ela, a última Divinadora, sabe ler os sinais do futuro.

O rosto dele estava ruborizado. A cada palavra, Benedict Cástor parecia se convencer da veracidade na própria história.

— Um novo sistema, um novo mercado, não no outeiro, mas na porta do rei. Uma nova lenda da fé, agora que a de Aisling foi por água abaixo.

— Ela não lhe pertence.

Rory se ajoelhou com dificuldade, daí ficou de pé. Ele também ergueu a gárgula, embora tivesse lhe custado muito sangue. Ele olhava para Benji com tamanho ódio, que era possível sentir a emoção no ar.

— Ela *nunca* será sua.

— Será, sim. Ou verá a ordem dos cavaleiros espancar e apedrejar você e a gárgula por profanarem a Catedral Aisling. O rebelde Myndacious e uma gárgula louca — disse Benji, e olhou para Rory contorcendo o rosto, como se estivesse fazendo esforço para não chorar. — Eu não queria que fosse assim. Não importava que você não tivesse influência política; eu sempre te admirei. Mas vi os sinais com bastante clareza. Você não é leal a ninguém... exceto a ela, talvez. Você a encorajou a não jurar lealdade a mim na cerimônia de condecoração, e ali eu soube que, após derrotar os Agouros, vocês dois, perdidos em seu amor, não me serviriam mais de nada.

O ar escapou dele em um suspiro.

— Você é má influência, Rory. Um mau cavaleiro. Mais cedo ou mais tarde, teria chegado a este ponto.

Ele se virou para Maude.

— E você, minha querida.

Desta vez, ele chorou mesmo, lágrimas gêmeas escorrendo livremente.

— Eu precisei demais de você. Me acostumei com sua presença, me dizendo o que é certo. Você nunca me viu como um igual. Se eu quiser deixar de ser o menino-rei, devo me separar de você — disse, e engoliu em seco. — Além do mais, já sei o que você dirá. Você é nobre e boa demais para ficar ao meu lado nessa situação. Talvez seja por isso que meu avô nunca tenha chegado tão longe. Nenhum de vocês entendia que, para chegar ao resultado certo, frequentemente é necessário fazer a coisa errada.

Maude voltou o olhar de Rory para Benji. Seus olhos verdes continham dor — mas fúria também. Pela segunda vez, ela seria obrigada a renegar seu rei no topo do outeiro.

— Então devo me retirar da ordem de seus cavaleiros, Benedict Cástor. Se a coroa é sua, não tenho por ela fidelidade alguma.

Benji secou as lágrimas e se virou para mim.

— Você está estranhamente quieta, Divinadora.

— Ela se chama Sybil — rosnou Rory, apertando o tronco, com a pele fantasmagórica de tão pálida.

Benji o ignorou.

— Achei que, talvez, visto que participou da destruição da fé de Traum, pudesse cogitar me ajudar a reconstruí-la. Que o sangue de todas essas Divinadoras mortas ainda tivesse sentido para você — disse ele, e meneou a cabeça para Rory, a gárgula e Maude. — Permitirei a partida deles. Mas apenas se você vier comigo.

Rory avançou.

— Ei, ei, ei — disse Benji, apontando a espada para o pescoço dele. — Não seja tão indigno. Deixe a moça escolher.

Era uma perda de tempo. Páreo perdido. Arte fracassada. De qualquer modo, eu estava derrotada. E Rory…

Não parava de sangrar.

Encostei a mão no peito dele, suave. Desloquei-me até ser meu pescoço, e não o dele, alinhado com a ponta da espada de Benji.

— Liberte eles primeiro.

Rory apertou meu braço com os dedos.

— Sybil…

— Cuide da gárgula, como você prometeu.

Eu me virei. Levei os dedos ensanguentados dele à boca e os beijei.

— Se cuide também — acrescentei.

— *Sybil.*

Os cavaleiros iam chegando. Eu ouvia o som dos cavalos no cascalho do adro. Ouvia as exclamações ao verem os destroços profanados de Aisling.

Benji arremessou a moeda do Bandido Ardiloso. Veio o estrondo de uma explosão — pedra e pó encheram o ar. Quando a nuvem se dissipou, havia um buraco no muro de Aisling.

— Sua saída.

Benji recuperou a moeda no chão.

— Por aqui! — chamou os cavaleiros, e se virou uma última vez para Rory e Maude.

Quando os olhou, foi com uma expressão tão desolada que tive certeza de que ele mudaria de ideia. Que o Benji juvenil e tranquilo ressurgiria, se desculparia, consertaria tudo.

Eu estava equivocada. Os olhos azuis do rei ficaram nebulosos. Frios.

— Esta é a única dádiva que vocês receberão. Se tentarem resgatá-la, se eu voltar a vê-los em qualquer circunstância — disse ele, olhando para a ferida ensanguentada de Rory, e depois para a asa estilhaçada da gárgula e as fissuras espalhadas —, e sem dúvida é um *se*, eu não terei piedade. Vocês serão executados. — Ele apontou o buraco na parede e insistiu: — Agora, vão embora.

Rory ainda estava dizendo meu nome, deixando um rastro de sangue na grama, quando Maude começou a arrastá-lo.

— Aonde vamos? — perguntou a gárgula, doce, deixando pedaços de pedra esfarelarem da asa enquanto seguia Maude.

Rory se apoiou no muro. Senti seu olhar no meu rosto, no ar, nas rochas quebradas que nos cercavam. Ele não disse nada, mas eu sabia. Ele faria *tudo* o que eu pedisse.

Então encarei o fundo de seus olhos insondáveis. Vi a luz se apagar neles. Ordenei, com a voz fria como pedra:

— Vá.

— Aonde vamos? — insistiu a gárgula, e olhou para mim.

— Não podemos partir sem Bartholomew.

Dei as costas para eles, as lágrimas fartas pelo meu rosto.

— Esperem… esperem — começou a chorar a gárgula, deixando cair mais pedaços de pedra do corpo. — Eu sou o escudeiro dela. Não podemos nos separar.

Ele precisou ser arrastado por Maude, que já arrastava Rory. Escutei seus uivos e soluços do outro lado do muro.

— *Bartholomew!*

E então, como todas as outras coisas que eu ousara amar... Eles se foram.

Os cavaleiros entraram no adro e eu estava exatamente como estivera tantas semanas antes. Descalça no pomar, me martirizando.

— Tenha um pouco de fé, Seis — disse Benji, com a voz seca. — Não vê que, comigo, você está livre?

Olhei para trás, para o fantasma de Aisling ainda pairando. Fria, bela e decepcionada.

— *Livre*, menino-rei?

— Você não precisa mais dos sinais. Você viu este mundo como ele é. Uma história de contradições sórdidas: uma história verdadeira, e uma mentira também. Você enfrentou a moeda, o conhecimento, a força, a intuição, o amor, a vida e a morte, e os derrotou em sua arte. Você sabe de *tudo*, Divinadora. E ser onisciente...

O rei de Traum sorriu para mim, sua futura rainha.

— O que, se não isto, é ser divino?

AGRADECIMENTOS

Aguentem mais um pouquinho. Ainda tenho uma história a contar.

Era uma vez uma autora que pegou covid-19. Ela demorou muito tempo para se recuperar. E, mesmo quando pensou ter sarado, a fadiga e a névoa mental permaneceram ali como hóspedes mal-educadas, que não iam embora mesmo quando não eram bem-vindas. A autora ficou cansada, triste, desesperada.

E preocupada.

Para ser sincera, a *preocupação* não foi digna de alarme imediato. Acontecia com essa autora com frequência e vigor. Mas ela estava escrevendo um livro novo, e os dois que vieram antes estavam se saindo bem (motivo de comemoração, e certamente *não* de preocupação), e ainda assim, ela se abalava com o medo da névoa não se dissipar. De ser impossível escrever este terceiro livro. De que ele fosse desprovido de criatividade, de *magia*. Ela derramou muitas lágrimas, irrevogavelmente convencida de que perdera algo precioso. Que sua nova história simplesmente… não seria suficiente.

Não é um causo trágico muito único ou particular. Talvez você também tenha vivido algo bom e, depois, em um momento de doença, cansaço ou humanidade, tenha pensado: *Bom, é isso, acabou minha capacidade. Agora só me resta fracassar. Sou apenas um fio esfarrapado. Tinta derramada. Uma borboletinha triste, esmagada por uma roda.*

A verdade é que a criatividade se aventura em ritmo irregular, como um gato teimoso. Ela não agradecerá por você forçá-la a um abraço, mas, em um dia aparentemente sem importância, mesmo quando você estiver doente, entregue ao desamparo, ela baterá à sua porta. Devagar, a autora (agora vocês já entenderam que sou eu, né?) começou a se sentir melhor. Aos poucos, a criatividade e a magia foram voltando. Ela escreveu o terceiro livro. Trata-se de uma mulher que se esforça ao máximo, de um cavaleiro errante que por ela se apaixona, e de uma preciosa gárgula de calcário. Trata-se do que perdemos e do que ganhamos, da jornada árdua da autodescoberta — do belo e dolorido fardo que é a vida. Espero que você tenha gostado. Para mim, isso basta.

Ok. Agora os agradecimentos de verdade.

Para meu marido, John, e meu filho, Owen. Penso em Owen, de chapeuzinho amarelo, correndo com nosso cachorro, Wally, na praia, enquanto John me dá a mão. Que vida linda e maravilhosa nós temos.

Para minha família e meus amigos, minha maior torcida. Obrigada por me fazerem falar da minha escrita e por me apoiarem. Eu amo vocês profundamente.

Para Whitney Ross, minha agente, que lê todos os meus rascunhos iniciais e me ajuda, mais do que consigo expressar, a organizar minhas histórias. Todos os dias, agradeço por ter você como parceira neste ramo. Seus instintos, comentários, gentileza e amizade são diamantes — é uma riqueza recebê-los.

Para Brit Hvide, minha extraordinária editora. Se este livro fosse uma composição musical, eu seria a compositora frenética, rabiscando as notas e dedilhando o instrumento desesperadamente, e você seria meu metrônomo, meu compasso, minha clave. Você me dá ritmo, me dá ordem, me dá perspectiva. Do fundo do coração, obrigada. Você é repleta de magia.

Para Nadia Saward, minha outra editora extraordinária, de quem também tive a bênção de receber comentários sobre este livro. Você é cheia de sabedoria e estímulos, e seus apontamentos sobre o romance me fizeram dar pulinhos de alegria. Agradeço muito por você!

Para Heather Baror-Shapiro, minha agente de direitos internacionais. Você é fenomenal! Obrigada por cuidar tão bem dos meus livros. É uma sorte ter você na minha equipe.

Para Mary Pender, que entrou no jogo para cuidar do merchandising. Obrigada, obrigada, obrigada! Agradeço muito pela sua experiência e pelo cuidado com a minha carreira.

Para as equipes da Orbit US e UK. Eu pisquei, e de repente estamos no nosso terceiro livro juntos! O tempo é engraçado, e a vida, também, e a minha é um tremendo esplendor por eu ter o privilégio de escrever com vocês. Não sou imparcial, mas os livros da Orbit são mesmo meus preferidos.

Para Kalie Cassidy, para quem liguei quando estava doente e desesperada, e perguntei, com a voz bem fraca: "Este livro é bom?" "É. Claro. Agora, vá passar o dia dormindo." Você é sábia, inacreditavelmente talentosa, e cuida da minha alma mais do que se dá conta. Você é minha esposa da escrita. O Wirt do meu Greg. Tudo nesta profissão estranha é suportável com você como amiga.

Para Sarah Garcia. Ora, ora, ora. Cá estou, um bichinho orgulhoso por ter escrito outro livro. Espero que você esteja satisfeita. E veja só: vou até ser vulnerável por um momento. Em vários momentos, fico com medo de errar. De me atrapalhar, de fazer as coisas "mal". Frequentemente, aceito a Rachel de ontem, mas enquadro a de hoje na lâmina do microscópio. Mas você me ajudou a ser mais gentil comigo e, assim, transformou meu perfeccionismo, minha escrita e minha vida. Obrigada. Todo livro que escrevo tem o selo do nosso trabalho juntas.

Para todos os artistas por aí, que trabalham com a caneta, a tinta, as notas, ou o instrumento de sua escolha. Como vocês são lindos. Como permanecem resilientes neste mundo tumultuado, dedicados à sua arte. Obrigada. Acredito em vocês como acredito no amor — eternamente.

Para meus leitores. Ah, como eu adoro vocês. Vocês me seguiram bruma adentro, e agora caminham comigo ao luar, por vilarejos, pedras e margaridas. Não sei expressar a gratidão que sinto por cada um de vocês — não tenho palavras. De algum modo, sei que a gente se encaixa.

Este livro, composto na fonte Fairfield,
foi impresso em papel Lux Cream 60g/m² na gráfica Elyon.
São Paulo, Brasil, maio de 2025.